국어 말글의
쓰임과 교육

국어 말글의
쓰임과 교육

강연임 저

보고사
BOGOSA

우리는 말과 글을 통해 자신을 표현하고 다른 사람의 생각을 이해한다. 말과 글은 사람과 사람을 이어주는 중요한 매개이다. 일상생활에서 말과 글은 보편적으로 사용되기에 우리는 그것을 아주 잘 안다고 자부한다. 하지만 말과 글을 상황이나 격식에 맞게 제대로 쓰는 것은 결코 쉬운 일이 아니다. 그래서 초중등 과정에서부터 말하기와 글쓰기를 익혔고, 대학에 와서도 말과 글을 지속적으로 배우고 있다.

오랜 기간의 교육에도 불구하고 말과 글은 여전히 어려운 대상이다. 말과 글을 올바로 쓰지 못하는 것은 아마도 그것이 쓰이는 상황이 매우 유동적이기 때문일 것이다. 말의 경우 구사되는 상황이나 대상에 따라 표현이 아주 다양하여 그에 맞게 사용하는 것이 어려울 수 있다. 글의 경우도 유형이나 목적에 따라 그 쓰임이 아주 다양하여 효과적인 쓰기가 쉽지 않을 수 있다. 우리가 익숙하게 생각하는 말과 글을 지속적으로 배우고 익혀야 하는 이유도 여기에 있다. 제대로 된 말과 글은 그것을 쓰는 사람을 대변하기에 누구든 관심을 가져야 마땅하다. 이 책은 그러한 문제에 대한 고민의 결과물이다.

이 책은 크게 2부로 구성되어 있다. 제1부에서는 국어 말글의 쓰임을 여섯 꼭지로 나누어 살폈다. '유행어의 의미 양상과 언어 문화적 쓰임'에서는 유행어의 형성과 표현의 의미를 바탕으로 언어 문화적 특성을 짚어 보았으며, '매체 유행어의 쓰임과 사회언어학적 심리'에서는 매체 유행어의 실상을 살피는 한편으로 그것을 쓰는 심리와 개선 방안을 제시하였다. '오락 프로그램 자막 언어의 쓰임과 기능'에서는 예능 프로그램 〈효리네민박〉을 중심으로 자막어의 특징과 문제점을 짚었으며, '언택트 경연 프로그램의 소통과 자막어의 쓰임'에서는 코로나19로 등장한 언택트 경연 프로그램에서 자막어의 활용 양상과 특징을 검토하였다. '카카오톡 메신저의 쓰임과 사회언어학적 성격'에서는 대중화된 미디어 소통의 대표격인 카카오톡 메신저에 나타나는 소통의 명암을 살폈으며, 끝으로 '1930년대 김해송 노랫말의 쓰임과 언어 문화 현상'에서는 1930년대 전후에 유행했던 김해송 대중가요의 노랫말에 나타나는 어휘의 특징과 문화적 성격을 짚어 보았다. 제2부에서는 국어 말글의 교육을 주제로 모두 다섯 꼭지로 나누어 말글을 올바로 구사하거나 쓰기 위한 교육을 다루었다. 먼저 '토의 수업을 통한 말하기 교육'에서는 소통의 시대를 대비하여 대학생이 갖추어야 할 집단 말하기의 방법과 효과를 살펴보았고, '체험 수업을 활용한 말하기 교육'에서는 경험을 스토리텔링으로 구현하는 체험 활동을 통해 말하기 능력을 제고하고자 하였다. '말하기의 쟁점과 공적 말하기 교육'에서는 공적 말하기의 중요성과 방법을 다루었으며, '비교과 프로그램을 활용한 말하기 교육'에서는 말하기 비교과 프로그램을 운영하면서 나타나는 대학생 말하기의 특징과 성과를 짚어 보았다. 마지막으로 '교과-비교과를 활용한 글쓰기 교육'에서는 교과와 비교과를 연계한 글쓰기 교육을 통해 쓰기 능력의 제고 방안을 모색해 보았다.

　이 책에 실린 글은 일관된 목표와 계획을 가지고 쓴 것이 아니다. 대학에서 강의를 진행하거나 더 좋은 강의를 모색하는 과정에서 언어의 쓰임과 언어 문화에 대해 관심을 기울이며 썼기 때문이다. 그러다 보니 전체적으로 연결성이나 통일성이 부족할 수도 있다. 그래도 말글의 쓰임과 교육이라는 공통분모가 있어서 한자리에 모아 정리하였다. 부끄럽지만 이렇게나마 책으로 펴낼 수 있었던 것은 같은 길을 걸으며 항상 외조해 주는 남편 김진영 교수, 각자의 위치에서 열심히 미래를 준비하는 딸 은시와 아들 시빈이 있었기 때문이다. 자기 자리를 성실하게 지키는 가족들에게 그저 감사하고 고마운 마음뿐이다. 끝으로 어려운 출판 여건에도 불구하고 거친 글을 세상에 알리겠다고 선뜻 도와주신 보고사의 김흥국 사장님과 예쁘게 편집해주신 김태희 선생님에게 깊은 감사의 말씀을 전한다.

2024년 6월
梅谷齋에서 강연임 삼가 씀

차 례

책머리에 / 5

제1부 국어 말글의 쓰임

▌유행어의 의미 양상과 언어 문화적 쓰임

1. 들어가기 ··· 13
2. 매체 유행어의 의미 형성 방법 ··························· 15
3. 매체 유행어의 의미와 표현 양상 ······················ 21
4. 매체 유행어의 언어 문화적 지향 ······················ 31
5. 나오기 ··· 35

▌매체 유행어의 쓰임과 사회언어학적 심리

1. 들어가기 ··· 40
2. 매체에서의 유행어 형성과 사용 양상 ················ 43
3. 유행어 사용의 사회언어학적 심리 ······················ 54
4. 유행어에 대한 교육적 접근과 해석 ··················· 60
5. 나오기 ··· 64

▌오락 프로그램 자막 언어의 쓰임과 기능

1. 들어가기 ··· 68
2. 오락 프로그램 자막 언어의 연구 경향 ·············· 70
3. 〈효리네민박〉에 나타난 자막 언어의 기능적 특징 ··· 73
4. 〈효리네민박〉을 통해 본 자막 언어의 문제점 ····· 83
5. 나오기 ··· 87

▌ 언택트 경연 프로그램의 소통과 자막어의 쓰임

1. 들어가기 —————————————————— 92
2. 언택트 경연 프로그램 자막의 소통 구조 —————— 94
3. 언택트 경연 프로그램 자막의 기능 ——————— 98
4. 언택트 경연 프로그램 자막의 특성 ——————— 107
5. 나오기 ——————————————————— 110

▌ 카카오톡 메신저의 쓰임과 사회언어학적 성격

1. 들어가기 —————————————————— 115
2. 카카오톡 메신저에서의 소통 양상 ——————— 117
3. 카카오톡 메신저 소통의 사회언어학적 성격 ———— 130
4. 카카오톡 메신저를 활용한 소통의 효과 ————— 140
5. 나오기 ——————————————————— 145

▌ 1930년대 김해송 노랫말의 쓰임과 언어 문화 현상

1. 들어가기 —————————————————— 149
2. 김해송 노래의 어휘 활용 양상 ———————— 152
3. 김해송 노래의 어휘 표현 양상 ———————— 160
4. 김해송 노래의 어휘와 언어 문화 현상 ————— 167
5. 나오기 ——————————————————— 177

제2부 국어 말글의 교육

▌ 토의 수업을 통한 말하기 교육

1. 들어가기 —————————————————— 185
2. 토의 수업을 위한 대비와 전략 ———————— 186
3. 토의 수업의 모형과 수업 활동 ———————— 194
4. 토의 수업을 통한 말하기 학습의 효과와 제언 ——— 203
5. 나오기 ——————————————————— 207

▌ 체험 수업을 활용한 말하기 교육

1. 들어가기 ———————————————————————— 212
2. 말하기 수업의 개설 현황 ——————————————— 215
3. 체험 중심 수업의 이론적 배경 ——————————— 217
4. 체험 중심 말하기 수업 모델 구축 방안 ——————— 221
5. 체험 활동 중심 말하기 수업의 기대 효과 ————— 226
6. 나오기 ———————————————————————— 229

▌ 말하기의 쟁점과 공적 말하기 교육

1. 들어가기 ———————————————————————— 234
2. 공적 말하기의 개념과 특성 ——————————————— 237
3. 공적 말하기의 쟁점과 교육 내용 ——————————— 240
4. 공적 말하기의 교육 방안 모색 ——————————— 250
5. 나오기 ———————————————————————— 254

▌ 비교과 프로그램을 활용한 말하기 교육

1. 들어가기 ———————————————————————— 259
2. '말하기클리닉'의 운영 현황과 상담 절차 ————— 263
3. '말하기클리닉'의 상담 방법과 성과 ——————— 272
4. 나오기 ———————————————————————— 282

▌ 교과-비교과를 활용한 글쓰기 교육

1. 들어가기 ———————————————————————— 287
2. 교과-비교과 활동을 연계한 글쓰기 수업의 설계 —— 290
3. 교과-비교과 활동을 연계한 글쓰기 수업의 실제 —— 296
4. 교과-비교과 활동 연계 글쓰기 수업의 교육 효과 —— 303
5. 나오기 ———————————————————————— 307

찾아보기 / 311

제1부

국어 말글의 쓰임

• 유행어의 의미 양상과 언어 문화적 쓰임
• 매체 유행어의 쓰임과 사회언어학적 심리
• 오락 프로그램 자막 언어의 쓰임과 기능
• 언택트 경연 프로그램의 소통과 자막어의 쓰임
• 카카오톡 메신저의 쓰임과 사회언어학적 성격
• 1930년대 김해송 노랫말의 쓰임과 언어 문화 현상

유행어의 의미 양상과
언어 문화적 쓰임

---

1. 들어가기

이 글은 최근 매체에 나타나는 유행어 형성의 특징과 언어 문화적 지향을 살피는 데 목적이 있다. 코로나와 함께한 지난 3년은 많은 활동을 온라인으로 옮겨가게 했다. 코로나는 재택근무에 적응하게 했고, 비대면 소통과 온라인 교육을 촉진시키기도 했다. 학교 수업과 직장 업무, 그리고 크고 작은 모임이 온라인으로 이루어지면서 언택트와 온택트, 인택트 활동이 전개되기도 했다.[1] 세상의 변화와 맞물려 언중의 어휘도 빠르게 변화하였다. '위드 코로나', '백신 패스', '코로나 블루'와 같은 유행어가 등장했으며, '집콕', '식테크'와 '갓생', '미라클 모닝' 등 경향성을 보여주는 표현이 일상적으로 사용되고 있다.

---

[1] '언택트'는 'un+contact'로 구성된 어휘로 '사람을 직접 만나지 않고 물품을 구매하거나 서비스 따위를 받는 일'의 신조어다. '온택트'는 비대면을 뜻하는 '언택트(untact)'에 온라인 연결(on)이라는 개념이 더해진 신조어로, '다른 사람과 직접 대면하지 않고 통신망이나 전산망에 접속한 상태로 만나는 일'이다(《우리말샘》 참조). '인택트'는 'interactive+untact'를 결합한 신조어인데, '상호작용 연결'의 의미로 화상면접이나 화상회의, 온라인 강의, 웨비나를 들 수 있다(「언택트·온택트·인택트 뉴노멀 시대…비상이 일상되다」, 『아주경제』, 2021. 11. 16).

한 시대 언어의 특징과 변화의 흐름을 살필 수 있는 요소 중의 하나가 바로 매체 유행어다.[2] 매체 유행어는 잠시 나타났다 사라질지라도 당시 언중의 언어 문화 내지 언어 의식, 가치 지향성 등을 살필 수 있다는 점에서 유의미하다. 매체 유행어의 분석을 통해 미시적으로는 단어 형성의 변화 양상을 살필 수 있고, 거시적으로는 어휘에 대한 종합적 연구도 가능할 수 있다. 이러한 맥락에서 이 글은 최근 매체에서 사용되는 유행어를 집중적으로 살피고자 한다.

그간 유행어에 대한 논의는 신어를 살피는 곳에서 부수적으로 다루어져 매체 유행어만을 집중적으로 살핀 경우는 드물다. 논의 내용을 보면 유행어의 분포와 사용 실태를 살피거나(김태경 외:2012), 유행어의 형성에 대한 문제를 짚기도 했다(양해리:2019). 매체 유행어를 어휘 교육에서 활용하는 방안을 살핀 경우도 있고(강연임:2019), 유행어를 활용하여 문법 수업 방안을 제시(이상규:2020)하기도 했다. 이를 참고하면서 이 글에서는 매체 기반 유행어의 활용 양상 및 사회적인 영향 관계 등을 살피고자 한다. 즉 매체 유행어의 의미 형성 방법과 언어적 특징을 밝히고, 이어서 이들의 언어 문화적 지향을 검토하고자 한다. 유행어의 언어적 특징을 통해 우리가 추구하는 가치와 사회 현상이 언어에 어떻게 투영되었는지 탐색하고, 유행어의 언어 문화적 지향에서는 유행어의 사회적 의미가 무엇인지 밝히고자 한다.

분석을 위한 자료는 검색 포털과 빅카인즈에서 제공하는 기사 표제

---

2   유행어는 새로 생긴 말이라는 의미에서 '신어'라 할 수 있겠으나, '신어'라 했을 때 오랜 기간 유지되는가와 궁극적으로 신조어로 자리매김하는가에 의문을 제기할 수 있다. 여기서 다루는 대부분의 어휘는 한 시대의 특징을 반영해 유행처럼 사용되는 경우가 대부분이기 때문에, '신어'보다는 '유행어'로 지칭하는 것이 성격에 부합하는 표현이 아닐까 한다. 이 글에서 언급하는 매체 유행어는 매체를 기반으로 활발히 사용되는, 새로 만들어진 어휘 표현을 가리킨다.

를 대상으로 최근 3년간의 자료를 수집하고, 여기에서 보이는 유행어의 성격과 지향을 살폈다.[3]

2. 매체 유행어의 의미 형성 방법

2.1. 의미 합성으로 만들어진 유행어

매체 유행어의 가장 보편적인 양상은 기존 어휘 의미의 합성이다. 둘 또는 셋 이상의 어휘를 합해서 전달하고자 하는 의미를 형성한다.[4] 유행어의 상당수는 이 방법으로 형성된다. 다음의 예는 어휘 의미의 합성에 의해 형성된 유행어의 예이다.

> ① a. "김밥 한 줄 7000원"…고물가-한파에 '김밥플레이션' (동아일보, 2023. 2. 14)
> b. '연극무대 몰려든 대세 배우들, 객석은 '티켓플레이션' (헤럴드경제, 2023. 2. 2)

3　이 글에서는 검색 포털 구글(google.co.kr)과 다음(daum.net), 빅카인즈(bigkinds.or.kr)에서 제공하는 기사를 분석 자료로 활용하였다. 검색 포털에서 최근 3년간 사용된 유행어(신조어 기반)를 추출했고, 유행어의 구체적인 사용 용례는 포털(다음, 네이버, 구글)과 빅카인즈에서 제공하는 신문, 방송 기사의 표제에서 수집하였다. 또한 이후 설명에 활용하는 유행어의 의미는 국립국어원의 우리말샘(opendict.korean.go.kr)에서 제공하는 것을 참조하였다.

4　새로운 의미를 갖는 어휘를 매번 새롭게 만드는 것은 결코 쉽지 않다. 더욱이 지금처럼 거대한 문화 시스템 안에서는 더욱 어려운 일이다. 따라서 기존 어휘재를 적극 활용하여 새로운 어휘, 새로운 의미를 만드는 것이야말로 가장 손쉽게 접근할 수 있는 유행어 형성 방법이라고 할 수 있다.

c. 맥도날드·노브랜드도 올린다…'버거플레이션' 가속화 (다음뉴스, 2023. 2. 10)

d. '진격의 언니들' 정○○, 찐친 장○○ SNS 저격?! (스포츠경향, 2023. 2. 14)

e. "'찐친' 50명만 내 메타버스로 와"…MZ 열광시킨 '아바타 소셜 앱'[ICT] (문화일보, 2023. 2. 13)

② a. 힐링 목마른 코시국…잊고 있던 '소통의 힘' (서울신문, 2022. 4. 8)

b. '부캐 전성시대'…취미로 수익 창출·대회 출전까지 (뉴시스, 2023. 2. 8)

c. 당신도 식(植)집사?..'반려식물' Z세대의 새 동반자 (문화일보, 2022. 5. 28)

d. "1톤 포터서 차박 즐기세요"…튜닝 캠핑카 인기 (한국금융신문, 2023. 2. 6)

①의 유행어는 두 개의 단어가 합쳐져서 만들어졌고, 의미도 구성된 어휘 의미의 합으로 이해할 수 있다. ①-a의 '김밥플레이션'은 '김밥+ inflation'의 합성으로, '물가 상승은 김밥 가격에도 영향을 주어, 전에 는 비교적 부담 없이 사 먹을 수 있었던 김밥마저도 너무 비싸져서 사기에 부담스러움'을 의미하는 표현이다. ①-b의 '티켓플레이션'은 'ticket+inflation'의 합성으로, '물가 상승으로 공연 티켓 값이 올라 티 켓 구매가 부담스러운 상황'을 의미한다. ①-c의 '버거플레이션(burger +inflation)'도 같은 맥락의 유행어로, 구성 어휘의 의미를 안다면 쉽게 의미를 유추·이해할 수 있다.[5] ①-d, e의 '찐친' 역시 구성 어휘의 합으

로 만들어진 유행어다. '찐친'은 '찐하다+친구'의 앞 글자로 구성된 유행어로, '진짜 진짜 친한 친구', '절친', '베프'를 의미하는 유행어이다. 형성된 유행어의 의미도 마찬가지로 각 어휘의 의미 합과 같다.

②의 유행어 역시 구성 어휘 의미의 합인데, 여기에는 '특정한 상황'의 배경 정보를 함께 적용해서 이해해야 한다. ②-a의 '코시국'은 '코로나+시국'의 합성인데, '코로나가 발생한 상황' 또는 '코로나로 인해 힘든 상황'이라는 의미로 통용된다. 코로나 관련 유행어는 따로 논할 수 있을 만큼 다양하게 쓰이는데, 공통적으로 각 어휘 의미의 합에 '코로나'라는 특정한 상황 배경이 함께 적용된다고 볼 수 있다.[6] ②-b의 '부캐'는 '부차적+character'의 합성으로, '본 역할, 직업이 아닌 추가적인, 부차적인 역할(직업, 특징)'의 의미로 볼 수 있다. ②-c의 '식집사'는 '식물+집사'의 합성으로 반려식물의 등장에 따른 유행어이다. ②-d의 '차박'은 '차+(숙)박' 역시 코로나 상황에서, 혼자 안심하고 여행을 즐기기 위한 배경에서 등장한 레저 관련 유행어이다.

앞에서 살핀 유행어는 기존 어휘의 의미를 합해서 만들어진 것이다. 새로운 의미를 담기 위한 어휘를 만드는 데에는 어휘재의 한계가 있기 때문에, 이와 같이 기존 어휘의 조합으로 유행하는 의미를 표현한 것이다. 이것이 가장 쉽고 보편적인 유행어 생성의 방법이라 할 수 있다.

---

5 '버거플레이션'은 고물가에 따라 햄버거 가격의 인상으로, 가벼운 한 끼로 햄버거 사기도 부담스러운 상황을 가리키는 유행어이다. '○○플레이션' 유행어는 이 외에도 '애그플레이션, 스쿠루플레이션, 누들플레이션, 프로틴플레이션' 등 물가 폭등의 영향을 받는 모든 분야에 적용되어 사용되고 있다.

6 코로나 관련 신어에 대한 연구는 정한데로(2021), 강희숙(2021), 남길임 외(2021), 이수진 외(2020) 등이 있다. 특히 이수진 외(2020)에서는 코로나19 관련 신어 목록을 함께 제시하고 있는데, 예를 들면 '사회적 거리두기, 긴급재난지원금, 온라인개학, 언택트문화, 공적마스크, 달고나커피, 워킹스루, 전자출입명부, 긴급재난소득, 깜깜이 감염, 코로나우울증, 코로나포비아, 턱스크, 살천지, 코호트격리' 등을 소개하고 있다.

2.2. 의미 전이로 만들어진 유행어

의미 전이에 의한 유행어는 기존 어휘를 합해서 제3의 새로운 의미
로 전환해서 사용하는 방법이다. 새로운 표현의 어휘를 생산하는 데는
한계가 있기 때문에 기존 어휘에 새로운 의미를 추가해 사용하는 것이
다. 그러한 유행어 생성이 바로 의미의 전이라 할 수 있다. 필요할 때마
다 어휘를 만들어내는 것이 불가하기에 기존 어휘를 차용해서 새로운
의미를 부여한 것이다. 다음의 예를 보자.

③ a. 아는 맛이 더 당긴다…오픈런 부르는 콩물 (서울신문, 2022. 7. 8)

b. 황제주차에 주차빌런…꾹 참기만 해야 하나 (머니S, 2023. 2. 14)

c. "한 달 모으면 커피 한 잔 값 벌어"…'플렉스' 가고, 다시 '짠테크'
(경향신문, 2022. 7. 3)

d. 캘박. 약속·일정 캘린더에 저장 잊지 않겠다는 의미 (서울경제,
2022. 3. 28)

④ a. 불멍·물멍하듯.. 숲멍하기 좋은 완도 여행지 (오마이뉴스, 2022.
4. 1)

b. 마스크 벗은 나는 '마해자'? '마기꾼'?..'판별 앱'도 등장 (문화일보,
2022. 5. 3)

b′ 마기꾼 안녕~ 오늘부터 '노 마스크'에 뷰티업계 화색 (중앙일보,
2023. 1. 30)

c. 도심 곳곳서 '재생에너지 쓰면서, 갓생 살아볼래' (한겨레, 2022.
6. 5)

c′ MZ가 꼽은 '2023년 도전하고 싶은 갓생' 1위는? (머니투데이, 2023.

1. 5)
d. '돈쭐내기'의 사회학, 긍정적 파문의 힘 (동아일보, 2022. 5. 20)

③과 ④의 예는 의미 전이에 따른 유행어이다. ③-a의 '오픈런(open run)'은 '상영·공연 따위를 폐막 날짜를 정해놓지 않고 무기한으로 하는 일'(《우리말샘》)을 의미하는데, 유행어로 사용되는 '오픈런'은 '특정 매장의 개장 전에 줄서서 기다리다가 개장과 동시에 달려 들어간다'는 의미로 수용된다. ③-b의 '주차빌런'은 '주차를 제대로 하지 않는 비양심적인 사람'의 의미로, '빌런(villain, 악당)'의 의미를 '비양심적인, 사회적으로 문제를 야기하는' 등의 의미로 전이하여 활용하고 있다. ③-c의 '플렉스(flex)'도 '구부러지는, 신축성이 있는'의 의미지만, 이를 활용한 유행어 '플렉스'는 '자기만족이나 자기 과시를 위해 값비싼 물건을 구입하는 일', '취향을 과시하고 취향껏 소비한다'는 의미로 활용하고 있다. ③-d의 '캘박'은 'calendar+박제(剝製)'로 만들어진 어휘인데, '일정을 캘린더에 저장한다, 약속 잡다'의 의미로 전이·활용하는 유행어이다.

④-a의 '멍'은 '멍때리다(아무 생각 없이 멍하게 있다)'에서 빌려와, 앞에 오는 어휘의 의미와 결합하여 '힐링하다'의 의미로 활용한다. '불멍'은 '불을 보면서 힐링', '물멍'은 '물을 보면서 힐링', '숲멍'은 '숲을 보면서, 숲속에서 힐링'을 의미하는 유행어로 자리 잡았다. ④-b의 '마해자'와 '마기꾼'은 '마스크'와 결합하여 만들어진 유행어인데, '마해자'는 '마스크 피해자', '마기꾼'은 '마스크 사기꾼'의 조합으로, 합쳐진 의미와는 다르게 활용된다.[7] ④-c의 '갓생'은 'God+(인)생'의 합성어로,

---

7 마해자: 마스크 피해자. 마스크로 미모를 가려 피해를 입은 사람.

'현실에 집중하면서 성실하게 생활하고, 생산적으로 계획을 실천해나가는, 타의 모범이 되는 삶'을 의미하는 유행어. ④-d의 '돈쭐' 역시 '돈+혼쭐'의 합성어로 '돈으로 혼쭐내다'의 구성이지만, 유행어 '돈쭐'은 '선행에 나선 기업의 제품을 적극적으로, 우선적으로 구매해 준다'는 역설적인 의미로 사용하는 유행어다.

살펴본 예와 같이 의미 전이에 의한 유행어는 기존 어휘를 활용하지만, 만들어진 유행어의 의미는 전혀 다른 뜻으로 활용되고 있다.

2.3. 의미 강화로 만들어진 유행어

의미 강화로 만들어진 유행어는 기존 어휘의 앞이나 뒤에 부사나 접사를 추가하여, 어휘의 의미를 한정하면서 강조하는 유형이다. 보편적인 어휘 형성의 방법이라서 유행어에서도 이를 적극적으로 활용한 것이다. 다음의 예를 보자.

⑤ a. '음악중심' 킹덤 컴백, 퍼포 맛집 '킹정' (매일경제, 2022. 4. 9)
　　a′ 무조건 킹정 받는 겨울 여행지 (코스모폴리탄, 2023. 1. 10)
　　b. 귀여워서 '킹받는다'고? '열받는다'는 뜻의 변조어 (조선일보, 2021. 12. 4)
　　b′ '집사부일체' 홍○○ 표 갱년기 테스트, '킹받다' 모르면 갱년기? (스타뉴스, 2022. 5. 22)
　　c. 예능아, '요린이'라 부르지 말아줄래? (한겨레, 2022. 5. 5)
　　c′ 거창군, 남성 요리교실 '요린이의 건강요리' 대상자 모집 (국제뉴

마기꾼: 마스크 사기꾼. 마스크로 가려진 용모가 벗었을 때와 차이가 심한 사람.

스, 2022. 8. 30)

⑤의 예에 나타나는 유행어는 접사 또는 부사적 의미를 활용하여 의미를 강조하고 있다. ⑤-a의 '킹정'은 'king+인정'으로 구성된 유행어인데, 앞의 어휘 'king'을 '매우, 아주'의 의미로 활용하여 '매우 인정함'의 의미로 통용된다. ⑤-b의 '킹받는다'도 'king+열받다'의 구성으로, '매우 화남'의 의미로 활용되는 유행어다. ⑤-c의 '요린이'는 '요리+어린이'의 구성인데, 뒤의 어휘 '어린이'를 '초보'의 의미를 강조하는 뜻으로 활용하여 '요리 초보'를 뜻하는 의미를 형성한다. 이들 모두 핵심 어휘의 앞뒤에 다른 어휘를 강조적 기능의 접사처럼 첨부하여 유행어를 형성하고 있다. 'king'이나 '어린이'가 명사임에도 강조적 기능의 접사처럼 활용되어 쓰임을 알 수 있다.

유행어에 나타나는 의미 강화는 특정 의미를 표현하려는 강한 욕구에 따른 현상이다. 이를 위해 어휘의 앞이나 뒤에 의미를 강조하는 어휘를 덧대어 새로운 유행어를 만들어낸다. 이 유행어는 유사한 형태의 어휘 생산이 용이한 특징이 있다.

3. 매체 유행어의 의미와 표현 양상

3.1. 빠른 전달을 위한 축약적 표현

유행어는 사회적 요구에 따라 만들어진 어휘이기에 당시 사회와 문화, 사람들의 경향성이 반영될 수 있다. 따라서 이러한 유행어를 통해 당시의 사회상과 가치 변화를 엿볼 수도 있다. 앞에서 살펴본 유행어는

대체로 짧은 표현을 선호하고 있다. 많은 사람들에게 수용·발화되어
야 해서 간략할수록 통용되기가 용이하다.

⑥ a. 자갈치 아지매의 '저메추'는? (국제신문, 2022. 6. 29)

　a′ '퇴근길 팬미팅' 에델 라인클랑, 신조어 '저메추' 뜻은.. 저녁 메추리
　　알? 폭소 (OSEN, 2022. 8. 4)

　b. '꾸안꾸' 궁정인 처세술…15세기 후반 '에티켓의 유럽'이 싹텄다
　　(한겨레, 2022. 6. 25)

　b′ '사랑의 이해' 문○○, 따라 입고 싶은 '꾸안꾸' 직장인룩 (OSEN,
　　2023. 1. 11)

　c. '스불재' 일으키는 연예인들, 배경은 SNS? (머니S, 2022. 5. 7)

　c′ 과도한 리볼빙은 '스불재' 아닌가 (일간투데이, 2022. 9. 18)

　d. 野 뒷북반성 "'졌잘싸' 유령 떠돌아.. 일부 초선 '팬덤 뽕' 취해있다"
　　(조선일보, 2022. 6. 8)

　d′ 블랙핑크의 졌잘싸, '브릿어워즈' 고배에도 英서 K팝 가능성 재확
　　인 (스포츠서울, 2023. 2. 12)

⑥의 유행어는 구성 어휘의 앞 글자만을 축약하여 두자어 형식으로
만들어졌다.[8] 어휘의 앞 글자만으로 구성함으로써, 표현을 간단하게
압축하여 사람들이 쉽게 따라할 수 있도록 했다. 길게 말하지 않아도
통용될 수 있다는 점에서 언어의 경제성에 부합한 발화이기도 하다.

8　저메추: 저녁 메뉴 추천.
　꾸안꾸: 꾸민 듯 안 꾸민 듯. 자연스러운 멋을 낼 때 사용.
　스불재: 스스로 불러온 재앙. 의욕이 앞서 저지른 상황이 감당하기 힘들 때 사용.
　졌잘싸: 졌지만 잘 싸웠다. 최선을 다했을 때 사용.

어휘를 압축해서 표현하는 것은 유행어의 두드러진 특징 중 하나이다. '별다줄(별 걸 다 줄여)'이라는 표현이 유행하듯이, 줄여 말하기는 유행어가 아니더라도 언어 표현에서 보편적이다. 신속함을 중시하는 사회 문화 현상, 기다리는 것을 싫어하는 심리 현상 등이 반영된 결과라 할 수 있다.

⑦ a. 6월 반대매매 4000억원 돌파…'존버' 빚투까지 손절한다 (아주경제, 2022. 7. 3)

　　b. '대상' 전○○ "존버가 승리! 쉽게 놓지 말고 꿈에 다가섭시다" (텐아시아, 2023. 1. 7)

　　c. 신용융자 이자 상승에도…'빚투' 개미 더 늘었다 (파이낸셜뉴스, 2023. 2. 14)

　　d. "대형 건설사도 손절"…불안감 커지는 부동산PF (매일경제, 2023. 2. 14)

　　e. 웃안웃. '웃긴데 안 웃긴다'의 줄임말 (서울경제, 2022. 3. 13)

⑦의 예에도 압축 표현의 유행어가 다양하게 나타난다. ⑦-a~d에서는 '존버', '빚투', '손절'의 두 글자 유행어를 연속적으로 사용하고 있다.[9] ⑦-e의 '웃안웃'은 '웃으라고 한 말인데 웃기지 않은, 나아가 다소 슬프기까지 한 상황'을 역설적으로 표현하는 유행어다. 어떤 상황에 대해 '뭐라고 말해야 할지 모르겠어. 우습기도 하고 어이가 없기도 하네' 등의 의미를 함축해서 표현하고 있다.

―――

9 　존버: 매우(비속어 존나)+버티기. 힘든 과정을 버틸 때 사용.
　　빚투: 빚+too. 채무 관계를 폭로함으로써 피해 사실을 밝힐 때 사용.
　　손절: 손+절교. 사람과의 관계를 끊을 때, 친하게 지내지 않을 때 사용.

유행어는 축약된 표현을 통해 전달 의미를 강하게, 그러면서 빠르고 재미있게 표현할 수 있다. 이러한 표현을 통해 화자와 청자의 빠른 소통을 유도하는 것이다. 소통에서 핵심적인 의미만을 간략하게 표현하려는 현대인의 기저 의식이 반영된 것이다.

3.2. 재미를 위한 어희적(語戲的) 표현

유행어는 언어유희를 실현하는 도구이기도 하다. 언어를 활용해 정보를 전달하면서도, 풍자와 해학 등을 통해 즐거운 소통을 보장한다. 언어유희를 보여주는 사례를 보자.

⑧ a. 어쩔티비 저쩔티비 킹받쥬? (영남일보, 2022. 6. 3)
    b. '바이든의 굴욕'…뒤집어진 美의 여론, 이게 머선129? (디지털타임
       스, 2022. 6. 18)
    c. 1절-2절을 넘어 뇌절까지 하네…잔소리 거부하는 젊은이들의 심
       리 반영 '뇌절' (시선뉴스, 2022. 1. 14)
    d. 시누 결혼에 2천 보태라는 시어머니…나는 받은 것 1도 없어 (서울
       뉴스통신, 2022. 6. 28)

⑧의 유행어는 어휘 표현에다 재미까지 더해준다. ⑧-a의 '어쩔티비'는 '나보고 어쩌라고. TV나 봐'를 줄여서 만든 유행어다. 상대방의 말을 무시하거나 농담할 때 사용하는 유행어로, '어쩔+가전제품'의 표현으로 확장이 가능하다. 예를 들어 '어쩔냉장고, 어쩔에어컨' 등의 형태로 파생할 수 있어 표현의 재미를 더해준다. ⑧-b의 '머선129'는 '무슨 일이야?'의 사투리 표현을 숫자와 섞어서 만든 유행어다. ⑧-c의

‘뇌절’은 ‘뇌+절(絶)’의 합성어로, ‘똑같은 말이나 행동을 반복해 상대를 질리게 하는 것을 부정적으로 표현할 때’ 사용하는 유행어다. ‘1절, 2절, 3절…’과 라임을 맞춰 ‘뇌절’이라고 표현하며, 사고의 정지를 뇌가 기절한다고 풍자적으로 표현한다. ⑧-d의 ‘1도 없어’는 ‘아무것도 없다’를 숫자 1로 비유하여 표현하는 유행어다. 유행어에 반영된 언어유희는 듣는 것만으로도 재미를 유발한다.

⑨ a. **빵빵** 뜨는 #동네빵집_챌린지, 골목상권 ‘돈쭐’…대기업 ‘혼쭐’ (서울신문, 2022. 5. 12)

　a′ ‘돈쭐’ 이○○, 이○○와 ‘소개팅’ 걸고 먹방 (스포츠경향, 2023. 2. 2)

　b. ‘MB 사면까지. 가보자고’?.. 8·15 특사론 군불 때는 친이계 (JTBC, 2022. 6. 29)

　b′ 동구청소년수련관 ‘가보자고, 갓(God)생 Trip’ 4박5일 금장 활동 진행 (한국시민기자협회, 2023. 2. 10)

　c. 넷플릭스.. 너 뭐 돼? 이제는 광고까지 넣는다고? (서울경제, 2022. 4. 30)

　c′ ‘음주운전’한 노○, ‘전○○ 시대’로 선 넘네…너 뭐 돼? (엑스포츠뉴스, 2023. 1. 16)

⑨의 유행어도 언어 유희적 특징을 잘 보여준다. ⑨-a, a′의 ‘돈쭐’은 ‘돈+혼쭐내다’의 합성어로, ‘돈으로 혼내준다 → 좋은 일 한 매장의 물건을 팔아주자’의 의미를 역설적으로 표현한 것이다. ‘돈’과 ‘혼쭐’의 의미 관계를 재미있게 엮어서 표현하고 있다. ⑨-b, b′의 ‘가보자고’는 ‘어디어디로 가자’의 의미가 아니라, 어떤 일을 할 때 호기롭게 덤벼보자는 의지, 다짐을 보여주는 표현이다. 흡사 ‘파이팅!’의 의미를 나타내

는 유행어로 역시 언어 유희적 쓰임을 보이고 있다. 실제 의사소통에서는 여기에 억양이나 강세가 함께하는데, 그래서 더 재미있게 표현된다. ⑨-c, c′의 '너 뭐 돼?'는 '네가 뭐라도 되니?'의 의미로 누군가가 잘난 척을 할 때 이를 비꼬기 위해 쓰는 표현이다.

언어유희는 유행어의 언어적 특징을 가장 잘 보여준다. 어떤 현상이나 행동을 직접 표현하는 부담을 비껴가면서 말하고 싶은 내용을 꼬집어 두드러지게 표현하는 강점이 있다. 따라서 발화자에게 심리적 만족감을 줄 수도 있다.[10] 따라서 유행어의 언어유희는 실제 언어 사용에서 복합적인 만족감을 유발할 수도 있다.

3.3. 재생산을 통한 강조적 표현

최근 유행어의 의미 표현은 분야나 장르를 제한하지 않고 다양하게 전이·활용된다. 하나의 유행어가 등장하면 이를 기저형으로 삼아 유사한 형태를 계속 재생산하는 특징을 보인다. 다음의 예를 보자.

⑩ a. "메시 빼곤 다 질투할걸" 루니, 호날두의 '질투 댓글' 킹정 (스포츠조선, 2022. 4. 8)
   b. '킹받는' 신조어 (조선일보, 2022. 6. 16)
   c. 피자게이트와 '킹리적 갓심' (메트로신문, 2021. 5. 26)
   d. 롤러코스터 환율…"킹달러까진 안 간다" (YTN, 2023. 2. 9)

---

10 예를 들어 '같이가치'의 경우 '함께 가치 있는 일을 합시다'의 의미를 내포한 표현으로, 발음의 유사성에 기인하여 만든 언어 유희적 표현이다. 이를 활용한 '카카오같이가치'는 카카오의 사회 공헌 플랫폼으로, 프로젝트 모금, 공익 캠페인, 기부 등의 활동을 한다. 언어유희를 활용해서 언중에게 말놀이의 즐거움과 인지도를 상승시키는 효과를 노린 것이다.

⑪ a. '불멍' 제품·다용도 가스버너 등 가볍고 편리한 캠핑용품 불티

　　 (국민일보, 2022. 6. 30)

　 b. "머물며 힐링하며"..밭담 따라 '물멍'하거나 승마는 어때? (JTBC,

　　 2022. 6. 16)

　 c. '곤충멍'에 빠져보고 싶다면 (한겨레21, 2022. 7. 10)

　⑩의 유행어는 접두사처럼 기능하는 'king'을 활용한 예들이다. '킹
정'은 '정말(매우) 인정한다'의 의미이고, '킹받는'은 '매우 열받는'의
의미이다. 앞 글자 'king'을 강조 접두사처럼 활용하는 어휘로, 앞에
'king'을 붙여서 다양한 어휘를 생산할 수 있다. '킹받다'를 활용한 '킹
받드라슈, 킹받드라쉬', 'kg받네' 등은 모두 '킹받다'와 같은 의미인데,
형태를 다양하게 변형한 예들이다. 접두사 역할을 하는 'king'에 'god'
을 더한 '킹리적 갓심'은 '매우 합리적 의심이 든다'의 의미로 사용하는
유행어다. 'king+dollar'로 구성된 '킹달러'는 '달러의 초강세 현상'을
가리키는 유행어다.

　⑪의 유행어는 소위 말하는 '멍시리즈' 어휘들이다. ⑪-a의 '불멍'은
'불을 보면서 멍때리기 → 불을 보면서 힐링하기'의 뜻을 가진 유행어
인데, 'O+멍'의 형식으로 '불멍'과 유사한 형식의 유행어를 다양하게
생산할 수 있다. ⑪-b의 '물멍'은 '물을 보면서 힐링하기', ⑪-c의 '곤충
멍'은 '곤충을 보면서, 키우면서 힐링하기' 정도의 의미로 이해할 수
있다. 이 외에도 '멍시리즈' 유행어는 '풀멍', '숲멍', '별멍', '꽃멍', '팬
멍' 등 매우 다양하게 만들 수 있다.

　최근 유행어는 한 형태가 만들어지면, 이를 기반으로 유사한 형태
로, 유사한 의미로 다양하게 재생산되는 특징이 있다. 그렇게 하는 것
이 언중의 이해를 높이는 데 도움이 되기 때문일 것이다.

⑫ a. "이제는 반려식물의 시대"..넷플릭스보다 '식집사'가 더 재밌다?
(머니투데이, 2022. 7. 1)

b. "나뭇잎 한 장에 100만 원"..식물 키워 '식테크' (MBC, 2022. 4. 14)

c. 반려식물 케어 가전·호텔 서비스..'플랜테리어' 시장 뜬다 (뉴시스,
2022. 6. 22)

⑫의 예는 '반려식물'의 유행에 따라 만들어진 어휘들이다. '식물'이라는 키워드를 중심으로 유행어가 다양하게 파생되었다. ⑫의 a에는 '식물+집사'의 '식집사'가, b에는 '식물+재테크'의 '식테크'가 사용되고 있다. c의 '플랜테리어'는 'plant+interior'가 합쳐진 말로, '실내 곳곳을 식물로 꾸미는 것'을 의미한다. 이 외에도 '반려식물'을 기반으로 만들어진 유행어로는 '식덕(식물 덕후)', '풀친(식물로 알게 된 친구들)', '풀멍(식물 바라보기)' 등 다양하다. '식물'처럼 어떤 키워드가 유행하게 되면, 그 분야와 관련된 다양한 어휘 표현이 유행어로 만들어진다.

유행어는 강력한 재생산성을 가지고 있다. 따라서 하나의 유행어가 등장하면 이것을 기저로 유사한 형태, 또는 유사한 범주의 유행어가 재생산되는 특성을 보인다.

3.4. 과잉성을 담은 극한적 표현

언어 표현은 시간이 지나면서, 그리고 반복적으로 사용되면서 자연스럽게 표현 수위를 높이게 된다. 처음에는 참신하게 들렸던 어휘도 반복되면서 평이하게 받아들여진다. 그래서 표현의 강도가 점차 세지는 것이다. 유행어는 이런 특징을 잘 보여주는 어휘군이라 할 수 있다. 새로운 유행어는 이전의 유행어보다 더 참신하고 신선하게, 그리고 강

력하게 표현하려고 한다. 표현의 참신함, 의미의 강도가 높아져야 언중에게 새롭게 다가갈 수 있고, 쉽게 각인될 수 있기 때문이다.[11] 유행어의 표현이 점점 강렬하면서 극단적으로 변하는 이유다.

⑬ a. 나는 추앙한다, 한국의 촌을 (한겨레, 2022. 7. 2)

　a' '대행사' 스파이마저 품은 이○○, 어찌 추앙받지 않을 수 있나 (뉴스엔, 2023. 2. 13)

　b. '놀면 뭐하니?' 정○○→이○○, 데뷔곡 녹음..노래 잡아 찢었다 (스포츠경향, 2022. 6. 25)

　b' 코카앤버터 '서가대' 오프닝 찢다 (스포츠경향, 2023. 1. 20)

　c. 도심 곳곳서 '재생에너지 쓰면서, 갓생 살아볼래' (한겨레, 2022. 6. 5)

　c' "올해도 갓생이다"…직장인 50.4%, "업무시간에도 자기계발" (전자신문, 2023. 2. 3)

⑬의 유행어는 의미 표현의 정도가 점점 높아진다. ⑬-a, a'의 '추앙하다'는 드라마 대사로 등장하여 유행어가 된 예인데, '추앙하다'의 의미역과 상관없이 다양한 분야에서 사용된다. '추앙하다'는 '(사람이 어떤 사람을) 높이 받들어 우러르다'(《고려대 한국어대사전》)의 의미로, [+존경], [+우러러봄], [+지지], [+좋아함], [+사람], [+긍정], [+절대적] 등의 의미 자질을 생각할 수 있다. 그러나 유행어로 쓰이는 '추앙하다'는

11　문금현(2019:166)에서는 신어 형성 역시 극한 표현의 사용 빈도가 높아짐에 대해 '자신의 의도를 보다 잘 전달하고자 참신하고 더 강한 표현을 찾게 되면서 극한 표현 신어의 생성이 많아졌고, 단어의 의미가 점차 자극적이고 극단적으로 표현된다'고 설명한다.

이와 같은 의미 자질을 고려하지 않고, 어떤 분야가 되었든 '극도로(최고로) 좋아함'의 의미로 통용되는 듯하다. '민의 추앙', '상처·실수·방황 추앙', '식물 추앙', '직업 추앙', '아이스크림 추앙'[12] 등 다양한 상황에서 '추앙'을 사용하며, 의미는 '아주, 매우 좋아하다' 정도로 쓰인다. ⑬-b, b′의 '찢다'도 원래의 의미는 '(사람이 종이나 연한 물건을) 잡아당기거나 힘을 가하여 갈라지게 하다'(《고려대 한국어대사전》)이지만, 유행어 '찢다'는 어떤 분야에서 압도적으로 잘했을 때 '매우 대단하다'의 절대적인 표현으로 사용된다. '찢다'도 앞의 예와 마찬가지로 '종이, 연한 물건'의 의미와 상관없이 다양한 분야에서 강조의 의미로 활용된다. '노래를 찢고, 오프닝을 찢고, 무대를 찢고, 스크린을 찢고, 패션쇼를 찢는다' 등 '최고로 잘했다'는 의미로 다양한 맥락에서 활용된다. ⑬-c, c′의 '갓생'도 앞에 붙은 '갓(God)'의 강조 의미에 의해 '신처럼', '신과 같이'라는 의미가 얹힘에 따라 절대화된 의미 표현으로 이해된다. 의미 강조를 위해 어휘의 앞에 붙이는 의미재로 'God'은 가장 강력한 표현으로 간주되고, 그에 따라 의미 전달의 효과도 배가됨을 알 수 있다.

시간이 지날수록 유행어 표현 정도가 강해지는 현상은 이전부터 있어 왔다. '맑고 깨끗한 피부'에서 시작한 표현이 유행을 따라가면서 '아기피부', '우윳빛깔 피부'도 되고 '물광피부', '꿀피부', '도자기피부'도 되다가 '여신강림'이 되는 예에서처럼, 유행어 표현은 극단적 표현

---

12 「민의를 추앙하라」, 『전북중앙신문』, 2022. 7. 7; 「신의 상처를, 실수를, 방황을 추앙합니다」, 『정신의학신문』, 2022. 6. 28; 「애지중지하던 식물을 어떻게 팔라고..'식물 추앙' 시대」, 『이코노미조선』, 2022. 7. 4; 「당신이 가장 '추앙'해야 할 직업은?」, 『조선일보』, 2022. 6. 4; 「"100원짜리 아이스크림 추앙해요" 중국의 '쉐렌 보위전'」, 『아주경제신문』, 2022. 7. 4.

을 찾게 된다. 새로운 표현이 유행되기 위해서는 앞선 표현보다 강렬한 이미지를 줄 수 있어야 한다. 그래야만 언중에게 확실하게 다가갈 수 있고, 언어 사용의 장으로 들어갈 수 있기 때문이다.

4. 매체 유행어의 언어 문화적 지향

이 글에서는 매체 유행어의 언어 문화적 지향이 무엇인지 살펴보고자 한다.[13] 매체의 유행어는 당대 사회의 특징을 대변하는 기제 중의 하나이다. 잘 아는 것처럼 매체를 기반으로 한 유행어에는 일상의 표현이 여과 없이 반영된다. 따라서 이들 유행어가 실제 언어생활에서 어느 정도 사용되고, 그 영향력이 어떠한지 파악하는 것이 중요하다. 그래야 유행어의 언어 문화적 지향이 무엇인지 확인될 수 있기 때문이다.[14] 매체 유행어의 언어 문화적 지향을 세 가지 측면에서 다음과 같이 설명할 수 있다.

첫째는 가치 지향성의 언어 문화를 형성한다. 매체의 유행어는 개인

---

13 성기철(2019:29)에서 설명하는 언어 문화는 '언어 및 언어와 관련되어 있는 문화 전체', '언어와 관련된 문화'이다. 언어에 내포되어 있는 문화로 대우법을, 문화에 내포되어 있는 언어로 통신언어 연구를 소개한다. Agar(1995)의 언어 문화에 대한 정의를 인용하면 다음과 같다. "Languaculture is a term meaning a language that includes not only elements such as grammar and vocabulary but also past knowledge, local and cultural information, habits and behaviours"(성기철:2019: 28에서 재인용).

14 남길임 외(2021:91)의 신어 연구에서도 '다수의 비전문가 언중에 의해 쓰인 댓글 등의 언어 자원은 언어 현실의 일부분일 뿐만 아니라, 적어도 신어의 측면에서는 더 많은 사용자들에 의해 생산되는 장르라는 점에서 기사문 못지않은 위상을 갖는다'고 설명한다. 정제되지 않은 글에 나타나는 어휘의 자료적 중요성을 언급하고 있는데, 이는 유행어 연구에도 공통적으로 적용될 수 있을 것이다.

적인 가치, 사회적인 가치 추구에 큰 의미를 두면서, 그렇게 살고 싶은 의지를 반영하고 있다. 개인적으로 의미 있게 생각하는 가치를 지향하거나, 집단 사회에서 추구하는 가치를 유행어를 통해서 확고하게 표현하는 것이다. 박희정·최유진(2023:4)에 의하면, 가치 지향은 나 중심의 '개인 가치 지향'과 우리 중심의 '사회 가치 지향'으로 나눌 수 있다. 유행어에는 이 두 유형의 가치 지향이 다양하게 등장한다. 건강이나 환경, 미래를 위한 사회적 가치를 지향하는 유행어가 있는가 하면(주차 빌런, 착한소비, 돈쭐 등), 개인의 행복, 건강, 물질적 충족 등을 위한 개인적 가치 지향의 유행어가 있다(갓생, 미라클 모닝, 플렉스 등). 언중은 손익 관계나 사회적 시선보다는 개인이 추구하는 가치를 더 유의미하게 생각하고 이를 유행어에 담아내고 있다.[15] 유행어를 통해 개인과 사회가 추구하는 가치를 여과 없이 담아내는 것은 현대인이 매체를 통하여 대중에게 노출되면서 더 강하게 나타나는 현상 중의 하나이다. 대중과 비교하면서 삶을 성찰하고, 그 결과 떳떳한 삶에 대한 자부심을 유행어로 담아내었기 때문이다. 우리를 둘러싼 환경이 비록 부정적일지라도 정대한 삶을 지향하겠다는 신념을 유행어로 표현한 것이라 하겠다.

둘째는 자기 지향성의 언어 문화를 형성한다. 핵가족을 넘어서 1인 가족이 등장하고, 코로나로 인해 개인 활동이 주가 되면서 나를 위주로 하는 삶의 형태가 일반화되었다. 나를 소중하게 생각하고, 나에게 도움이 되는 긍정적인 사고를 지향한다. 이는 전문영(2017:4)에서 소개하는 레프 비고츠키(Lev Vygotsky)의 '자기중심적 언어의 인지적 기능'과 연관될 수 있다. 여기서 소개하는 비고츠키의 이론에 따르면 자기중심

---

15 개인이 만족할 수 있는 분야에서 삶의 보람을 찾고, 개인의 만족을 위해 소비한다. 사회적으로 공유하는 가치를 실천함으로써 타의 모범이 되고자 하기도 한다.

적 언어의 인지적 기능은 '사람들은 자기중심적 언어를 통해 활동을 계획하고, 난관을 극복하며, 상상력과 사고 및 의식적 자각 같은 기능을 수행함으로써 자기 규제적 기능과 고등 정신 기능의 발달을 촉진시킨다'고 설명한다. 이에 따르면 자기 지향성의 유행어는 삶을 대하는 개인의 태도를 보여주는 일면일 수 있다. '자기 지향성'에 대한 긍·부정적 관점이 있겠으나, 유행어에 나타나는 자기 지향성은 시대와 세대 변화에 따른 대응일 수 있다. 자연스럽게 매체의 유행어에서도 '나를 중심으로 하는' 경향성이 반영되어 나타난다. 긍정적으로 수용하기 어려운 상황에 대해 '나보고 어쩌라고!, 나에게 뭐라고 하지 마세요'의 '어쩔티비, 뭐래', '내 마음의 만족도를 가장 중요하게 생각합니다'의 '나심비', 그리고 '집에서 혼자 하는 운동'이라는 '홈트'까지, 전반적으로 사고와 행동의 중심이 자기 자신임을 보여준다. 특히 젊은 계층으로 갈수록 더 많이 나타나며, 이는 최근 MZ세대의 특징과도 연결된다고 볼 수 있다. 사회 초년생의 특징을 반영하는 유행어 '3요 현상(이걸요? 제가요? 왜요?)'을 고려하면, 젊은이 세대의 개인주의적 사고의 확산도 관계될 수 있다. 지난 3년간은 코로나19로 대인 관계가 반강제적으로 단절되자 대타적인 인간 관계가 어렵게 되었다. 그래서 집단에서 요구되는 인간 관계를 포기하는 대신 관심의 대상을 자기 스스로에게 돌렸다. 그러면서 자아를 중시하고, 그러한 나를 표현하는 유행어가 다양하게 생성 및 파생될 수 있었다.

셋째는 과잉 지향성의 언어 문화를 형성한다. 언어 사용에서 강조 표현은 어느 시대나 있어 왔지만, 요즘의 유행어는 강조의 강도가 매우 높아지고 있다. 발음을 강화하고, 어휘의 앞이나 뒤에 강조 의미를 추가하는 어휘를 덧붙인다. 극한적인 표현일수록 의미를 강력하게 전달할 수 있다는 판단 때문이다. '찐텐', '찐카페', '찐막'에서처럼 '진하다

→ 찐하다'는 '진짜진짜'의 의미로 더 강력하게 표현하고, '손을 떼다'의 의미로 '절교, 단절'을 의미하는 '손절'을 선택해 단호한 인식을 드러낸다. 강조어 '킹'이나 '갓'은 여기저기 덧붙여져 강력한 의미를 생성했다. 좋아하는 것, 존중하는 것에 '절대적'인 지지를 표방하는 '리스펙트'를 활용하기도 한다. 전통문법적 관점에서의 강조가 동일 어휘 반복(매우매우, 매일매일 등)이나 접사나 조사 첨가(처넣다, 떨어뜨리다, 너만 등) 등에 의해 이루어졌다면,[16] 매체 유행어에서의 의미 강조는 강력한 의미를 갖는 어휘를 활용한 과잉적 표현으로 나타나고 있다. 이러한 매체 유행어는 그만큼 강력하면서도 극단적인 의미를 담고 있기 때문에 모든 연령대의 언중이 일상에서 보편적으로 쓰기는 어려울 수 있다. 그럼에도 불구하고 유행어가 매체에서 자주 쓰이는 것은 전달 의미를 한껏 강조해서 표현하려는 의지 표명이고, 그것이 매체를 통한 의사소통에서 크게 문제가 되지 않기 때문이라고 할 수 있다. 그런 면에서 언어의 강력한 인플레이션으로 작용하는 것이 매체 유행어라 할 수 있다. 순화된 언어 현상은 아니지만 강력한 의미 전달을 의도한 현대 언중의 의식이 반영된 결과라 하겠다.

매체의 유행어에 나타나는 언어 문화적 의미는 당시 사회가 지향하는 방향, 가치 추구를 배경으로 형성된다고 할 수 있다. 앞에서 살펴본 가치 지향적이고 자아를 중심으로 생각하며, 상승된 표현을 선호하는 것은 유행어의 언어 문화적 지향이라 할 수 있다. 유행어는 그 시대의 가치 변화, 사회상, 언중이 공유하는 문화 등을 가감 없이 담아내기에 이를 통해 언어 문화적 현상을 살필 수 있다. 이처럼 매체의 유행어가

---

16 이현희(2013:12~21)에 의하면 어휘 강조의 전통적 기법으로 어휘의 형식 반복이나 의미 중복, 그리고 조사나 접사를 추가하는 파생을 설명한다.

당대의 언어 문화를 비교적 생생하게 담아내기에 이들에 대한 관심이
지속될 필요가 있다.

5. 나오기

유행어는 당시 사회의 변화를 가장 민감하게, 그리고 **빠르게** 반영하
며 형성된다. 따라서 사회적 특징, 삶이 추구하는 의미, 언어 문화적
지향 등을 유행어를 통해 살필 수 있다. 매체의 유행어는 필터링을
거치지 않은 언어 자료이기 때문에 사회 변화를 생생하게 탐색할 수
있는 자료이다. 이 글에서는 매체 유행어 형성에 따른 특징과 언어
문화적 지향을 살펴보았다. 앞의 논의를 요약하는 것으로 결론을 대신
하고자 한다.

첫째, 매체 유행어의 의미 형성 방법을 살펴보았다. 매체 유행어는
당시 사회의 다양한 현상을 예리하게 포착한 언어 자료이다. 매체 유행
어는 강하면서도 인상 깊게 표현·전달하기 위하여 여러 가지 방법으
로 형성된다. 유행어의 형성은 의미를 합성하거나 전이 또는 강조하면
서 형성된다. 의미의 합성은 기존에 있었던 어휘의 의미를 살리면서
새로운 어휘, 즉 유행어를 형성하는 방법이다. 의미의 전이는 기존에
있었던 어휘의 의미에 변화를 가하여 새로운 유행어로 형성한 것을
말한다. 그리고 의미의 강조는 접사나 부사를 활용하여 의미를 강조하
면서 새로운 유행어를 형성한 것이다.

둘째, 매체 유행어의 언어적 특징을 검토하였다. 빠른 전달을 위한
축약적 표현, 재미를 위한 어희적(語戲的) 표현, 재생산을 통한 강조적
표현, 과잉성을 담은 극한적 표현 등을 들 수 있다. 먼저 **빠른** 정보

전달을 위한 축약적 표현은 매체 유행어에서 요구되는 핵심이다. 최대한 압축해서 표현할 때 정보의 전달과 수용이 용이하기 때문이다. 그리고 재미를 위한 어희적 표현은 리듬 맞추기, 동음 활용 등 다양한 방법을 활용한다. 언어 유희적인 특성을 잘 살리면 소통의 효과도 제고될 수 있다. 다음으로 재생산을 통한 강조적 표현은 하나의 유행어를 기저형으로 삼아 유사한 형태를 다양하게 만들어 사용하는 것이다. 이 유행어는 전이·재생산되는 성격을 가지고 있다. 마지막으로 과잉성을 담은 극한적 표현은 더 강렬한 것을 추구한 유행어이다. 이 유행어는 의도했던 내용을 강도 높게 표현할 때 유용하다.

  셋째, 매체 유행어의 언어 문화적 지향을 살펴보았다. 유행어는 언중이 단기간에 걸쳐 사용하는 것으로, 당시의 언어 문화를 강렬하면서도 집약적으로 담아낸다. 매체 유행어의 언어 문화적 지향은 가치 지향성, 자기 지향성 그리고 과잉 지향성을 들 수 있다. 가치 지향성의 언어 문화는 개인이나 사회에서 용인되는 정당한 가치를 추구하는 것을 말한다. 이는 유행어가 격언처럼 작용할 수 있음을 의미하기도 한다. 다음으로 자기 지향성 언어 문화는 현대인의 생활상이나 가치관을 대변하는 것으로 이해할 수 있다. 1인 가족 형태의 확산과 독립적인 사고가 개인을 지배하는 문화가 되었고, 그것이 유행어에 수렴된 것으로 볼 수 있다. 마지막으로 과잉 지향성은 가능하면 의도한 내용을 효과적으로 표현하려는 욕구가 반영된 것이다. 언어 경제성의 원리에 입각하여 적은 노력을 들이면서도 큰 효과를 기대하다 보니 유행어가 과잉 지향성을 보이게 된 것이다.

고려대 한국어대사전(ko.dict.naver.com)

표준국어대사전(stdict.korean.go.kr)

빅카인즈(bigkinds.or.kr)

다음(daum.net)

네이버(naver.com)

구글(google.co.kr)

우리말샘(opendict.korean.go.kr)

강연임, 2019, 「매체에서의 유행어 사용에 대한 국어교육적 접근과 해석」, 『어문연구』 101, 어문연구학회, 337~365쪽.

강희숙, 2021, 「코로나-19 신어와 코로나 뉴노멀」, 『인문학연구』 61, 조선대학교 인문학연구원, 115~138쪽.

김일환, 2019, 「빅데이터 시대의 신어」, 『새국어생활』 29-3, 국립국어원, 55~67쪽,

김태경 외, 2012, 「청소년의 비속어·욕설·은어·유행어 사용 실태와 언어 의식 연구」, 『국제어문』 54, 국제어문학회, 43~93쪽.

남길임, 2019, 「신어의 빈도와 사용 추이」, 『새국어생활』 28-3, 국립국어원, 25~38쪽.

남길임·안진산·강현아, 2021, 「기사문과 댓글에 나타난 코로나 신어의 사용 양상과 사전학적 기술」, 『한국사전학』 38, 한국사전학회, 67~101쪽.

문금현, 2019, 「신어 생성의 최근 경향 분석」, 『어문학』 145, 한국어문학회, 151~177쪽.

박광길, 2020, 「인터넷 밈의 언어적 성격 고찰」, 『인문과학연구』 66, 강원대학교 인문과학연구소, 5~26쪽.

박선옥, 2019, 「2015-2017년 [+사람] 신어의 사회문화적 의미연구」, 『문화와 융합』 41-4, 한국문화융합학회, 977~1008쪽.

박희정·최유진, 2022, 「메시지 프레이밍과 가치지향성이 예방 행동에 미치는 영향」, 『한국콘텐츠학회논문지』 22-4, 한국콘텐츠학회, 352~364쪽.

서혁, 2017, 「학교 교육과 한국언어문화 교육의 쟁점과 과제」, 『한국언어문화학』
    14-3, 국제한국언어문화학회, 221~248쪽.

성기철, 2019, 「'언어문화'의 개념과 적용」, 『국제한국언어문화학회(INK) 27차 국제
    학술대회』, 23~32쪽.

신현숙, 2014, 「뉴스를 활용한 언어문화 교육」, 『국제한국언어문화학회(INK) 17차
    춘계학술대회 기조강연』, 국제한국언어문화학회, 6~18쪽.

양명희, 2007, 「한국인의 언어 의식의 변화」, 『사회언어학』 15-1, 한국사회언어학회,
    107~128쪽.

양해리, 2019, 「한국 청소년의 언어문화 형성에 관한 연구—욕설, 비속어, 은어, 유행어
    를 중심으로」, 연세대학교 석사학위논문.

유경민, 2020, 「신어의 언어 문화적 고찰」, 『The Journal of the Convergence on
    Culture Technology』 6-1, 국제문화기술진흥원, 17~22쪽.

이상규, 2020, 「ASSURE와 유행어를 활용한 매체언어 지도 방안 연구」, 『문화와 융합』
    42-10, 한국문화융합학회, 709~748쪽,

이선영, 2007, 「국어 신어의 정착에 대한 연구」, 『한국어 의미학』 24, 한국어의미학회,
    175~195쪽.

이선영·정희창, 2019, 「절단현상과 의미 응축에 대하여」, 『한국학연구』 52, 인하대학
    교 한국학연구소, 269~289쪽.

이수진·강현아·남길임, 2020, 「코로나-19 신어의 수집과 사용 양상 연구」, 『한국사
    전학』 36, 한국사전학회, 136~171쪽.

이진성, 2017, 「신어에 반영된 사회문화상과 변화의 양상」, 『사회언어학』 25-4, 한국
    사회언어학회, 87~117쪽.

이현희, 2013, 「어휘 차원에서의 '강조' 실현 방식과 그 특징」, 『한국학연구』 46, 고려
    대학교 한국학연구소, 125~165쪽.

전문영, 2017, 「자기중심적 언어에 나타나는 대화적 특성」, 『코기토』 81, 부산대학교
    인문학연구소, 372~396쪽.

정영, 2008, 「국어 유행어에 대한 연구」, 전남대학교 석사학위논문.

정한데로, 2017, 「'신어의 삶'에 관한 탐색—2020년~2004년 신어를 중심으로」, 『국어

학』 83, 국어학회, 119~152쪽.

_____, 2019, 「신어의 탄생, 사회와 문화를 담다」, 『새국어생활』 28-3, 국립국어원, 9~24쪽.

최신인·최은정, 2015, 「신문기사의 신조어 재현 양상 연구」, 『새국어교육』 103, 새국어교육학회, 215~243쪽.

최혜원, 2018, 「사회변동에 따른 어휘 변화: 국립국어원 신어사업을 중심으로」, 『국제한국어교육학회 춘계학술발표논문집』, 국제한국어교육학회, 37~50쪽.

매체 유행어의 쓰임과
사회언어학적 심리

1. 들어가기

얼마 전 모 신문 기사에 '스쿨존 교통사고 늘자 '초품아' 찾는 학부모
들'이라는 헤드라인의 기사가 등장했다.[1] 여기서 '초품아'는 '초등학교
를 품은 아파트'의 줄임말이다. 인스타그램이나 페이스북, 트위터 등의
SNS에서 구사되는 유행어 및 신조어가 오프라인을 넘나들고 있음을
보여주는 사례이다. 이제 주요 언론인 신문 기사에서도 유행어 사용이
자연스럽다.

이 글의 목적은 매체에서의 유행어 사용 양상을 바탕으로 유행어에
나타나는 사회언어학적 특징을 살피고, 국어 교육적 관점에서 고려해
야 할 점이 무엇인지, 그래서 앞으로 언어 사용이 나아가야 할 방향이
어떠한지를 모색하는 데 있다.[2] SNS의 파급력을 쉽게 엿볼 수 있는

---

[1] "아이들 안전이 부모에게 얼마나 중요한 문제가 됐는지 보여주는 게 '초품아'란 신조
어다. (…) 최근엔 '역세권보다 초품아가 대세'란 말까지 나왔다"(「스쿨존 교통사고
늘자 '초품아' 찾는 학부모들」, 『조선일보』, 2019. 5. 2. 인용).

[2] 본문에서 다시 밝히겠지만 유행어와 신조어의 개념이 문법적으로 명확하게 구분되

것 중 하나가 수시로 바뀌는 언어 표현이다. 얼마 전까지만 해도 익숙
했던 언어 표현이 어느새 새로운 어휘로 대체된다. 하나의 표현이 생기
면 이를 기저로 유사한 표현이 우후죽순처럼 생겨나기 때문이다. 따라
서 이러한 어휘 변화와 교체 현상에 대한 분석과 연구도 다각도로 이루
어지고 있다. 표기법이나 문법적 관점에서 어형성 문제를 지적하기도
하고, 국어 어휘의 훼손이라는 관점에서 예각화하여 분석한 후 이를
바로잡아야 한다는 의견도 많다. 한편 다양한 어휘 생성을 통해 표현의
자유와 화자의 발화 의도를 구체적이고 섬세하게 전달한다는 점에서
마냥 부정적이라고 할 수만은 없다는 견해도 있다. 문법에 맞는 올바른
어휘 선택도 중요하고, 화자의 의도를 수월하게 전달하는 어휘 구사도
필요하다고 할 수 있다.

　언어가 생각을 실어 나르는 그릇임을 감안하면, 어떤 어휘를 어떤
상황에서 발화하느냐는 상당히 중요하다. 화·청자는 유사한 의미를
가진 어휘라도 발화 장면이나 발화자의 심리 상태에 따라 달리 구사하
고 수용하기 때문이다. 따라서 어휘 구사는 단순히 의사 표현의 도구이
기도 하지만, 넓게 보면 화자의 언어 심리, 화자를 둘러싼 발화 상황,
더 나아가 그 시대의 사회언어학적 의미도 함께 내포되어 운용된다고
볼 수 있다.

　특히 SNS 등이 소통의 상당 부분을 점유한 지금은 국어사전에 나오
는 어휘보다 시류를 반영한 유행어나 신조어를 훨씬 빈번하게 발화하

거나, 언어 사회에서의 쓰임을 수월하게 나눌 수 있는 것은 아니다. 표준국어대사전
에 의하면, 유행어는 '비교적 짧은 시기에 걸쳐 여러 사람의 입에 오르내리는 단어나
구절로, 신어의 일종'으로, 신어는 '새로 생긴 말'로 정의한다. 이에 이 글에서는 이들
을 '유행어'로 통칭하여 언급하는 것으로 통일성을 기하려 한다. 다만 유행어의 의미
안에는 신조어의 개념도 상당 부분 포함하여 논의하고자 한다.

, 그것이 의미 전달의 효과도 더 좋다고 인식되기도 한다. 물론 젊은
화자들이 이러한 어휘를 더 적극적으로 구사하겠지만, 어린이나 기성
세대에게도 이러한 어휘의 상당수가 생소하지만은 않다.[3] 어휘에 대한
인식이 사회 문화적 맥락을 바탕으로 이루어짐을 고려한다면, 이러한
어휘 변화와 소통 양상을 사회 변화에 따른 일련의 과정으로만 이해하
는 것은 무리가 있다. 변화하는 어휘 표현의 양상을 분석하고 여기에
어떠한 언어 심리가 투영되었는지, 그래서 언어 사회가 어떤 점을 반영
하여 변화하고 있는지 종합적으로 숙고할 필요가 있다.

따라서 이 글에서는 '2018~2019년, 유행어, 신조어'를 키워드로 검
색 포털 구글에서 어휘 자료를 1차 추출하고, 추출된 어휘를 국립국어
원에서 제공하는 우리말샘에서 2차 확인하는 과정을 거쳐 분석 어휘
목록을 유형화하였다.[4] 우리말샘에서의 확인 작업을 병행한 이유는 우
리말샘의 어휘 정보 생성이 개방적이면서 체계적이기 때문이다. 즉
우리말샘의 어휘 표제어 생성은 기존 국어사전보다는 개방적이면서
일반 포털 사이트보다는 체계적이기 때문에, 실질적인 어휘 자료를
수집하거나 확인하기에 수월한 점이 있다. 따라서 실제적인 언어 사용
을 반영하는 어휘가 일정 기준의 필터링 과정을 거친 후 수록된다는

---

3 다만 SNS의 주요 수요층에 비해 적극적으로 발화하지 않을 뿐이지 이러한 표현이
   매우 낯설지만은 않을 수 있다. 예를 들어 중, 고등학생이나 대학생들이 빈번하게
   발화하는 유행어 '개이득'을 기성세대 계층에서는 발화하지 않을 뿐이지 모르는 것으
   로 간주할 수는 없다.
4 '우리말샘'은 국립국어원에서 운영하는 개방형 한국어 지식사전이다. 우리말샘은 일
   상생활에서 사용하는 어휘를 대폭 수록하고 어려운 풀이를 쉽게 수정하여 국민의
   언어생활에 실질적인 편의를 제공하고자 한다. 그래서 일반인이 쉽게 참여할 수 있
   는, 위키 방식을 채용한 디지털 사전이다(《위키피디아》 참조). 우리말샘에서는 어휘
   등록은 누구나 자유롭게 할 수 있으나, 등록 어휘에 대해 전문가 감수 과정을 거치면
   서 표제어를 체계적으로 구축한다(김선철:2016 참조).

점이 우리말샘의 장점이라 할 수 있다.[5] 그리고 구글과 우리말샘을 통해 추출된 어휘의 사용 양상을 일간지 기사의 헤드라인을 중심으로 용례를 찾아 정리하였다. 그리하여 최종 134개의 유행어를 선택하고, 이들 어휘 자료를 분석 대상으로 삼고자 한다.[6]

이 글을 통해 유행어 형성에 따른 어휘 변화의 양상을 살피고 어휘 형성에 영향을 끼친 기제가 무엇인지 밝혀봄으로써, 언중의 실제적인 어휘 사용의 현 주소와 언어 사회에 내재되어 있는 언어 문화에 대해 이해할 수 있을 것이다. 논의 결과를 토대로 실질적인 어휘 교육 방안을 수립하고 어휘 사용의 방향성을 탐색하는 데 이 글이 작으나마 도움이 되기를 기대한다.

2. 매체에서의 유행어 형성과 사용 양상

매체에서 만들어지고 유통되는 어휘는 유형도 다양하고 쓰임도 많다. 특히 지금처럼 다양한 매체를 통해 빠르게 변화하는 것을 감안하

---

5 김선철(2016:9~25)에서 설명한 것처럼, 우리말샘은 사회 통념상 윤리적인 문제만 없으면 표제항을 한껏 수용하는 장점과, 표준국어대사전에 올리지 못하였던 신어, 생활 용어, 전문 용어를 다양하게 수록하는 장점을 갖는다. 남길임(2016:88)에서도 신어의 사전 등재는 대중의 의사소통에서 새롭게 등장한 의미 단위를 기록하는 것이기에 당대의 문화와 역사를 남기는 기능이 있다고 설명한다.

6 기왕의 연구에서 제시된 어휘 목록으로는 이정복(2013), 국립국어원 신어 목록(2014), 이주영·김정남(2014), 이영제(2015) 등이 있다(이영제:2015 참조). 이들 연구에서 제시된 유행어(혹은 신어) 어휘 목록의 상당 부분이 대부분 겹치는데 이는 공통적으로 인터넷 포털을 활용하여 키워드를 추출했기 때문이다. 따라서 이 글에서도 구글(google.co.kr)에서 '유행어'를 키워드로 하고, 시기를 한정하여 어휘 목록을 추출했으며, 2016년 이후 구축된 국립국어원의 우리말샘(opendict.korean.go.kr)에서 2차 필터링 과정을 거쳐 유행어 목록을 도출하였다.

면, 매일 새로운 어휘가 만들어지고 또 기존의 어휘가 사라지는 것은 당연하다 하겠다. 이제 그러한 어휘 변화의 결과에만 집중할 것이 아니라, 왜 이러한 현상이 나타나고 있는지를 규명할 필요가 있다.

앞에서 언급한 대로 구글 검색어를 1차 자료로 하여 우리말샘의 필터링을 거치고, 신문 기사의 표제어 사용을 바탕으로 목록화한 유행어는 모두 130여 개이다.[7] 구체적인 사용 양상은 일간지 기사의 표제어 사용 용례를 중심으로 분석하였다. 구축한 어휘 목록을 바탕으로 유형화한 결과 유행어 형성 양상은 크게 축약과 결합, 그리고 혼합형으로 나눌 수 있다.[8]

2.1. 축약형

축약은 하나의 단어, 구 혹은 문장 같은 다양한 층위의 단위를 줄이는 것을 의미한다.[9] 어휘의 앞 글자만으로 줄이는 두자어(acronym),

---

7   물론 이 글에서 목록화한 130여 어휘가 2018~2019년 상반기 유행어를 총망라하여 대표한다고 말하기는 어렵다. 그러나 세분화한 선별 과정을 거치고, 매체에서의 용례를 확인하는 과정을 거쳤기에 보편화된 유행어 예로 해석할 수 있다. 다만 구글 검색에서 수집된 어휘라도 우리말샘에 등록되지 않은 어휘는 목록에서 삭제하였다. 목록에 포함되지 않은 유행어도 상당수 있겠지만, 일단은 목록화한 유행어를 중심으로 사용 양상을 분석하고자 한다.

8   허철구(2015)에 의하면 2014년 교과서 간행 이후, 4종의 교과서에서는 매체에서 형성, 유통되는 유행어를 합성어나 파생어가 아닌 제3의 유형(대체로 축약어 또는 줄임말)으로 분류하고, 2종의 교과서에서는 합성어와 파생어의 체계 속에서 분류했다고 소개한다. 이삼형 외(2014)는 파생(무꺼풀, 기러기족)과 합성(꽃미남), 축약(짬짜면, 카테크)으로 구분하고 있으며, 윤여탁 외(2014)에서는 일반적인 파생이나 합성 외에 줄임말(친친모: 친한 친구들 모임)도 사용된다고 설명한다. 이러한 유형 분류의 공통점은 파생과 합성 이외에 축약(혹은 줄임말)을 어형성의 한 축으로 규정하고 있다는 것이다.

9   이관규 외(2014)에 의하면, 합성어로 된 새말 중 '엄친아(엄마 친구 아들)'처럼 기존

두 어휘의 앞뒤를 각각 섞어 줄이는 혼성어(blend), 두 어휘 이상의 구성인 구나 문장을 각각 구성 어휘의 앞 글자를 모아서 줄이는 문축약(sentence abbreviation) 등이 모두 여기에 해당한다. 무엇보다 매체에서 긴 글자를 간단히 줄여 말하는 것이 유행어 형성의 상당 부분을 차지하고 있다. 발화의 편의성을 감안할 때 어휘 전체를 다 발화하는 것보다 간단히 줄이는 것이 효과적임은 두말할 나위가 없다. 다음은 매체에 나타나는 축약 현상의 예이다.

① a. 엄근진, DC 세계관은 잊어라 (한겨레, 2019. 4)

　b. 문찐…촌스럽고 유행에 뒤처지다 (동아일보, 2018. 4)

　c. 우리도 '스라밸' 지키고 싶어요…중학생들이 본 SKY캐슬 (중앙일보, 2019. 1)[10]

② a. '나일리지'는 일등석 공짜표가 아닙니다 (동아닷컴, 2018. 7)

　b. 방배동, 역세권 숲세권 모두 갖췄다 (조선일보, 2019. 4)

　c. 뇌피셜 PD "'미우새'와 콜라보, 뜨거운 반응 감사하죠" (한국일보, 2019. 1)[11]

의 말을 줄여서 표현하는 것을 축약어라고 할 수 있다. 김혜지(2016)에서 정리한 바에 의하면, 단어의 줄임 현상에 대해 송철의(1993)는 두자어, 노명희(2010)는 두음 절어, 이호승(2014)은 약어, 이영제(2015)는 두음어로 언급하고 있다. 이들의 공통점은 어휘 형성에 관여하는 형식이 줄어든다는 것이다. 따라서 이 글에서는 이들을 아울러 '축약'으로 부른다.

10 　엄근진: 엄격+근엄+진지.
　　문찐: 문화+찐따.
　　스라밸: study+life+balance.

11 　나일리지: 나이+마일리지.
　　숲세권: 숲+역세권.

③ a. 나심비 열풍, 프리미엄 치약업계 호황 (조선일보, 2019. 3)

　 b. 홍○○ "청문회 바꾸자는 여당, 솔직히 내로남불" (중앙일보, 2019. 4)

　 c. 추운데 왜 아이스커피 매출 40% 늘었나…"얼죽아" 때문 (중앙일보, 2019. 2)[12]

　①~③에서 제시한 예는 단어 축약인 두자어, 혼성어, 그리고 문장 (구) 축약의 예들이다. 축약이 전체 분석 어휘 중에서 가장 많은 비중을 차지하고 있다.[13] 어휘를 간단하게 줄여 나타냄으로써 화자와 청자의 빠른 발화와 수용이 가능해져 의사소통의 효율성을 담보하고자 한 것이다. 기존 줄임말 현상과의 차이점이라면, 줄여 발화해야 할 이유가 없는 구성 어휘를 무조건 줄여 발화한다는 점이다. 예를 들어 ①의 '스라밸'은 'study+life+balance'의 구성인데, 어휘 구성을 줄여 발화하는 이유가 단순히 짧게 발화하는 것 이외에 줄이는 이유를 찾기가 쉽지 않다. '스라밸'은 '공부와 개인의 삶 사이의 균형'을 의미하는 유행어로 이전의 워라밸, 워커밸에서 파생된 유행어이다.[14] 곧 공부나 일과 개인의 삶의 균형이 조화로워야 한다는 뜻이다. 비록 독자적인 의미로 명사화되었다 하더라도 줄여 발화하는 것에 대한 이유를 찾기는 쉽지 않다. ③의 '나심비', '내로남불', '얼죽아'의 경우는 구나 문장 구성을 단어

　뇌피셜: 뇌+오피셜.

[12] 나심비: 나의+심리+가성비.
　내로남불: 내가 하면+로맨스+남이 하면+불륜.
　얼죽아: 얼어+죽어도+아이스 아메리카노.

[13] 전체 어휘(134개) 중 축약이 차지하는 비중은 68.7%(92개), 결합은 19.4%(26개), 그리고 유형화하기 힘든 혼합형은 11.9%(16개)로 나타났다.

[14] 워라밸: work+life+balance.
　워커밸: worker+customer+balance.

앞 글자만을 취합하여 만든 표현으로, 기존의 한자어 구성에서 줄여 표현하는 것과 유사하다. 화자와 청자는 길게 설명하지 않고 유행어로 간단히 표현함으로써 발화의 신속성과 유머, 언어유희 등의 효과를 노릴 수 있다.

축약에 의한 유행어 형성에서 주목할 것 중 하나는 사자성어처럼 문장을 네 글자로 줄여 표현하는 현상과 외래어와 고유어를 섞어 만든 혼성어이다.

④ a. '만반잘부' 중학생들 역사, 남북을 공부하다 (한겨레, 2019. 6)
   b. '1박2일' 김○○, 황○○ 언급에 의미심장 미소 '할많하않' (경인일보, 2018. 11)
   c. 홍○○ "청문회 바꾸자는 여당, 솔직히 내로남불" (중앙일보, 2019. 4)[15]

⑤ a. 7년 된 샤워퍼프를 SNS에…'있어빌리티'는 이제 그만 (오마이뉴스, 2019. 3)
   b. '나일리지'는 일등석 공짜표가 아닙니다. (동아닷컴, 2018. 7)[16]

⑥ a. TMI 현상은 왜 생겨났을까? (한겨레, 2019. 5)
   b. '우리집에 왜 왔니' 박○○, 명불허전 TMT 면모 "귀에 피는 안 낼게" (한국경제, 2019. 6)

---

15 만반잘부: 만나서+반가워+잘+부탁해.
    할많하않: 할 말은+많지만+하지+않겠어.
    내로남불: 내가 하면+로맨스+남이 하면+불륜.
16 있어빌리티: 있어 보인다+ability.
    나일리지: 나이+mileage.

④에서 제시된 축약어 '만반잘부'와 '할많하않', '내로남불'은 모두 문장을 네 글자로 줄인 어휘들이다. '만반잘부'는 '처음 만날 때 하는 인사말'에 준하는 문장을 네 글자로 줄인 표현인데, 줄임의 형식은 각 어휘의 앞 글자를 뽑아서 줄이고 합치는 방식이다. 나머지 '할많하않'이나 '내로남불' 역시 같은 형식으로 만들어진 유행어이다. 모두 한자의 사자성어처럼 네 글자로 운을 맞춰 발화 형식을 유형화하고 있다. ⑤의 혼성형 '있어빌리티'는 '그럴 듯하게 꾸며 자신을 과시하는 행위'를 가리키는 유행어이며, '나일리지'는 '나이가 많음을 앞세워 우대해 주기를 바라는 사람'을 폄하하여 표현한 유행어이다. 모두 고유어와 외래어의 결합으로 만든 혼성 축약어이다. 공통적인 특징은 결합과 줄임의 어휘 단위가 동등하지 않고, 자유로운 이합집산 현상을 보인다는 점이다. 한편 ⑥처럼 외국어를 앞글자만으로 줄여 표현하는 유행어도 등장했다. 'too much information', 'too much talk'을 줄여 만든 'TMI', 'TMT'는 일상생활에서도 쉽게 들을 수 있는 유행어이다.

매체에서의 유행어 상당 부분은 축약에 의해 만들어진다. 문법적 단위이든 아니든 의미상 독립적이든 아니든 줄여 발화하는 것은 유행어 형성의 큰 축이라고 할 수 있다.

2.2. 결합형(파생&합성)

앞에서 살펴본 축약과 반대 현상으로 결합형의 유행어가 있다. 결합은 접두사나 접미사가 추가된 파생이나 두 단어의 합성으로 만들어진 형태의 유행어를 아우른다.

⑦ a. '라이프' 역대급 '갓띵작'…차원이 다른 의학드라마 탄생 (매일경제,

2018. 7)

b. 핵노잼으로 추락한 '개그콘서트'의 위기가 소재 제한 때문? (중앙일
보, 2019. 5)

c. "문경에 '약빤' 페북지기가 있다"…'핵인싸' 등극한 문경 SNS (중앙
일보, 2018. 12)

⑧ a. 설 연휴 혼밥러들도 쉽게 만들 수 있는 〈육전과 영양부추무침〉
(경북일보, 2019. 2)

b. 9월 모평, '정시러'에게만 중요한 것은 아니다 (에듀동아, 2018. 9)

c. 대학 신입생들 이거 안보면 후회각 (울산매일신문, 2019. 2)

⑦과 ⑧은 접두사와 접미사 파생에 의해 만들어진 유행어이다. ⑦의
유행어 '갓띵작, 핵인싸'에서 접두사 '갓-'과 '핵-'은 유행어에서 빈번
하게 활용된다.[17] '갓-'은 'god이 만든'의 의미가 추가되어, '갓띵작'[18]
은 '신이 만든 명작'의 의미로 활용된다. '핵-'은 '매우, 아주' 정도의
의미로 해석되는 접두사 용례로 간주하여 '핵노잼'은 '매우 매우 재미
없는'으로, '핵인싸'는 '무리 속에서 아주 아주 잘 지내는 사람' 정도의
의미로 이해된다. ⑧은 접미사 '-er'과 '-각'을 활용한 파생어인데, a와
b는 영어의 사람을 의미하는 접미어 '-er'을 활용하여 '혼자 밥 먹는
사람', '정시로 수능 볼 사람'의 의미로 해석된다. c의 '-각'은 '-할 분
위기이다', '-할 낌새가 보인다' 정도의 의미로, '후회각'은 '후회할 것

---

17 '갓-'과 '핵-'이 원래 접두사였던 것은 아니지만, 유행어 활용에서 접두사화 하여
쓰이고 있다. '갓-'은 영어 'god'에서 차용한 것이고, '핵-'은 한자 '핵(核)'에서 차용
한 것이다.

18 '띵'은 '명'과 글자 모양이 유사하여 '명' 대신 활용한 것이다.

같다'의 의미로 이해할 수 있다.[19] 유사한 표현으로 '자퇴각', '야식각', '조퇴각' 등의 활용 양상을 들 수 있다.

한편 합성의 방법으로 유행어가 만들어지기도 한다. 합성은 독립적인 어휘를 결합하는 방법인데, 단순하게 기존 어휘 의미의 합이라기보다는 제3의 의미까지 추가하여 합성어를 만들어낸다.

⑨ a. 스트레스를 쇼핑으로 푼다? 쓸쓸비용·멍청비용 줄이려면 (중앙일보, 2018. 12)

b. 직장인은 6월이 성수기?…'얼리힐링족'이 뜬다 (SBS, 2018. 6)

⑩ a. 대충 산 적 없는 무민세대 '#대충 살자'에 위로받다 (경향신문, 2018. 10)

b. 빼박캔트…'확실하다'를 강조하는 말 (동아일보, 2018. 5)

C. 내 몸이 어때서? '나나랜드' 소비 뜬다 (중앙일보, 2019. 3)

⑨의 a는 쓸쓸+비용, 멍청+비용의 합성으로 '외로워서 사용하는 돈, 멍청해서 사용하는 돈'의 의미이다. 여기에 의미가 추가되어 '외로워서 사용하게 되는 불필요한 돈, 멍청하지 않았으면 안 나갔을 법한 아쉬운 돈'으로 이해하고 활용한다. '얼리힐링'은 'early+healing'의 합성어로 30대의 새로운 라이프 스타일을 의미한다. 곧 중년이 되기도 전에 지친 삶을 위로하고 가치를 추구하는 것으로, 글자 그대로의 의미의 합이라기보다는 자신의 삶에 집중하는 새로운 세대의 특징을 반영하는 어휘라고 할 수 있다.[20] 합성에서 독특한 예는 ⑩에 나타나는 '무민세대',

---

19 혹은 '-할 각이 섰다'라는 표현으로도 활용된다.

'빼박캔트', '나나랜드' 등이다. '무민세대'는 '무(無)+mean+세대'의 합성으로, '의미 있고 무거운 것에서 벗어나 별 의미 없고 가벼운 생각이나 행동을 통해 즐거움과 가치를 찾는 젊은 세대'를 이르는 말이다 (《우리말샘》). 한자어와 영어의 조합으로 만들어진 유행어인데, 의미를 형성할 수 있다고 간주되면 구성 요소로 고유어든 한자어든, 혹은 영어든 굳이 구분하지 않는다. '빼박캔트'는 '빼다+박다+can't'의 합성으로 '일이 몹시 난처하게 되어 그대로 할 수도, 그만둘 수도 없는 상태'를 강조하는 유행어이다. 어휘 구성은 고유어와 영어의 합성인데, 단순한 어휘 구성이라고 하기도 애매하고 구나 문장 구성이라고 보기도 어렵다. '나나랜드' 역시 '나+나+land'의 합성으로, '나의, 나에 의한, 나를 위해 소비를 하는 사람들'의 의미를 나타내는 유행어이다. 역시 단순히 어휘의 결합으로 의미를 형성하기보다 상황을 반영하여야 의미 수용이 가능한 표현이라 할 수 있다.[21]

결합에 의한 유행어 형성은 문법적 구조에 의한 파생이나 합성에 변형이 가해진 형태로 만들어지며, 이렇게 만들어진 어휘의 의미 역시 구성 어휘 의미의 합이 아니라 시대상을 반영하는 의미로 확대 사용됨을 알 수 있다.

---

20 우리말샘에서의 '얼리힐링족'에 대한 설명은 다음과 같다. 자신이 행복하게 사는 것을 최우선으로 생각하는 젊은 사람. 또는 그런 무리. 주로 자기 계발이나 건강 관리 등에 시간과 돈을 투자하여, 지치고 상처 입은 몸과 마음을 치유하고자 하는 삼십 대를 이르는 말.

21 '나나랜드'의 경우 영화 '라라랜드'와 표현의 유사성에 기인해 만들어졌다고 해석할 수 있다.

2.3. 혼합형

앞에서 설명한 축약이나 결합으로 간주하기에는 복잡한 양상으로 만들어진 유행어는 혼합형으로 설정하였다. 여기에는 글자 모양을 기반으로 하여 만들어진 어휘나 표기의 변형에 의한 어휘, 그리고 특정 유형으로 설명하기 복잡한 어휘가 속한다.

⑪ a. '댕댕이'와 인간, 종을 뛰어넘는 특별한 인연 (경향신문, 2019. 5)
　 b. 커엽다…너무너무 '커여운' 너 (동아일보, 2019. 1)
　 c. 모두의 띵작 '돈까스' (여성동아, 2019. 5)

⑫ a. "렬루 좋못사했건만 롬곡옾눞" 요즘 1020 신조어 뜻은 (중앙일보, 2018. 10)
　 b. '삼귀다', 어떤 상황에서 센스 있게 쓸 수 있을까? "사귀기 전? 후?" (스포츠니어스, 2019. 2)
　 c. 희망과 화합, 경북도민체육대회 '가즈아' (매일신문, 2019. 4)
　 d. '욜로'(YOLO)를 보는 두 시선, "여름철 베짱이 VS 악착같이 모아봤자" (중앙일보, 2019. 5)

⑪과 ⑫의 예는 앞서의 축약이나 결합과는 다른 양상을 보인다. ⑪의 '댕댕이', '커엽다', '띵작' 등은 원 단어가 '멍멍이', '귀엽다', '명작'인데, 글자 모양의 유사성에 기인하여 만들어진 유행어이다. 표기를 글자로 인식하기보다는 시각적 패턴이나 그림처럼 해석하여 만들었다. 그래서 의미와 전혀 상관없이 모양의 유사성을 전제하여 만들어진 어휘라고 할 수 있다. 실제로 '멍멍이'와 '댕댕이' 사이에는 그 어떤 의미의

유사성도 없다. '귀엽다'와 '커엽다', '명작'과 '띵작' 역시 글자 모양을 그림처럼 해석하여 만들어진 유행어이다.[22] ⑫의 '렬루'는 '진짜로', '정말로'의 의미로, 'real+로'를 빠르게 발음하여 표기한 것이다.[23]

'롬곡옾눞'은 '폭풍 눈물'의 표기를 뒤집어 표기하여 만든 유행어이다. '삼귀다'는 '사귀다'를 기반으로 '사'를 숫자 4로 변용, '4귀다'보다 덜한 사이 → '3귀다'의 유추를 통해 '3귀다' → '삼귀다'를 만들어냈다. 의미는 '아직 사귀는 사이는 아니지만 서로 친하게 지내는 사이' 정도로 수용된다. 곧 '사(4)'를 '삼(3)'으로 바꾸는 재미를 반영한 어휘라 할 수 있다. '가즈아'는 '가자'를 길게 발음하는 것으로 간주, 발음을 그대로 표기한 유형이다.[24] 한편 d의 '욜로'는 'you only live once'를 줄여 만든 유행어로 '현재의 행복을 중요하게 여기는 생활 방식'을 의미한다. 앞 글자를 모아(yolo) 발음대로 표기하여 만든 유행어이다.

이들 어휘는 특정 유형으로 해석하기 어려울 만큼 각기 다양한 특징을 내포하고 있다. 따라서 어휘 간의 축약이나 결합과는 다른 양상으로 간주하여 혼합형으로 분류하였다.[25] 혼합형에 속하는 유행어 역시 시대적 배경을 반영하고 언중의 발화 심리에 의해 만들어진 것이다.

---

22 이와 유사한 예는 '괄도네넴띤(팔도비빔면)'이 있다. 이 어휘를 상업적으로 표기하여 호응을 유도하기도 했다.
23 《우리말샘》, '렬루' 참조.
24 이와 유사한 예로는 '그뤠잇', '스튜핏', '아이엠그루트' 등이 있다. 모두 발음을 국어 표기에 반영하여 외국어를 소리 나는 대로 표기한 것이다.
25 이러한 유형은 자판의 오타로 생긴 문자가 유행어가 된 예로 해석할 수도 있을 것이다. 다만 어휘 자료의 수집 기간이 한정적이고, 우리말샘에 등재된 어휘를 중심으로 어휘를 추출하였기 때문에 포함되지 않았을 수 있다. 자판의 오타 등으로 생긴 유행어도 큰 범주에서 혼합형으로 간주할 수 있을 것이다.

3. 유행어 사용의 사회언어학적 심리

3.1. 발화 상황의 명사적 표현

앞에서 살펴본 것처럼 유행어 형성의 대부분이 줄여서 표현하는 데
집중한다. 단어든 문장이든 일단 줄여 말하는 것이 기본 원칙이다. 앞
글자만을 줄이기도 하고, 앞뒤 글자를 줄이기도 한다. 어절 단위로 줄
이기도 하고, 문장의 '처음-중간-끝'을 배분하여 줄이기도 한다. 어떤
형식이든 어떤 조합이든 고민하지 않고 간단명료하게 줄여서 3~4글자
가 넘어가지 않도록 한다.

⑬ a. 어떤 질문을 받을지는 사바사, 케바케지만 다음 예시들을 참고하
　　　자 (국민일보, 2019. 3)
　　b. 물어본 적 없고 궁금하지 않은 TMI 속 정보 생활의 지혜 (한겨레,
　　　2019. 5)
　　c. 3대 맞춤화 전략이 스세권 만든다 (서울신문, 2019. 5)

⑬의 예에서 보듯이 새로 생긴 말들은 그 조합에 상관없이 3~4글자
를 넘어가지 않게 줄인다. a의 '사바사'는 '사람+by+사람', b의 'TMI'는
'too+much+information', c의 '스세권'은 '스타벅스+역세권'의 구성이
다. 이들은 각각 한 글자씩 모으거나 혼성의 형태로 줄임말을 만들고,
구성 어휘의 합에 발화 상황과 의도를 구체적으로 얹어서 어휘의 의미
를 해석한다.
　각각 어휘의 조합에서 줄여진 유행어의 발화 의미는 어휘 의미의
합이라기보다는 제3의 의미로 수용된다. '사바사'는 'case by case'에

유행어	유행어 어휘 구성		1차 의미합성		유행어에 부여된 의미
사바사	사람+by+ 사람	→	사람마다 사람	→	사람에 따라 다르게 적용됨. 경우에 따라 달라질 수 있다.
TMI	too+much+ information	→	너무 많은 정보	→	굳이 알 필요가 없거나 지나치게 많은 정보를 제공할 때 하는 말로, 알고 싶지 않다는 의사를 표현할 때 쓰는 말.
스세권	스타벅스+ 역세권	→	스타벅스 역세권	→	'스타벅스' 근처는 땅값이나 건물값 등의 시세가 동반 상승하는 것을 빗대어 이르는 말. 스타벅스는 주변 상권까지 살린다는 의미.

서 파생된 형태로 이해되며, 의미 역시 '사람마다 다르다. 경우에 따라
달리 적용될 수 있다'는 의미로 활용된다.[26] 'TMI'는 청자가 원하지
않는 정보를 지나치게 많이 제공할 때 이를 비꼬는 의미로 활용된다.
'스세권'은 스타벅스의 매출에 힘입어 주변 상권도 동반 상승하기 때문
에, 스타벅스 근처에 위치하는 건물이나 땅이 인기가 많음을 의미할
때 사용된다.

이들 어휘의 공통적 특징은 자세하게 풀어서 설명해야 하는 다양한
발화 상황을 몇몇 단어의 조합, 그리고 이를 압축하여 그러한 상황을
명사적 개념으로 상징화하여 발화한다는 것이다. 자세히 풀어서 설명
하기보다 간단하게 한 단어로 만들고, 해석도 명사화하여 수용한다.
줄여 말하는 일차적 의도가 발화의 편의성임은 의심할 여지가 없지만,
이에 따른 의미의 수용 역시 명사화하여 해석한다. 이와 같은 현상은
현대인의 속도에 대한 강박의 결과라 할 수 있다. 길게 설명하고 이를
듣고 천천히 이해하는 것보다 간단히 말하고 의미 역시 고정화하여

---

26 'case by case'는 '케바케(경우에 따라 다름, 각각의 경우)'로 발화하는 유행어이다.

순식간에 이해하기를 바란다. 이는 의사소통의 상황에서 신중하게 경청하고, 깊이 있게 생각하며 판단하는 행위를 즐겨하지 않음을 시사한다고 볼 수 있다.

3.2. 나를 중시한 개인적 표현

새로 만들어진 유행어의 특징 중 하나는 개인에 대해 자각하고 그것을 부각하여 표현한다는 점이다. 집단 의식의 중요성보다 개인의 의식과 판단을 중시하고, 타인과의 조화나 양보보다 나를 우선하는 심리가 유행어에 반영된 것이라 할 수 있다.

⑭ a. 혼코노, 혼영, 혼술, 혼밥, 혼바비언, 일코노미
　 b. 스라밸, 워라밸
　 c. 욜로, 내로남불, 횰로족
　 d. 나나랜드, 얼리힐링, 나심비, 무민세대

⑭의 유행어는 모두 나를 강조하여 만들어진 어휘들이다. a의 '혼코노', '혼영', '혼술', '혼밥', '혼바비언', '일코노미'는 모두 '혼자서 하는 활동'이라는 공통점을 갖고 있다. 이러한 어휘의 증가는 개인 문화가 점차 확산되고 있음을 보여준다 하겠다.[27] b는 사람들의 대표 활동인

---

27 혼코노: 혼자 코인 노래방 (감).
　 혼영: 혼자 영화 (봄).
　 혼술: 혼자 술 (마심).
　 혼밥: 혼자 밥 (먹음).
　 혼바비언: 혼자+밥+-ion. 혼자 밥 먹는 사람.
　 일코노미: 1인+이코노미. 1인 가구 경제.

'study', 'work'에 대한 지나친 집착에 대한 경고로 공부나 일과 개인의 삶이 조화를 이루어야 함을 꼬집는 유행어이다.[28] 모두 개인의 소중함을 일깨우는 어휘라고 추론할 수 있다. c의 '욜로', '내로남불', '횰로족' 역시 나의 중요함을 인식한 유행어로 해석된다. '욜로'는 '한 번뿐인 인생, 즐겁게 보내라', '내로남불'은 '내가 하면 로맨스, 남이 하면 불륜', '횰로족'은 '나홀로 욜로족'으로 '내 삶의 소중함'을 더욱 강조하는 유행어다. d의 '나나랜드'는 '나의, 나에 의한, 나를 위한 소비'를 강조하고, '얼리힐링'은 '나의 만족 챙기기', 그리고 '나심비'는 '나의 심리적 만족 비율', '무민세대'는 '의미 있고 무거운 것에서 벗어나 별 자극 없고, 의미 없고, 무한의 휴식을 꿈꾸는 젊은 세대'를 의미한다. 공통적으로 어휘의 중심개념이 '나'이다.

　현대인의 개인에 대한 의식을 보여주는 단적인 현상이다. 누군가와 함께 무엇을 하는 것보다는 나 혼자 편하게 지내고 싶은 마음이 반영된 것이다. 무엇을 하든, 어디에 가든 개인을 중심으로 생각하고 스스로를 만족시켜 주는 일에 몰두한다. 그러한 심리가 유행어에 반영되어 나타난 것이라 할 수 있다. 상황이 어찌되었든, 타인의 감정이 어떻든 나의 만족이 가장 중요한 평가지표임을 유행어가 반영해 보인 것이다. 개인주의의 확산이 언어에 수렴되어 나타난 것이라 할 수 있다.

3.3. 현실 불만의 부정적 표현

　개인에 대한 인식이 강해지면서 만족과 안정에 대한 열망도 커진다.

---

28 스라밸: study and life balance. 공부와 개인의 삶 사이의 균형을 이르는 말.
　　워라밸: work and life balance. 일과 개인의 삶 사이의 균형을 이르는 말.

그런데 사회 구조나 경제 상황이 좋지 않아 이를 수용할 수 없는 것이
또한 지금의 현실이다. 따라서 안정이나 만족에 대한 열망을 채울 수
없음을 인지하고 그것을 부정적인 어휘에 담아 유행어로 쓰고 있다.

⑮ a. 관태기, 할많하않, 현타, 이생망
　 b. 우유남(우유녀), 금턴, 나일리지, 꼰대가르송
　 c. 소확행, 복세편살, 무민세대[29]

⑮의 예는 공통적으로 세상을 바라보는 부정적인 시각을 담아낸 어
휘들이다. a는 '관태기', '할많하않'의 상황에서 '현타', '이생망'으로 확
산된다. 타인과 관계를 형성하는 것도 싫고, 하고 싶은 말이 있어도
말해 봤자 별 효과가 없으므로 방관하겠다는 의도를 보인다. 나아가
나의 부정적인 현실을 자각했을 때(현타) 결국 이번 생은 망했다(이생
망)는 자괴감으로 표현된다. 그런가 하면 어려운 취업이 이미 확정된,
그래서 부러운 '금턴'이 있는가 하면, 사회의 기성세대에 대한 불만을

---

[29] 관태기: 관계+권태기. 타인과 관계 맺기를 싫어하는 현상.
　현타: 현실+자각+타임. 헛된 꿈에서 깨어나 처한 실제 상황을 깨닫는 시간.
　할많하않: 말하다+많다+하다+않다. 할 말은 많지만 하지 않겠어. 하고 싶은 말이
　있으나 상황이 여의치 않아 하지 않음.
　이생망: 이번+인생+망하다. 이번 생은 망했어. 사회 구조와 기성세대에 대한 불만을
　표현.
　우유남: 우월+유전자+남자. 우월한 유전자를 가진 남자.
　금턴: 금수저+인턴. 취업이 보장된 인턴.
　나일리지: 나이+마일리지. 나이가 많음을 특권으로 이해하는 기성세대를 비하.
　꼰대가르송: 꼼데가르송(옷 브랜드)에서 유추. 30~40대 꼰대 상사를 비하.
　소확행: 小+확실하다+행복. 소소하지만 확실한 행복.
　복세편살: 복잡+세상+편하다+살다. 복잡한 세상 편하게 살자.
　무민세대: 무(無)+mean+세대. 의미 없고, 가벼운 행동이나 생각에서 즐거움을 찾자.

'나일리지', '꼰대가르송'과 같은 어휘로 과감하게 드러내기도 한다. 모두 사회에 대한 부정적 의식을 반영하여 만들어진 유행어들이다. 그래서 아예 가치관을 바꾸고, 살면서 이루기를 바라는 원대한 꿈이나 계획은 이미 버리고, 소소한 것에서 만족하려고 하거나(소확행), 대강대강 사는 삶을(복세편살, 무민세대) 추구하기도 한다.[30]

⑯ a. 직장 갑질, 이상한 사장 때문만은 아냐…'존버'하지 말자 (오마이뉴스, 2019. 3)

b. 문찐…촌스럽고 유행에 뒤처지다 (동아일보, 2018. 4)

⑯의 예는 유행어 중 저속하거나 폄하적 의미가 추가된 것이다. a의 '존버'는 삶의 어려움을 표현한 것으로, 무조건 버티면 어떻게든 된다는 가치관을 보여준다. b의 '문찐' 역시 '찐따'라는 유행어에 '문화'를 결합하여 만든 어휘이다. '찐따'는 특정 분야에 모자란 사람을 폄하의 의미로 부르는 말이다.

사회 구조의 편협함, 내 꿈을 펼칠 수 없는 불안정한 현실을 비난하면서 비관적인 관점을 드러내는 유행어가 등장했다. 이는 현대인의 불안한 심리를 드러내는 현상이라 하겠다. 최선을 다하여 노력하면 성취할 수 있다는 믿음이 사라진 현실을 이와 같은 부정적인 유행어를 통해 표현한 것으로 이해할 수 있다.

----

30 분석 자료에 들어가지는 않았지만 시대상의 부정적 면을 풍자한 유행어는 매우 많다. 예를 들면, '헬조선', '흙수저', '문송' 등도 사회의 부정적 면을 풍자한 유행어이다.

4. 유행어에 대한 교육적 접근과 해석

앞에서 근래의 유행어를 통해 언중의 발화 심리를 추론해 보았다. 그 결과 길게 말하고 싶어 하지 않을 뿐만 아니라 '나' 중심으로 사고가 전환되어 개인을 중시하고, 사회 불안에 따른 자신의 부정적인 생각을 가감 없이 드러냄을 확인할 수 있었다. 이러한 사회언어학적인 특징을 반영하는 어휘는 사회가 복잡해지는 만큼 점차 확대될 것이다.[31] 이러한 어휘 형성의 특징은 그 시대 언중의 발화 심리를 반영한다고 할 수 있다.

매체를 통해 형성된 유행어를 국어 교육적 관점에서 해석하고 교육 방안을 모색하는 것은 매우 중요하다. 먼저 국어 교육적 측면에서 유행어를 살필 때 천승미(2018)에서 소개한 폴 네이션(Paul Nation)의 이론이 주목할 만하다. Nation(2001)은 언어학습에 있어 가장 중요한 부분은 어휘이며, 어휘는 학습자가 스스로 인식할 수 있는 시각 어휘로의 전환이 가장 필수적임을 주장한다.[32] 한편 신명선(2004:281~282)에서는 Bachman(1990)의 의사소통 능력 모형을 기반으로 어휘 능력의 필요성을 제시한다. 곧 어휘 능력은 의사소통 능력에서 중시되는 요소이고, 적절한 어휘를 구사하기 위해서는 언어 능력과 전략적 능력, 그리고 심리 운동 기술을 잘 운용해야 한다고 했다. 나아가 어휘 능력은 의사소통의 구성 요소에서 상하 관계가 아니라 상호작용에 기반을 둔

---

31 이 글에서 선택하지 않은 수많은 유행어의 상당 부분이 이러한 특징을 공통적으로 반영하는 것으로 보아, 이와 같은 현상은 앞으로 더 심화될 것이다.

32 시각 어휘로의 전환은 어휘가 축적되는 과정에서 의도적인 교수와 학습이 순환되어야 하며, 이를 통해 학습자가 해당 어휘를 최소 5번에서 16번 정도 반복적으로 접하게 될 때 단어의 의미를 자동적으로 인식하게 된다(천승미:2018:194 인용).

중요한 기제라고 보았다.[33]

어휘 교육의 필요성과 중요함을 인식하고 앞서 살핀 유행어에 대한
언중의 자세와 이의 교육 방안도 강구되어야 마땅하다. 우선 유행어를
국어 교육의 관점에서 주목해야 하는 이유를 들면 다음과 같다.

첫째, 유행어가 광범위하고 일상적으로 쓰인다는 점이다. 유행어는
이제 SNS는 물론이고 오프라인에서도 일상적인 어휘가 되었다. 더욱
이 주요 언론에서 표제어로 사용할 만큼 보편적인 어휘로 자리매김하
였다. 적어도 국립국어원의 우리말샘에 등재된 어휘는 어느 정도 보편
성까지 인정받은 것으로 볼 수 있다. 그래서 유행어라고 해서 백안시하
는 것은 타당하지 않을 수 있다. 언중이 그것을 통해 의사소통을 수월
하게 함을 감안하면 소통의 기재로 효과적인 면이 없지 않기 때문이다.
실제로 세대와 남녀를 불문하고 사용할 뿐만 아니라, 사용되는 영역도
일상 회화는 물론이거니와 문자 언어로 기록되는 공변된 언론에 이르
기까지 일상화되었다. 그래서 이러한 유행어를 방치하기보다는 적극
적으로 수렴하여 정제하는 한편, 효과적인 교육 방안도 다양하게 검토
해야 하겠다.[34] 유행어를 구사하는 계층이 젊은 세대가 주를 이룬다는
점에서 교육적인 필요성이 더하다 하겠다.

----

33 Bachman(1990)의 의사소통 언어 능력 모형은 다음과 같다(신명선:2004:282 참조).

34 노은희(2002:71)에서는 유행어는 대중성을 성공적으로 획득한 상태이며, 대중의 유
행어 사용은 매체에 흡입되어 재생산 과정을 거친다고 설명한다. 따라서 유행어는
개인의 언어 사용의 단계를 넘어서 공동체 언어 문화를 형성하는 하나의 지표라
할 수 있다.

둘째, 유행어는 현실의 언어 자료라는 인식이 있어야 한다는 점이다. 언어는 생명체와도 같아서 수시로 변화한다. 특히 어휘의 경우 생멸을 반복하면서 시대 상황에 맞게 소통 기재로 작동해 왔다. 그런 점에서 유행어는 시대 상황을 반영하면서 소통 기재로 충족되는 면이 없지 않다. 그것도 당시대 언중의 필요에 의해 형성된 것이기 때문에 나름대로 사회성까지 담보될 수 있다. 무엇보다도 살아 움직이는 언어 자료라는 점에서 소통 기재로 중요한 면이 있다. 이를 감안하면 이 유행어를 교육의 범주 안으로 끌고 들어와 적극적으로 응대하는 것이 어휘 교육을 위한 방안일 수 있다. 이들 유행어는 의사소통을 효과적으로 가능케 할 뿐만 아니라 때로는 항구적인 생명력을 얻는 경우도 없지 않기 때문이다.[35] 언중의 원활한 소통을 돕는 차원에서 유행어를 어휘 교육 범주 안에 포함시키고, 유행어의 양가적 측면을 다루는 것이 필요하다.[36] 어휘 교육적 측면에서 유행어는 실제 언어 현실을 반영하는 어휘 자료들이기 때문에, 당시의 언어 문화를 엿볼 수 있는 중요한 자료가 될 수 있다.[37] 현실적으로 쓰이는 유행어의 형성과 의미 특징을 어휘 교육의 장에서 적극적으로 검토하고, 이들의 정오를 판단하는 일련의 과정을 통해 올바른 어휘관이 정립될 수 있기 때문이다.

셋째, 어휘 교육 자체에 초점을 두어야 한다는 점이다. 어휘 교육은 앞에서도 말한 바와 같이 의사소통에서 아주 중요한 요소이다. 그래서

---

35 유행어였다가 표준어로 사전에 등재된 예로 '짝퉁'을 들 수 있다. 표준국어대사전에서 '짝퉁'은 '가짜나 모조품을 속되게 이르는 말'로 설명된다.

36 최신인·최은정(2015:237~239)에서는 신문 기사의 신조어 프레임을 부정적 관점에서 '언어 파괴, 소통 장애', 긍정적 관점에서 '언어 전략, 사회 반영'으로 설명한다.

37 최신인·최은정(2015:239~240)에서 신조어는 입체적인 교육을 기획할 수 있는, 미처 깨닫지 못했던 어휘 의미의 범위와 폭을 확장하고 심화할 수 있는 언어 재료라고 해석한다.

어휘 교육에서는 그것이 비문법적인 구성이라 하여 배척할 일은 아니라고 본다. 유행어는 형성 과정이 파격적인 것이 많아 비문법적인 어휘가 상당수이다. 하지만 유행어에는 언중이 요구하는 함축된 의미가 담겨 있어 일상생활에서의 발화가 자연스러운 경우가 대부분이다. 이를 감안하면 원활한 의사소통을 위한 수단으로 유행어가 쓰임을 인정하지 않을 수 없다. 문법적인 기준만을 내세워 부당함을 강조하기에는 유행어의 쓰임이 이미 통제 가능한 선을 넘어 보편화된 양상까지 보이는 것이 사실이다. 실제로 유행어가 단순히 언어 규범을 파괴한, 조악한 형성을 보이는 어휘 자료라는 인식에서 벗어나, 언어 현실을 가감 없이 보여주는 자료라는 점을 인지할 필요가 있다. 자료를 객관적으로 대하면서 어휘 교육의 득실을 양가적으로 따져봐야 하는 이유이기도 하다. 즉 유행어를 어휘 교육의 범주에 수렴하여 다루는 것이 교육적인 측면에서 유용할 수 있다. 그것이 가감 없는 언어 현실을 반영하면서 교육을 진행하는 것이기 때문이다.

유행어는 어휘 교육적인 측면에서 적극적으로 다룰 필요가 있다. 이미 중등학교에서 매체 언어를 교육하는 사정을 감안하면,[38] 매체에서 시작하여 온·오프라인에서 두루 쓰이는 유행어를 교육적 관점에서 다루는 것은 당연하다. 더욱이 국립국어원의 우리말샘을 통해 필터링이 된 유행어의 경우 나름의 정제 과정을 거친 것이기 때문에 그것을 교육적 측면에서 활용하는 것은 유의미하다고 볼 수 있다. 유행어 분석을 통해 매체 언어의 중요성에 대해 인지하고 바람직한 언어 사용 방향

---

[38] 이와 궤를 같이하여 '2015년 개정 국어과 교육과정의 방향'도 재설정되었다. 개정된 교육과정에서 고등학교 국어과에 '언어와 매체' 영역이 선택교과로 추가된 것이다. 매체 언어에 대한 올바른 이해와 선택, 매체와 언어생활의 상관성 등에 대한 제반 교육을 제공하기 위해서이다(최미숙 외:2019 참조).

을 모색하는 것은 교육적 측면에서 도움이 될 수 있다.

5. 나오기

이 글에서는 매체를 통해 형성된 유행어의 사용 양상과 사회언어학적 심리 상황에 대해 살펴보았다. 먼저 매체에서 유행어가 어떻게 형성되어 활용되는지, 그리고 이러한 유행어의 사용이 갖는 사회언어학적 심리 양상은 무엇인지 살펴보았다. 이를 바탕으로 유행어를 국어 교육적으로 접근하여 해석할 여지를 검토해 보았다. 이상의 논의를 결론 삼아 정리하면 다음과 같다.

첫째, 매체에서의 유행어 형성과 사용 양상을 살펴보았다. 유행어는 간편하게 사용하면서도 언어 유희적인 양상을 보인다. 무엇보다도 효과적인 소통과 경제적인 표현이 유행어를 낳는 원천이다. 이들의 형성을 유형별로 보면 크게 셋으로 나눌 수 있다. 축약형, 결합형, 혼합형이 그것이다. 축약형은 여러 어휘나 구 또는 문을 필요한 글자를 취하여 조어한 것으로 가장 일반적이다. 결합형은 파생이나 합성에 의한 것이다. 하지만 이 결합형은 단순히 기존의 어휘가 갖는 의미 이상으로 쓰이는 경우가 많다. 결합에서도 화용론적인 양상을 보이는 경우가 많다. 마지막으로 혼합형은 문법에 준하여 합리적으로 설명하기 어려운 것이다. 일정한 기준 없이 형성되어 불가피하게 이를 혼합형으로 묶어 처리하였다.

둘째, 유행어 사용의 사회언어학적인 심리이다. 유행어를 온·오프라인에서 구사할 때는 그만한 효용성이 있기 때문이다. 우선 주목되는 것이 간단하게 표현하고자 하는 욕구가 내재되어 있다는 점이다. 유행어가 합리적으로 조어된 것이 아닐지라도 이미 사회성을 얻은 만큼 간편하게 쓰는 것에 구애됨이 없다. 편하면 그만인 현상이 반영된 결과라 하겠다. 다음으로 개인 중심의 유행어가 많다는 점이다. 이것은 개인주의의 확산으로 홀로 생활하는 사람이 많아지면서 더욱 촉발된 것으로 볼 수 있다. 그래서 '나'를 중심에 두고 형성된 유행어가 많아질 수 있었다. 마지막으로 부정적인 의미를 담은 유행어가 많다는 점이다. 이것은 어려운 현실을 풍자하는 한편으로, 노력해도 변하지 않는 사회에 대한 비판과 체념이 동시에 반영된 것이라 할 수 있다.

셋째, 유행어에 대한 국어 교육적 접근과 해석이다. 유행어는 집약된 표현 속에 의사소통을 수월하게 하는 장점이 있다. 그래서 어느 상황을 막론하고 유행어가 두루 활용되고 있다. 개인적인 상황은 물론 공변된 공간에서도 부담 없이 유행어를 구사하는 이유이다. 그만큼 유행어가 광범위하게 그러면서도 일상적으로 쓰임을 알 수 있다. 게다가 이 유행어는 의사소통의 중요한 요소이면서도 문법적인 기준을 고려하지 않는 경우도 많다. 그렇다고 이 유행어를 배척할 수도 없음이 엄연한 언어 현실이다. 그래서 이들을 교육의 관점에서 적극적으로 수렴하여 다룰 필요가 있다. 이미 중등학교에서 매체 언어를 다루고 있을 뿐만 아니라 국립국어원의 우리말샘에서 정제 과정을 겪은 유행어는 시대를 반영하는 어휘 자료로 보아 어휘 교육적 관점에서 그 특징을 두루 살피는 것이 마땅하다 하겠다.

참고문헌

구본관, 2011, 「어휘교육의 목표와 의의」, 『국어교육학연구』 40, 국어교육학회, 27~59쪽.

_____, 2016, 「문법연구의 변화와 문법 교육의 변화」, 『국어교육연구』 37, 서울대학교 국어교육연구소, 197~254쪽.

김선철, 2016, 「새로운 언어 사전과의 만남:《우리말샘》,《한국어기초사전》,《한–외학습사전》」, 『새국어생활』 26-4, 국립국어원, 9~25쪽.

김은성, 2005, 「외국의 국어지식 교육 쇄신 동향」, 『선청어문』 33, 서울대학교 사범대 국어교육과, 429~466쪽.

김정선 외, 2011, 「청소년 입말에 나타난 비속어, 유행어, 은어 사용실태」, 『한국언어문학』 77, 한국언어문학회, 285~324쪽.

김태경 외, 2012, 「청소년의 비속어·욕설·은어·유행어 사용 실태와 언어의식 연구」, 『국제어문』 54, 국제어문학회, 43~93쪽.

김혜지, 2016, 「축약형 단어와 유추」, 『형태론』 18-2, 형태론, 183~216쪽.

남길임, 2016, 「《우리말샘》의 활용과 발전 방향」, 『새국어생활』 26-4, 국립국어원, 87~93쪽.

남택승, 2016, 「어휘의식을 키우기 위한 어휘 교육 내용 연구」, 『한글』 312, 한글학회, 139~178쪽.

노은희, 2002, 「대중문화의 국어교육적 의의」, 『국어교육학연구』 15, 국어교육학회, 55~79쪽.

박혜진, 2018, 「단어 형성법 교육 연구의 성과와 과제」, 『국어교육연구』 41, 서울대학교 국어교육연구소, 37~80쪽.

신명선, 2003, 「어휘교육의 학문적 체계화를 위한 기초 연구」, 『어문연구』 31-1, 한국어문교육연구회, 297~320쪽.

_____, 2004, 「어휘교육 목표로서의 어휘 능력에 대한 연구」, 『국어교육』 113, 한국어교육학회, 263~296쪽.

신희삼, 2018, 「인터넷 신조어의 생성에 관하여」, 『한국어교육연구』 9, 한국어교육연구학회, 65~88쪽.

양명희·박미은, 2015, 「형식 삭감과 단어형성법」, 『우리말글』 64, 우리말글학회, 1~25쪽.

이영제, 2015, 「한국어의 두음어화 연구」, 『한국어학』 69, 한국어학회, 165~198쪽.

이정복, 2013, 「누리소통망과 새말의 형성」, 『새국어생활』 23-1, 국립국어원, 34~52쪽.

이주영·김정남, 2014, 「형태 축소를 통한 한국어 신어 형성 연구」, 『형태론』 16-1, 형태론, 46~66쪽.

이호승, 2014, 「국어 혼성어와 약어에 대하여」, 『개신어문연구』 39, 개신어문학회, 49~73쪽.

전은진 외, 2011, 「문자 언어에 나타난 청소년 언어 실태 연구」, 『청람어문교육』 43, 청람어문교육학회, 371~406쪽.

채춘옥, 2017, 「한국어 '-족'류 신조어의 사회언어학적 분석」, 『인문연구』 80, 영남대학교 인문과학연구소, 31~78쪽.

천승미, 2018, 「영어신조어에 대한 대학생들의 인식과 활용에 관한 연구」, 『언어학연구』 23-2, 한국언어연구학회, 173~197쪽.

최미숙 외, 2019, 『2015 개정 국어과 교육과정을 담은 국어교육의 이해』, 사회평론아카데미, 410~412쪽.

최신인·최은정, 2015, 「신문기사의 신조어 재현 양상 연구」, 『새국어교육』 102, 한국국어교육학회, 215~243쪽.

한수정, 2018, 「통사 단위가 포함된 신어 연구」, 『반교어문연구』 49, 반교어문학회, 167~193쪽.

허철구, 2015, 「학교 문법의 단어 분야 내용 비교」, 『언어와 정보 사회』 26, 서강대학교 언어정보연구소, 467~505쪽.

Nation, I.S.P., 2001, *Learning vocabulary in another language*. Cambridge University Press.

오락 프로그램 자막 언어의 쓰임과 기능

1. 들어가기

이 글은 관찰 예능 프로그램 중의 하나인 〈효리네민박〉(JTBC:2017)을 선정하여, 오락 프로그램 자막어의 쓰임과 기능을 살피는 것이 목표이다. 매체의 발달과 그에 따른 소통 방식의 변화로 주목되는 것 중하나가 텔레비전 프로그램에서 자막 언어가 활발하게 쓰이는 것이다. 드라마를 제외한 대다수의 TV 프로그램에서 자막 언어를 활용하는것이 상례가 되었다. 특히 근래 인기를 얻고 있는 예능 프로그램에서의자막 언어의 활용은 압도적이기까지 하다. 대본 없이 진행되는 리얼예능이나 관찰 예능의 경우 자막의 영향력과 의존도가 더 큰 편이다.

리얼 예능은 등장인물의 실제 상황을 다루는 것으로 각본 없는 예능오락 프로그램을 뜻한다.[1] 관찰 예능은 다큐에 가까울 정도로 제작진의 개입을 최소화하면서 관찰 카메라 형태로 진행되는 예능 프로그램이다. 관찰 예능은 제작진이 상황을 설정하거나 계획하기보다는 출연

---

[1] 리얼 예능은 '리얼 버라이어티' 혹은 '생생 예능'이라고도 하는데, 등장인물의 실제 상황을 여과 없이 촬영하는 특징이 있다.

진의 일상을 여과 없이 카메라에 담아 시청자에게 전달하는 것이 특징이다.[2] 등장인물의 자유로운 행동, 그리고 실제 상황을 있는 대로 담는 예능 프로그램이 대세를 이루면서 자막 언어의 활용은 그 어느 때보다 빈번하게 활용된다. 그러는 중 자막 언어 본연의 기능은 점차 퇴색되고, 제작진의 의도가 반영된 자막 언어가 배치되는 현상이 나타나고 있다. 이러한 자막 언어는 시청자의 해석과 수용을 획일화하는 문제가 없지 않다. 프로그램을 시청하면서 등장인물의 발화나 행동에 의존하지 않고, 자막 언어만으로 프로그램의 방향이나 의도를 이해할 수 있기 때문이다.

이 글에서는 유명 연예인의 실생활을 여과 없이 담아서 인기리에 방영되었던 〈효리네민박〉을[3] 중심으로 자막 언어에 대하여 살펴보고자 한다. 이 프로그램은 매 화면마다 자막 언어가 등장하기에 자막 언어가 프로그램의 이해에 어떠한 영향을 행사하는지 살피기에 적절하다. 따라서 〈효리네민박〉에 나타나는 자막어의 쓰임을 바탕으로 자막 언어의 기능적 특징을 살피고, 이와 같은 오락 프로그램에서 자막 언어가 갖는 문제점이 무엇인지 짚어보고자 한다.[4]

---

2 김환표 편, 『트렌드 지식사전』 2 , 인물과 사상사, 2014 참고. 김현영(2016:18)에서 관찰 예능은 별도의 진행자 없이 출연자의 일거수일투족을 모두 카메라에 담아내는 스토리텔링 방식의 예능이라고 설명한다.

3 이 외에 tvN에서 방송된 〈삼시세끼〉의 자막 언어도 분석해 보았는데, 〈효리네민박〉 프로그램과 거의 유사하다. 그래서 이 글에서 별도로 추가하지 않았다. 다른 방송사의 오락 프로그램도 선정해서 비교 분석해 본 결과, 근래 예능 프로그램이 모두 유사함을 알 수 있었다.

4 〈효리네민박〉 7회차 방송분(2017년 8월 6일 방송).

2. 오락 프로그램 자막 언어의 연구 경향

자막 언어가 텔레비전 프로그램에 등장하기 시작한 것은 1990년대 초반의 일이다. 김현영(2016:18~19)에 의하면, 초창기 오락 프로그램에서의 자막은 영상을 위한 보조 수단으로 등장했다. 그래서 1993년 한 토크 프로그램에서 사용된 자막의 빈도수는 16분 48초 동안 단 4번에 불과했다. 이때 사용된 자막 언어의 내용도 상황, 날짜, 인물 소개 등으로 프로그램의 기본적인 정보 전달에 한정되었다.[5] 그런데 2000년대 들어오면서 자막 언어에 오락적 요소가 가미되기 시작했고, 이후 자막 언어에 색상이나 크기, 기호, 이모티콘 등의 기법을 추가하여 정보를 전달하는 새로운 양상으로 나타났다.

자막 언어에 대한 그간의 연구는 크게 세 유형으로 살펴볼 수 있다. 자막 언어의 유형, 자막 언어의 기능, 그리고 자막 언어가 미치는 긍·부정적 영향이 그것이다.[6] 첫째, 자막 언어의 유형 연구로는 한성우(2004), 강연임(2007), 이은희(2007), 이혜연 외(2009), 조수선(2013), 강미영(2014) 등을 들 수 있는데, 대체로 등장인물의 발화를 중심으로 한 정보전달 자막, 등장인물이 처한 맥락을 중심으로 한 상황지시 자막, 등장인물의 행동 묘사를 중심으로 한 행동표현 자막 등으로 나누어 자막의 기능을 살폈다. 둘째, 자막 언어의 기능은 이지양(2005), 이혜연(2009), 정수영(2009) 등에서 자세히 논의하였다. 등장인물의 의도 및 행동, 발화에 주안점을 두어 제시되는 자막 기능, 그리고 제작진의 주

---

5   김현영(2016:18~19) 인용.
6   자막 언어의 선행연구에 대한 검토는 권길호(2012), 김옥태(2012), 홍경수(2012), 김현영(2016) 등에서 자세히 소개하고 있다. 또 자막 언어에 대한 실험적 분석으로는 이혜연 외(2009)와 조수선(2013), 강미영 외(2014)를 살펴볼 수 있다.

관적 해석 및 제작 의도에 의해 제시되는 자막 기능으로 구분하였다. 셋째, 매체 발달에 따른 언어생활의 변화가 자막 언어에 반영·제시됨으로써 시청자들의 언어생활에 미치는 영향 관계를 살폈다. 이주행(1999), 이동석(2003), 김옥태(2012) 등을 들 수 있는데, 김옥태(2012:7)에 의하면 자막 언어의 긍정적 평가로 프로그램에 대한 기본 정보 제공, 불명확한 음성 정보의 보완, 재미와 웃음 제공 등이 있는 반면, 부정적 영향으로는 자막의 남용, 프로그램의 재미 감소, 올바른 언어생활의 저해 등을 제시하고 있다. 그 외에 김중신(2009)에서는 오락 프로그램에서의 자막 언어의 서사적 기능을 소개하고, 이성범(2011)에서는 자막 언어를 의사소통적 관점에서 분석하고 있다.

자막 언어에 대한 문제점을 지적하고 시정을 촉구하는 논의가 활발해지면서 이제 자막 언어도 어느 정도 순화된 면이 없지 않다. 실제로 자막 언어에 대한 연구, 자막 교정을 위한 프로그램 운영, 그리고 매체 언어의 선도성을 강조하면서 자막 언어의 문제가 상당 부분 개선된 것도 사실이다. 그래서 등장인물의 발화를 그대로 재현하여 반복 제시하는 자막의 빈도수가 확연히 줄어들었음은 물론, 등장인물이 중언부언하는 구어적 발화를 압축하여 요약적으로 제시하거나, 구어체 발화를 문어체로 수정하여 자막 언어로 제공하기도 한다. 등장인물의 비표준어 구사나 바람직하지 못한 어휘 구사를 표준어로 수정하여 자막으로 제공할 뿐만 아니라 표기가 잘못된 자막이나 등장인물이 구사한 비문법적 표현이나 저속한 어휘는 수정되어 자막 언어로 제시되기도 한다.

자막 언어에 대한 다양한 자정 활동에도 불구하고 여전히 문제점은 남아 있다. 특히 요즘 오락 프로그램의 자막 언어에는 시청자의 영역을 침범하여 시청권을 방해하는 경향까지 나타나고 있다. 자막 언어가 활성화되지 않았을 때는 등장인물의 발화와 행위를 바탕으로 시청자가 의미를 해석하고 수용하면 그만이었다. 하지만 지금은 자막 언어의 영향으로 등장인물의 발화에만 의존하여 의미를 해석하고 수용하지 않는다. 등장인물과 출연자 사이의 소통 구도에 제작진이 의도한 자막 언어가 개입하여 변화가 생긴 것이다. 더욱이 등장인물의 발화와 상관 없는 다양한 정보가 자막 언어로 매 화면마다 제공되어 시청자는 등장 인물의 발화보다 제시된 자막 언어에 따라 정보를 수용하기도 한다. 이혜연(2009:169)에서는 이러한 현상을 시청자의 '들을 기회'의 박탈로 설명한다. 지금처럼 영향력이 커진 자막 언어는 시청자가 프로그램에 대해 자의적으로 해석하지 못하게 함은 물론, 제작자의 주관적인 의도 를 강제적으로 수용해야 할 수도 있다. 쌍방의 소통을 차단하고 일방의 정보 전달만이 남게 된 것이다. 이혜연(2009:169)에서는 일본과 미국, 한국의 자막 언어를 비교하면서 미국의 경우 객관적인 정보 전달 목적 이외에는 자막을 사용하지 않으며, 일본의 경우 같은 내용을 반복하여 정보 주입의 의도가 있다고 설명한다. 반면 우리나라의 경우는 거의 모든 장면에서 제작진의 주관적인 입장을 자막 언어로 표현하는 문제 가 있다고 언급한다. 이것은 제작진이 정보를 가공하고 시청자는 그 가공된 정보를 일방적으로 수용하게 만들기도 한다. 그나마 있었던 시청자의 사고 영역을 제작진이 앗아간 꼴이 되었다.

　흥미성과 이해의 수월성 제고를 위해 자의적으로 해석하여 제공되 는 자막 언어가 온당한 것인지 고민할 때가 되었다. 이 글에서는 그 일환으로 리얼 예능 프로그램인 〈효리네민박〉에 나타나는 자막 언어 를 중심으로 문제를 진단해 보고자 한다. 〈효리네민박〉도 거의 매 화면 마다 자막 언어가 제시된다. 분석 텍스트로 선정한 〈효리네민박〉 7회 차 방영분에서 자막만 추출하여 한글문서로 정리하면 A4용지 30장이상의 분량이 된다. 자막 언어만으로도 독자적인 문자 텍스트를 형성할 수 있을 만한 양이다. 또한 많은 분량으로 매 화면마다 제공되는 자막 언어는 시청자들의 프로그램 해석을 방해할 수도 있고 소통 구조를 왜곡할 수도 있다.

3. 〈효리네민박〉에 나타난 자막 언어의 기능적 특징

3.1. 스토리를 전제한 자막 언어와 서사 텍스트

리얼 예능, 혹은 관찰 예능은 제작자의 개입 없이 등장인물의 실제 상황을 보여주는 프로그램이다. 〈효리네민박〉도 관찰 예능이라는 점에서 제작자가 개입하지 않고 등장인물들의 상황만 자연스럽게 제시된다. 그런데 프로그램의 시작부터 끝까지 제작자의 의도된 자막 언어가 제시됨으로써 시청자는 자막 언어에 의존하여 프로그램을 이해하게 된다. 첫 화면부터 마지막 화면까지 제시되는 이 자막 언어는 한 편의 서사구조를 형성하는 특징이 있다.

제작자는 프로그램을 에피소드 중심의 서사구조로 편집하고, 그에 따른 이야기의 흐름을 자막을 통해서 제시하고 있다. 따라서 프로그램에 등장하는 자막 언어만을 분리·추출하여 이를 문자 텍스트로 연결하면 기승전결의 사건 구도를 읽을 수 있다. 이를테면 일정한 줄거리가 등장하여 마치 소설이나 수필과 같은 서사물처럼 보일 수 있는 것이다.[7] 출연진의 일상생활을 담은 관찰 예능임에도 불구하고 그 안에 기

---

7 김중신(2009)에서는 예능 프로그램 〈1박2일〉을 중심으로 자막 언어를 분석하고 있

승전결의 구조를 내재시켜 자막 언어를 통해 보여준다. 〈효리네민박〉
의 자막 언어를 추출하여 기승전결의 사건 개요로 연결하면 다음과
같다.

　　① 〈효리네 민박〉 스토리의 서사구조

제목	오늘 효리네 민박에는 무슨 일이?			
서사 (기)	새소리와 함께 찾아온 소길리의 아침			
	S1-기상	#1 효리 기상	#2 손님 기상	#3 지은 기상
	S2-요가	#1 요가 수업		
	S3-아침	#1 아침 식사	#2 아침 정리	
본사1 (승)	S4-삼남매 이벤트	#1 선물	#2 이별	
	S5-오전 청소	#1 화장실 청소	#2 손님 외출	
	S6-점심	#1 점심 식사	#2 낮잠	
본사2 (전)	S7-효리 갈등	#1 효리 갈등	#2 손님 귀가	
	S8-고민 상담	#1 고민 상담	#2 풍경 감상	#3 귀가
	S9-저녁	#1 모닥불 수다	#2 야식	
결사 (결)	S10-퇴근	#1 지은 퇴근	#2 인증샷	
	그렇게 오늘도 소길리의 밤은 깊어갑니다			

　①에서 보는 것처럼 프로그램 전체를 한 편의 서사구조로 편집하고,
그것을 자막으로 스토리라인을 잡고 있다. 먼저 프로그램의 제목이
자막으로 제시되고, 프로그램의 시작과 끝을 알리는 '들어가기 자막'과
'나오기 자막'이 짝을 맞춰 제시됨으로써 프로그램 한 회분 전체가 마

다. 그러나 임무 수행 예능 프로그램인 〈1박2일〉은 부과된 미션을 풀어가는 과정을
중심으로 진행되어 사건 해결 자체가 서사물과 흡사하다. 임무를 부여받고(발단)
이를 수행하며(전개) 고초를 겪고(위기) 고초를 극복하면서(절정) 마지막으로 임무를
완수하는(결말) 구조를 구비했다. 그러나 구체적인 미션 없이 등장인물의 생활을
관찰하는 예능 프로그램은 서사구조가 없는 경우가 더 많다. 그래서 이 경우 기승전
결의 서사구조를 자막 언어로 제시하는 것으로 볼 수 있다.

치 하나의 독립된 서사물처럼 구조화되었음을 알 수 있다.

② 제목: 오늘 효리네 민박에는 무슨 일이?

　들어가기 자막: 새소리와 함께 찾아온 소길리의 아침

　나오기 자막: 그렇게 오늘도 소길리의 밤은 깊어갑니다

　프로그램은 등장인물의 집을 배경으로 하여 그들의 하루 일과를 보여준다. 그러다 보니 아예 자막 언어로 시간을 고지하여 스토리를 구조화한다(민박집 여섯째 날 AM6:30-야식타임 PM10:30). 그리고 등장인물의 행동을 에피소드로 배치하고 자막 언어로 이를 보여준다. 즉 작은 에피소드들을 자막 언어로 순차적으로 제시하면서 전체적인 스토리를 구성하고, 이것의 큰 구도가 기승전결로 연결되도록 했다.

　등장인물의 하루 일과를 관찰하듯이 보여주기만 하는 프로그램이라면, 그 안에서 기승전결의 사건 구조를 파악하기가 어려울 것이다. 그런데 자막 언어로 상황을 유기적으로 엮어서 마치 한 프레임 안에서 일어나는 사건처럼 구조화하여 제시하고 있다. 따라서 시청자는 텔레비전 화면임에도 불구하고 매 화면마다 제시되는 자막 언어에 의해 그림책이나 만화책을 읽는 느낌을 받을 수도 있다.

③ 지은이가 꿀맛 같은 낮잠을 자는 동안 누군가 나타났다. 낯선 이의 정체는 효리 소속사 직원. 그녀가 여기 온 이유는… 효리에게 들어온 예능 출연 요청. 깊은 고민에 빠진 효리. 결국 답을 못 내리고 회의 종료. 남편은 천하태평. 이불이라도 덮어라. 미라가 됐다… TV를 켠 효리. 예능 프로그램을 찾아볼 생각. 요즘 예능 프로그램은 오랜만에 보는 효리. 신기 궁금. 재밌다. 완전 시청자 모드. 그러다 문득 드는

생각… 내가 저기서… 잘 할 수 있을까…? 이젠 10대 아이돌만 가득한 TV. 오늘따라 효리는… tv가 낯설어 보입니다. tv를 끄고 억지로 청해 보는 잠. 하지만 마음은 쉬이 가라앉지 않고 복잡한 생각을 지우고 싶은 효리. 어느새 데뷔 20년 차 서른아홉이 된 효리에겐 마음의 짐을 덜어낼 시간이 필요합니다.

④ 변기 막힘. 민박집 오픈 이래 최대 재난. 누구냐… 범인은… 2층에서 생활하는 서울 시스터즈…? 은밀하게 다녀간 삼남매…? 간밤에 아팠던 왕십리 황해…? 아니면 설마…??? 모든 비극의 시작… 누구냐 넌… 범인은 이 안에 있다… 틀렸어… 너무 많아… (빠른 상황 판단) 중요한 건 수습이다.

인용문 ③은 'S7-#1'에서 등장인물이 갈등을 겪는 부분에서 제시된 자막 언어이다. 매 화면마다 제시된 자막 언어를 ③에서는 화면을 생략하고 자막만을 연속해서 제시하였다. 일관된 주제를 바탕으로 구성된 문자 텍스트로 보아도 무방할 정도이다. ④의 예문 역시 'S5-#1'에서 제시된 자막만 추출하여 연결한 것으로, 모두 열세 폭의 화면에 순차적으로 제시된 것을 이어서 제시했다. 이렇게 각 화면마다 제시된 자막을 연결하면 원래 한 편의 글로 착각할 정도가 된다.

사건의 전개 역시 하루의 시작을 알리는 자막으로 시작하여 등장인물이 아침에 일어나서 간단히 아침을 먹고 오전 청소, 점심 후 낮잠을 즐기는 전개, 갈등을 야기하는 서울 소속사 직원의 방문, 직원이 제시한 출연 섭외에 대한 고민, 그리고 다른 등장인물과의 고민 상담, 저녁과 하루를 마감하는 마무리 자막 언어로 구성된다. 프로그램에 제시된 자막만을 추출·연결한 자료가 소설이나 수필과 같은 서사물의 구조를 보이고 있다. 따라서 시청자들은 프로그램에서 제시되는 자막 언어를 통해 한 편의 소설이나 수필을 읽는 느낌을 받을 수 있다.

근래의 예능 프로그램 자막 언어에서는 초창기 자막에서와는 달리 서사구조에 입각한 스토리를 확인할 수 있다. 이는 프로그램을 제작진의 의도에 따라 스토리를 설정하고 스토리에 맞춘 적정한 자막을 배치함으로써 마치 한 편의 서사물과 같이 구조화한 것이라 하겠다. 따라서 프로그램에 제시되는 자막 언어만으로도 기승전결을 구비한 서사구조를 확보하고 있다. 이는 자막이 그만큼 다양하면서도 광범위하게 제시됨을 뜻하는 것이기도 하다.

3.2. 선 제공의 자막 언어와 유도 텍스트

텔레비전은 시각과 청각을 활용한 매체이다. 거기에 제시되는 자막 언어는 등장인물의 발화를 정확히 전달하거나 상황 제시, 혹은 분위기를 고조시키기 위한 부가적 기능의 장치였다. 그런데 그러한 자막 언어가 화면을 장식하면서 시청자들은 등장인물의 발화나 행위 등을 통해 수용하던 정보를 문자 언어까지 참고해야 하는 상황이 되었다. 정보 수용에서 문자에 의존한 시각 정보와 소리에 의존한 청각 정보가 동시에 제공되는 경우 문자에 의존한 시각 정보의 수용이 우선적으로 일어날 수 있다. 최인환(2006:98)에서는 '문자 언어 자극은 전체가 동시에 제시되기 때문에, 그에 대한 반응 시간이 청각 자극인 음성 언어보다 짧다'는 실험 결과를 제시하였다. 따라서 문자 언어인 자막 언어와 음성 언어인 등장인물의 발화 언어가 동시에 제공되면, 시청자는 자연스럽게 자막 언어에 의해 정보를 먼저 수용하고 이것을 스키마로 활용하여 등장인물의 발화를 해석하게 된다.

제시되는 자막 언어가 등장인물의 발화 의도와는 별개임은 물론,[8] 제작자의 편집 의도가 부가된 것이라면 시청자는 혼란스러울 뿐만 아니라 정보를 자의적으로 수용하지 못하는 문제가 있다. 화면이나 등장인물의 발화를 바탕으로 프로그램의 내용을 해석하지 못하고 제작자의 의도대로 정보를 수용하여 정보의 왜곡 현상이 일어날 수가 있다. 다음의 예를 보자.

⑤ a: (커피를 마시면서 해를 바라보며)

   한담은 한담대로 멋있고 여기는 또 다르지?

   지은아 여기서 먹어보는 거는 또 달라

   커피에 노을 시럽 추가요

  b: 으음

위의 예문은 화면에서 제시된 순서대로 자막을 추출한 것이다. 등장인물 a는 배경 장소에서의 커피 맛이 매우 좋다고 강조하고, 실제로 '맛있다'고 연속적으로 발화한다. 장소의 아름다움 때문에 커피가 더 맛있다고 강조하며 등장인물 b에게 커피를 권한다. 그리고 그 사이 제작진에 의해 추가된 자막 언어 '커피에 노을시럽 추가요'가 제시된다. 이후 b의 반응이 화면으로 나타난다. 그런데 a의 권유와는 달리 b의 반응은 커피가 그리 맛있어 보이지 않는다. 그리고 그에 대한 반응도 없다. 그런데 자막으로 먼저 제시된 '커피에 노을시럽 추가'는 b의 격한 공감을 유도한다. 자막으로 제시된 표현 '노을시럽 추가'로 인해

---

8 일부에서는 이를 '악마의 편집'이라고 언급한다. 실제로 프로그램의 출연자는 그런 의도가 전혀 없었음에도 불구하고 제작진의 편집 의도와 추가된 자막 언어로 출연자의 본의와는 전혀 달리 전달되기도 한다.

커피에 서정성과 풍부한 감성을 얹었기 때문에 b의 반응도 이와 같은 맥락이라고 이해할 수 있다. 그러나 정작 b는 커피를 마신 후 이에 대한 언급이 전혀 없으며, 표정도 맛있다는 느낌은 아니다. 그럼에도 시청자는 무의식적으로 자막이 주는 정보를 따라가면서 프로그램을 이해하게 된다.

⑥ 지은이한테 문자중…
　　a: 잠깐만 잠깐만 나 이것좀 보내고
　　b: 오빠 오빠 오빠
　　a: 나 하나밖에 못 해
　　b: (결국 폭발) 왜 두 가지를 못해
　　a: (너 때문에) '좀'을 두 번 썼잖아
　　　 좀좀~ 다섯 시반 전에 올 거디(?)… 좀좀

　위의 예문을 보면 두 등장인물의 대화를 자막으로 처리하여 함께 보여준다. 그런데 시청자는 앞에서 언급한 대로 음성 언어 정보와 문자 언어 정보가 함께 제시되는 경우 문자 언어 정보를 먼저 습득하고 이해하게 된다. 따라서 화면에서 제공되는 자막에 의한 정보를 이해하면서 발화 정보를 수용하게 된다. 그런데 실제 두 등장인물은 자연스럽게 대화를 전개하지만 자막 언어에서는 '결국 폭발'이라는 제작진의 자의적 발화가 추가된다. 그렇게 함으로써 '등장인물 b가 a에게 화를 내는' 것으로 해석할 수 있다. 하지만 뒤이어 나온 등장인물들의 얼굴 표정이나 발화 정보를 보면 '결국 폭발'이라는 자막 언어가 어울리는지 의문이다. 제작진의 자의적인 정보 해석이나 의도된 자막 언어의 제공으로 시청자는 원치 않는 정보를 수용·이해하게 된다. 물론 이것은 등장인

물들의 의도와는 전혀 다른 의미로 해석되는 것이기도 하다.[9]

제작진이 자의적으로 해석한 자막 정보는 이제 동물이나 사물에게도 적용된다. 프로그램에 등장하는 모든 동물에게도 자막을 활용하여 마치 그 동물이 그렇게 생각하는 것처럼 해석을 유도한다. 이렇게 하면 시청자는 동물이 그렇게 생각하는 것처럼 이해하고 해석하게 된다.

⑦ a. 아직 더 남았어요. 좀 더 따라오세요. (강아지 화면 자막)

   b. 혼자 있는 시간을 즐기는 구아나 (강아지 화면 자막)

   c. 그럼 이제 가 가 가 가 (새 화면 자막)

   d. 어서 와 지은아 (텐트 화면 자막)

위 자막 언어의 예에서 보듯이 등장하는 동물에게도 자막을 입혀서 표현한다. 나아가 마지막 자막은 텐트가 하는 말로 설정하여 자막으로 처리했다. 화면에 나오는 사람과 동물, 심지어 사물에까지 자막을 입혀 제시한다. 이렇게 하면 시청자는 자막이 제공하는 정보를 먼저 수용하고, 그것을 배경 정보화하여 프로그램의 내용을 이해한다. 이것은 없는 내용을 제작진이 창작하여 제시한 것이고, 따라서 시청자는 자신의 생각이나 느낌과는 상관없는 정보를 수용하게 되기도 한다.

---

9   조수선(2012:330)에 의하면, 문자는 영상이나 음성보다 인지적으로 우수한 전달성을 보인다. 그래서 영상과 함께 전달되면 문자 정보가 매우 강력한 영향력을 행사한다고 설명한다. 화면과 함께 제시되는 자막 언어가 시청자의 정보 처리에서 중요한 영향력을 행사할 수 있는 이유이기도 하다.

3.3. 내레이션 방식의 자막 언어와 읽기 텍스트

〈효리네민박〉은 거의 매 화면마다 자막이 등장한다고 해도 과언이 아닐 정도로 자막 언어의 활용이 빈번하다. 특이한 것은 기존의 자막 언어가 등장인물의 발화를 반복·제시함으로써 정확한 정보 전달을 목적으로 했다면, 근래의 자막은 제작진이 해석한 의미의 자막 언어가 내레이션 형태로 빈번히 제공된다는 점이다. 이는 해석의 획일화를 넘어 정보의 독점화를 불러올 수 있다. 제작진의 의도에 따라 삽입된 내레이션 성격의 자막 언어를 보면 다음과 같다.

⑧ 마침내 나타난 백록담 봉우리. 그리고 아래는 드넓은 평원이… 국가 지정 명승 제 91호 선작지왓. 끝없이 펼쳐진 진달래와 철쭉의 장관. 너무나 신비로운 풍경이기에 신선이 살던 평원이라는 전설이 담긴 이곳. 한라산에서 가장 아름다운 탐방로로 꼽힌다.

⑨ a. 차 도구 세트: 차 보관함에서 찻잎을 꺼내어 다관에 적당량 넣어 준 후 끓는 물을 가득 붓는다. 첫 번째 우려내는 찻물은 차를 깨끗이 씻는 역할을 하는데 이 과정을 세차(洗茶)라 한다. 숙우에 거름망을 얹고 세차한 찻물을 내려받는다. 이 찻물은 마시지 않고 찻잔을 데우기도 하고 다관을 데우기도 한다. 이때 데우고 버리는 찻물은 차 판의 호스를 따라 퇴수기로 들어간다. 두 번째부터 우려내는 차는 깨끗하고 풍미가 더욱 진한 보이차가 된다.

b. 짚라인: 정글 지역 원주민들의 이동 교통수단이었지만 현대에는 스릴과 자연을 느낄 수 있는 레포츠로 각광받고 있다.

c. 중문 카트 체험장: 카트체험 길이 200cm, 폭 140cm 구성된 차량,

평균 시속은 30km/h이지만 체감속도는 3배 이상 느껴지는 짜릿한 놀이기구 체험

⑩ a. 햇볕에 기분 좋게 말라가는 이불. 모닥불 옆 도끼도 잠시 쉴 수 있는 시간. 더할 것도 덜할 것도 없는 제주의 여유로운 한낮이 흘러갑니다.

b. 좋아하는 노래가 방을 가득 메우고 기분 좋은 햇살이 은은하게 스며드는 오후. 가만히 일어나 창밖을 보니 햇살 가득 여름 하늘 아래 살아 숨 쉬는 제주의 오후. 햇살과 음악에 취해 지은이도 스르륵 잠이 듭니다.

위의 예문은 모두 화면에 제시된 자막만 추출한 것이다. ⑧의 예문은 등장인물들이 탐방하는 장소에 대한 기초적인 설명을 제시한다. 마치 설명문을 읽는 듯이 정보를 전달하는 내레이션 자막이다. ⑨의 예문은 차를 타는 과정, 짚라인, 그리고 중문 카트 체험장에 대한 정보 전달 내레이션 자막이다. 긴 설명문 형태로 자막 언어를 처리하여 화면에 배치함으로써, 마치 다큐멘터리를 보는 듯한 느낌을 받을 수 있다. ⑩은 화면의 분위기를 묘사하면서 제시한 자막 언어로, 시청자는 직관적으로 자막 언어를 읽고 화면에 대해 이해한다.

기존과는 달리 요즘의 자막 언어는 상황에 대한 해석을 제시하는 설명형 자막 언어가 빈번하다. 이와 같은 설명형 자막 언어는 마치 책을 읽는 것과 같은 느낌을 주기도 한다. 짧은 형태로 신속한 정보 전달에 목적을 두었던 자막 언어의 본질과는 다른 양상을 보이는 것이다. 그래서 텔레비전의 영상 텍스트와 자막 언어의 혼용은 마치 그림과 문자로 구성된 종이 텍스트와 흡사하게 되었다. 더욱이 프로그램 전반

에서 제시되는 설명형 자막 언어는 문자 텍스트를 읽는다는 생각이 들 정도이다.

> ⑪ 오늘따라 더욱 조용한 아침. 오랜만에 즐기는 혼자만의 시간. 근데 왜 이렇게 하품이 나지… 어젯밤 모닥불의 피로가 남아있는 듯

위의 자막 언어는 프로그램 시작 부분에서 제시되었는데, 여기에서 는 실상 등장인물의 발화는 전혀 없다. 다만 제작진에 의해 해석된 내레이션 자막 언어가 매 화면마다 제시되고 있다. 따라서 시청자는 등장인물의 행동이나 표정을 토대로 주체적인 정보 해석을 시도하기 보다는 제시된 화면의 자막 언어를 바탕으로 제작진의 의도대로 따라 가면서 해석하게 된다. 그만큼 자막 언어는 정보의 왜곡을 유도함은 물론 일방적으로 제공되는 획일화된 것일 수도 있다.

4. 〈효리네민박〉을 통해 본 자막 언어의 문제점

앞에서 예능 프로그램 〈효리네민박〉에 나타나는 자막 언어의 기능 적 특징을 살펴보았다. 이 프로그램은 자막 언어만으로도 하나의 서사 구조를 형성하고 있으며, 정보 해석에서 자막 언어에 의한 유도된 시 청, 그리고 자막 언어의 내레이션 기능 등에 대하여 확인하였다. 초기 예능 프로그램의 자막이 불확실한 발화 정보를 확인·제공하는 보조적 기능에 충실했다면, 요즘의 자막 언어, 특히 예능 프로그램에서의 자막 언어는 앞에서 본 바와 같이 사뭇 다른 양상을 보인다. 특히 요즘에는 제작진이 정보를 해석하여 자막 언어로 제공하기 때문에 정보 수용의

수월성이 보장되는 면이 있다.[10] 하지만 그 이면에는 문제점 또한 상존한다. 주요한 문제점을 보면 다음과 같다.

첫째, 자막 언어의 양이 지나치게 방대하다는 점이다. 굳이 불필요한 자막 언어를 매 화면마다 제시함으로써 시청자가 화면이나 프로그램 자체에 몰입할 수 없도록 한다. 앞에서 확인한 것처럼 시청자는 화면에 제시되는 자막 언어의 내용을 자연스럽게 먼저 수용한다. 그런 다음 화면이나 등장인물의 발화를 수용하게 된다. 〈효리네민박〉과 같은 리얼 예능은 등장인물의 삶을 가감 없이 보여주면 되는데, 제작진이 자신들의 의도와 방향에 맞추기 위해 지나치게 많은 자막 언어를 활용하고 있다. 이것은 영상물을 중심으로 하는 텔레비전 매체의 특성을 도외시한 것이라 할 수 있다. 텔레비전은 영상을 통해 시청자가 자의적으로 그러면서도 다양하게 해석하는 것이 생명이라 할 수 있다. 지나친 자막 언어의 사용은 그러한 장점을 반감시킬 수 있다. 실제로 자막 언어가 많아지면 시청자는 영상을 무시한 채 마치 책을 읽는 것처럼 프로그램을 이해하게 된다.

텔레비전은 시청이 본연의 기능이다. 시청을 통해 상상적인 정보의 수용은 물론 감상적인 정보의 이해도 가능하다. 이것은 텔레비전에서 얻을 수 있는 정보 전달과 수용의 강점이라 할 수 있다. 그런데 자막 언어는 이러한 고유한 기능을 와해시키는 문제가 있다. 제작진은 프로그램을 제작하고, 시청자는 이것을 보면서 자율적으로 해석해야 하는데 방대한 자막 언어를 제시하면 화면이나 등장인물의 발화에 집중할 수 없게 된다. 이것은 영상 매체 고유의 기능을 무시한 채 전달 정보를

---

10 수월한 정보 수용, 프로그램에 대한 이해, 완만한 몰입도 등 자막 언어의 긍정적 기능을 배제하는 것은 아니다. 다만 지나치게 많아진 자막 언어에 따른 문제를 숙고해보고자 함이다.

획일화한다는 문제가 있다.[11]

둘째, 정보를 임의적으로 해석하여 제공한다는 점이다. 자막 언어의
제공은 프로그램의 내용을 기억하는 데 도움을 줄 수 있다. 청각 정보
에 의한 기억보다 시각 정보에 의한 기억이 오래감을 상기하면 자막
언어로 제공받은 정보는 기억에 유용할 수 있다. 하지만 자막 언어에
집중하느라 화면에 대한 집중도가 상대적으로 분산될 수 있고, 따라서
화면에서 제공되는 다양한 정보를 놓칠 확률이 높다. 관찰 예능은 말
그대로 출연자의 일상생활을 그대로 보여주고, 시청자도 어떠한 간섭
없이 구경하듯이 감상해야 한다. 그런데 여기에 제작진이 해석한 자막
언어가 매 화면마다 등장하면, 진정한 의미의 관찰 예능이라 할 수
없다. 관찰 예능은 시청자 각자가 화면이나 등장인물의 행위와 표정,
발화 등을 통해 정보를 얻어야 마땅하다. 이른바 정보의 열린 광장을
마련하고 시청자가 정보를 해석·수용할 수 있도록 해야 한다. 그래야
만 적어도 쌍방의 소통이 보장되는 살아있는 프로그램이 될 수 있기
때문이다. 그런데 제작진이 매 화면마다 작위적인 자막 언어를 제시하
면 시청자는 주어진 자막 언어의 내용대로 프로그램을 수용할 수밖에
없다. 제작진의 의도대로 획일화된 정보를 수용하는 것이다. 이처럼
재미와 정보 전달의 수월성만을 생각하여 자막 언어를 지나치게 제공
하면 시청자의 사고 영역을 앗아가는 문제가 생길 수 있다. 해석이나
감상은 시청자의 몫인데 이 영역을 침범하면서까지 자막 언어를 제공

---

11 이혜연(2009:168)에서는 이를 롤랑 바르트(Roland Barthes)의 '동어반복'으로 설
명하고 있다. 곧 자막 언어에 의한 동어반복은 음성 언어로 듣고 이해할 수 있는
내용을 굳이 제작자가 강조하고 싶은 부분만 골라내 불필요하게 시각적으로 표기하
는 이중 장치로, 프로그램의 내용이 정당화되고 시청자의 이해를 강요한다는 것이다.
따라서 자막에 의해 수용자(시청자)의 해석에 제한을 둘 수 있다는 문제를 제기한다.

하는 것은 바람직하지 않을 수 있다. 그것도 제작진이 임의적으로 의도
한 내용을 집중적으로 제시하는 것은 문제가 더할 수 있다.[12]

셋째, 정보를 왜곡하여 제공할 수 있다는 점이다. 정보를 임의적으
로 해석하여 제공하는 것은 화면이나 등장인물을 통해 제작진이 유추
할 수 있는 내용을 바탕으로 했다는 점에서 이해되는 면이 없지 않다.
그런데 정보를 왜곡하는 것은 화면이나 인물의 행위를 통해 유추할
수 없음에도 불구하고 제작진이 특정 메시지를 담아 자막 언어로 제공
하는 것이다. 있지도 않는 것을 창작하여 시청자에게 강요한다는 점에
서 문제의 심각성이 있다. 시청자는 화면과 인물의 행위를 통하여 정보
를 인지하게 되는데 그와 동떨어진 자막 언어가 등장하면 정보 해석에
혼란을 야기할 수 있다. 오락 프로그램이라 하더라도 화면에서 얻을
수 없는 정보를 자막 언어로 제공하는 것은 문제가 있다. 물론 프로그
램의 연결성이나 흥미성을 높이기 위한 제작진의 이면 의도가 있어
자막 언어를 제시하는 것이겠지만, 그렇더라도 현상적으로 확인할 수
없는 정보를 그것도 특정 화면에 결부시켜 제시하는 것은 정보의 왜곡
을 조장하는 일이라 하겠다.

요즘의 예능 프로그램 자막 언어는 〈효리네민박〉에서와 같이 서사
구조를 가질 뿐만 아니라 제작진의 의도를 담아 표현하거나 아예 모든
상황을 설명하듯이 설명문으로 제시하기도 한다. 모두 제작진이 의도
한 정보를 효과적으로 전달하기 위한 수단이라 하겠다. 이렇게 의도된
자막 언어는 부정적인 면이 없지 않다. 영상 매체임에도 자막 정보가
너무 많거나 임의적으로 해석한 내용이거나 심지어 왜곡된 정보까지

---

12 강연임(2007)에서 제시한 자막 언어의 기능 중 발화 정보의 추론, 평가 기능에 치중
하다 보면, 시청자가 감상, 수용해야 할 내용까지 영향을 주어 감상을 방해하는 문제
를 야기할 수도 있다.

제공하기 때문이다. 그래서 예능 프로그램에서의 자막 언어 사용에 대한 새로운 인식이 필요하다. 텔레비전이 시청하는 매체임을 감안하여 책을 읽듯이 자막 언어를 제공하는 것은 삼가야 하겠다. 시청자가 화면을 보면서 주관적으로 감상하고 해석할 여지를 남겨두어야 한다. 인위적인 자막 언어는 시청자들에게 획일적인 사고를 종용한다. 그것은 일방의 정보 전달에 불과하기에 감상의 편폭이 너무 협소해지고 만다. 영상 매체의 쌍방 소통을 보장하기 위해서라도 자막 언어의 사용에 신중을 기할 필요가 있다.

5. 나오기

이 글은 오락 프로그램인 〈효리네민박〉을 중심으로 자막 언어의 기능적 특징과 문제점을 살폈다. 먼저 오락 프로그램 자막 언어의 연구 경향과 요즘 자막 언어의 추이를 검토하고, 오락 프로그램인 〈효리네민박〉을 중심으로 자막의 특징을 살폈다. 이를 바탕으로 요즘의 자막 언어에 나타나는 문제점을 적시해 보았다. 이상의 논의를 결론 삼아 요약하면 다음과 같다.

첫째, 오락 프로그램 자막 언어의 연구 경향과 자막 언어의 변화이다. 자막 언어의 연구는 자막 언어의 유형과 기능, 그리고 자막 언어가 미치는 긍·부정적 영향에 집중되어 있었다. 자막의 유형을 발화 정보와 화면 정보 및 상황 정보 등에 초점을 맞추어 유형화하고 그 양상을 살폈다. 기능에 대한 연구에서는 효과적이면서 객관적인 정보 전달을 중심으로 논의를 진척시켰다. 나아가 자막 언어가 남발되면서 그것이 언어 사회에 긍·부정적으로 미치는 영향 관계나 개선 방안을 강구하기도 하였다. 이러한 연구는 기존의 자막 언어를 전제한 것이다. 그러나 요즘의 자막 언어는 기존의 것과 상당한 차이를 보인다. 그것은 제작진이 의도한 내용을 자막 언어로 제시하는 일이 빈발했기 때문이다. 특히 관찰 예능 프로그램이 늘어나면서 흥미성과 연결성을 감안하여 제작진의 의도가 담긴 자막 언어가 급증하고 있다. 그래서 이들에 대한 문제를 객관적으로 진단할 필요가 있다.

둘째, 오락 프로그램인 〈효리네민박〉에 나타난 자막 언어의 기능적 특징을 살펴보았다. 〈효리네민박〉은 대표적인 관찰 예능 프로그램이다. 그래서 객관적인 상황을 제시하고 시청자들이 관찰하면서 해석하고 감상하면 그만이다. 그런데 이 프로그램을 비롯한 관찰 예능에서는 제작진이 기획하여 자막 언어를 제시하는 일이 빈발하고 있다. 〈효리네민박〉의 자막 언어만 보아도 이야기 방식의 스토리가 있는 자막 언어를 제시하고 있다. 이것은 서사 텍스트의 기승전결을 전제한 것이라 할 수 있다. 그리고 자막 언어를 먼저 제공함으로써 뒤이어 나타나는 영상이나 인물의 행위를 해석하도록 유도한다. 그래서 시청자가 감상·수용해야 할 내용까지 제작자가 의도하는 내용으로 수용하도록 종용하는 기능도 있다. 한편으로는 등장인물의 발화가 없을 때나 풍경만 묘사되었을 때는 아예 그 상황을 자세하게 설명하는 자막 언어가 제시되기도 한다. 이것은 문자 언어를 읽는 것과 흡사하여 읽기 텍스트의 특징을 보이기도 한다. 이처럼 요즘의 오락 프로그램 자막 언어는 제작진이 의도한 내용을 적극적으로 알리는 수단으로 쓰이고 있다.

셋째, 〈효리네민박〉을 중심으로 자막 언어의 문제점을 검토하였다. 요즘의 관찰 예능 오락 프로그램에서 보이는 자막은 제작진의 의도를 반영하는 것이 대부분이다. 제작진이 프로그램의 흥미성이나 수용의 수월성을 감안하여 자막 언어를 적극적으로 활용하기 때문이다. 그러

면서 문제점 또한 양산되고 있다. 우선 자막 언어가 남발됨으로써 화면
이나 등장인물의 행위에 집중할 수 없게 된다. 이것은 영상물을 제공하
고 그것을 시청자가 자유롭게 해석하는 텔레비전 고유의 기능을 벗어
난 것임은 물론, 제작진이 시청자의 영역까지 침해하는 문제가 있다.
한편으로는 정보를 임의적으로 해석하여 제공한다는 점이다. 시청자
는 자막 언어로 제공되는 정보를 우선적으로 수용하게 되고, 사고의
영역이 그만큼 축소된다. 이는 다양하게 해석될 정보를 제작진이 획일
화하여 제공하는 문제를 야기하는 것이기도 하다. 나아가 왜곡된 정보
를 자막 언어로 제시할 수도 있다. 이것은 실제 화면에서 유추할 수
없는 정보를 가공하여 제시하는 것이라서 더 큰 문제이다. 왜곡된 자막
정보는 화면 정보와 차이가 생겨 시청자가 정보 해석에서 혼란을 겪을
수 있다.

　제기된 문제를 극복하기 위해서는 영상 매체는 제작진의 정보 제공
과 시청자의 정보 해석이 핵심이라는 인식을 가져야 한다. 제작진이
정보를 가공하기보다는 객관적인 상황을 제시하고 그것을 수용·감상
하는 것은 시청자 몫으로 돌려야 한다. 그렇게 할 때 자막이 최소화되
고 오락 프로그램이 열린 정보의 공간이 될 수 있기 때문이다.

참고문헌

강미영·강승묵, 2014, 「케이블방송 예능프로그램 자막의 시각적 주의」, 『한국콘텐츠학회논문지』 14, 한국콘텐츠학회, 64~75쪽.

강연임, 2007, 「오락프로그램 자막언어의 유형과 기능」, 『한국언어문학』 62, 한국언어문학회, 5~27쪽.

권길호, 2012, 「TV 예능프로그램 자막의 유형 분류 연구」, 『우리말연구』 31, 우리말학회, 229~252쪽.

김승연, 2013, 「TV 예능프로그램 자막의 언어사용 양상 연구」, 『한국어 의미학』 41, 한국어의미학회, 51~77쪽.

김옥태·홍경수, 2012, 「텔레비전 프로그램의 자막이 시청자의 주의, 정서, 그리고 기억에 미치는 영향」, 『한국언론학보』 56-3, 한국언론학회, 5~27쪽.

김중신, 2009, 「TV 자막 언어의 서사성과 의미에 관한 연구」, 『독서연구』 22, 한국독서교육학회, 49~77쪽.

김현영, 2016, 「최근 예능프로그램에서의 자막사용 양태 분석」, 『한국엔터테인먼트산업학회논문지』 10, 한국엔터테인먼트산업학회, 17~29쪽.

김환표 편, 2014, 『트렌드 지식사전』 2 , 인물과 사상사.

이선웅, 2009, 「대중매체 언어 연구의 현황과 과제」, 『어문학』 103, 한국어문학회, 117~142쪽.

_____, 2011, 「국어과 교육과정에서의 방송언어 활용사」, 『한국언어문화학』 8-1, 국제한국어문화학회, 100~129쪽.

이성범, 2011, 「의사소통 행위로서 TV 방송 자막의 언어학적 고찰」, 『언어와 정보사회』 15, 서강대학교 언어정보연구소, 53~86쪽.

이은희, 2007, 「오락 프로그램 음성 언어 표현 자막의 유형과 특성」, 『텍스트언어학』 23, 한국텍스트언어학회, 45~68쪽.

이혜연·김정은·김혜원, 2009, 「수용자의 프로그램 해석에 있어서 자막이 미치는 영향」, 『한국디자인학회 국제학술대회 논문집』, 한국디자인학회, 168~169쪽.

조수선, 2012, 「방송언어정보의 시각적 전달양상에 관한 연구-지식채널e 자막의 학습적 인지효과를 중심으로」, 『한국언론학보』 56, 한국언론학회, 310~333쪽.

_____, 2013, 「방송의 문자정보 유형과 표현사례 연구」, 『동서언론』 16, 동서언론학회, 35~57쪽.

주형일, 2000, 「커뮤니케이션 메시지의 생산과 수용에 대한 매체기호학적 연구를 위한 제언: 한국텔레비전의 자막사용이 갖는 특성을 중심으로」, 『한국언론정보학보』 15, 한국언론정보학회, 75~115쪽.

최인환·이건표, 2006, 「다중인터페이스 환경에서의 문자언어와 음성언어의 차이에 관한 비교 연구」, 『Archives of Design Research』 64, 한국디자인학회, 91~98쪽.

한성우, 2004, 「텔레비전 자막의 작성과 활용에 대한 연구」, 『텍스트언어학』 17, 한국텍스트언어학회, 377~402쪽.

홍승혜, 2016, 「감각의 전이 청각에서 시각으로: 디지털 커뮤니케이션 상에 나타나는 반 언어적 표현의 시각적 재현에 대하여」, 『영상문화』 28, 한국영상문화학회, 153~169쪽.

홍종선, 2010, 「텔레비전 방송 자막의 한글 연구」, 『우리어문연구』 37, 우리어문학회, 31~54쪽.

언택트 경연 프로그램의
소통과 자막어의 쓰임

1. 들어가기

시청자의 이해를 위해 등장한 자막은 이제 프로그램의 주요 구성 요소가 되었다. 특히 요즘 새롭게 등장한 언택트 경연 프로그램의 경우 자막의 활용 양상 및 역할이 더욱 중요해졌다.[1] TV 시청자들이 자막에 의존해 프로그램을 이해하고 메시지를 전달받는 일차적 기능에서 확대되어, 자막에 의해 만들어지는 서브 콘텐츠까지 다양하게 수용하기 때문이다. 이 글은 이러한 점에 착안하여 언택트 경연 프로그램에 나타나는 자막의 소통 구조와 쓰임을 살펴보고자 한다.

그간 TV 자막에 대한 연구는 다양하게 이루어져 왔다. 자막 언어의 유형 및 기능과 오용 사례에 대한 분석이 있었고, 자막이 프로그램에 미치는 순기능과 역기능에 대한 논의도 이루어졌다. 예능 프로그램의 자막에 대해 자세하게 분석하면서 프로그램의 구성에서 자막이 필수적인 요소로 자리 잡은 사정도 확인하였다. TV 예능 프로그램이 다양

---

[1] 이 글에서 언급하는 '언택트 프로그램'은 온라인으로 관객이 함께 참여하는 프로그램을 의미한다. 프로그램에서는 온라인으로 언택트 관객을 참여시키고 방송 화면으로 함께 송출한다.

화되면서 자막의 사용 양상 및 기능도 변화하였다. 특히 온라인 시청자를 참여시키는 언택트 경연 프로그램은 자막을 활용하는 빈도나 중요성에서 큰 변화가 생겼다.[2]

코로나19로 인해 비대면 소통이 강화되자 온라인 참여를 활용한 경연 프로그램이 다수 등장했다. 프로그램의 출연은 경연 참가자와 심사자, 사회자로 한정되고, 기존의 현장 관객은 온라인을 통해 언택트로 참여하도록 했다. 이렇게 프로그램 제작 방식이 바뀌면서 프로그램 내에서의 소통 양상에도 변화가 생겼다. 온라인 화면을 통한 언택트 관객의 반응을 함께 담아내면서 새로운 재미를 만들어냈기 때문이다. 프로그램의 시청자는 온라인으로 참여하는 언택트 관객과 일반 시청자로 양분되고, 언택트 관객은 출연자와 함께 프로그램을 구성하는 또 다른 등장인물이 되었다. 프로그램의 구도가 달라지면서 자막 활용의 양상에도 변화가 나타났다. 단순히 등장인물의 발화나 상황을 문자로 제시하는 단계는 물론이거니와 언택트 관객의 생각과 그들이 보여주는 메시지를 바탕으로 다양한 서브 콘텐츠를 만들어 냈기 때문이다.

이 글에서는 최근 등장한 언택트 경연 프로그램의 자막을 살펴, 자막 활용의 변화와 기능, 쓰임을 살펴보고자 한다. 분석 프로그램은 TV조선에서 방영한 〈내일은 미스트롯2〉이다.[3] 이 프로그램은 다양한 자막이

---

2 랜선은 현실 공간이 아닌 온라인상을 비유적으로 이르는 말로, 'LAN+線=local area network+線'의 구조로 만들어진 어휘다(《우리말샘》, '랜선' 참조).

3 〈내일은 미스트롯2〉(TV조선:2020. 12. 17~2021. 3. 4)는 가수왕을 뽑는 경연 프로그램으로, 출연자들의 노래 실력을 심사자와 언택트 관객의 심사를 거쳐 우열을 가리는 구성이다. 이 프로그램을 선택한 이유는 비슷한 유형의 예능 프로그램 중 시청률이 30%를 넘었고(닐슨코리아 선정 예능 1위, 2021년 3월 발표), 또 프로그램 내에 자막 활용의 다양한 예시가 등장하기 때문이다. 그중 이 글에서 분석 대상으로 삼은 방송은 8회차 방송분(2021년 2월 4일 방송)이다.

활용되어 자막의 양상이나 의미를 다각도로 살펴볼 수 있다. 이러한
논의가 효과적으로 진행되면 언택트 경연 프로그램에 나타나는 자막의
역할과 특성을 이해하는 데 도움이 될 것으로 본다.

2. 언택트 경연 프로그램 자막의 소통 구조

비대면 소통이 지속되자 TV에서도 온라인을 활용한 언택트 관객
참여 프로그램이 등장했다. 이 글에서 분석 대상으로 삼은 〈내일은
미스트롯2〉도 언택트 관객이 참여한 경연 프로그램이다. 이 경연에는
대면 참가자로 출연자·심사자·사회자가 등장하고, 비대면 관객이 온
라인을 통해 동참한다. 프로그램에 등장하는 인물의 구도가 출연진과
언택트 관객으로 이원화됨에 따라 자막을 활용한 소통 구조에도 변화
가 생겼다. 대면 출연자 외에 비대면 관객이 출연자처럼 등장하여 피켓
으로 자신의 의견을 개진하기 때문이다. 따라서 언택트 경연 프로그램
에서 일반 시청자가 제공받는 자막은 크게 셋으로 나눌 수 있다. 이를
표로 보이면 〈그림 1〉과 같다.

〈그림 1〉에서처럼 일반 시청자는 출연자의 발화는 물론, 제작진의
해석, 그리고 언택트 관객의 호응과 관련된 자막을 제공받는다. 그런데
언택트 경연 프로그램, 특히 노래 경연 프로그램의 특성상 대면 출연자
의 발화가 큰 비중을 차지하지는 않는다. 다양한 담화보다는 노래에
중점을 두기 때문이다. 그리고 이들의 발화는 음성으로 이미 전달되어
굳이 자막으로 처리할 필요성이 없기도 하다. 이에 반해 새롭게 도입된
비대면 관객의 자막과 프로그램의 전반을 해석한 제작진의 자막이 주요
하게 기능한다. 따라서 이 둘을 중심으로 소통 구조를 살피도록 하겠다.

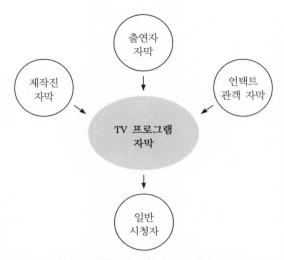

〈그림 1〉 언택트 경연 프로그램의 자막 유형과 소통 구조

2.1. 언택트 관객의 호응 자막에 의한 소통

언택트 경연 프로그램이 등장하면서 출연자에도 변화가 생겼다. 온라인을 통한 언택트 관객이 출연자로 동참하기 때문이다. 언택트 관객은 자신의 생각이나 의도를 반영한 피켓이나 문자 메시지를 통하여 시청자와 소통한다.[4] 일반 시청자는 언택트 관객의 메시지를 추가로 감상하며 프로그램의 다양성을 경험할 수 있다. 제작진 또한 언택트 관객을 출연자로 간주하고 그들의 메시지에 적절한 자막을 활용한다. 따라서 언택트 관객은 온라인 시청자이면서 동시에 그들의 생각을 화면을 통해 표현하는 출연자이기도 하다.

---

4 이 글에서 언급하는 언택트 관객의 호응 자막은 언택트 관객의 피켓 메시지를 의미한다. 언택트 관객의 피켓 메시지 역시 화면에 문자로 제시되므로, 이를 언택트 관객의 호응 자막으로 명칭하고 논의를 진행한다.

① 온라인 참여자의 피켓 메시지

   a. 연○ 꽃 됐다.

   b. 금○○ 쩔었다.

   c. 타이타닉이 다시 뜨겠다.

   d. 받을만해

   e. 준결승에 달려가자! 10분 내로~

   f. 홍○○최고

①의 예에서 보는 것처럼 언택트 관객은 자신의 생각을 화면에 적극적으로 표현하고 있다. 언택트 관객이 또 하나의 출연자가 되어 화면에 등장하고, 자신의 생각을 문자로 표현한다. 시청자는 이들의 생각을 화면을 통해 수용하면서 프로그램을 이해한다.[5] 언택트 관객의 생각을 엿볼 수 있는 소통 구조의 등장으로 일반 시청자는 제작진이 제시하는 자막뿐만 아니라 언택트 관객이 제시하는 피켓의 내용도 자연스럽게 수용하며 프로그램을 이해할 수 있게 되었다.

2.2. 제작진의 해석 자막에 의한 소통

제작진은 프로그램의 흥미성을 제고하고자 다양한 자막을 활용하고 있다. 그러는 중에 일정한 스토리를 갖는 자막이 등장하게 되었다. 이 것은 이야기를 통해 시청자의 관심과 흥미를 고조시킬 목적 때문에 나타났다. 제작진의 자막은 예능 프로그램에서 종종 활용되지만, 간단

---

5 언택트 관객의 피켓 메시지는 적극적인 의사 표명 활동으로, 이전 프로그램의 관객들이 보여주었던 함성이나 박수보다는 훨씬 능동적인 의사 표현이라 할 수 있다.

한 문구나 감탄사 등의 형태가 주를 이루었다. 이에 반해 언택트 경연 프로그램의 제작진은 프로그램에 여러 에피소드를 추가하고, 이것을 자막으로 만들어 제공한다. 각각의 에피소드에 기승전결의 사건 구조를 만들고 이야기하듯 자막으로 제시하여 흥미성을 높이고 있다.

② a. 알록달록 개성의 트롯효녀가 뭉쳤다 / 미국 딸도 합류한 글로벌 효도잔치

전국민 울린 딸부잣집 〈살다보면〉 / 한 소절 한 소절 꾹꾹 담아낸 진심

그리움으로 빚어낸 감동의 물결 / 〈딸부잣집〉 1라운드 4위 1207.7점

b. 김○○에게 점(•) 찍어주세요 / 무대 전부터 이미 꽉 잠긴 목소리

목상태와 달리 안정적인 무대 / 그래요 믿어줄게요~

김○○와 찰떡궁합 선곡이 신의 한 수 / 장점만 쏙쏙 영리한 무대 운용

트롯 콜롬버스 새로운 꽃길 개척이오 / 트롯 복점 너무 세게 찍었나?

마냥 점잖던 조용조용 발라드꾼 / 파격 그 자체 2021년 최고의 반전

억눌려 있던 뽕끼 우수수수 / ♡오늘 에이스로 나올만 했어요♡

②의 a와 b는 제작진이 화면에 맞춰 제시하는 자막이다. 화면에 어울리는 내용으로 이야기를 만들어 자막으로 제시한다. a는 이전 회차의 방송 결과를 간략히 정리·제시한 자막인데, 단순히 등수와 점수만 보여주는 것이 아니라 '딸부잣집'이라는 키워드에 이야기를 얹어 스토리로 제시하였다. 이 팀의 지난 점수와 등수에 이야기를 입혀 자막으로 제시함으로써 시청자는 마치 이야기의 요약본을 읽는 것처럼 느낄 수

있다. b도 출연자의 노래가 끝난 후, 노래와 출연자의 상황에 이야기를 입혀서 자막으로 제시한다. 각각의 상황에 이야기 꼭지를 얹어 자막으로 제시하다 보니 자연스럽게 자막의 양이 많아지게 되었다. 문장형 자막의 등장도 많아지고, 이야기의 흐름을 다루다 보니 마지막에는 맺음말의 역할을 수행하는 자막도 위치시키고 있다.

제작진이 만들어 제시한 자막이 이전에는 단순한 감탄사나 상황 묘사 등 단발적인 것이 많았다면, 언택트 경연 프로그램에서는 이야기 중심의 해석 자막이 주를 이루고 있다. 자막이 단순히 화면의 내용을 이해하기 위한 보조 수단을 넘어 프로그램의 흐름을 주도하는 핵심적인 장치가 된 것이다.[6]

3. 언택트 경연 프로그램 자막의 기능

언택트 경연 프로그램은 시청자와의 소통이 원활하지 않을 수 있다. 더욱이 노래 경연 프로그램에서는 경연자의 노래를 중심으로 전체 구도가 짜이기 때문에 전후의 맥락을 확보하기 어려울 수도 있다. 그러한 문제점을 보완하고자 프로그램은 언택트 관객의 피켓 메시지를 활용하여 다양한 호응 자막으로 활용하고 있다. 게다가 제작진이 경연과 관련된 정보를 해석하여 이야기 중심의 해석 자막을 제공하기도 한다. 이를 감안하여 언택트 관객의 호응 자막과 제작진의 해석 자막을 중심으로 그 쓰임을 살펴보겠다.[7]

---

6   제작진의 해석 자막이 프로그램의 흐름을 주도하는 장치인 점은 기존의 자막에서도 나타나는 특징이지만, 경연 프로그램에서는 그 기능이 더욱 강화되어 적극적으로 활용되고 있다.

3.1. 언택트 관객 호응 자막의 소통 강화

온라인 경연 프로그램의 독특한 특징은 언택트 관객의 참여다. 언택트 관객의 참여를 화면으로 보여주는 데 그치지 않고, 그들의 생각을 화면을 통해 송출한다. 언택트 관객은 자신들이 응원하는 참가자를 위한 메시지를 피켓으로 보여준다. 피켓을 활용한 호응 자막은 시청자 간의 소통을 가능케 함은 물론, 시청자와 제작진의 소통도 가능케 한다. 그런 점에서 호응 자막은 언택트 관객이 일방적으로 제시하는 자막과 언택트 관객과 제작진이 쌍방으로 소통하는 자막으로 나누어 살필 수 있다. 어느 경우든 소통을 강화했다는 점에서 기존의 자막과는 차이를 보인다.

첫째, 언택트 관객의 일방적인 소통을 다룬 자막이다. 엄밀히 말해 이 자막은 언택트 관객이 자신의 의견을 피켓으로 작성하여 일반 시청자 및 출연자에게 제공하는 것이라 할 수 있다. 그럴지라도 제작진이 방영한 콘텐츠에 언택트 관객이 반응한 것이라서 주고받는 소통을 보인 것만은 분명하다.

③ 언택트 관객 피켓 메시지
   a. 미모도 진. 미모 난리났다
   b. 금○○♡최고야
   c. 고음 소오름~

---

7 언택트 경연 프로그램의 시청자 계층에 대한 분석도 필요할 것이다. 시청 주요 계층에 따라 자막 선택의 양상이 달라질 수 있기 때문이다. 프로그램의 화면에 등장한 언택트 관객의 경우는 대개 가족 구성이 많이 보였다. 제작진의 자막 구성은 주요 시청층을 고려하여 만들어질 수 있음을 감안하고, 이에 대한 분석도 필요할 것이다.

③의 예에서처럼 언택트 관객은 참가자를 향한 응원의 메시지를 피켓으로 보여준다. 일반 시청자는 언택트 관객의 피켓 메시지를 보면서 그들의 의견을 자연스럽게 수용하며 프로그램을 시청한다. 온라인 경연 프로그램은 시청자를 두 부류로 나누고, 그중 언택트 관객이라는 시청자를 프로그램의 또 다른 출연자로 등장시켰다. 이들은 대면 프로그램에서의 방청객과 유사한 면이 없지 않다.[8]

대면 경연 프로그램에서는 방청객이 박수와 환호를 통해 프로그램에 영향을 미친다. 하지만 그들은 스스로 의견을 개진할 마땅한 방법이 없었다. 이에 반해 언택트 관중은 피켓을 통해 자신의 의견을 드러낼 수 있다. 이 의견은 제작진이 제작한 콘텐츠에 반응한 것이기도 하다. 그리고 제작진도 이 언택트 관객의 반응에 응대할 수 있다. 그리하여 언택트 관객이 일방적으로 제시하는 피켓 메시지도 실은 복잡한 소통을 촉발하는 매개임을 알 수 있다.

둘째, 언택트 관객과 제작진의 쌍방 소통을 담은 자막이다. 이것은 제작진이 방영한 콘텐츠에 언택트 관객이 반응하고, 언택트 관객의 반응에 제작진이 호응한 자막을 들 수 있다. 그래서 쌍방의 소통이 자막으로 진행되고 있음을 알 수 있다. 프로그램의 제작진은 언택트 관객의 메시지에 제작 의도가 반영된 자막을 함께 얹어 화면을 구성한다. 이러한 자막의 구성은 일반 시청자들의 생각에도 영향을 미칠 수 있다.

④ 언택트 관객의 피켓 메시지에 얹은 제작진 자막
    a. ○○♡파이팅♡♡ (피켓 메시지) + 트슐랭3스타 뽕가네 주방장이래

---

8 다만 기존의 프로그램에서는 방청객의 생각이나 의견이 제공되기가 쉽지 않았는데, 언택트 관객은 피켓을 활용해서 한정적이지만 시청자의 의견을 프로그램에 담아내었다.

(제작진 자막)

b. 조○○작곡 박○○작사 (피켓 메시지) + 안방에서 인생곡 기대할게
요 (제작진 자막)

c. 대박변신 (피켓 메시지) + 마스터와 관객 마음도 찍었을까? (제작진
자막)

제작진은 언택트 관객의 피켓 메시지와 부합하는 자막을 추가하거
나, 제작진의 의도가 개입된 자막을 얹어서 화면을 구성한다. 제작진의
자막은 시청자가 제작진의 의도를 자연스럽게 따르도록 유도하기 위
함이다. ④에서 보는 것처럼 제작진은 언택트 관객의 표정이나 행동,
메시지를 보고 여기에 제작진의 의도를 자막으로 추가한다. a는 언택
트 관객의 '○○♡파이팅♡♡'이라는 피켓 메시지 위에 '트슐랭3스타
뽕가네 주방장이래'라는 해석을 자막으로 보여준다. b에서 언택트 관
객은 '조○○ 작곡, 박○○ 작사'의 곡을 희망한다는 메시지를 표현한
다. 여기에 부응하여 제작진은 '안방에서 인생곡 기대할게요'라는 자막
을 추가하여 화면을 구성하였다. 일반 시청자는 두 개의 메시지를 조합
해서 프로그램의 흐름을 이해하게 된다. c에서는 '대박변신'이라는 피
켓 메시지 화면에 '마스터와 관객 마음도 찍었을까?'의 자막을 얹어서,
마치 언택트 관객의 생각인 듯 표현한다. 제작진은 언택트 관객도 프로
그램의 출연자로 간주하고 이들의 생각을 더 구체화하거나 여기에 해
석을 덧붙여 자막으로 표현한다. 따라서 일반 시청자는 프로그램의
출연자, 제작진, 그리고 언택트 관객의 생각을 자막을 통해 포괄적 ·
종합적으로 이해하게 된다.[9]

---

9 윤진서(2015:39)에서는 자막의 사용 의도를 소극적 의도와 적극적 의도로 나누어

⑤ 언택트 관객과 제작진의 쌍방 소통 자막
   a. 언택트 관객의 운집과 환호 화면 → 오디션장 아니고 은○○ 콘서트 현장 (자막)
   b. 언택트 관객의 감동받은 표정 화면 → 이젠 정말 믿고 듣지윤~ (자막)
   c. 언택트 관객 피켓 메시지 '파이팅' 화면 → 이제 지옥은 그만 천당 편도길만 걸어 (자막)

⑤의 예에서처럼 제작진은 언택트 관객의 피켓 메시지에 대답하듯이 자막을 추가하여 화면을 구성한다. 마치 언택트 관객과 대화하듯이 자막을 구성한 것이다. 일반 시청자는 언택트 관객과 제작진의 대화를 듣는 것처럼 화면을 이해하게 된다. a에서는 언택트 관객의 운집과 환호에 제작진은 마치 출연자의 콘서트 현장인 것 같다며 화답한다. b에서는 언택트 관객의 감동 어린 표정과 자막을 보며 제작진은 '이젠 정말 믿고 듣지윤~'이라는 자막을 제시하여 둘의 대화인 것처럼 표현한다. c 역시 언택트 관객의 피켓 메시지 '파이팅'에 대해 응대하듯 '이제 지옥은 그만, 천당 편도길만 걸어'라며 응답한다. 언택트 관객과 제작진이 자막을 활용하여 단편적이지만 상호 소통을 이룬다. 이러한 변화는 TV 프로그램이 일방적으로 정보를 전달하는 매체라는 인식에서 벗어나, 관객과 제작진이 소통할 수 있음을 보인 것이라 하겠다.
  언택트 경연 프로그램에 등장한 언택트 관객이 자신들의 생각을 피켓을 통해 적극적으로 표현하고 이에 대해 제작진의 의견이나 입장을

설명한다. 자막 사용의 소극적 의도는 내용을 효과적으로 전달하기 위함이고, 적극적 의도는 시청자의 프로그램 시청 태도와 반응을 유도하기 위함이라고 제시한다.

자막으로 표현한다는 점에서, 자막은 쌍방 소통의 기능을 수행하게
된다. 더 나아가 제작진의 콘텐츠 방영, 언택트 관객의 반응, 제작진의
개입이 자막으로 제시된다는 점에서 몇 차례 의견이 소통되었음을 알
수 있다. 대면 프로그램에서는 제작진의 편집에 의한 단방향의 자막이
제공되었다면, 언택트 경연 프로그램에서는 자막이 한정적이지만 쌍
방 소통의 기능을 맡고 있음을 알 수 있다.

3.2. 제작진 해석 자막의 서브 콘텐츠 생성

언택트 경연 프로그램에서는 제작진의 해석 자막이 서브 콘텐츠를
생성한다. 언택트 경연 프로그램에는 제작진의 해석 자막이 많이 나타
나는데, 이 자막이 앞뒤의 맥락을 이어주어 이야기의 속성을 갖는다.
이 이야기성은 시청자들이 노래 경연이라는 주요 콘텐츠를 감상하면
서 부가적으로 인지하는 서브 콘텐츠라 할 수 있다. 이러한 서브 콘텐
츠의 생성은 전후 맥락을 고려하거나 프로그램에 출연한 팀의 성격을
부각하는 데서 유의미하게 쓰인다.

첫째, 전후의 맥락을 살리는 서브 콘텐츠이다. 이는 눈에 띄는 자막
의 양상으로, 이전 회차의 내용을 요약 제시하는 역할을 맡는다. 프로
그램의 시작부에서는 앞선 회차의 내용을 요약해서 브리핑하듯이 제
시한다. 따라서 앞의 회차를 시청하지 못했을지라도 큰 어려움 없이
차회의 프로그램을 시청할 수 있다.

⑥ a. 트롯과 결혼한 골드미스의 역습 / 왕관을 향한 뜨거운 세레나데
    〈골드미스〉 1라운드 5위 1264점
  b. 알록달록 개성의 트롯효녀가 뭉쳤다 / 미국 딸도 합류한 글로벌

효도잔치

전국민 울린 딸부잣집 〈살다보면〉 / 한 소절 한 소절 꾹꾹 담아낸
진심

그리움으로 빚어낸 감동의 물결 / 〈딸부잣집〉 1라운드 4위 1207.7점

c. 메들리 집어삼킨 아기호랑이 납셨다 / 아기호랑이 이은 제주댁의
강렬한 한 방

꼬마신동의 화려한 상모놀이까지 / 만능 끼쟁이의 탄생 이것이
끝이 아니다

세상에 없던 천지개벽 마술트롯 / 〈미스유랑단〉 1라운드 3위
1307.9점

d. 판을 뒤엎을 다크호스의 탄생 / 녹진한 저음으로 존재감 대방출
목소리 하나로 메들리를 집어삼키다 / 방송 직후 실시간 검색어 1위
연이은 새 강자들의 등장 / 예측불가 대혼돈의 트롯대전
그 시대를 제패할 여제는 누가 될 것인가 / 14팀만 살아남는다

⑥의 예는 프로그램 전반부에 자막으로 제시된 내용이다. a, b, c의
자막은 이전 회차의 경연 내용을 요약해서 제공한 것인데, 시청자는
자막을 통해 지난 회차의 방송 내용에 대해 기억을 떠올리며 이번 회차
의 프로그램을 시청할 수 있다.[10] 그리고 d는 차회 방송 내용을 간단하
게 소개하였다. 마치 수업 시작 시 전시 수업에 대한 요약과 본 수업에
대해 간단히 안내하는 것처럼, 방송 구성의 도입 부분을 이렇게 자막으
로 정리해서 제공한다. 방송 내용을 요약하여 다이제스트처럼 구성하

---

10 이러한 요약 자막은 수업에서 전시 수업 확인의 단계처럼 기능한다. 시청자들은 지난
회차의 내용을 자막을 통해 제공받고 내용을 회상한 후, 자연스럽게 본 방송에 몰입
할 수 있다.

고, 이것을 서브 콘텐츠로 제공한 것이다. 이렇게 내용을 정리하여 제
공하면 자연스럽게 자막의 분량이 많아질 수밖에 없고, 나아가 맥락을
중시하는 이야기성이 강화되어 프로그램의 서브 콘텐츠로 기능하게
된다.

둘째, 경연 팀의 성격을 부각하는 서브 콘텐츠이다. 경연 팀마다 특
징을 살려 작은 스토리를 만들고, 그것을 스토리텔링하여 자막으로
제시한다. 일반 시청자는 자막을 통해 출연 팀마다 만들어진 에피소드
를 이야기처럼 제공받는다. 이전 오락 프로그램의 자막이 등장인물의
발화를 문자로 제공하는 수준에 머물렀다면, 이제는 등장인물의 말과
표정, 행동과 분위기 등을 종합하여 이야기 형식으로 제공한다. 그래서
언택트 경연 프로그램의 시청은 영상과 함께 자막으로 구성된 문자
텍스트를 읽는 것처럼 이해될 수도 있다.

⑦ 뽕가네 에이스 은○○ / 트롯맛집 뽕가네 주방장 출전이요
   트슐랭 3스타 뽕가네 주방장이래 / 지붕킥 고음으로 1위 뚫은 다크호스
   앞으로 해도 은○○ 뒤로 해도 은○○ 파이팅
   랜선 응원 나왔습니다 / 트롯 연금술(?) 금빛 무대 보여주마 (…)
   칭찬만큼 점수도 후했을까? / 1라운드 1위 지키느냐 뺏기느냐
   극찬의 맛 점수로도 이어질까? / 1위 지키고 팀 전원 진출 이룰까?
   에이스전 마스터 점수 현재 2위 / 금○○ 선방했다

⑧ 닻을 올려라 흥으로 노를 저어보세 / 홍○○호 일등 항해사들
   고막에 파도가 넘친다~! / 어기여차 어기디야 홍선상 배몰이
   맘속으로 쾌속 순항 1위까지 어서 가자 / 구름이 바다를 갈랐다
   구음이 이끈 곳 트롯 신대륙이로다! / 빠름 후유증 뱃멀미(?) 중…

실력도 흥도 만선이로다~! / 바닷길 찢었어

마스터 깐깐도 박수세례 / 바닷바람에 귀까지 상쾌해

괴물이다 트롯 괴물 / 아마 세상에서 제일 예쁜 괴물(?)

이 무대 허전한데? 명불허전…! / 이젠 정말 믿고 듣지윤~

　⑦과 ⑧은 각각의 등장인물을 캐릭터화 하고, 캐릭터의 이미지를 중심으로 스토리를 만들어 자막으로 제공한다. 그래서 자막을 읽는 것을 마치 짧은 이야기를 감상하는 것처럼 느낄 수 있다. 그림이 들어 있는 짧은 이야기책을 읽는 기분으로 자막을 읽다 보면 프로그램의 내용을 이해하는 것도 수월해질 수 있다. 등장인물마다 이야기를 엮어 제공하는 자막이 프로그램을 구성하는 또 다른 콘텐츠가 된 것이다. 자막의 빈도나 분량이 많아지면서 시청자들은 이제 출연자의 발화에 집중하는 것보다 자막을 읽어 가며 프로그램을 따라가는 것이 훨씬 쉽고 재미있다고 여기기도 한다.[11]

　언택트 경연 프로그램에서는 단순히 경연 참가자들이 나와서 노래하고 심사자들이 노래에 대해 평가하는 것에 그치지 않고, 각 화면마다 참가자를 중심으로 이야기를 만들고 그것을 자막으로 제시하여 별도의 감상거리를 제공한다. 등장인물에 따라 크고 작은 에피소드로 구성된 이야기 콘텐츠가 형성되고, 이것이 프로그램의 양적, 질적 풍요로움을 담보한 것이다. 이처럼 자막의 적극적인 활용은 서브 콘텐츠를 형성하여 새로운 감상거리를 제공하고 있다. 시청자는 제공되는 자막을 통해 프로그램에 대한 이해도를 높이고 오락적인 재미를 배가할 수

11　이는 말과 글의 정보 수용의 속도 차이에서 기인한다고 할 수 있다. 말을 듣고 정보를 이해하는 것보다는 글을 읽고 정보를 습득하는 속도가 빠르기 때문이다.

있다. 모두 제작진이 제공한 해석 자막이 이야기성을 갖는 서브 콘텐츠로 기능하여 가능한 일이다.

4. 언택트 경연 프로그램 자막의 특성

언택트 경연 프로그램에서는 출연자가 장기를 보이고, 심사자들의 심사평이 제시된다. 그리고 이를 관람하는 언택트 관객이 출연자에 대한 응원의 메시지를 피켓으로 보여준다. 여기에 제작진의 의도가 담긴 내용을 자막으로 제시한다. 그러는 중에 대면 프로그램의 자막과는 변별되는 특징을 갖게 되었다.

첫째, 언택트 경연 프로그램의 자막은 쌍방 소통의 기재라는 점이다. 대면 프로그램에서 활용되는 자막은 제작진의 관점에서 프로그램의 정보를 제공하는 수단으로 활용되었다. 반면에 비대면 경연 프로그램에서의 자막은 언택트 관객이 자신의 생각을 프로그램의 제작진에게 피력하고, 제작진은 이를 수용하여 그에 상응하는 의견을 제시한다. 이렇게 자막으로 쌍방 간에 소통 구조를 형성하는 것은 대면 프로그램의 자막과 변별되는 특징이라 할 수 있다. 언택트 관객이 시청자의 입장을 대변한다는 점에서 시청자와 제작진의 의견 교환이 자막을 통해 이루어진다고 할 수 있다.[12] 자막을 통한 언택트 관객의 의사 표현은

---

12 시사 프로그램이나 토론 프로그램에서는 주요 안건이나 쟁점에 대해 출연자들이 열띤 의견을 나누고, 이를 시청하는 시청자들도 자신의 의견을 제시할 수 있다. 제작진은 TV 화면에 자막을 댓글을 활용하여 실시간으로 보여주기도 한다. 프로그램의 진행자는 댓글의 내용을 언급하며 시청자를 프로그램으로 끌어들이기도 한다. 자막 활용을 통해 TV를 보기만 했던 시청자들은 자신의 생각을 능동적으로 표현할 수 있고, 프로그램의 제작진은 시청자를 프로그램의 안으로 끌어들이는 효과가 있다.

시사 프로그램이나 토론 프로그램에서 실시간으로 제공되는 시청자 댓글과 유사한 면이 있다. 하지만 이들 프로그램의 자막은 프로그램의 진행에서 적극적으로 활용되지는 않는다. 아무래도 시사적인 문제를 다루는 중압감 때문에 사회자나 패널이 댓글을 적극적으로 언급하는 것은 부담이 될 수 있기 때문이다. 반면 언택트 경연 프로그램의 자막은 오락성을 전제하기에 감정을 드러내는 데 부담이 없다. 나아가 이 자막에 제작진이 가세하여 대화식으로 대응하여 쌍방 소통도 원활한 편이다. 제작진이 콘텐츠를 가공하여 송출하고, 이 콘텐츠에 언택트 관객이 반응하며, 이 반응에 제작진이 다시 한번 호응함으로써 비교적 다양한 소통이 이루어짐을 알 수 있다.[13] 따라서 언택트 경연 프로그램에서의 자막은 대면 프로그램에서와는 달리 강력한 쌍방 소통의 기재임을 알 수 있다.

둘째, 언택트 경연 프로그램의 자막은 '읽기 텍스트'라는 서브 콘텐츠가 될 수 있다. 언택트 경연 프로그램의 자막은 등장인물마다 키워드를 중심으로 작은 이야기를 만들어 자막으로 제시한다. 등장인물마다 설정된 키워드를 중심으로 이미지를 메이킹하고, 여기에 일관된 맥락의 이야기를 얹는다. 그렇게 함으로써 일반 시청자는 등장인물 한 명 한 명에 대한 에피소드를 제공받는다.[14] 그래서 자막을 통한 이야기의

13　시청자들은 TV 출연자의 발화를 집중해서 듣는 것보다는 글자로 제공되는 자막에 의존하며 프로그램의 내용 전개를 이해하는 것이 훨씬 쉬울 때가 있다. 출연자의 발화는 발음이 부정확하거나 주변 소음 등 여러 요소에 의해 제대로 전달되기 어려운 경우가 있지만, 화면으로 제공되는 자막은 외부 조건에 상관없이 정보 전달이 용이하기 때문이다.

14　초창기 자막이 감탄사나 간단한 어휘, 이모티콘 위주였다면, 지금의 자막은 긴 내용을 연속적으로 제시하는 경우가 많다. 자막이 활성화되면서 긴 글이 자막으로 제시되어도 어색하지 않게 되었다.

수용은 TV 시청의 또 다른 영역이 되었다. 시청자는 프로그램의 화면과 함께 제공되는 자막에 집중하면서 자연스럽게 TV의 소리에서 벗어나게 된다. 화면에 제시되는 자막을 읽으면 프로그램의 흐름을 쉽게 이해할 수 있기 때문이다. 이것은 자막이 서브 콘텐츠를 형성하여 보고 듣는 TV에서, 보고 읽는 TV가 되도록 한다. 언택트 경연 프로그램에서는 거의 매 화면마다 자막이 제시되어 이 자막만을 가지고도 이야기를 구성할 수 있다. 언택트 경연 프로그램이 눈으로 읽는 영상 텍스트의 성격을 갖게 된 것도 바로 이 때문이다. 더욱이 글자의 다양한 변화—글자체, 색, 기호, 이모티콘 등—는 다양한 계층의 시청을 유도하는 데도 도움이 될 수 있다. 언택트 경연 프로그램, 그중에서도 노래 경연 프로그램은 다양한 부가 정보가 필요할 수 있다. 그러한 것을 제작진이 보완하여 자막으로 제시함으로써 의도된 이야기 구조를 가질 수밖에 없었다. 시청자들은 자막으로 만들어진 텍스트를 읽으면서 프로그램을 감상할 수 있다. 이는 언택트 경연 프로그램의 자막이 서브 콘텐츠, 읽기 텍스트의 특성이 있음을 말하는 것이다.

셋째, 언택트 경연 프로그램의 자막은 소통의 확장 장치라는 점이다. 언택트 경연 프로그램의 자막은 TV 프로그램의 정보 제공 방식에 변화를 촉발했다. 언택트 관객이 제시하는 자막이 TV 프로그램의 일방적인 정보 제공의 경직성을 벗어나도록 하는 장치이기 때문이다. SNS를 통한 소통 방식의 다변화와 갑작스러운 비대면 상황이 초래한 것이지만 정보의 제공과 수용을 확장했다는 측면에서는 주목할 만하다. 그간 TV 프로그램에서는 제작진이 생성한 정보를 시청자에게 전달하는 데 주안점을 두어 왔다. 그러나 언택트 경연 프로그램에서는 자막을 통하여 제작진과 시청자, 출연진과 시청자가 실시간으로 소통한다는 점에서 정보의 제공과 수용이 그만큼 확장됨을 알 수 있다.

그래서 언택트 경연 프로그램의 자막은 그간 정제된 정보를 제공받기만 하는 TV 프로그램의 한계를 넘어설 수 있게 한다. 실시간으로 다양한 자막을 활용하여 프로그램에 참여할 수 있기 때문이다. 이는 제작진이 제공하거나 출연진이 보여주는 정보에다 관객의 정보까지 수용하는 강점을 가질 수 있다. 언택트 관객의 자막이 TV 프로그램의 경직성을 완화하고, 제작진과 시청자의 소통 구조를 확보함으로써 정보의 소통을 크게 확장할 수 있었다.

5. 나오기

이 글에서는 TV조선 〈내일은 미스트롯2〉를 중심으로 언택트 경연 프로그램에 나타나는 자막의 양상과 쓰임을 살피고 그 특성을 짚어 보았다. 언택트 경연 프로그램에서는 자막이 정보 전달의 중요한 장치가 되었다. 그래서 시청자들은 화면에 제시되는 자막을 읽으면서 프로그램을 감상할 수 있다. 특히 언택트 경연 프로그램은 기존에 없었던 자막으로 소통을 모색하여 대면 프로그램의 자막과 변별되는 특성을 갖게 되었다. 일시적인 현상일지라도 소통의 새로운 분야를 강구한 것만은 분명해 보인다. 앞에서 논의한 내용을 요약하는 것으로 결론을 대신하고자 한다.

첫째, 언택트 경연 프로그램에서 쓰인 자막의 소통 구조를 살펴보았다. 언택트 경연 프로그램의 자막은 출연자의 발화 자막, 언택트 관객의 호응 자막, 제작진의 해석 자막으로 나눌 수 있다. 출연자의 발화 자막은 경연에 참여한 출연자와 사회자, 그리고 심사자들의 발화를 제시한 것이고, 언택트 관객의 호응 자막은 출연자에 대한 생각이나 느낌을 피켓으로 처리한 것이며, 제작진의 해석 자막은 출연자의 캐릭터와 주제를 담아낸 것이다. 출연자의 발화는 이미 음성 언어로 시청자들에게 전달되었기에 발화 자막은 부가적인 것에 지나지 않는다. 반면에 언택트 관객의 호응 자막과 제작진의 해석 자막은 새로운 의미를 담은 정보라는 점에서 중시된다. 이를 감안하여 자막의 정보성에 초점을 두어 살피면 언택트 관객의 호응에 의한 자막과 제작진의 해석에 의한 자막이 소통 구조의 핵심임을 알 수 있다. 실제로 일반 시청자는 이러한 자막을 통해 프로그램의 진행 과정이나 출연자의 성격, 방청객의 의견 등을 종합적으로 수용할 수 있다. 그만큼 언택트 관객과 제작진의 자막이 소통 구조에서 중요함을 알 수 있다.

둘째, 언택트 경연 프로그램 자막의 쓰임을 고찰하였다. 먼저 언택트 관객을 추가하여 프로그램에서의 소통 기능을 강화하였다. 언택트 관객은 자신들의 생각을 호응 자막을 통해 적극적으로 개진함으로써 시청자도 프로그램에 개입하면서 소통할 수 있음을 보였다. 더욱이 언택트 관객의 호응 자막에 제작진이 가세하여 해석 자막으로 응대함으로써 쌍방 소통 기능을 보이기도 한다. 따라서 한정적인 범위에서나마 자막이 콘텐츠의 생산자와 소비자의 소통을 유도한 것으로 볼 수 있다. 이것은 그간 TV 프로그램의 맹점으로 지적되었던 소통의 문제를 언택트 경연 프로그램의 자막이 어느 정도 해소한 것으로 볼 수 있다. 다음으로 제작진의 해석 자막은 회차의 방영에 따라, 그리고 등장인물에 따라 크고 작은 에피소드를 이야기 콘텐츠로 개발하고 이것을 자막으로 제시한다. 회차의 전개와 등장인물을 스토리텔링하여 자막으로 제시함으로써 프로그램의 양적, 질적 풍요로움을 모색한 것이다. 이는 제작진의 해석 자막이 서브 콘텐츠로 기능하여 시청자에게 흥미로운 정보를 제공한 것이기도 하다.

　셋째, 언택트 경연 프로그램 자막의 특성을 검토하였다. 언택트 경연 프로그램의 자막은 기존의 대면 프로그램과 변별되는 특성을 가지고 있다. 먼저 언택트 관객이 피켓 메시지로 프로그램에 참여함으로써 쌍방 소통을 가능하게 했다. 이는 TV 프로그램의 일방적인 정보 제공의 맹점을 자막이 어느 정도 보완했음을 의미한다. 자막에 정보 소통 기재로서의 특성이 내재되어 있었던 셈이다. 다음으로 언택트 경연 프로그램의 자막은 서브 콘텐츠의 특성을 가지고 있다. 노래 경연의 경우 빈약한 콘텐츠는 물론 이야기의 맥락을 확보하기가 어려울 수 있다. 이러한 점을 보완하고자 제작진이 출연자의 이미지에 맞추어 에피소드 중심의 이야기를 구축한다. 노래 경연과 관련된 부가적인 정보를 서브 콘텐츠로 구축하여 읽기 중심의 텍스트가 되도록 했다. 마지막으로 언택트 경연 프로그램의 자막은 정보 확장의 장치라 할 만하다. 언택트 경연 프로그램에서는 언택트 관객이 등장하여 의견을 피켓으로 개진하고, 여기에 제작진의 해석 자막이 곳곳에 배치됨으로써 전달 정보가 크게 확장되었다. 언택트 경연 프로그램의 자막이 많은 정보를 생산·제공하는 특정한 장치이기 때문이다.

참고문헌

강연임, 2007, 「오락프로그램 자막언어의 유형과 기능」, 『한국언어문학』 62, 한국언어문학회, 5~27쪽.

_____, 2018, 「오락프로그램 자막언어의 특징과 문제점」, 『한국언어문학』 104, 한국언어문학회, 7~31쪽.

권길호, 2012, 「TV예능 프로그램 자막의 유형 분류 연구」, 『우리말연구』 31, 우리말학회, 229~252쪽.

김소영, 2019, 「소통성의 관점에서 본 예능 프로그램의 자막」, 『어문학』 145, 한국어문학회, 121~150쪽.

김승연, 2013, 「TV 예능 프로그램 자막의 언어 사용 양상 연구」, 『한국어의미학』 41, 한국어의미학회, 51~77쪽.

김옥태·홍경수, 2012, 「텔레비전 프로그램의 자막이 시청자의 주의, 정서, 그리고 기억에 미치는 영향-오락프로그램과 교양프로그램에서」, 『한국언론학보』 56-3, 한국언론학회, 5~27쪽.

김중신, 2009, 「TV 자막 언어의 서사성과 의미에 관한 연구」, 『독서연구』 22, 한국독서학회, 49~77쪽.

김지원, 2013, 「예능프로그램 자막의 시각적 구성과 표현양식에 관한 연구」, 『기초조형학연구』 14-2, 한국기초조형학회, 103~111쪽.

김현영, 2016, 「최근 예능프로그램에서의 자막사용 양태 분석」, 『한국엔터테인먼트산업학회논문지』 10-3, 한국엔터테인먼트산업학회, 17~29쪽.

김호경·권기석·서상호, 2016, 「예능프로그램 자막의 특성과 수용자 인식에 미치는 영향」, 『한국콘텐츠학회논문지』 16-3, 한국콘텐츠학회, 232~246쪽.

윤진서, 2015, 「TV 예능프로그램의 자막 사용에 대한 연구-'일박이일', '무한도전', '삼시세끼'를 대상으로」, 『텍스트언어학』 39, 한국텍스트언어학회, 233~260쪽.

이근우·이경아, 2014, 「국내 TV 예능(오락)프로그램의 특징별 이미지와 자막의 유형이 미치는 영향-선호 프로그램을 중심으로」, 『정보디자인학연구』 23, 한국정보디자인학회, 109~120쪽.

이은희, 2007, 「오락 프로그램 음성 언어 표현 자막의 유형과 특성」, 『텍스트언어학』 23, 한국텍스트언어학회, 45~68쪽.

이지양, 2005, 「프로그램 성격에 따른 TV 영상 자막의 분석」, 『성심어문논집』 27, 성심어문학회, 159~206쪽.

_____, 2020, 「TV 자막기능의 변화 양상 연구」, 『텍스트언어학』 49, 한국텍스트언어학회, 135~161쪽.

정수영, 2009, 「TV 영상자막의 특징 및 기능에 관한 연구-지상파TV 3사의 리얼 버라이어티쇼를 중심으로」, 『한국언론학보』 53-6, 한국언론학회, 153~176쪽.

정윤희·손원준, 2012, 「TV 예능 프로그램의 자막 유형 연구-연령대별 선호 프로그램을 중심으로」, 『한국디자인포럼』 34, 한국디자인트렌드학회, 267~276쪽.

카카오톡 메신저의 쓰임과
사회언어학적 성격

---

1. 들어가기

　매체의 발달과 더불어 의사소통 양상이 달라졌음은 어제오늘의 일이
아니기에 매체에 의한 소통의 변화를 살피는 것은 지극히 당연한 일이
다. 매체에서의 소통 내용과 방법이 다양화되면서 언어 사용의 특징도
변화한 것이 사실이다. 그중 주목되는 것이 바로 카카오톡 메신저[1]를
활용한 의사소통이다. 카카오톡 메신저를 활용한 의사소통은 기존의
문자 메시지나 SNS에서의 의사소통과는 또 다른 양상을 보이고 있다.
　2016년 모바일 메신저 활용도를 조사한 결과 카카오톡 메신저가
압도적으로 1위를 차지했다는 보도가 있었다.[2] 또한 국민의 대다수가

1　카카오톡은 스마트폰용 무료 통화 및 메신저 응용 프로그램을 의미한다. 카카오톡은
　무료 통화, 문자 메시지 서비스뿐만 아니라 사진, 동영상, 음성 메일 서비스를 제공하
　고, 일대일 및 그룹 채팅 기능도 지원한다. 또한 여러 명의 친구들과 함께 그룹으로
　통화할 수 있는 그룹콜 기능이나, 좋아하는 주제와 관계된 친구를 추가하여 다양한
　정보 및 혜택을 받는 플러스 친구 서비스도 지원한다(《두산백과》, '카카오톡' 참조).
2　2017년 1월 30일 아시아경제 기사 가운데 미래창조과학부에서 진행한 '2016 인터넷
　이용실태조사' 결과에 따르면, 우리 국민의 인터넷 이용 시간은 주 평균 14.3시간,
　인터넷 이용 빈도는 주 1회 이상이 98.9%인 것으로 조사됐다. 6세 이상 인터넷 이용
　자 중 메신저 이용률은 92.5%로 15년 대비 1.6% 증가했으며, 이용 메신저는 카카오

가장 선호하는 스마트폰 앱으로 카카오톡이 선정되기도 했다.[3] 이러한 기사를 통해 매체를 활용한 메신저 의사소통에서 '카카오톡'이 새로운 소통의 장을 형성하고 있음을 알 수 있다. 잘 알다시피 카카오톡 메신저는 면 대 면 대화도 아니고, 음성을 활용한 전화 대화도 아니다. 그렇다고 기존 문자 메시지와 같은 양상을 보인다고 단언하기도 어렵다. 구어적인 말도 아니고 문어적인 글도 아닌, 말과 글의 두 측면을 아우른 새로운 의사소통 방법이기 때문이다. 따라서 이 글에서는 입말과 글말을 아우른 카카오톡 메신저의 의사소통 양상을 살펴보고, 이를 바탕으로 '카카오톡'에서 의사소통의 모형이 어떻게 만들어지고 기능하는지 사회언어학적 측면에서 검토하고자 한다.

시대와 문화가 변하면서 그에 따라 언중의 의사소통 방법도 변화하게 된다. 각종 통신 수단의 발달은 면 대 면 의사소통에서 벗어나 다양한 경로의 의사소통을 가능케 하였다. 그중에서도 스마트폰은 가히 새로운 의사소통의 장을 펼쳤다고 해도 과언이 아니다. 전화가 시공간의 제약을 완화시켰다면, 스마트폰은 이 분야에서 더더욱 진화된 소통 수단이라 할 수 있다. 카카오톡 메신저가 전화 대화의 한계를 보완했기 때문이다. 카카오톡 메신저는 언제 어디서든 시간이나 공간의 제약 없이 화자와 청자가 소통할 수 있도록 한다.[4] 또한 다양한 데이터, 즉

톡이 99.2%으로 압도적이다. 이어 페이스북 메신저(29.2%), 라인(13%) 순으로 나타났다(「국민 85%가 스마트폰 보유…일주일에 인터넷 14시간 이용」, 『아시아경제』, 2017. 1. 30).

3 IT동아의 기사에 따르면, 앱 분석 업체 와이즈앱이 발표한 2016년 10월 스마트폰 사용 조사 결과 한국 안드로이드 스마트폰 사용 인구의 98.2%가 카카오톡을 설치하고 있으며 설치자 중 91%가 카카오톡을 이용 중이라고 밝혔다. 또한 지난 2016년 10월 사용자 200만 명 이상 앱은 88개로, 이 중 카카오앱은 10개인 것으로 조사됐다(「국내 스마트폰 사용자 100명 중 98명은 카카오톡 설치」, 『IT동아』, 2016. 11. 8. 인용).

사진·그림·문서·음성 파일·동영상 등의 송수신도 가능하다.

카카오톡은 기존 휴대전화 문자 메시지와도 차별화된다. 기존 휴대전화 문자 메시지가 일방적 '전달'의 기능에 주안점이 있다면, 카카오톡은 쌍방적 '대화'가 핵심이기 때문이다. 곧 문자 메시지는 내용 전달이 일차적 목표이고, 이에 대한 답신 문자는 내용 전달을 확인하는 것이 주를 이룬다. 그러나 카카오톡은 내용 전달의 일차적 목표와 더불어 쌍방적인 대화가 가능하다. 따라서 문자 메시지에서는 상대방이 메시지를 확인하고 그에 따른 답신 여부는 부차적인 것이 될 수 있다. 그러나 카카오톡에서는 상대방에게 전달한 메시지는 물론 청자의 대답 역시 중시한다.[5] 이처럼 기존 전화 대화나 문자 메시지와는 다른 특성을 갖는 것이 카카오톡 메신저 대화이다.

카카오톡 메신저에서 주고받는 문자 메시지에 대한 국어학적 분석과 이를 바탕으로 한 사회언어학적 특징을 살피는 것은 소통의 변화를 살피는 방안이 될 수 있다. 논의를 통해 모바일 의사소통의 기능과 효과를 객관적으로 검증할 수 있으리라 본다.

2. 카카오톡 메신저에서의 소통 양상

카카오톡 메신저는 말하는 것과 유사하다는 점에서 구어적 특징을 갖지만, 문자를 통해 전달된다는 점에서는 문어적 특징을 갖기도 한다.

---

4 물론 여기에는 와이파이나 데이터 송수신과 같은 매체 대화를 위한 유통 경로가 제공되어야 한다. 이 글에서는 이러한 유통 경로의 제공이 전제된 것으로 간주한다.
5 사실 카카오톡 메신저에서 화자는 청자의 메시지 확인 여부를 알려주는 숫자에 민감하다. 메시지 왼쪽에 표시되는 숫자 1이 없어지면 바로 답이 올 것이라는 기대 심리가 이러한 사실을 반증한다.

문자를 통해 전달되지만 구어적 속성이 강한 면에 주목해 카카오톡 메신저의 문자 메시지를 천선영(2013)에서는 '쓰여진 말'이라고도 했다.[6] 이주희(2012)에서는 문자 메시지를 완벽한 문어나 구어의 특징을 갖지 않는 독특한 언어 사용이라 제시하고, 박철주(2006)에서는 한국어의 새로운 지역방언 내지 공간적 변이어라고 제시했다. Hard af Segersteg(2002)는 통신언어는 시간, 노력, 공간의 제약 안에서 최대한 표현하기 위한 언어적 변용이라고 정의 내린다.[7] 모두 통신언어의 특성을 집약적으로 설명하고 있는데, 이 글에서는 이러한 전제 아래 카카오톡 메신저에서의 소통이 사회언어학적으로 어떠한 특징이 있는지 살피고자 한다.

2.1. 언어적 측면

2.1.1. 생략을 기반으로 한 압축 표현

카카오톡 메신저에서 구어의 특징인 생략을 적극적으로 활용하고 있음은 주지의 사실이다. 그러나 이곳에 나타난 생략은 문법적 관점에서의 생략과는 다른 양상을 보인다. 대체로 카카오톡 메신저에서는 발화문의 신정보까지만 발화하고 이후 부분은 생략하는 특징이 있다. 다음의 예를 보자.[8]

---

6   김희동(2015:65~91)에서도 스마트폰에서의 의사소통은 상당 부분 구술성의 특징을 보인다고 언급한다. 곧 자연스러운 turn taking, 소통의 동시간성, 이미지를 통한 소통, 생략과 축약 및 의성어의 빈번한 사용 등에 의한 특성 때문에 구어성을 갖는다고 제시한다.
7   이주희 외(2012:131~161).
8   분석 대상으로 제시한 예문에서 잘못 표현되고 있는 띄어쓰기는 수정하지 않았다. 띄어쓰기의 경우 한정된 화면에 글자를 쳐서 보내야 하는 카카오톡 메신저의 특성을

① a. 오늘 휴강이라 집에서 탱자탱자
   b. 부럽

② a. 오늘 핫도그 먹으면서 엘베탔는데 애기가 나도~이러는 거야
      근데 주기 싫어서 만두?
      이랬다ㅋㅋㅋㅋㅋㅋㅋㅋ
      내릴때도 만두맛있게먹어~~이러구
   b. ㅋㅋㅋㅋㅋ왜 갑자기 만두얔 ㅋㅋㅋㅋ
      진짜 나쁜어른

위 대화에서처럼 어미를 모두 생략하고 대답한다. '부럽다' 혹은 '진짜 나쁜 어른이구나' 등으로 추측할 수 있는 종결어미를 모두 생략하고 있다. 곧 신정보를 전달하려는 목적이 달성됐다고 간주되면 기타 나머지 부분을 굳이 발화하지 않는다. 이는 신정보 이외에 구정보 및 주변 정보를 자판에서 치는 것이 귀찮거나 불필요한 노력이라고 생각한 결과라 하겠다. 이는 Bernstein(2002:278)의 '대화에서 사용하는 언어는 특정 계층의 의식과 태도를 반영하고 나아가 언어 의식을 형성하기도 한다'는 어법 이론과 관련되기도 한다.[9] 생략형의 언어 사용이 사용자 계층의 언어 의식을 형성하는 데 그만큼 영향을 주는 것이다.

반영한 결과라 할 수 있으므로, 인용한 예의 띄어쓰기는 교정하지 않고 제공받은 그대로를 제시한다.

9 Bernstein(2002:278)의 사회언어학에 의하면, 어법은 한 사회 집단의 구성원들이 사용하는 언어 이면의 구성 원리라고 정의한다. 그는 제한된 어법(restricted code)과 정련된 어법(elaborated code)을 제기한다. 또한 사회 구성원의 관계 방식이 언어와 어투에 영향을 미친다고 주장한다(신재영:2011:172~173 인용).

③ a. 학교 가시나? 아침은?

b. 도착ㅋㅋㅋㅋ

대충

④ a. 어디? 안개가 많음. 조심해서 오시오.

b. 거의 도착!

도착ㅋㅋ. 어디?

위 대화에서도 화·청자는 자신이 필요하다고 생각하는 부분만 발화한다. ③에서 두 개의 질문에 대한 청자의 답은 각각 핵심 어휘만으로 구성되어 있다. 또한 질문의 답으로 두 개의 어휘를 줄을 바꾸어 표현함으로써 각 질문에 대한 답임을 시각적으로 구분·제시하기도 한다. ④의 대화에서 화자는 '어디야? 여기 안개가 많네. 조심해서 와' 정도의 발화를 추론할 수 있으며, 이에 대한 청자의 답 역시 '거의 도착했어요. 도착했어요. 어디 계세요?' 정도의 기저 발화를 추론할 수 있다. 둘 다 전달하고자 하는 핵심 어휘만으로 대화를 이어감에도 의사소통에는 문제가 발생하지 않는다.

카카오톡 메신저에서는 어미 생략에서 좀 더 나아가 아예 전체 문장을 한두 개의 명사로 대체·발화하는 현상도 나타난다. 곧 하나의 문장을 단일 명사로 대체하여 전달 의사를 집약하기도 한다. 신속한 의사전달을 원하는 화자의 발화 의도를 짐작할 수 있다. 다음의 예를 보자.

⑤ a. (사진 제시)

언니도 이거 왔어?

b. ㄷㄷ??? 아닝… 뭐지;;;

aʹ ㄷㄷ뭐람ㅋㅋㅋ

   정반대의내용을..

bʹ ㅋㅋㅋㅋ아니 뭐지… 나도 떨어졌나…

aʺ 불안…

bʺ 한번 전화해봐ㅠㅠ

aʺʹ …ㅎ 전화공포…ㅎ

위 예에서 보는 것처럼 전체 문장을 한 단어로 압축해서 발화한다. 예를 들어 '나도 떨어진 것 같아서 불안해' 등으로 추론 가능한 발화를 아주 간단히 '불안'으로 압축 발화하거나, '전화해 보라'는 선행 화자의 발화에 대한 답으로 '전화하는 거 무서워요' 혹은 '전화하기가 무서워요' 등의 추정 발화 역시 '전화공포'라는 한 단어로 집약해서 표현한다. 발화문의 메시지를 압축할 수 있는 대표 어휘를 발화함으로써 화자의 전달 메시지를 강조하고 있다.[10]

2.1.2. 첨가를 기반으로 한 확장 표현

카카오톡 메신저 대화에 나타나는 특징으로 불필요한 받침 표기의 추가를 들 수 있다. 다음의 예를 보자.

⑥ a. 나 맛잡이슈퍼왔당.

   근데 저녁 많이 먹어서 넘나 배불렁

   b. ㅋㅋ맛잡이슈퍼갈땐저녁안먹고가야하는딬ㅋㅋㅋ

---

10 이러한 유형은 조사나 어미의 생략과 달리 핵심어 위주로 메시지를 보내고 나머지는 기호로 보충하는 것이다.

하두 싸서 많이 시켜먹어야함ㅋㅋㅋ

a′ 마쟈 하지만 우리는 먹었다 우하하

⑦ a. 안 가면 짤리나요?

b. 지금 톡에 물어볼게.

a′ 아니… 내일ㅋㅋ

b′ 아.. 그 팀장님한테???

a″ ㅇㅇ 안되려나…

b″ 오키오키. 내일 팀장님한테 전화해볼게

a‴ 그럼 포기해야지뭘…

　　뭐라할까무섭닿ㅎ

　⑥의 예를 보면 두 화자 모두 마지막 어휘에 불필요한 음운인 'ㅇ,' 'ㅋ'을 첨사처럼 첨가·발화한다. 재미있는 것은 '슈퍼왔다 → 슈퍼왔당', '배불러 → 배불렁'의 'ㅇ' 첨가의 경우는 청자에게 귀여운 이미지, 재미있는 분위기를 전달하려는 의도라고 한다면, '가야하는디 → 가야하는딬'의 경우는 이어지는 웃음소리 'ㅋㅋㅋㅋ'을 엔터키를 생략하고 입력함으로써 나타난 표기라 하겠다. 그래서 첨사 'ㅇ'에서는 나타나지 않는 연속 표기가 'ㅋㅋㅋㅋ' 혹은 'ㅎㅎ'에서는 자주 나타난다.[11] 첨사를 붙인 표현을 더 제시하면 다음과 같다.

　⑧ a. 문자로 물어봐야짘 / 거북선도 다시 물어봐야딩 / 어쩔수없짘 /

　　　한거아닌걐 / 모르겠닿 / 친절하더랗

11　'ㅎ'보다는 'ㅋ'의 경우에 이런 현상이 더욱 빈번함을 알 수 있다. 아마도 웃음소리를 이어 표현하는 방법이 다른 경우보다 더욱 보편화되었기 때문일 수 있다.

b. 일단 물어봐났엉ㅋㅋ / 아닝 / 니얘기는 안할겡ㅎㅎ / 아..계획
　같이짠다공? / 바로 가야겠넹 / 정보 공유하쟝

c. 상관없엌ㅋㅋ / 참관간건갘ㅋㅋ / 담주 중간고사닼ㅋㅋㅋ / 왜
　갑자기 만두얔ㅋㅋㅋ

d. 집이얍 / 아 괜찮아윱 / 그러게윱

e. 알았엇 / 먹었닷 / 대기중입니닷

　받침 첨가 현상은 앞서 살핀 생략과는 차이가 있다. 화자가 핵심적
인 발화 정보만을 단독 발화하여 정보의 집중화를 꾀하는 한편, 불필요
한 첨사를 추가하여 발화 분위기를 전환하고자 했기 때문이다.

2.2. 비언어적 측면

2.2.1. 그림에 의한 감정 표현

　카카오톡 메신저에서는 그림 메시지의 활용이 주목된다. 대표적인
것이 이모티콘과 짤방이다. 먼저 이모티콘은 화자의 감정을 시각화하
여 청자에게 비교적 생생하게 전달하는 기능을 맡는다. 곧 면 대 면의
의사소통에서 비언어적 요소로 기능하는 화자의 몸짓, 표정 등을 이모
티콘이 대신하고 있다.[12] 다음의 예를 보자.

12　의사소통에 관여하는 표현으로 언어적, 반(半)언어적, 그리고 비언어적 표현을 들
　수 있다. 언어적 메시지에 수반되는 목소리, 어조, 억양, 속도 등을 반언어적 표현
　으로, 그리고 화자의 표정, 시선, 몸짓 등에 관한 것을 비언어적 표현으로 설명한
　다. 이 글에서는 언어적 표현 이외의 표현은 모두 비언어적 표현의 세부 범주로 처
　리하고, 이들을 아울러 비언어적 표현으로 간주하고 논의를 전개한다(박재현:2013:
　102~104 인용).

위의 예에서 보는 것처럼 이모티콘은 대화의 적절한 곳에 배치되어 화자의 의사 표현에 도움을 준다. '힘들어'라는 발화에 이모티콘을 추가하여 발화함으로써, 화자의 행동을 시각화하여 보여준다. '이런 일이 있으면 가슴이 철렁해요'라는 화자의 놀라는 감정을 이모티콘과 함께 시각화하여 감정 전달의 효과를 배가하고 있다. 청자 역시 화자의 발화에 수반된 여러 가지 이모티콘으로 화자의 감정을 생생하게 파악할 수 있다. 따라서 의사소통의 활성화에 이모티콘이 영향력을 행사한다고 볼 수 있다.[13] 이모티콘을 활용한 감정 표현은 매우 다양하다. 때로는 화·청자의 감정을 말보다 이모티콘으로 표현하는 것이 더욱 정확하게 전달될 수도 있다.

카카오톡 메신저에서는 짤방도 의사소통의 중요한 수단이다. 짤방은 유행하는 영상물의 한 장면을 캡처하고 여기에 자막을 말풍선처럼 삽입하여 만든 것이다. 짤방은 의사 표현의 도구로 유용할 뿐만 아니라

---

13 이모티콘의 이와 같은 기능은 면 대 면 대화에서 화·청자가 공유하는 비언어적 정보를 대체한다고 볼 수 있다. 감정 표현을 도와주는 세분화된 이모티콘이 늘어나고 있음을 보아서도, 이모티콘이 발화자의 감정 표현을 위한 도구임을 알 수 있다.

유머 감각을 보여줄 수도 있어 도움이 된다. 짤방의 경우 대부분 당시 유행하는 드라마나 영화 등의 화면을 캡처해서 만들기 때문에, 공유하는 문화로 재미있는 의사 표현을 도모하는 것이다. 설문에 의하면[14] 학생들은 짤방을 다양하게 활용한다.[15] 다음은 짤방의 예이다.

⑩ '짤방'으로 보여주는 메시지

a. (한심한 표정의 얼굴) 한심

b. (한심한 웃음을 짓는 얼굴) 네 머리에 뭐가 들었는지 모르겠어.

c. (화난 얼굴의 교수님) 니 성적표에 c가 너무 많아서 농부가 추수도 할 수 있겠다.

d. (어이없는 표정) 이 그지같은 건 뭐야!

e. (울부짖는 표정) 공부하기 싫어응어 흐어옹어!!

f. (컴퓨터 앞에 앉아서) 놀고 있는 것이 아니다. 월급에 맞춰 일하고 있는 것이다.

위의 예처럼 다양한 장면을 캡처하고 여기에 표현하고 싶은 메시지를 자막으로 첨가하여 화자의 의사나 감정을 전달한다. 짤방은 발화에 유머 감각을 얹어서 표현함은 물론 타자를 치지 않고 의사를 전달하는

---

14 대학생 50명을 대상으로 카카오톡에 대한 간단한 설문을 진행한 결과, 학생들은 이 모티콘과 같은 시각화된 기제를 매우 다양하게 사용한다.

15 '짤방'은 '짤림 방지'의 줄임말이다. 『대중문화사전』(2009, 현실문화연구)에서 제공하는 '짤방'의 정의는 '사진이나 동영상 전용 게시판에 사진이나 동영상이 아닌 글을 올렸을 경우 삭제되는 것을 방지하기 위해 내용과 아무런 상관없는 사진이나 동영상을 올리는 것'이라고 소개한다. '짤방용 사진'은 바로 이런 용도로 사용되는 사진이나 동영상을 말한다. 그러나 최근에는 글에 첨부된 이미지를 통칭하는 말로 사용된다 (《네이버 지식백과》 참조).

장점도 있다.

카카오톡 메신저에서는 이처럼 이모티콘과 짤방 등의 그림을 활용해 화·청자가 자신의 감정을 적극적으로 전달한다. 이것은 언어적으로 표현하는 것보다 적극적으로 감정을 개진할 수 있어 유용하다.[16]

2.2.2. 기호에 의한 감정 표현

카카오톡 메신저 의사소통의 두드러지는 특징으로 문자의 기호화를 들 수 있다. 물론 문자 자체도 기호이나, 여기서 의미하는 '기호화'는 비언어적 요소를 표현하기 위한 일종의 임의적 기호로 글자가 쓰였다는 점이다. 예를 들면 'ㅋㅋ'나 'ㅎㅎ'는 화자의 웃음소리를 가시화하거나 그런 감정을 보여주기 위한 음성 상징의 기호로 활용된다. 이는 카카오톡 메신저에서 두드러지는 초성 축약과는 또 다른 양상이다. 'ㅇㅋ(오케)', 'ㅇㅈ(인정)', 'ㄱㅅ(감사)', 'ㅅㄱ(수고)'와 같은 초성 축약어는 어휘의 줄임 표기로 신속한 의사전달이 주된 목적이라고 할 수 있다. 그러나 앞서 제시한 'ㅋㅋ'나 'ㅎㅎ'는 웃음소리 '크크', '흐흐'의 초성 표기라기보다 웃음소리를 시각적으로 보여주는 데 주안점이 있다. 그래서 의미 전달에 준하는 문자 본연의 기능보다는 기호로 활용되는 것으로 해석할 수 있다. 이러한 현상을 문자의 '기호적 사용'이라 할 수 있다. 기호적 사용은 주로 화자의 감정이나 발화 상황을 시각화하는 경우가 대부분이다.

⑪ a. 잉글리쉬 담당 선생님 완전많아 ㅎㄷ

---

16 설문에 의하면 청자 역시 말로 제시되는 감정 표현보다 이모티콘을 활용한 감정 표현에 공감대 형성이 더 잘 된다고 응답했다.

　　b. 다들 수강신청 끝남?

　　a′ ㄴㄴ

⑫ a. 오늘 풀강. 12시부터 6시까지

　　b. ㅌㄷㅌㄷ

　　　나는 과제 ㅠㅠ

　　　뭐 먹엉

　　　김밥?

　　a′ 굶어

　　b′ ㅉㅉㅉㅉ

⑬ ㅂㄷㅂㄷ(부들부들) / ㅎㄷㄷ(후덜덜) / ㄸㄹㄹ(또르르) / ㅌㄷㅌㄷ(토닥
　　토닥) / ㅍㄷㅍㄷ(파들파들) / ㄷㄷ(덜덜) / ㅍㄹㄹ(파르르) / ㅎㄹ(헐랭)
　　/ ㅇㅈㅊ(와장창)

　　기호화한 예들은 주로 의성어나 의태어이다. 그래서 어휘 의미에
초점을 두기보다 상황이나 상태 묘사에 준하는 기호적 쓰임이라 할
수 있다. ⑪의 a는 '영어 선생님이 완전 많아'까지가 발화이고 뒤이어
제시된 'ㅎㄷ'은 발화자의 상태를 가시적으로 보여주는 기호적 쓰임이
라 할 수 있다. 곧 '후덜'의 표현 'ㅎㄷ'은 음성적 발화는 아니지만,
자신의 상태를 시각화한 기호로 작용하게 된다. 이는 어휘적 용례의
줄임말과는 다른 쓰임이라고 할 수 있다.

　　또한 물결표(~)나 웃음 기호(^^), 혹은 자판에서 사용할 수 있는 다른
기호도 카카오톡 메신저 대화에서 소통의 보조 수단으로 쓰인다. 다음
의 예를 보자.

⑭ a. 내일 회의자료 정리 문제와 사진찍기. 일단 5시반에 보기로 하지
　　 말입니다.

　 b. 저 89교시 수업이지 말입니다.^^

　 a′ 최대한 빨리 오십쇼.

　 b′ 네~~~~~~~~~~~~~~엡

⑮ a. ○○○입니다.~^^

　　 … 좋은 하루 되세요~~(--)(__)

　 b. 감사합니닷^^

　 a′ 낼 투표로 쉬니까 왠지 금욜같은 화욜입니당~~ 기분좋은 주말
　　 되셔요~^^*

　 b′ 넵~~^^

　이처럼 화자와 청자는 발화 뒤에 기호를 추가함으로써 자신의 발화
감정 및 의도를 보완하고 있다.[17] 따라서 발화 뒤에 붙는 기호로 화자
의 감정 및 발화 태도를 추론할 수 있다. 이것은 청자의 감정까지 달라
지게 하는 요소로 기능한다. 청자의 감정이 화자가 제시한 기호에 영
향을 받기 때문이다. 예를 들어 '부장님~'의 표현과 '부장님'은 발화
내용은 같지만 함께 표시된 물결표에 의해 화자의 발화 의도가 다를
수 있다.

―――

17 강옥미(2010:252~261)를 보면, 한국인의 이모티콘은 주로 눈 모양(^^, ><, *^^*,
@@, ^^*, --;;, >.<)이 많다고 한다. 이유는 한국인이 상대의 감정을 읽을 때 주로
눈을 보기 때문이라고 한다. 상대적으로 영어의 이모티콘은 입 모양(;-), ;-@,:-))이
많은데, 이는 서양인은 상대의 감정을 입을 통해 확인하기 때문이라고 한다. 이모티
콘을 통한 언어 사회의 특징을 엿볼 수 있는 연구 결과라 하겠다.

⑯에서처럼 화자는 자신의 감정을 이모티콘이나 기호를 통해서 추가적으로 전달한다. 이와 같은 기호의 사용은 그렇지 않을 때와 비교하면 전달 정보의 수용이 달라질 수 있다. '교수님'의 발화와 '교수니임~~~~'의 발화는 아무래도 수용이 다르기 때문이다.[18] 또한 죽을 것 같다는 감정 표현과 함께 제시된 눈물을 흘리는 기호(ㅠㅠ)에 의해 화자는 울고 싶은 자신의 심정을 청자에게 효과적으로 전달할 수 있다.

설문 조사 결과에 의하면 카카오톡 메신저 대화에서 이러한 기호를 사용하지 않는 경우에는 '화자의 기분이 좋지 않은가? 화가 났나?' 등의 불필요한 감정을 추측하게 만들기도 한다.[19] 따라서 화자와 청자는 자연스럽게 다양한 기호를 사용하고, 이를 통해 대화를 활성화하는 효과까지 거두고자 한다.[20]

---

18 '교수님'과 '교수니임~~~~~'의 차이는 발화에 수반되는 비언어적 요소의 기능 때문이다. '교수니임~~~~~'의 표기에는 '니임~~~~~'이 실제 발화의 장단·강세·억양 등을 표현했다고 볼 수 있다. 따라서 이러한 표기의 차이는 화자의 발화 의도가 다름을 보여주는 것이고, 청자의 수용 의미 역시 달라질 수 있다.

19 이모티콘을 사용하지 않는 경우는 친하지 않은 청자와의 대화 또는 상하 관계가 형성될 수 있는 불편한 관계의 대화라고 한다. 이런 관계의 경우는 객관적 상황을 전제로 정보 전달을 의도할 뿐, 감정을 교감할 정도의 사이는 아니다.

문자의 기호적 활용은 감정을 시각화하려는 화자의 발화 의도의 반영이라고 볼 수 있다. 화자는 자신의 감정을 말로 일일이 언급하기 어려울 때 시각화한 기호를 활용한다. 또는 기호의 도움을 받아 발화 상황을 원하는 방향으로 유도하려는 발화 의도가 반영된 결과이기도 하다. 면 대 면 대화에서의 비언어적 요소, 즉 몸짓·표정·태도 등을 카카오톡 메신저 대화에서는 다양한 기호가 대신한다. Argyle(1988)에서는 이러한 비언어적 의사소통의 기능으로 감정 표현, 대인 관계의 태도 표현, 상호작용의 조절, 자기 표현, 관습적 행위 표출 등을 제시하고 있는데,[21] 앞서 살핀 카카오톡에서의 이모티콘이나 기호가 이와 유사한 기능을 담당한다. 이러한 기제를 빈번하게 사용하는 것은 직접 제공할 수 없는 발화자의 감성을 더 적극적으로 개진하기 위함이다. 그래서 문자의 기호적 사용은 감성 표현의 강화 현상이라고 할 수 있다.

3. 카카오톡 메신저 소통의 사회언어학적 성격

3.1. 심리적 거리 유지 기능

카카오톡 메신저 대화는 문자로 진행되기 때문에, 상대방에게 전달 정보에 대한 반응을 즉각적으로 보이지 않아도 된다. 그만큼 시간적인

---

20 김승연(2012:1~25)에서는 이모티콘을 이미지 텍스트와 언어 텍스트의 결합으로 최종 의미를 구현하는, 분리 불가능한 도상 텍스트(iconotext)라고 정의한다. 언어 텍스트가 전달 정보라면 이미지 텍스트는 전달 정보에 수반되는 비언어적 정보를 이미지화하여 표현한 것이라고 할 수 있다.

21 박재현(2013:121~123).

여유를 가질 수 있다. 또한 눈앞에서 거절하지 않아 거절 정보의 전달에 따른 감정적 갈등도 낮아질 수 있다. 실제로 카카오톡 메신저 대화에서는 전달받은 정보에 대해 시간을 두고 대답할 수 있어 혹시 있을지 모를 상대방과의 갈등을 최소화할 수 있다. 이는 Brown & Lewinson (1987)의 소극적 체면과 연관 지을 수 있다. 소극적 체면은 화·청자 각각의 행위가 상대방에 의해 방해받지 않고 부담과 강요에서 자유롭기를 원하는 것이다.[22] 카카오톡 메신저에서는 화자가 제시한 정보에 대해 즉각적으로 대응하지 않아도 된다. 이것은 청자가 화자의 정보를 거부하거나 부정해야 하는 거절의 상황에서 유용할 수 있다. 따라서 카카오톡 메신저는 화자의 심리적 체면을 손상시키지 않으면서 소통할 수 있는 장점이 있다. 곧 화자와 청자는 대화 상황에서 심리적 거리를 안정적으로 유지할 수 있고, 이를 통해 대화에서 발생하는 갈등을 최소화할 수 있다. 다음의 예를 보자.

⑰ a. 9시에 아까 내려준 곳으로 와주실 수 있나용
　b. ㅇㅋ
　a′ 열심히 가는 중ㅋㅋㅋ
　　조금 늦을수도ㅠㅠ
　b′ 왔어. 칫.

⑱ a. 센터담당 요일 정해주세요. 금요일만 남아요.ㅜㅜ
　b. 네… 음… 그럼 저는 어려울 것 같아요~~~

---

22 Brown & Lewinson(1987)에서 체면은 적극적 체면과 소극적 체면으로 양분된다. 적극적 체면은 상대에게 존경받고 인정받기를 원한다면, 소극적 체면은 상대로부터 방해받지 않고 부담과 강요에서 자유롭기를 원한다(박재연:2013:94 인용).

⑰에서 화자 a의 부탁을 성실히 수행한 b는 만나기로 한 장소에 a가 늦게 오는 것에 화가 났지만, 이를 직접적으로 표현하지 않고 '칫'이라는 감정 감탄사로 대체했다. '칫'의 발화로 a에 대한 b의 부정적 감정을 전달하지만, 화·청자 간의 갈등을 유발하지는 않는다. ⑱의 화자 b는 a의 제안을 거절해야 하는 상황인데, 발화 뒤의 물결표로 인해 감정의 대립을 약화시킨다.[23] 만약 이때 '네, 그럼 저는 어려울 것 같아요'라고 물결표 없이 발화하면, ⑱의 대화와는 다른 발화 효과가 나타날 것이다.

카카오톡 메신저 대화는 화자 입장에서도 청자의 부정적 반응에 대해 자신의 체면을 유지할 수도 있다. 화자가 제공한 정보를 혹시 청자가 거절하더라도 거절 정보를 이해하고 해석할 시간적 여유를 확보할 수 있다. 화자와 청자가 면 대 면으로 대화하면 그 자리에서 곧바로 반응을 보여야 하고, 때에 따라서는 의도치 않은 반응에 당황하거나 감정이 상할 수도 있다. 그런데 카카오톡 메신저 대화는 화자의 감정을 자극하거나 체면이 손상될 수 있는 반응이 나오더라도, 화자가 이를 수용하거나 재해석할 시간적 여유를 갖는다. 이는 청자와의 갈등을 최소화할 수 있는 방안이기도 하다. 이것은 대화의 원리 중 '적절한 거리 유지의 원리'와 유사하다.[24] 화자의 발언에 대해 부정적 반응을 보여야 하는 청자는 우회적 발언이나 이모티콘의 도움으로 화자와의

---

23 앞서 말한 심리적 거리 유지의 기능에 의해 갈등 유발을 유보한다고 볼 수 있다. b의 처음 발화 '네… 음…'에서 바로 거절하지 않고 발화 시간을 지연시킴으로써 거절에 대한 부담을 최소화하려고 노력한다. 이로 인해 화자와의 갈등이 약화될 수 있다.

24 적절한 거리 유지의 원리는 대화할 때 우회적 표현을 함으로써 상대방에게 줄 부담을 최소화하고, 반대의 상황에서 자신을 방어함으로써 타인과의 연관성과 독립성을 조화롭게 유지하는 것이다(이창덕 외:2004:102 참고).

직접적 대립을 완화시킬 수 있다. 화자와 청자가 적정한 심리적 거리를
유지하면, 대화 상황에서 갈등이 유발될 확률이 줄어든다.[25]

3.2. 유희적인 조어 기능

카카오톡 메신저 대화의 유희적 조어 기능은 앞에서 살핀 생략이나
첨가, 혹은 그림을 활용한 표현에서 찾을 수 있다. 카카오톡 메신저
대화에서의 유희적 조어 기능은 초성만으로 구성되거나 혹은 어형을
추론하기 힘든 줄임말로 나타나기도 한다. 특히 젊은 화자를 중심으로
활발하게 사용되는 축약어는 세대 간 공유가 힘들 정도로 파격적이다.
다음의 예를 보자.

⑲ a. 긱사에 있는데
    과제가ㅋㅋㅋ
  b. 얼른핵ㅋㅋㅋ
  a′ 놀구시픈데ㅋㅋㅋ
  b′ 은수무룩

⑳ a. 건후랑밥약함
  b. 밥약은 처음인데 그전에 너무 많은 모습을 봤나.
  a′ 건후랑은 친해?

---

25 면 대 면 대화에서는 즉시 답해야 하는 부담이 있는데, 카카오톡 메신저 대화에서는
   대화 공간을 공유하지는 않기 때문에 청자가 대답하기까지 시간적 여유를 가질 수
   있다. 부정적 대답의 경우에는 심리적 부담이 더 클 수 있는데, 이러한 경우 심리적
   거리 유지의 기능에 의해 답신을 유보할 수 있다.

　　b′ 조금?

　　a″ 아 그날 먼저 바뺙잡았는데…

㉑ a. 우리 같은방쓰는형이 치킨사줌

　　　ㄷㄱㅇ

　b. 아까 깨워도 안인나드만 ㅋㅋㅋㅋㅋ

　c. 내일은 같이 먹자

　d. ㄱ2득

　e. 개부럽

⑲에 나타난 '긱사(기숙사)'같은 줄임말이 매우 많다. 어휘를 줄여서
표현하는 이와 같은 방법은 젊은 화자들의 카카오톡 메신저 대화에서
는 일상화된 표현이다. 함께 제시된 '은수무룩' 같은 경우는 '은수+시
무룩'이 합쳐진 말로 대화에 참여하는 화자의 이름이 '은수'이고 여기
에 '시무룩'이라는 어휘를 합쳐서 표현한 것이다. ⑳의 '밥약', '바뺙'과
같은 축약어도 흔히 등장하는 조어이다. '밥약'은 '밥 약속'의 줄임말이
고, '바뺙'은 '밥약'의 은어적 표현이다. 한편 ㉑의 'ㄷㄱㅇ'나 'ㄱ2득',
'개부럽' 등도 카카오톡 대화에서 빈번하게 활용하는 조어이다. 초성으
로 어휘를 대체하는 'ㄷㄱㅇ(다같이)'는 화자와 청자가 신속한 대화를
이어가게 한다.[26] 또한 'ㄱ2득(개이득)'이나 '개부럽'은 요즘 젊은 화자

26　이와 같이 초성만으로 어휘를 대체하여 표현하는 것은 화자와 청자 사이에는 해석이
　　보장될 수 있으나, 제3자가 수용해야 할 경우 무슨 의미인지 모를 수 있다. 실제로
　　'ㄷㄱㅇ'의 의미를 제3자에게 질문했을 때 '도경옥'과 같은 사람 이름으로 대답하거나
　　'대기업'이라는 엉뚱한 어휘로 대답하기도 했다. 소통이 원활하지 못함을 알 수 있지
　　만, 초성만으로 어휘를 표현하는 방법은 더 빈번해지고 있다. 예: ㄱㄱ(고고), ㄴㄴ(네
　　네), ㄱㅅ(감사), ㅇㅎ(오호~), ㅇㅈ(인정) 등.

들 사이에서 유행하는 '개-' 어형인데, 접두사화한 '개-'의 표현형이
화자에 따라 'ㄱ2득'과 '개부럽'으로 나타난 것이다. 같은 대화에 참여
함에도 화자에 따라 표현형이 달라도 대화 참여자 모두 문제가 되지
않는다.

> ㉒ a. 일어나
> b. ㅋㅋㅋㅋ 일어나긴 무슨 ㅋㅋㅋㅋ
>   오늘 9시 쉽 ㅎㅂㅎ
>   이미 일어난지 오래
> a′ 와우~~ 알라뷰^^

㉒의 예에 나타난 'ㅋㅋㅋㅋ' 역시 유희적 기능과 함께 상황을 즐겁
게 만드는 장치이다. a화자의 '일어나'라는 발화에 b화자는 이모티콘
과 줄임말 등을 활용해서 대화 상황을 유쾌하게 만들어간다. b의 응답
'일어나긴 무슨'은 a화자의 발화에 대한 거부 내지 부정이다. 그러나
이를 완화시키는 장치로 발화의 앞뒤에 'ㅋㅋㅋㅋ'를 배치함으로써 자
신의 발화를 유머러스하게 이끌어간다. 또한 '수업'의 줄임말(쉽)과 뒤
이은 'ㅎㅂㅎ(행복해)'의 언급으로 더욱 재미있는 발화 장면을 연출한
다. 그러면서도 b화자는 a화자의 발화에 대해 적절한 답 '이미 일어난
지 오래'를 발화함으로써 화자의 요구에 응답하고 있다. 이처럼 카카오
톡 메신저 대화는 여러 가지 장치를 활용함으로써 대화를 재미있게
이끌어간다.[27]

---

27 물론 이러한 줄임말 현상이 카카오톡 메신저만의 전유물이라고 할 수는 없다. 그러나
   적어도 줄임말을 생산하고 확산한 매체로 카카오톡 메신저를 무시할 수 없다. 카카오
   톡 메신저 대화의 줄임말 현상은 초창기에는 두자어로 시작되었지만, 점차 축소되는

요컨대 카카오톡 메신저 대화에서 활용되는 어휘는 기존 어형과는 상당히 다른 양상을 보인다. 이와 같은 새로운 조어 형태는 어휘 사용의 재미와 발화 효과의 극대화를 도모하기 위함이다.[28]

3.3. 감성 표현 활성화 기능

카카오톡 메신저 대화의 가장 두드러지는 특징 중 하나는 화·청자의 비언어적 의사소통이 가능하다는 점이다. 발화자의 감정을 매우 세밀하게, 그리고 빈번하게 표현함으로써 청자와의 공감대 형성이 가능해진다. 언어적 발화를 통해서 화자의 감정을 언급할 수도 있지만, 여기에 이모티콘과 각종 기호를 추가함으로써 화자는 자신의 감정이 어떤지를 청자에게 강조할 수 있다. 청자 역시 상대방에게 자신이 공감하고 있음을 보이기 위해 자신의 언어적 발화에 다양한 이모티콘이나 기호로 대응하기도 한다. 설문 조사에 의하면 이모티콘이나 기호 없이 메시지를 전달하는 경우는 상대방이 많이 부담스러운 경우이다.[29] 친근한 사이일 때 카카오톡 메신저에서는 화자나 청자의 성별, 나이에 크게 구애받지 않고 이모티콘과 기호를 사용한다.

경향으로 나타났다. 그리하여 처음의 '깜놀(깜짝 놀랐어)'에서 'ㄲㄴ'으로 변화하였다. 원래 어형인 '감사합니다'도 '감사'로, 다시 'ㄱㅅ'으로 변했는데, 이는 또래집단에게는 재미있는 어휘 사용으로 비치기도 했다. 이러한 어휘 사용은 일종의 사회적 은어로 유형화될 수도 있다.

28 물론 이와 같은 표현형의 등장이 국어 사용의 관점에서 문제가 될 수도 있다. 표준어 사용이나 문법적 관점에서의 문제점이 그것이다.

29 오히려 카카오톡 메신저와 비교하여 기존 문자 메시지에서는 이모티콘이나 기호를 사용하지 않는 경우가 많다. 카카오톡 메신저에 비해 문자 메시지는 상대적으로 형식적·공적인 경우에 활용되기 때문이다.

㉓에서처럼 화자나 청자는 언어적 발화를 수반하지 않고 이모티콘으로 자신의 의사를 표현하거나, 언어적 발화에 이모티콘을 함께 제시하여 감정을 전달한다. 이렇게 표현하는 것은 화자의 발화 감정이나 발화 의도를 적극적으로 개진하기 위함이다. 이렇게 하면 청자도 정보를 생동감 있고 재미있게 수용할 수 있다. 이처럼 이모티콘이나 기호를 활용하면 시각화로 인해 전달의 수월성이 보장된다. 의미를 이미지 메이킹하여 그림처럼 전달하는 것이다. 화면과 자막의 구성처럼, 그림과 언어적 발화가 병행하면 의미 전달의 극대화가 가능하다. 이처럼 카카오톡 대화에서는 이모티콘을 위시한 다양한 기호를 활용해 감정

을 효과적으로 표현한다. 이는 발화자의 발화 의도를 강조하는 효과까지 거둘 수 있다.

㉔의 예에서는 화자는 자신의 감정을 표현하기 위해 같은 내용을 뜻하는 이모티콘 여러 개를 동시에 사용하고 있다. 같은 내용의 이모티콘을 연속해서 사용함으로써 발화 의도를 강조하고, 이로 인해 청자와의 공감도 배가될 수 있다. 이모티콘의 반복 사용은 청자가 화자의 마음을 훨씬 더 적극적으로 수용토록 한다. '파이팅', '이겨라 이겨라', '응원합니다'의 언어적 표현을 문자로 연달아 발화할 수도 있지만, 이는 이모티콘을 사용하는 것에 비교하면 의미 강조 및 전달 효과가 반감될 수 있다. 이미지가 포함된 이모티콘은 텍스트보다 시각적인 정보를 더욱 직관적이고 빠르게 전달하기 때문이다. 또한 '날씨가 미친 것 같아요'의 발화에 수반된 이모티콘으로, 날씨를 푸념하는 원인이 더위임을 짐작할 수 있고 더불어 화자의 상태가 어떠한지 재미있게 추론할 수 있다. '맥주 한 잔 하셨어요?'의 발화에 수반된 맥주 이모티콘은 청자가 메시지를 받아들이는 데 긍정적으로 작용한다. '힘내 봅시다'의 발화에 대한 '경례' 이모티콘은 정보 수용의 상태를 매우 집약적으로 보여준다. 청자가 화자의 발화에 적극 동참하는 상황을 시각화함으로써 의미를 집약적으로 전달하고 있다. 따라서 카카오톡 메신저에서 이모티콘의 사용은 전달 의미의 강조, 화자의 감성 표현에 매우 중요한 기제라 할 수 있다.

3.4. 자아 이미지 생성 기능

카카오톡 메신저 대화는 앞서 살펴본 시각 정보의 활성화로 화자의 자아 이미지를 생성시킬 수 있다. 즉 감정 표현에 준하는 이모티콘의 선택과 사용에 따라 발화자 스스로 자신의 이미지를 형성할 수 있다. 카카오톡 메신저에서 화자는 그림 메시지를 단순히 의사를 전달하는 도구에서 확대하여 자신의 이미지를 드러내는 표지로 활용할 수도 있다. 기존 문자 메시지가 단순히 정보를 전달하는 도구였다면, 카카오톡 메신저는 화자가 원하는 색깔의 이모티콘이나 그림 기호를 활용해서 정보 전달과 함께 자신의 이미지를 만들 수 있다.[30]

화자는 카카오톡 메신저의 다양한 이모티콘 중에서 자신이 좋아하는 캐릭터나 이미지를 선택하여 사용한다. 그리고 화자는 자신이 사용하는 이모티콘을 바탕으로 대리 만족과 함께 자신에 대한 이미지를 구축하게 된다. 재미있는 이모티콘을 자주 사용하는 사람은 '유머러스'한 이미지를 구축할 수 있다. 좋아하는 배우 이모티콘을 자주 사용하여 해당 배우와 일체감을 형성할 수도 있다.

앞서 보았던 예시들과 같이 화자는 자주 사용하는 이모티콘을 통해 자신이 구현하고 싶은 이미지를 보여주며, 나아가 청자는 이모티콘의 이미지를 화자에게 투영하여 이해하게 된다. 화자가 어떤 분위기의 이모티콘을 선택하느냐에 따라 같은 감정이라도 다른 뉘앙스로 전달할 수 있다. 그리고 청자는 제시된 이모티콘을 바탕으로 화자의 발화 의미를 수용하고, 화자가 제시한 이미지를 형상화한다. 따라서 화자는 의사 표현의 도구로만 이모티콘을 활용하지 않고, 자신이 바라는 이미지를 그곳에 투영하기도 한다.[31]

---

30 이종임(2014:58~66)에서도 카카오톡은 입체적 메시지를 교류하는 것으로, 자신을 드러내는 데 매우 유용하다고 제시한다.

31 나아가 이모티콘에 나타난 언어적 표현이 곧 화자의 발화를 대신한다고 생각한다. 또는 화자가 말하고 싶은 내용을 이모티콘을 통해 간접적으로 전달하려는 의도의 반영이라고도 볼 수 있다.

이모티콘의 사용은 현대인들이 시각 정보에 대한 의존성이 강화되어 나타난 결과라 할 수 있다. 물론 문자도 시각 정보에 의존한 기제이지만 즉물성이 강조되는 그림을 통해 메시지를 주고받기를 선호하는 듯하다. 카카오톡 메신저에서 사용하는 프로필 이미지나 그림 이모티콘의 활성화는 달라진 소통 양상에 언중이 탄력적으로 호응한 결과라 할 수 있다.

4. 카카오톡 메신저를 활용한 소통의 효과

화·청자 사이의 원활한 정보 전달을 위한 의사소통 방법은 계속 변화·발전하고 있다. 더 쉽게, 더 재미있게 자신의 생각을 타인에게 전달하기 위해 앞으로도 계속 고민할 것이다. 이러한 고민의 결과, 카카오톡 메신저가 등장하여 지금과 같이 의사소통의 다변화를 촉발하였다. 카카오톡 메신저의 의사소통은 긍정적인 효과가 있는 한편으로 부정적인 영향도 없지 않다. 지금까지의 논의를 바탕으로 카카오톡 메신저 의사소통의 효과를 긍·부정으로 나누어 살펴보도록 한다.

첫째, 카카오톡 메신저 의사소통의 긍정적 효과이다. 긍정적 효과로는 여러 제약에서 벗어난 효율적 의사소통 담보, 정보의 시각화에 의한 발화 의미의 강화, 그리고 원활한 의사소통을 통한 긍정적 대인 관계 형성 등을 들 수 있다.

먼저 여러 제약에서 벗어난 효율적인 의사소통이다. 일반적으로 매체를 활용한 의사소통은 시간과 공간의 제약, 메시지 분량의 제약, 표현의 제약 등에서 자유로울 수 없다. 그런데 그러한 단점을 상당수 극복한 것이 카카오톡 메신저이다. 카카오톡 메신저는 같은 공간에 있지 않아도 대화 공유가 가능하며, 시간적인 제약에서도 상당 부분 자유롭다. 특히 공간의 제약에서 벗어난 것이 큰 특징 중의 하나이다.[32] 카카오톡 메신저는 이전의 문자 메시지와는 다른 의사소통의 매체이다. 이전 매체와는 달리 사진·영상·책 등 유용한 정보를 자유롭게 공유할 수 있기 때문이다. 이것은 카카오톡 메신저가 기존 매체가 갖는 제약에서 상당수 벗어났음을 뜻하는 것이다.

다음으로 정보의 시각화에 의한 발화 의미의 강조이다. 카카오톡 메신저에서는 시각 정보로 이모티콘이나 기호를 활용하여 화자의 발화 의도를 강화하거나 전달 정보를 집약·표출한다. 이를 통해 청자도 수월하면서도 명료하게 정보를 수용할 수 있다.[33] 게다가 시각화한 정보에는 화자의 발화 상황이나 감정 등 비언어적 요소까지 섬세하게 담아낼 수 있어 더욱 유용하다. 전체적으로 카카오톡 메신저에서는 그림이나 기호로 발화 정보를 부각·강조하고 그것을 청자가 받아들이기 때문에 소통이 강화됨을 알 수 있다.

끝으로 카카오톡 메신저를 활용한 소통은 원만한 대인 관계를 형성할 수 있다. Cooley(1902)에 의하면 의사소통은 인간 관계가 존재하고 발전하게 되는 메커니즘이면서 동시에 자아가 성장하는 필수적 요인이라고 정의한다.[34] 소통은 타인과 정보를 교환하면서 생각과 감정을 공유하는 것이라고 할 수 있다. 사실 모든 의사소통의 시작은 정보 전달이지만, 이것의 궁극적 목적은 소통을 통한 원만한 대인 관계라

---

32 기존 문자 메시지의 경우 한정된 화면에 의해 메시지 전달이 원활하지 못하기도 하고, 장문의 문자로 전환할 경우 추가되는 경제적 비용 때문에 활발하게 사용하지 못하는 단점이 있다.

33 화·청자는 이모티콘에 나타나는 재미있는 상황에 자신의 감정을 이입한다. 그래서 이모티콘의 주인공이 마치 자신인 것처럼 생각하며 활용한다.

34 이성범(2015:13) 인용.

할 수 있다. 그런데 카카오톡 메신저는 면 대 면 대화에 소극적인 화자들도 비교적 적극적으로 자신의 의견을 개진할 수 있도록 하여 원만한 대인 관계를 형성하는 데 도움을 준다. 특히 말주변이 없거나 소극적 성향의 화자가 카카오톡 메신저를 활용해 적극적인 성향의 화자로 변모할 수 있다.[35] 이로 볼 때 카카오톡 대화는 면 대 면 대화는 아니지만, 다양한 표현을 통해 화·청자의 공감대 형성에 유리하고, 이를 통해 '우리' 의식을 고취시키는 장점이 있다.

둘째, 카카오톡 메신저 의사소통의 부정적 영향이다. 부정적 영향으로는 청자를 고려하지 않은 일방적 의사소통, 무의미한 대화의 지속, 그리고 어문규범 일탈 표현의 남발 등을 들 수 있다.

먼저 청자를 고려하지 않은 일방적 소통이다. 카카오톡 대화는 상대방과 얼굴을 맞대고 이야기하는 것이 아니다. 그러다 보니 청자의 반응에 대한 고려 없이 일방적으로 자신의 생각만을 표현할 수도 있다. 대화분석의 이론에 의하면 일반적인 대화 연속체는 인접쌍(adjacency pair)으로 구성된다. 대화 연속체의 기본 단위인 인접쌍은 화자의 발화에 대한 청자의 응답 구조로 만들어진다.[36] 그런데 카카오톡에서는 화자가 제시한 메시지에 대해 청자의 반응이 곧바로 나타나지 않을 때, 화자는 청자의 대답을 기다리지 않고 계속 자신의 생각을 표현할 수

---

35 실제로 면 대 면 대화에서 소극적 성향을 보이는 화자들도 카카오톡 메신저 대화에서는 시·공간적 여유를 확보할 수 있다 보니 적극적으로 대화에 임하는 경우가 있다. 따라서 면 대 면 대화보다는 상대적으로 원활하게 자신의 생각을 개진하는 경향이 있다.

36 강현석 외(2014:261~262)에서 제시하는 인접쌍의 특징은 ① 두 말 순서가 인접해서 발화되며, ② 두 개의 말 순서 중 첫 번째 화자와 두 번째 화자는 서로 다른 사람이어야 하고, ③ 인접쌍의 첫 번째 대화문에 대해 연관이 있다고 기대되는 두 번째 대화문의 발화가 요구된다.

있다. 화자가 전달한 메시지에 대한 청자의 응답이 바로 표현되지 않을
수도 있는데, 화자는 청자의 반응이 오기를 기다리지 않고 자신의 메시
지만을 지속적으로 전달한다. 따라서 청자의 반응이 늦을 경우 인접쌍
에 의한 대화 구조가 깨져버리고 화자의 일방적인 말하기가 될 수도
있다.[37]

다음으로 무의미한 대화의 지속이다. 카카오톡 메신저는 특별한 메
시지가 없는 경우에도 대화가 진행된다. 대화는 쌍방의 소통 작용이기
때문에 정보 전달이든 정서 공감이든 지향하는 바가 뚜렷하다. 그런데
카카오톡 메신저에서는 처음에는 목적성을 가진 대화였더라도 나중에
는 무의미한 이야기가 남발되기도 한다. 카카오톡 메신저는 사용에
대한 경제적인 부담이 없는 데다가 공간적 제약에서도 자유롭다 보니

---

[37] 인접쌍 안에서 삽입 확장이 일어나는 것은 일반적 현상일 수 있지만, 카카오톡 메신
저에서는 대화 주제가 계속 바뀌기 때문에 삽입 확장과는 다른 형식으로 대화가
전개될 수 있다. 예를 들어
　　a1. 맥주 한 병 주세요.
　　b1. 나이가 몇 살이지요?
　　a2. 열일곱 살이요.
　　b2. 안 됩니다.
의 경우 가운데 'b1→a2'의 대화는 인접쌍 'a1→b2' 내의 삽입 확장으로 볼 수 있다
(강현석 외:2014:265 인용). 그러나 카카오톡 메신저에서의 대화를 보면
　　a. 모해? (①)
　　　회의끝나고 집 가는 중 (②)
　　　비오네~ (③)
　　b. 서울은 날씨 좋아용 (③의 대응쌍)
　　　○○ 만나서 저녁 먹는 중 (①의 대응쌍)
　　　○○랑 ○○ㅋㅋㅋ (①의 대응쌍)
　　　언능 드러가 (②의 대응쌍)
의 대화쌍을 보면 인접쌍의 순서가 전혀 지켜지지 않는다. a의 발화 내용 ①, ②,
③에 대해 b는 자신이 발화하고 싶은 순서대로 발화함으로써 일반적 대화의 인접쌍
을 형성하지 못한다.

전달 메시지가 없을 경우에도 의미 없는 이야기를 주고받게 된 것이다. 카카오톡 메신저 참여자들이 메시지를 주고받다가 마무리하는 경우에 인사말을 하지 않고 대화를 끝내기도 하는데, 이는 해도 그만 안 해도 그만인 대화를 지속했기 때문이거나 언제든지 다시 대화를 지속할 수 있다고 생각하기 때문이다.

끝으로 어문규범 일탈의 남발이다. 통신매체에서 어문규범의 일탈 행위는 비단 어제오늘의 일은 아니다. 맞춤법에서 벗어난 표기나 바람 직하지 못한 신조어 생성은 날로 확산되는 추세이다. 언어 사용을 법으로 규제하기는 어렵지만, 날이 갈수록 무분별하게 변해가는 이러한 현상에 대해 숙고할 필요는 분명히 있다. 특히 카카오톡 메신저에서의 어휘 표현이 세대를 넘나들지 못함을 감안하면,[38] 의사소통이 가능한 표현으로 사용해야 함은 물론이다. 공유하지 못하는 어휘 사용 문제는 비단 표기법에 한정되지 않는다. 언어의 공유는 한 집단에 대한 소속감 이나 정신적 유대감과 직결되는데, 공유되지 못한 어휘 사용은 소속감 이나 유대감을 와해시킬 수도 있다. 이는 언어 사용에 따른 집단 의식 의 결여로 이어지고, 결국은 사회 통합을 어렵게 만드는 요인으로 작용 할 수 있다. 따라서 모든 언중이 공유할 수 있는 범위 안에서의 변화도 모색되어야 하겠다.[39]

---

38 젊은 화자들은 이에 대해 상대와의 관계(나이, 성별, 사회적 관계 등)를 고려하여 언어를 사용하지만, 상대에 따라 어휘 선택을 달리하는 것이 매번 용이한 것만은 아니다. 또한 습관에 의한 고착화 현상을 생각하면 이러한 사용 양상에 대해 더 고민해야 하겠다.

39 이 외에도 카카오톡 메신저 사용에 따른 언어 예절도 고려할 사항이다. 특히 카카오 톡 메신저가 대체적으로 사적 대화에 사용된다는 특징을 감안한다면, 업무 시간 이외 에 직장 상사가 카카오톡으로 업무를 지시하는 것 등은 언어 예절에 어긋난다고 볼 수 있다.

5. 나오기

　매체의 발달이 다양한 소통의 장으로 이어진 것은 부인할 수 없지만, 의사소통의 형식에 정성을 기울이지 않으면 진정한 소통이 어려울 수 있다. 이 글에서는 의사소통의 한 장을 구성한 카카오톡 메신저를 대상으로 소통의 양상과 사회언어학적 성격을 살펴보았다. 그리고 이를 바탕으로 카카오톡 메신저 의사소통의 긍·부정적 효과를 검토해 보았다. 지금까지의 논의를 요약·정리하는 것으로 결론을 대신하고자 한다.

　첫째, 카카오톡 메신저 대화의 사용 양상을 언어적 측면과 비언어적 측면으로 나누어 살펴보았다. 카카오톡 메신저 대화는 언어적 측면에서 볼 때 생략을 기반으로 한 명사 표현이 많다. 명사만 제시하여 뒤의 내용을 생략하거나 문장 전체를 대용하기도 한다. 첨가를 기반으로 한 받침 표현도 빈번히 사용된다. 이는 화자의 감정을 대입한 것이기에 소통의 또 다른 징표라 할 만하다. 카카오톡 메신저 대화의 비언어적 측면에서는 이모티콘과 짤방이 주목된다. 이들은 화자의 감정을 시각화한 것으로 그만큼 정보의 전달과 수용에서 유용하다. 뿐만 아니라 문자의 기호적 쓰임도 화자의 감정을 효과적으로 드러내는 비언어적 표현이다.

　둘째, 카카오톡 메신저 대화의 사회언어학적 기능을 살펴보았다. 첫째 카카오톡 메신저 대화는 화자와 청자의 심리적 거리 유지의 기능을 수행한다. 화·청자 간의 적정 거리 유지는 서로 간에 감정의 손상을 방지하여 갈등 유발을 최소화하면서 소통이 가능하도록 한다. 둘째 유희적 조어 기능을 들 수 있다. 대화 참여자들이 축약이나 초성 표현, 신조어 등으로 대화를 전개하여 흥미를 고취하면서 소통이 이루어지도록 한다. 셋째 감성 표현 활성화 기능을 수행한다. 이모티콘이나 각 종 기호의 사용을 통해 화자는 자신의 감정을 자세하게 표현할 수 있다. 비언어적 요소에 자신의 감정을 시각적으로 형상화하여 표현한 것이라 하겠다. 넷째 자아 이미지 생성 기능이다. 감정 표현에 의한 이모티콘이나 다양한 기호를 통해 자신이 구축하고 싶은 이미지를 형상화하고, 그것을 소통의 수단으로 활용하여 대리 만족을 얻을 수 있다. 이것은 특정 그림이나 부호로 자신의 이미지를 형상화하여 사회화한 것으로 볼 수 있다.

셋째, 카카오톡 메신저에 의한 의사소통의 효과를 긍·부정으로 나누어 살펴보았다. 카카오톡 메신저 의사소통의 긍정적 효과로는 여러 제약에서 벗어난 효율적 의사소통의 담보, 정보의 시각화에 의한 발화 의미의 강화, 그리고 원활한 의사소통을 통한 긍정적 대인 관계 형성을 들 수 있다. 반면 카카오톡 메신저 대화의 부정적 영향으로 청자를 고려하지 않은 일방적 의사소통, 무의미한 대화의 지속, 그리고 어문규범 일탈 표현의 남발 등을 들 수 있다.

참고문헌

『대중문화사전』(2009), 현실문화연구.

『두산백과사전』(2015), 두피디아.

『사회언어학사전』(2012), 소통.

『표준국어대사전』(2015), 국립국어원.

Mcluhan, M 지음, 김성기·이한우 옮김, 1964, 『미디어의 이해*Understanding Media*』, 민음사, 127~142쪽.

강옥미, 2010, 「정서는 어떻게 동서양 표정 이모티콘에 반영되었는가」, 『기호학연구』 27, 한국기호학회, 243~267쪽.

강현석 외, 2014, 『사회언어학: 언어와 사회, 그리고 문화』, 글로벌콘텐츠, 12~13쪽.

김선철, 2011, 「통신언어 준말의 형성에 대한 음운론·형태론적 고찰」, 『언어학』 61, 한국언어학회, 115~129쪽.

김승연, 2012, 「이모티콘(Emoticon)의 표현 양상에 관한 연구」, 『한국어의미학』 38, 한국어의미학회, 1~25쪽.

김희동, 2015, 「디지털 컨버전스 시대 문자의 공감각화와 국어교육적 의미」, 『새국어 교육』 104, 한국국어교육학회, 65~91쪽.

김희숙, 2006, 「21세기와 한국의 사회언어학」, 『한국어학』 31, 한국어학회, 1~30쪽.

박재현, 2013, 『국어교육을 위한 의사소통 이론』, 사회평론, 102~131쪽.

박철주, 2006, 「PC통신언어 명사의 음운론적 연구」, 『국어교육』 119, 한국어교육 학회, 457~486쪽.

시정곤, 2006, 「사이버 언어의 조어법 연구」, 『한국어학』 31, 한국어학회, 215~243쪽.

신재영, 2011, 「번스타인 사회언어학의 학제적 전개와 한계」, 『국제언어문학』 24, 국제언어문학회, 171~187쪽.

안원미·김종완·한광희, 2010, 「메시지 해석에 이모티콘이 미치는 정서적 효과─휴대 전화 문자 메시지 상황을 중심으로」, 『한국HCI학회논문지』, 한국HCI학회,

703~706쪽.

양명희, 2007, 「한국인의 언어의식의 변화」, 『사회언어학』 15-1, 한국사회언어학회, 107~128쪽.

윤여탁 외, 2009, 『매체언어와 국어교육』, 서울대출판문화원, 45~53쪽.

이성범, 2012, 『미디어 언어의 텍스트화용론』, 도서출판 경진, 42~43쪽.

_____, 2015, 『소통의 화용론』, 한국문화사, 76~84쪽.

이종임, 2014, 「대학생들의 모바일 인스턴트 메신저 이용과 일상화 경험에 관한 연구」, 『미디어, 젠더 & 문화』 29-1, 한국여성커뮤니케이션학회, 37~73쪽.

이주희·박선우, 2012, 「한국어 문자메시지의 표기와 특성: 20대 대학생을 중심으로」, 『음성·음운·형태론연구』 18-1, 한국음운론학회, 131~161쪽.

이창덕 외, 2004, 『삶과 화법』, 박이정, 99~103쪽.

천선영, 2013, 「'쓰여진 말', 새로운 구어를 통해 살펴본 소통과 상호작용 성격과 특성 변화」, 『사회이론』 44, 한국사회이론학회, 173~211쪽.

허상희, 2011, 「의사소통 도구로서의 트위터의 특징과 소통 구조에 관한 고찰」, 『우리말연구』 20, 우리말학회, 259~283쪽.

홍찬이 외, 2006, 「휴대전화를 이용한 소녀들의 수다문화: 문자메시지를 중심으로」, 『미디어, 젠더 & 문화』 5, 한국여성커뮤니케이션학회, 25~161쪽.

황희성·박성복, 2008, 「문자메시지의 이모티콘 활용에 관한 연구: 이용 동기와 사회적 현존감의 상관성을 중심으로」, 『미디어, 젠더 & 문화』 9, 한국여성커뮤니케이션학회, 133~162쪽.

1930년대
김해송 노랫말의 쓰임과
언어 문화 현상

1. 들어가기

이 글은 김해송의 노래를 중심으로 1930년대 대중가요 노랫말 어휘의
활용 및 표현 양상을 살피고 그를 바탕으로 노랫말 어휘의 언어 문화
현상을 살피는 데 목적이 있다. K-Pop, K-Drama, K-Movie 등 한국
문화와 예술을 아우르는 K-Culture의 위력이 옛날의 문화예술에도 관심
을 갖도록 했다. 특히 K-Culture의 선두주자라 할 수 있는 노래에 대한
관심은 흘러간 대중가요에 주목하도록 만들었다.

우리나라 대중가요의 시발점은 1920~30년대로 거슬러 올라간다.
1920~30년대 유성기의 등장은 대중가요의 확산에 획기적으로 기여했
다. 이 대중가요에 근대 문화에 대한 동경과 반발의 내용이 담겨 있었기
때문이다.[1] 따라서 1920~30년대 대중가요의 노랫말을 통해 근대화의

---

1   장유정(2012:27~28)은 '1988년 서울 한복판에서 유성기 시청회가 열렸고, 이때 기생
    과 광대의 소리가 유성기를 통해 흘러나오자 그곳에 모인 사람들이 모두 기이하다고
    칭찬하며 종일토록 놀았다'는 『독립신문』(1899. 4. 20) 기사를 소개한다. 한편 이 시
    기에도 지금과 같은 경진 대회를 통해 가수를 발굴하고 대중가요를 확산시키기도
    했다. 1933년 콜롬비아사와 조선일보사가 함께 '명가수 선발 음악대회'를, 1934년
    조선일보사가 '명가수 선발 음악대회'를 개최하는 등 대중가요의 발전에 힘을 쏟았다

물결 속에서 우리 언어가 어떻게 대응하며 변화했는지를 실증적으로 살필 수 있다. 물론 노랫말이 현실 언어를 그대로 반영했다고 단언할 수는 없지만 적어도 당시 언중의 호응을 수렴한 것이기에 대중가요 노랫말을 통해 언어 사용의 궤적이나 언어 문화적 특성을 추적할 수 있다.[2]

대중가요는 대중의 호응을 얻기 위해 언중이 공감하는 언어 표현을 구사할 수밖에 없었다. 국어학적인 관점에서 대중가요 노랫말에 접근해야 하는 이유도 여기에 있다. 예를 들어 〈내 나이가 어때서〉가 인기를 얻은 것은 긴 인생에서 나이가 걸림돌이 되지 않는다는 달라진 사회 인식이 반영되었기 때문이다. 이것은 사회 인식이 대중가요에 영향을 끼친 사례라 할 수 있다. 반대로 〈니가 왜 거기서 나와〉는 '○○이 왜 거기서 나와?'의 관용구가 되어 일상생활에서 회자되기도 했다. 이것은 대중가요의 표현이 일상 언어생활에 영향을 준 사례로 볼 수 있다. 이처럼 대중가요의 노랫말은 언중의 호응을 바탕으로 생활 언어와 관계를 맺고 있다.

대중문화로서 대중가요의 위치는 견고하지만, 대중가요에 대한 언어학적 분석 및 교육적 위상에 대한 접근은 다른 문화에 비해 소홀했던 것이 사실이다. 1930년대의 대중가요 노랫말에 대한 연구는 더 열악한 상황이다. 그것은 대중가요에 대한 왜곡된 시선, 일제 강점기의 뽕짝이라는 인식, 통속적이고 상업적이라는 폄훼적 시각이 작용한 때문으로 보인다.[3] 다행히 2000년대 이후 대중문화에 대한 관심이 고조되면서

───

(「1930년대 달군 '국민가수' 오디션 열풍」, 『조선일보』, 2021. 11. 13).

2　박예나·한경훈(2019:126)에서는 '대중가요의 가사는 대표적인 정서 표현의 수단 중 하나이며 어떤 노래가 유행한다는 것은 노래 속에 담긴 내용, 의미, 행위, 정서 등을 많은 사람들이 공감하기 때문이다'라고 설명한다.

3　김익두(2012:8)에 의하면, '대중가요는 사회적 관습과 통념에 의해 학계나 교육계에서 사회 문화, 교육적 위상이 상대적으로 부정적이라고 할 수 있다. 대중가요는 '대중

1920~30년대 대중가요에 대한 관심과 연구도 활발해지고 있다. 사회 문화적 관점에서 최은숙(2006)은 1930년대 대중가요 노랫말에 나타난 여성의 외모와 사랑, 사회적 시선에 대한 논의를 펼쳤고, 박애경(2009) 은 1930년대 대중가요 중 만요와 재즈송을 중심으로 환락과 환멸로 점철된 도시 문화에 대해 분석하였다. 박진수(2016)는 일제 강점기 한 국 대중가요의 가사 번역과 번안에 나타나는 문화적 수용 양상을 살폈 으며, 박예나·한정훈(2119)은 1930년대 대중가요의 유행 양상과 모던 세대의 감정 표현 방식에 대해 살폈다. 음악사적 관점에서 고은지 (2007)는 유성기 음반의 도입에 의한 노래 유통 방법의 변화와 이에 따른 의미를 짚었으며, 박소현(2021)은 1910~1945년의 번안가요의 유 입 형태와 특징을 분석했다. 어휘적 관점에서 김광해(1999)는 1930년 대 대중가요 노랫말에 사용된 고빈도 어휘를 추출하고 품사별, 의미별 어휘 분포도를 정리했고, 이유기(2007)에서는 대중가요 노랫말의 음운 현상을 분석했다. 장소원(2015)은 한국 대중가요 노랫말의 문체적 특 징을, 안의정(2015)은 1930~40년대 대중가요 어휘의 품사별 분포 양 상을 분석하였다. 이러한 연구의 맥을 이어 1930년대 대중가요 노랫말 에 나타나는 어휘 표현에 대해 논의하면 당시 언어적 특징 및 언어 문화의 궤적을 짚어볼 수 있으리라 본다.

이 글에서는 1930년대에 발표된 김해송의 노래 33곡을 대상으로,[4] 1930년대 노랫말 어휘의 언어 문화 현상을 살펴보고자 한다.[5] 1930년

적으로 즐기는' 대상이기는 하지만, 그것을 학문적인 연구의 대상으로 보기 어렵다는 태도에 기인하여 학문적 관심을 받지 못한 것으로 보인다'고 언급한다.

4 이 글에서 대상으로 삼은 김해송의 33곡은 그가 작사, 작곡한 노래와 가수로서 부른 노래 전반을 아우른다.

5 박애경(2009:143)은 김해송을 '1930년대 대중가요계의 주요 창작자 및 가수로 활동, 재즈의 한국 내 수용과 정착에 크게 이바지, 재즈송과 만요의 창작과 가창을 통해

대는 일제 강점기에다 전통문화와 외래문화가 복합적으로 작용하면서
언어의 생성과 소멸, 변화가 급격히 진행된 때이다. 김해송은 이 시기
가수이면서 작사·작곡가, 그리고 연주자로 활동한 대표적인 엔터테이
너이다. 그의 노래는 근대 문화의 긍·부정적 모습을 모두 보여줌은
물론 청춘과 사랑을 노래하면서 당시의 사회상을 풍자·비판했다. 이
에 이 글에서는 김해송 노랫말 어휘를 대상으로 고유어·한자어·외래
어 용례를 찾아보고, 노랫말 어휘의 표현 양상을 고찰해 보고자 한다.
이를 바탕으로 대중가요 노랫말 어휘의 언어 문화 현상을 살피도록
하겠다.[6] 이러한 논의가 효과적으로 진척되면 1930년대 어휘의 생성과
소멸, 변이를 톺아보는 계기가 되리라 본다.

2. 김해송 노래의 어휘 활용 양상

이 글에서는 1930년대 발표된 김해송 노래의 어휘를 살펴보고자
한다. 먼저 고유어를 찾아보고, 한자어와 외래어 용례도 추출해 보고자
한다. 특히 현대 국어의 어휘와 비교할 때 어형이나 표기, 의미가 다른
것들을 유의하여 살피고자 한다.

2.1. 고유어

김해송 노래에는 여러 종류의 고유어가 들어 있다. 이것은 그때까지

도시적 감수성을 재현'했다고 설명한다.
6 '언어 문화'는 성기철(2019:28)의 개념 정의에 따라 '언어에 투영된 문화적 함의,
   또는 언어로 이루어지는 문화'의 의미로 해석한다.

언중이 이러한 고유어를 구사하여 가능한 일이다. 김해송 노래에 나오는 고유어는 지금도 일상적으로 쓰는 것도 있지만 생소한 것도 없지 않다. 고유어 중 일부를 확인하면 다음과 같다.

① a. 빛결: 목메인 봄 바람에 빛결이 운다　　　(설움의 벌판, 1936)

　　　　　 빛결도 얼어 떠는 아득한 눈길　　　(불멸의 눈길, 1936)

　　 b. 채쭉: 내 채쭉에 내가 맞었오　 (내 채쭉에 내가 맞었오, 1938)

　　 c. 편짝: 눈보라 저 편짝이 그 어데길래　　　(불멸의 눈길, 1936)

위 ①의 '빛결', '채쭉', '편짝'은 지금은 쓰이지 않는 어휘이다. '빛결'은 '빛의 진하고 옅은 정도'의 의미로 추정할 수 있으나 확실하지는 않다. '채쭉'은 '채찍'의 함경도 사투리이고, '편짝(便+짝)'은 '상대하는 두 편 중 어느 한 편'으로 지금은 '편' 또는 '쪽'으로 더 익숙한 어휘다.

② a. 아편꽃: 그대의 입술은야 한 떨기 아편꽃　(감격의 그날, 1936)

　　 b. 숫보기: 숫보기 가슴에다 불을 지르고　　　(올팡갈팡, 1937)

③ a. 말라깽이: 말라깽이 모던보이 굿모닝　　　(청춘뻴딩, 1938)

　　 b. 눈딱부리: 눈딱부리 신문기자 굿모닝　　　(청춘뻴딩, 1938)

　　 c. 하야멀쑥: 하야멀쑥 야사이 기생　　　(모던기생점고, 1938)

④ a. 안달뱅이: 오빠는 핑계쟁이 오빠는 안달뱅이

　　　　　　　　　　　　　　　　　　(오빠는 풍각쟁이, 1938)

　　 b. 대포쟁이: 오빠는 짜증쟁이 오빠는 모두쟁이 오빠는 대포쟁이야

　　　　　　　　　　　　　　　　　　(오빠는 풍각쟁이, 1938)

②의 '아편꽃'은 '양귀비'로 더 익숙하고, '숫보기'는 '순진하고 어수룩한 사람'을 가리키는 어휘로 '숙맥'으로 통용된다. 그런가 하면 ③의 어휘는 겉모습의 특징으로 그 사람을 지칭하는 어휘다. ④의 '안달뱅이'는 '소견이 좁고 인색한 사람'을, '대포쟁이'는 '허풍을 잘 떠는 사람'을 가리키는데, 현대 국어에서는 '안달뱅이'는 '구두쇠'로, '대포쟁이'는 '뻥쟁이'로 쓰는 것이 더 익숙하다.

⑤ a. 당꼬바지: 다 떨어진 중절모자 빵꾸난 당꼬바지 (개고기주사, 1938)

　　b. 호로마차: 끝업는 지평선에 해가지면은 호로마차 이내몸 갈길 아득해　　　　　　　　　　　　　　　　　　(끝없는 지평선, 1936)

　　c. 양철쟁개비: 마누란 양철쟁개비 영감은 숫불이지요

　　　　　　　　　　　　　　　　　　　　　(가미부부탕, 1938)

　　d. 고불통: 마누란 고불통이요 영감은 재떨이지요 (가미부부탕, 1938)

⑥ a. 검쳐잡다: 옷섶을 검쳐잡고 느끼는 사람아 (설움의 벌판, 1936)

　　b. 되검다: 흰머리 되검도록 지구 끝 지긋이　　(연애함대, 1937)

⑦ a. 우질우질: 진달래는 연지를 찍고 함박꽃은 분세수하고 우질우질춤을 춘다　　　　　　　　　　　　　　　　　(천리춘색, 1937)

　　b. 안달박달: 사랑이란 참말 맹랑해요 마주치면 본체만체 돌아서면은안달박달　　　　　　　　　　　　　　(벙어리냉가슴, 1938)

　　c. 올팡갈팡: 가실 길 왜 오셨담 울리고 가실 길을 어이 오셨담

　　　　　　　　　　　　　　　　　　　　　(올팡갈팡, 1937)

⑤의 '당꼬바지', '호로마차', '양철쟁개비', '고불통'은 시대적 배경

에 의존해 사용된 어휘다.[7] ⑥의 '겹쳐잡다', '되검다' 역시 지금은 잘 사용하지 않는 어휘로, '겹쳐잡다'는 '모서리를 중심으로 좌우쪽에 걸쳐서 접거나 휘어붙여 잡다'의 의미이고 '되검다'는 '다시 검어지다'의 의미로 이해할 수 있다. ⑦-a의 '우질우질'은 사전에는 '기름이 타들어가는 소리, 속이 상해서 가슴이 타는 모양'의 북한어로 소개가 되지만, 노랫말의 맥락으로는 '흔들흔들'과 비슷한 의미로 볼 수 있다. ⑦-b의 '안달박달'은 맥락상 '안달복달(속을 태우며 조급한)'과 유사한 의미로 추론할 수 있다. ⑦-c의 '올팡갈팡' 역시 노랫말의 내용을 바탕으로 '왔다갔다'로 유추할 수 있다. 이들 어휘는 지금은 국어사전에 일부 어휘만이 등재되어 설명을 찾아볼 수 있을 뿐이다.

2.2. 한자어

김해송 노랫말에는 한자어가 유독 많이 나온다. 우리와 일본이 모두 한자 문화권이었기 때문에 노랫말에도 한자를 쓰는 것이 시대 상황에 부합할 수 있었다. 더욱이 언중이 한자 어휘에 익숙하였기에 한자를 쓰는 것이 소통에 유리할 수도 있었다. 한자어를 활용한 노랫말의 일부를 보면 다음과 같다.

---

7 당꼬바지: 허벅지 부분은 헐렁하고 발목 부분은 좁은 바지, 승마 바지, 일제 강점기 순사 바지.
호로마차: 포장으로 뚜껑을 만든 마차.
양철쟁개비: 양철로 만든 작은 냄비.
고불통: 흙을 구워 만든 담배통.
여기서 '당꼬바지'의 '당꼬'는 'たんこう(탄광)', '호로마차'의 '호로'는 'ほろ[幌](마차·인력거 등의 포장, 덮개)'라고 해석할 수 있는데, 일본어와 우리말의 결합에 의한 합성어로 볼 수 있다.

⑧ a. 젊음은 초로(草露)인가 무지개는 꿈인가 (청춘은 물결인가, 1936)

    b. 진달래는 연지를 찍고 함박꽃은 분세수(粉洗手)하고

(천리춘색, 1937)

    c. 구십춘광(九十春光)이 이 아니냐 (천리춘색, 1937)

    d. 고개 너머 물 건너 천애만리(天涯萬里)를 한 많은 나그네 홀로 갑니다 (방랑곡, 1938)

⑧은 노랫말에 사용된 한자어의 예들이다. '초로(草露)'는 지금도 종종 사용하지만 화장한다는 의미의 '분세수(粉洗手)'는 지금은 사용하지 않는다. '구십춘광(九十春光)'은 좋은 봄 석 달을 말하고, '천애만리(天涯萬里)'는 끝없는 장애를 뜻하지만, 지금은 둘 다 잘 쓰이지 않는 표현이다. 다음은 김해송의 노래에 나오는 한자어를 정리한 것이다.

⑨ a. 청춘(靑春), 사명(使命), 서광(曙光), 광명(光明), 타관(他官), 상사(相思), 맹세(盟誓), 밀월(蜜月), 불멸(不滅), 황국(黃菊), 타향(他鄕), 열사(熱砂), 이국(異國), 원통(怨痛), 피차(彼此), 명색(名色)

    b. 불야성(不夜城), 인조견(人造絹), 삼천리(三千里), 요술사(妖術師)

    c. 만병통치(萬病通治), 금수강산(錦繡江山), 오색채의(五色彩衣), 청춘홍안(靑春紅顔), 천리원정(千里願情), 단도직입(單刀直入), 서양사진(西洋寫眞)

⑨는 김해송 노래에 쓰인 한자어로, a는 2음절, b는 3음절, c는 4음절어의 한자어이다. 이렇게 다양한 음절의 한자어가 사용된 것은 음악의 박자와 리듬에 맞출 필요성 때문이기도 하지만 실은 당시의 언중이 이러한 표현에 익숙하여 가능한 일이기도 했다. 물론 이러한 한자어가

지금도 유효하게 쓰이기도 하지만 대중문화의 어휘로 쓰이기보다는 문어체의 글에서 더 보편적이다. 한문을 바탕으로 한 당시의 어휘 구사가 한글을 중심으로 한 지금과는 많은 차이가 있을 수 있다. 한자어는 조어를 위해서도 다양하게 쓰였다.

   ⑩ 모던기생점고(modern+妓生+點考)

      개고기주사(개고기+主事)

      활동사진강짜(活動寫眞+강짜)

      가미부부탕(加味+夫婦+湯)

      시큰둥야시(시큰둥+夜市)

  ⑩의 예문은 한자어를 활용한 조어의 예이다. 이것은 한자어가 그만큼 자유자재로 쓰였음을 의미한다. '모던기생점고'[8]는 외래어와 전통적으로 있었던 기생 관련 어휘를 합친 표현이고, '개고기주사'는 개고기에다 6급 관리를 말하는 주사를 붙여 막돼먹은 사람을 지칭하고 있으며, '활동사진강짜'는 서양 영화인 활동사진과 그것에 빠져 지내는 인물을 강짜로 표현한 것이다. '가미부부탕'은 맛을 더한다는 의미의 '가미(加味)'에다 '부부(夫婦)', '탕(湯)'을 붙여 부인과 남편이 함께 지내는 즐거움을 다루고 있다. '시큰둥야시'는 못마땅하다는 뜻의 '시큰둥'에 밤 시장을 의미하는 야시(夜市)를 붙였다. 야시에서 수박, 미깡(귤), 아이스크림을 판매하는 풍경을 다룸으로써 변화된 세태를 풍자하고 있다. 이처럼 한자어는 한자어 자체의 조어를 넘어 고유어나 외래어와

8　'모던기생점고'의 경우 이미 '춘향전'에서 '기생점고'라는 표현이 있었고, 여기에 외래어 '모던(modern)'을 결합해 만든 어휘라 할 수 있다. 당시 외래어를 활용한 어휘 형성의 특징을 보여준다.

도 조어를 이룰 정도로 활발하게 쓰였음을 알 수 있다.

2.3. 외래어

박상진(2011:171)은 1930년대 전후 발간된 대중잡지 중 20여 개의 잡지에 '어휘소개란'의 꼭지가 있었고, 여기서는 당시 유입된 신어를 소개했는데 대부분 외래어였음을 설명한다.[9] 새로운 어휘에 대한 사회적 관심을 엿볼 수 있다는 점에서 주목할 만하다. 그러한 외래어를 대중가요에서 적극 수용하여 대중성을 확보하고자 했다. 김해송의 만요나 재즈송에도 외래어 사용이 빈번하다.

⑪ a. 산데리아 무르녹는 깊은 밤 달빛 젖는 페부먼트 우흐로
　　님 실은 시보레 택시… 꿈속의 파라다이스 청춘의 불야성

(서울, 1938)

　b. 노래를 부르자 사랑의 소네타 이 밤이 다 새도록 노래를 부르자.
　　아~어여쁜 나폴로… 워카를 마시며 노래를 부르자.
　　춤이나 추잔다 사랑의 탭댄스 이 밤이 다 새도록 춤이나 추잔다.
　　아~ 귀여운 와팟슈… 샴팡을 마시며 춤이나 추잔다.

(청춘계급, 1938)

⑪의 예를 보면, 지금처럼 당시 노랫말에도 외래어 사용이 잦았다. 다만 a의 '산데리아(샹들리에)', '페부먼트(필라멘트)', '소네타(소나타)',

---

9　박상진(2011)은 25개의 대중잡지에서 소개하는 외래어, 신어, 유행어 목록의 상당수는 외래어이며, 이를 가리키는 표현도 '신어, 외래어, 술어, 신술어, 신문어, 신숙어, 모던어, 현대어, 유행어, 사회어, 첨단어' 등 다양하게 언급된다고 소개한다.

'샴팡(샴페인)'을 통해 당시 외래어의 표기는 지금과는 상당히 다름을 알 수 있다.[10] 노랫말에 외래어가 다수 등장하는 것은 당시 사람들의 외래문화에 대한 동경에 기인한 것일 수도 있다.

⑫ a. 소다 먹은 덴뿌라 기생, 하야멀쑥 야사이 기생, 열다섯자 다꾸앙
　　기생, 동서남북 시가꾸 기생　　　　　　　　(모던기생점고, 1938)

　 b. 헤이헤이헤이 빵꾸가 났네 헤헤헤… 나쓰미깡 올쏘미깡 이뻐지는
　　나쓰미깡　　　　　　　　　　　　　　　　　(시큰둥야시, 1938)

　 c. 모시모시 모시모시 혼쿄꾸 후따센 나나햐꾸 하찌쥬 야빠요
　　할로우 할로우 당신이 정희씨요 네 네네 홧 이스 유어 네임
　　엊저녁 속달편진 보셨을 테지요 아 약광고인줄 잘못 알고 불쏘
　　시갤 했군요
　　저응 저응 아이 러브 유 아이고 망칙해라 아이 돈 노우 빠이빠이
　　끊지 말아요 죠죠죠 죠또마떼… 영원히 사요나라 스미마센와 빠
　　이빠이　　　　　　　　　　　　　　　　　　(전화일기, 1938)

⑫는 노랫말에 나타나는 일본어의 양상이다. 이것은 당시가 일제 강점기라서 피할 수 없는 현상이라 하겠다. a의 '덴뿌라(튀김)', '야사이(야채)', '다꾸앙(단무지)', '시가꾸(사각형)'나 b의 '빵꾸(puncture의 일본식 표현)'는 지금도 쓰이고 있다. '나쓰미깡(여름 밀감)'은 일본어 '나스(여름)+미깡(귤)'으로 제주에서 지금도 통용된다. c의 '모시모시(여보세요)', '사요나라(안녕히 가세요)', '스미마센(죄송합니다)'은 아예 일본어를 한국

10　우리나라의 외래어 표기법은 1940년 조선어학회에서 처음으로 「외래어표기법통일
　　안」을 발표하였다. 따라서 1930년대에 들어온 외래어는 표기 주체에 따라 각양각색
　　이었음을 짐작할 수 있다.

어로 전사한 노랫말이다. 일제 강점기라는 시대 상황을 감안하면 노랫말에 나타나는 일본어가 어색하지 않을 수 있다. 그만큼 일본어가 일상 언어생활에서도 많이 쓰였음을 짐작할 수 있다. 특히 c의 〈전화일기〉 노랫말에는 국어와 영어, 그리고 일본어가 섞여 사용되고 있는데, 이들 언어가 비교적 자유자재로 통용되고 있었음을 반증한다.

3. 김해송 노래의 어휘 표현 양상

대중가요 노랫말은 우리, 우리의 생각, 우리의 사회를 유의미하게 다룬다. '우리'에서는 당시를 살아가는 인물에 대해 다루고, '우리의 생각'에서는 남녀의 애정을 비중 있게 다루었다. 그리고 '우리의 사회'에서는 당시에 나타나는 사회적인 현상을 비판적인 시각에서 다룬다. 이를 감안하여 여기에서는 인물, 애정, 사회의 관점에서 대중가요 노랫말 어휘의 표현 양상을 살피도록 한다.

3.1. 인물에 대한 묘사적 표현

김해송 대중가요 노랫말에는 유난히 사람을 가리키는 어휘가 많다. 생김새를 빗대거나 성향, 신분, 직업 등을 풍자해 부르는 어휘가 노랫말 곳곳에 나타난다. 이것은 변화하는 시대상에 따라 전통을 고집하는 사람, 새로운 문화를 동경하는 사람의 의견이 양립하면서 서로를 비판·평가했기 때문이다.

⑬ a. 말라깽이 모던보이 굿모닝 호박같은 저 아가씨 굿모닝…

배불뚝이 월급쟁이 굿모닝 안짱다리 마네킹걸 굿모닝…
턱썩부리 대학생님 굿모닝 사팔뜨기 웨이트레스 굿모닝…
눈딱부리 신문기자 굿모닝 뻐드렁니 여교환수 굿모닝…

(청춘삘딩, 1938)

b. 넌즈시 돌아서 가버린 맹랑할손 세침떼기예요…
영원히 그 속을 헤매는 멀쩡할손 협착꾼이에요…
수줍은 내 마음을 꽁꽁이 비틀어 매주는 암팡맞은 장난꾼이예요…

(감격의 그날, 1936)

c. 연안 백천 인절미는 송도 장꾼이 다 먹고
황주 봉산 능금배는 서울 장꾼이 다 먹고…

(팔도 장타령, 1939)

⑬-a의 노랫말에는 인물의 외양에 대해 묘사적으로 표현하고 있다. 즉 '말라깽이', '배불뚝이', '안짱다리', '턱썩부리', '사팔뜨기', '눈딱부리', '뻐드렁니'로 인물의 외양을 묘사하고 있다. 인물을 표현하되 해당 인물이 가진 특징을 잘 짚어서 묘사한 것이다. 앞에서 묘사한 표현과 직업적인 특성이 결부되도록 하면서 인물을 표현한다. 그래서 앞에서 언급한 인물에 대한 묘사는 뒤에 배치된 인물의 신분(또는 직업) '모던보이', '아가씨', '월급쟁이', '마네킹걸', '대학생님', '웨이트레스', '신문기자', '여교환수'와 상통할 수 있다. ⑬-b에서는 인물의 행위에 대해 묘사적으로 표현하고 있다. b에서는 '새침떼기', '협착꾼', '장난꾼'이 등장한다. 이것은 인물의 성격이나 행위를 효과적으로 드러내기 위해서 활용한 어휘라 할 수 있다. 그런가 하면 ⑬-c의 '장꾼'처럼 인물의 직업을 묘사한 어휘도 있다. '-깽이', '-뚝이', '-부리', '-꾼' 등의 접미사를 활용하여 특정 직업을 가진 인물을 나타내고 있다. 이처럼 인물의

외양이나 행동, 성격 등을 풍자적으로 빗댄 표현이 많은데 이것은 급변하던 시기에 인물의 다양성을 제시한 것이기도 하다. 더욱이 그러한 인물군상을 대중가요 노랫말로 활용하면 시류에 부합하는 노래가 될 수 있어서 대중적인 호응도 기대할 수 있다. 다음을 더 본다.

⑭ 오빠는 풍각쟁이야 머 오빠는 심술쟁이야 머…
　　오빠는 욕심쟁이 오빠는 심술쟁이 오빠는 깍쟁이야
　　오빠는 트집쟁이야 머 오빠는 심술쟁이야 머…
　　오빠는 핑계쟁이 오빠는 안달쟁이 오빠는 트집쟁이야
　　오빠는 주정뱅이야 머 오빠는 모주꾼이야 머…
　　오빠는 짜증쟁이 오빠는 모주쟁이 오빠는 대포쟁이야

（오빠는 풍각쟁이, 1938）

⑭에서는 주된 행동을 중심으로 '-쟁이(풍각쟁이, 심술쟁이, 욕심쟁이, 깍쟁이, 트집쟁이, 핑계쟁이, 짜증쟁이, 모주쟁이, 대포쟁이, 안달쟁이)', '-뱅이(주정뱅이)', '-꾼(모주꾼)'의 접미사를 활용해 인물의 다양한 특성이 드러나도록 했다. 상대 인물인 오빠의 변덕스러운 언행을 풍자하기 위하여 인물의 속성을 드러내는 접미사를 적극 활용하고 있다. 그러면서 동일한 음이 반복되어 음악적인 효과도 거둘 수 있었다. ⑭의 예는 인물을 묘사하되 접미사를 통해 효율성을 제고한 경우라 하겠다.

3.2. 사랑에 대한 비유적 표현

김해송 노래의 노랫말은 애정에 대한 비유적 표현이 다양하다. 대중문화의 보편적 주제인 애정을 다루되 비유적인 표현을 통해 효율성을

높이고자 했다. 시적인 표현이나 이미지에 의존한 비유적 표현은 노래
의 분위기를 한층 고조시킬 수 있다. 비유적 표현이 더 효과적이기
때문에 대중가요에서 이를 활용하는 것은 아주 자연스러운 일이라 하
겠다.

⑮ a. 그대의 눈동자는 어여쁜 요술사… 그대의 입술은야 한떨기 아편꽃
그대의 머리는야 채색한 거미줄….

(감격의 그날, 1936)

b. 마누란 양철쟁개비 영감은 숯불이지요…
마누란 된장항아리 영감은 김치항아리…
마누란 고불통이요 영감은 재떨이지요…

(가미부부탕, 1938)

⑮의 a에서는 좋아하는 사람의 눈동자는 요술사, 입술은 아편꽃, 머
리는 거미줄로 비유적으로 표현하고 있다. 그렇게 표현하는 것이 애정
에 대한 이미지가 더 선명하게 부각될 수 있기 때문이다. b에서는 남편
과 부인을 생활문화에 익숙한 용품에 빗대어 표현하였다. 부인은 '양철
쟁개비(양철로 된 냄비)', '된장항아리', '고불통(흙으로 만든 담배통)'으로
비유하고, 남편은 '숯불', '김치항아리', '재떨이'에 빗댐으로써 부인에
대한 표현과 각각 호응하도록 했다. 모두 '용기'를 끌어와 비유적으로
'부부애'를 표현한 것으로 이해할 수 있다. 비유적 표현은 애정에 대한
이미지를 효과적으로 인식시킨다는 점에서 대중가요 노랫말에서 중시
될 수 있다. 그래서 김해송의 노래에서도 그러한 비유적인 표현이 다수
개입될 수 있었다. 다만 그 비유의 대상이 시대상을 반영하여 지금과는
차이를 보일 따름이다.

⑯ a. 라라라라 어데로 갈까… 사랑의 코스를 찾아서… 청춘의 코스를
　　찾아서… 밀월의 코스를 찾아서… 희망의 코스를 찾아서…

　　　　　　　　　　　　　　　　　　　　　　(밀월의 코스, 1937)

　b. 거리에 떠다니는 실속남자는 해 뜨고 비 퍼붓는 여름하늘
　　하지만 당신만은 어림없어요…
　　거리에 떠다니는 지성여자는 하룻밤 비에 자란 버드나무
　　하지만 임자만은 끄떡없다오…
　　언제든 두 사람은 한덩어릴세 무쇠로 부어 만든 연애함대…

　　　　　　　　　　　　　　　　　　　　　　(연애함대, 1937)

　⑯-a에서는 삶의 방향을 '사랑 → 청춘 → 밀월 → 희망의 코스'로 제시한다. 1930년대 노랫말에서 사용 빈도가 높은 어휘 중의 하나가 '청춘'과 '사랑'인데, 이 노래에서도 인생의 방향타를 사랑과 청춘에 맞춰 표현했다. ⑯-b에서는 거리의 많은 남자와 여자를 변덕스러운 날씨와 깊이 없는 나무에 빗대어 표현했다. 그러면서 자신의 사랑은 그렇지 않음을 '어림없다', '끄떡없다'로 역설하고 있다. 그리고 절대 헤어지지 않을 자신의 사랑을 '연애함대'로 표현하고 있다. 이는 견고한 사랑을 은유적으로 그려낸 것이라 할 수 있다. 잘 아는 것처럼 은유는 대중성과 통속성을 보장하는 표현 기재이다.[11] 그래서 대중가요에서도 그러한 표현을 즐겨 활용하면서 표현의 묘미를 살리고 있다.

11　권연진(2014:18)은 한국어와 영어 대중가요에 나타나는 '사랑'의 은유 양상을 살피면서 사랑을 구체적인 개념인 물건의 관점에서 개념화함으로써 '사랑은 물건이다' 또는 '사랑은 액체이다' 등의 은유 가사가 많음을 설명한다.

3.3. 대상에 대한 유희적 표현

유희적 표현은 대중가요 노랫말에서 즐겨 활용했다. 민요를 비롯하여 잡가와 가사 등에서도 그러한 유희적 표현을 찾아볼 수 있다. 김해송은 다양한 음악 장르를 창작했기 때문에 전통적인 기법을 충분히 활용할 수 있었다. 특히 유희적 표현이 많은 민요를 계승하면서 신민요를 짓기도 해서 그러한 경향성은 더할 수 있다. 김해송의 노랫말에 나타나는 언어 유희적 표현을 본다.[12]

⑰ a. 내 채쭉에 내가 맞었오. … 내 낚시에 내가 걸렸오. …

(내 채쭉에 내가 맞었오, 1938)

b. 버선목이라고 뒤집어 보이리까… 호주머니라고 털어서 보이리까… 도무지 코 틀어막고 답답한 노릇이 또 어디 있담

(활동사진 강짜, 1938)

⑰-a의 '내 채쭉에 내가 맞었오'는 내가 한 일이 나에게 돌아와 해가 되었다는 의미로 지금의 '내 발등 내가 찍었다', '내 무덤 내가 팠다'와 유사한 표현이다. '내 낚시에 내가 걸렸오'도 같은 의미의 표현이다. 이러한 것은 자승자박처럼 자신의 행위가 자신에게 피해로 돌아옴을 우스꽝스럽게 표현한 것이다. 잘난 척하는 것이 우매한 행위임을 밝혀

---

12 언어유희에 대한 해석을 주경희(2007:143)는 말의 재미, 반복, 동음어, 문학 작품에서 재미있는 표현, 웃음을 유발하는 글의 익살스러운 표현으로 제시한다. 대중가요의 노랫말도 말의 재미나 웃음을 유발하는 표현이 많고, 그러한 노랫말을 통해 표현 효과, 소통 맥락, 웃음을 수용하는 태도 등을 고려할 수 있다는 점에서 언어 유희적 기능이 다분하다.

골계적인 유희를 담아냈다. ⑰-b의 노랫말에서는 답답한 심정을 '버선 목이라도 뒤집어 보일까', '호주머니라도 털어 보일까'로 표현한다. 지금은 잘 사용하지 않는 버선이나 호주머니에 빗대어 답답한 속마음을 호소하고 있다. 이는 어쩔 줄 모르는 행위자의 심경을 유희적으로 표현한 것이라 할 수 있다. 마침내 '코를 틀어막은 듯 답답하다'고 하여 유희적 표현을 강화하고 있다.

> ⑱ a. 댁더러 밥 달랬소 댁더러 옷 달랬소 쓰디쓴 막걸리나마 권하여
>   보았건디⋯   (개고기주사, 1938)
>   b. 이뻐진단 소리에 귀가 으쓱해⋯ 이 미깡 저 미깡에 손때만 묻혔
>   네⋯   (시큰둥야시, 1938)

⑱의 예는 구어적 표현임은 물론이거니와 관용적인 표현을 통하여 노랫말에 재미를 더하고 있다. a의 '밥 달랬니 옷 달랬니'의 표현으로 내 일에 간섭하지 말기를 바라는 마음을 담고 있다. 호의를 베푼 적도 없으면서 간섭하는 것은 못마땅하다고 했다. 그러한 사정을 '쓰디쓴 막걸리나마 권하여 보았건디'로 함축하여 표현하고 있다. 즉 쓴 막걸리 한잔 권하지 않는 사람이 내 일에 관여하지 말기를 청한 것이다. 관용적인 표현과 대화적인 기법을 활용하여 유희적인 노랫말이 되도록 했다. 이는 현대 국어의 '오지라퍼'와 같은 비아냥의 의미를 담은 표현이기도 하다. b의 '이뻐진단 소리에 귀가 으쓱해'는 외모를 중시하는 사회 현상을 풍자하되 '귀가 으쓱해'를 통해 흥미롭게 표현하고 있다. 그리고 예뻐진다는 말에 귤을 사고 싶지만 경제적인 사정상 사지는 못하고 만지작거리기만 하는 행위를 해학적인 표현 '손때만 묻혔네'로 표현하였다.

⑲ a. 엊저녁 속달편진 보셨을 테지요 아 약광고인줄 잘못 알고 불쏘
　　 시갤 했군요…

　　 대동강 풀리듯이 슬쩍 좀 녹구려 아 우거지떼 쓰지 마우 아이
　　 능글능글해…　　　　　　　　　　　　　　　　　　　(전화일기, 1938)

　b. 뾰죽뾰죽 오뚝이 기생, 재수 없는 병아리 기생, 소다 먹은 덴뿌라
　　 기생…

　　 하야멀쑥 야사이 기생, 열다섯자 다꾸앙 기생, 동서남북 시가꾸
　　 기생…

　　 꼬불꼬불 아리랑 기생, 날아갈 듯 비행기 기생, 하늘하늘 봄버들
　　 기생…　　　　　　　　　　　　　　　　　　　(모던기생점고, 1938)

　⑲-a에서는 상대방의 편지를 필요 없는 광고지인 줄 알고 불쏘시개
로 썼다고 함으로써 자신에게 무심한 심정을 해학적으로 비판함은 물
론, 자신에게 관대하지 못하고 항상 억지 부리는 상황을 '우거지떼'라
고 표현하였다. 익숙한 물건이나 행위에 빗대면서 상대방의 무심함을
해학적으로 표현하고 있다. ⑲-b에서는 기생의 다양한 생김새를 사물
이나 동물에 빗대어 반복적으로 표현하고 있다. 기생의 다양성을 말하
는 동시에 비슷한 듯 다른 상황을 반복하여 흥미를 유발하고 있다.

4. 김해송 노래의 어휘와 언어 문화 현상

　김해송의 노래는 1930년대에 만들어졌다. 이때는 일제 강점기라서
일본어가 다양하게 쓰였을 뿐만 아니라 근대화의 이름 아래 외래어가
물밀듯이 들어왔다. 여기에 고유어와 한자어가 전통의 언어 문화를 고

수하기도 하였다. 이들이 복합적으로 쓰이면서 당시의 언어 문화에 영
향을 미쳤다. 이러한 시대적 상황을 바탕으로 김해송의 노랫말이 지어
졌다. 따라서 김해송 노래는 다양한 어휘가 수렴될 수 있었고, 그렇게
수렴된 어휘를 통해 당시 언어 문화 현상을 파악할 수 있다. 그러한
현상을 크게 셋으로 나누어 검토하도록 한다.

4.1. 일상 언어에 대한 인식의 확장

대중가요는 제작 당시의 시대상을 민감하게 반영한다. 장유정(2004:
90~91)은 대중가요가 그 사회를 적나라하게 반영하는 양식임을 전제로
대중가요 노랫말을 고찰하는 것은 당시 언어 문화의 흐름을 파악하는
유용한 방편이라고 했다. 김해송의 1930년대 노래에는 외래어가 많이
등장한다. 박예나·한경훈(2019:133)에서 설명하듯, 1930년대의 대중가
요에서 외래어를 빈번하게 사용하는 것은 근대 문화에 대한 젊은 층의
적극적인 수용 의지가 반영된 결과라 할 수 있다. 뿐만 아니라 당시의
언중이 일상 언어로 외래어를 보편적으로 쓰고 있음을 인식한 것이기도
하다. 그러는 언중은 일상 언어에 대한 인식을 확장할 수 있었다.

⑳ a. 산데리아 무르녹은 깊은 밤 달빛 젖는 페부멘트 우흐로
　　　님 실은 시보레 택시…　　　　　　　　　　　(서울, 1938)
　b. 비로도 루바슈카 붉은 허리끈… 사랑의 코스를 찾아서
　　　멕시코 밀벙거지 솔방울 수염… 청춘의 코스를 찾아서
　　　브라질 커피 향기 출렁거린다… 밀월의 코스를 찾아서
　　　새로운 스타일의 스페인 노래… 희망의 코스를 찾아서…
　　　　　　　　　　　　　　　　　　　　　(밀월의 코스, 1937)

c. 모로코 사진 보다 웃었기로니 케리쿠퍼한테 반했다니 억울합
니다…
쓰바기히메 보다 웃었기로니 크레타 갈보한테 녹았다니 원통하
구려…   (활동사진 강짜, 1938)
d. 할로우 할로우… 홧 이스 유어 네임… 아이 러브 유… 아이 돈
노우 빠이 빠이…   (전화일기, 1938)

⑳-a의 '시보레(쉐보레)'는 1920년대 우리나라에 들어온 자동차 GM
을 일컫는 말이다. '산데리아(샹들리에)', '페부먼트(필라멘트)' 역시 전기
를 활용한 신문물을 가리키는 어휘이다. 그런가 하면 ⑳-b의 '비로도
(비로드)', '루바슈카(러시아 블라우스)', '멕시코 밀벙거지', '브라질 커
피', '스페인 노래' 등의 어휘를 통해 언어에 대한 인식이 크게 확장되
었음을 알 수 있다. 세계 각국의 어휘가 들어와 고유어와 한자어를
중심으로 했던 언어 문화에 큰 파장을 불러일으킬 수 있었다. 특히
⑳-c에서는 서구와 일본의 영화를 통해 기존과는 전혀 다른 인물명을
인식할 수도 있었다. 이것은 기존의 언어 문화에 새로운 어휘가 더하여
언어에 대한 인식이 확장되었음을 의미한다. ⑳-d에서는 영어 'hello',
'what is your name', 'I love you', 'I don't know', 'bye'를 국어로
전사했다. 이것은 외국어로 노랫말을 제작했음을 의미한다. 일상 언어
의 쓰임이 크게 확장된 사정을 이러한 외국어 노랫말이 반증하고 있다.
외래어의 확산은 국어의 어휘재가 그만큼 많아졌음을 뜻하기도 하고,
또한 그것을 노랫말에서 활용할 정도였으므로 일상 언어에 대한 언중
의 인식이 크게 확장되었음을 알 수 있다. 박상진(2011:131)은 1930년
대 대중잡지에서 정기적으로 외래어를 소개하는 꼭지가 있었음을 밝
혔다. 이는 언어 영역이 그만큼 확장되었음을 뜻하고, 나아가 언중의

언어에 대한 인식에도 큰 변화가 있었음을 말하는 것이다.[13]

1930년대 김해송의 노래에는 일본어의 영향을 받은 어휘도 등장한다. 일제 강점기와 맞물리는 시기여서 일본 문화와 일본어 사용이 더 일반적이었을 것으로 추측된다.

㉑ a. 덴뿌라 기생, 야사이 기생, 다꾸앙 기생, 시가꾸 기생…

(모던기생 점고, 1938)

　　b. 워카를 마시며 노래를 부르자… 샴팡을 마시며 춤이나 추잔다…
　　　 샹뜨리 마시며 춤추고 노래해　　　　　　　(청춘계급, 1938)

　　c. 모시모시 혼쿄쿠 후따센 나나햐꾸 하찌쥬 야빠요…. 조또마떼…
　　　 영원히 사요나라 스미마센와 빠이빠이…　　(전화일기, 1938)

㉑-a에서는 '덴뿌라(튀김)', '야사이(채소)', '다꾸앙(단무지)', '시가꾸(사각)'와 같은 일본어 어휘를 활용해 당시 기생의 모습을 풍자적으로 묘사한다. ㉑-b에서는 일본에서 들어온 술 '워카(조니워커)', '샴팡(샴페인)', '샹뜨리(산토리 위스키)' 등의 노랫말이 등장한다.[14] 그런가 하면

---

13 박상진(2011:131)은 1930년대 대중잡지에 소개된 '외래어'를 모아 제시했다. 이는 당시 어휘의 실질적 쓰임을 살피는 데 좋은 자료가 될 수 있다. 참고로 일부를 인용하면 다음과 같다.

모던 流行語辭典(1)	5권 4호	31/04	마티네-, 쏘드빌, 레뷰, 쇼-, 싸이드·푸레이어, 악팅, 오옥숀, 윙크, 스테-트멘트, 오피-스·와이프, 룸펜, 쌕르조아, 온·파레이드, 헤게모니, 패트러나쥬, 잇트, 푸레이밍·업, 左翼小兒病, 쩨커핸, 몬·아미
모던 流行語辭典(3)	5권 5호	31/06	후리 란써-, 으류-, 쌩, 콘트, 왐파스 썰, 싸루-ㄴ, 스포트라이트, 쩨네스트, 코큐-, 아·라·모데, 오-버 월크, 쩨·사, 에네르깃쉬, 드라이, 웨트, 싸-메, 듸보-ㄹ스, 쌔-겐 쩨일, 미드네트, 오-버랍
모던 流行語辭典(?)	5권 9호	31/10	資本主義第3氣, 으랍퍼-, 뻬뎀, 포리스 아쩰, 애드벤튜어, 납프, 네온 싸인, 테-예-

㉑-c에서는 아예 일본어를 한국어로 전사한 가사도 등장한다. '모시모 시 혼쿄쿠 후따센 나나햐꾸 하찌쥬 야빠요(여보세요 본국 2784번요)'처 럼 일본어를 그대로 한국어로 전사하여 노랫말로 활용했다. '조또마떼 (조금만 기다려)', '사요나라(안녕히 계세요)', '스미마센(미안합니다)'처럼 일본어를 노랫말로 공공연하게 사용하는 것은 그만큼 일본어의 세력 이 확장되었음을 뜻한다. 나아가 당시의 언중이 그러한 어휘 표현에 익숙했음을 말하는 것이기도 하다.

4.2. 부정적 표현의 보편적 구사(驅使)

1930년대는 신구 문화와 동서 문화의 혼재기라서 전통의 구 문화를 고수하는 사람은 해외에서 들어온 신문화를 배척하고, 반대로 서양이 나 일본 문화를 동경하는 사람들은 보수적인 전통문화를 비판할 수 있었다. 그러는 중에 부정적인 의미를 담은 어휘를 보편적으로 구사하 는 일도 가능했다. 김해송의 노랫말에서도 그러한 어휘가 빈발하고 있다. 특히 근대화를 지향하면서 겉으로 드러나는 모습만 중시하는 사람들을 부정적인 어휘를 동원하여 비판하고 있다. 최은숙(2006:191) 은 '1930년대 모던걸의 중요한 요건 중 하나가 외모였고, 당대 여성은 외모 관리에 소홀해서는 안 되었다'고 설명하고 있다. 1930년대에는 새로운 문화에 부응하기 위해 외모를 중시하는 경향이 있었음을 추정 할 수 있다.[15] 김해송의 노래에서도 부정적인 어휘를 구사하면서 겉모

---

14 박예나·한경훈(2019:141)은 '대중음악에서 술은 일제 강점기 향락을 표출하는 수단 이면서 당시 혼란스러운 모던 세대의 감정을 보여주는 소재'라고 평가한다.

15 최은숙(2006:191)이 다룬 〈모던일경〉 노랫말 일부를 첨부하면 다음과 같다. '에기 기랄몹쓸년 네체격을 보아라. 빈대쩍장사갓고 박물장사갓흔년 안지면목탁갓고 슨

습을 치장하는 사람들을 풍자·비판하고 있다.

ⓛ 말라깽이 모던보이, 호박같은 저 아가씨, 배불뚝이 월급쟁이, 안짱다리

　　마네킹걸, 텁썩부리 대학생님, 사팔뜨기 웨이트레스, 눈딱부리 신문기

　　자, 뻐드렁니 여교환수…　　　　　　　　　　　 (청춘삘딩, 1938)

ⓛ의 가사는 겉모습에 주목하고 있는데, 지나치게 마른 '말라깽이',
못생긴 얼굴의 '호박 같은', 배가 나온 '배불뚝이', 다리가 굽은 '안짱다
리', 수염이나 머리가 지저분한 '텁썩부리', 눈이 이상한 '사팔뜨기',
눈이 부리부리한 '눈딱부리', 덧니가 심한 '뻐드렁니' 등은 부정적인
의미를 담은 어휘 표현이라 할 수 있다. 이것은 특정 소수이든 불특정
다수이든 간에 언중을 고려하지 않은 거친 표현임이 분명하다. 지금의
언어 문화에서는 지양해야 하는 이런 표현이 노랫말에 버젓이 쓰였음
을 감안하면 타자를 배려하지 않는 언어 문화 현상을 짐작할 수 있다.

ⓜ a. 풍각쟁이, 심술쟁이, 욕심쟁이, 깍쟁이, 트집쟁이, 핑계쟁이, 안달

　　쟁이, 주정뱅이, 짜증쟁이, 모주쟁이, 대포쟁이…

　　　　　　　　　　　　　　　　　　 (오빠는 풍각쟁이, 1938)

　b. 홀때바지 두루막이 온갖 잡탕이 모여든다…

　　당꼬바지 방갓쟁이 닥치는대로 모여든다…

　　고약꾸패 조방군이 박박 글거 모여든다… (선술집 풍경, 1938)

ⓜ의 a에서는 '-쟁이' 접미사로 특정한 행동을 자주 하는 사람을

　　체격은 오뎀(?)바 이래도 모던썰로 아이구 행세할까 안달방이년'

비하적으로 지칭하고 있다. 욕심이 사나운 '욕심쟁이'나 얌체 같은 행동을 일삼는 '깍쟁이'가 있는가 하면 술을 자주 마시는 '모주쟁이', 허풍을 잘 떠는 '대포쟁이', 노래를 부르거나 악기를 연주하며 돈을 구걸하는 사람을 '풍각쟁이'로 지칭하고 있다. 현대 국어에서는 '-쟁이'를 특정 행동을 자주 하는 사람을 낮잡아 가리키는 접미사로 활용한다. 이것은 오빠에 해당하는 특정 인물에게 애교와 푸념을 섞어 투정을 부리는 표현일 수 있는데, 문제적인 행위를 일삼는 인물에 '-쟁이' 표현을 반복함으로써 부정적인 이미지가 드러나도록 했다. 이것이 대중가요 노랫말이라는 점을 상기하면 당시에는 이러한 표현이 보편성을 획득한 것으로 볼 수 있다.

㉓-b에서는 입은 옷으로 사람을 평가하되 부정적 이미지가 부각되도록 했다. 통이 좁은 바지를 입은 사람을 '홀때바지(홀태바지)'로, 두루마기를 입은 사람을 '두루막이'로 표현한다. 일제 강점기 순사 바지를 입은 사람을 '당꼬바지'로 부르고, 방갓을 쓴 사람을 가리켜 '방갓쟁이'로 표현한다. 직업과 관련하여 '고약꾸패(하급관리, こやく[小役]+패(牌))'와 '조방군이(주색잡기나 여자를 소개해주는 일을 하는 사람)'로 표현하기도 한다. 그리고 이들에 대해 '잡탕', '닥치는 대로', '박박 긁어 (모여든다)'로 표현하며 부정적인 평가를 내리고 있다. 선술집에 드나드는 사람들의 부정적 이미지를 부각하는 차원에서 신구(新舊) 복장을 막론하고 기이한 모양으로 묘사한 것이다.

㉓은 생김새나 특정 행동, 입은 옷이나 직업을 가리키는 말로 사람을 지칭한다. 특히 겉모습의 부정적 특징을 꼬집어 그 사람을 가리키는 어휘로 활용하고 있다. '의사소통은 메시지를 포장하는 표현이 중요하다'는 Goffman(1959)의 주장을 전제[16]하면 이들 어휘 표현은 타인에 대한 배려심이 결여된 것이라 하겠다. 김해송의 노랫말을 통해 1930년

대 언어 문화 현상 중의 하나가 사람을 부정적으로 평가하는 표현이
보편적이었음을 알 수 있다.

4.3. 신구 문화에 대한 양가적(兩價的) 태도

일제 강점기는 전통적 가치관과 근대적 가치관의 혼재로 사상적인
혼란을 겪던 시기이기도 하다. 전통적 가치관의 잔재는 성별의 문제를
야기하는 방향으로 표출됐고, 새 문물에 대한 동경과 기대는 희망적인
미래를 기대하는 것으로 표현되었다. 다음의 인용문을 보자.

㉔ a. 내가 만일 사내나 되었으면… 떳떳하게 좋아보련만… 떳떳하게
       고백하련만… 단도직입 좋다하련만…   (벙어리 냉가슴, 1938)

   b. 오이지 콩나물만 나한테 주고… 명치좌 구경갈땐 혼자만 가구…
       오빠는 욕심쟁이…   (오빠는 풍각쟁이, 1938)

   c. 아서라 저 마누라 거동좀 보소 아들 난단 바람에 정신이 팔려…
       아서라 저 아가씨 염치좀 보소 이뻐진단 소리에 귀가 으쓱해…
                                         (시큰둥야시, 1938)

   d. 다 떨어진 중절모자 빵구난 당꼬바지 꽁초를 먹더래도 내 멋이야
       댁더러 밥 달랬소 아 댁더러 옷 달랬소… 이래봬도 종로에서는
       개고기 주사… 여름에 동복 입고 겨울에 하복 입고 옆으로 걸어가
       도 내 멋이야…
       안경을 팔에 쓰고 냉수에 초쳐 먹고 해뜨면 우산 써도 내 멋이야…
                                         (개고기주사, 1938)

---

16 이성범(2015:4) 인용.

㉔의 노랫말에는 근대화가 진행되고 있지만 여전히 잠재되어 있는 전근대적인 인식이 여성에게 투사되고 있음을 알 수 있다. a의 '내가 만일 사내나 되었으면'에서는 여성이 여전히 남성보다 낮은 위치에 자리한 사정이 반영되어 있다. 언어 사회의 상황 때문에 여성 폄하적인 표현이 동원된 것이다. b에서도 '맛없는 반찬은 여동생에게 주고, 심부름만 시키며, 재밌는 것은 함께 하지 않는'에서 남녀 차별의식이 심했음을 짐작할 수 있다. 따라서 노랫말의 어휘를 통해 당시의 언어 문화의 성격을 파악할 수 있다. c에서는 마누라와 아가씨의 행동을 풍자하며 여성이 자의적으로 행동하는 것을 못마땅한 것으로 평가한다. 전통적인 남성 중심적 사고가 반영되어 여성의 개인적·능동적 행위를 비판의 대상으로 보고 있다. 그런가 하면 d의 어거지를 부려도 내 멋에 살아간다는 '개고기 주사'는 누가 뭐라든 상관없이 내 맘대로 세상을 살아간다는 허풍 가득한 남성의 태도를 묘사한 것이다.[17] 전통적인 남성 중심적 가치관이 반영되어 부정적인 행위를 일삼는 남성 인물에 대해서는 비판적인 평가를 내리지 않는다.[18] 어떻게 하든 그것은 남성 개인의 자유의지인 것처럼 표현함으로써 여성과 남성을 바라보는 시각의 차이를 김해송의 노랫말에서 포착하고 있다.

미래에 대한 희망과 사랑, 낭만이 가득한 세상은 신문화의 언어인

---

17 '개고기주사'의 모습을 박애경(2009:22)은 '내 멋이야'를 외치며 자신의 존재를 과시하려 하나, 속물적인 도시의 세태에 합류하지 못한, 음울한 그림자를 갖고 있는 모습을 풍자한 것으로 해석한다.

18 최은숙(2006:193)은 20세기 초 여성은 새로운 근대의 주체가 되기는 했으나, 여전히 여성을 바라보는 시선은 제한적이라 했다. '1930년대 대중가요에서는 노랫말의 생산자가 대부분 남성이었고, 당대 여성은 아직 대상화의 위치에 있었다'는 설명과 함께, 여성에 대한 사회적 시선은 미처 근대화에 미치지 못했고 여성은 통제의 대상이었음을 피력한다.

'유토피아'로 표현하고 있다. 브라질 커피나 스페인 노래를 즐기며 새로운 세상의 희망을 노래한다. 남녀평등에 대해서는 전근대적인 보수성이 내재되어 있으면서도, 사랑과 이상을 추구할 때는 신문화의 자유분방함을 강조한다.

> ㉕ a. 꿈속의 파라다이스 청춘의 불야성…   (서울, 1938)
>   b. 브라질 커피 향기 출렁거린다 라라라라 어데로 갈까 밀월의 코스를 찾아서 새로운 스타일의 스페인 노래 라라라라 어데로 갈까 희망의 코스를 찾아서   (밀월의 코스, 1937)
>   c. 헬로헬로헬로 여기는 우리들의 청춘삘딩…. 여기는 우리들의 유토피아… 여기는 우리들의 연애 코스…   (청춘삘딩, 1938)
>   d. 워카를 마시며 노래를 부르자… 샴팡을 마시며 춤이나 추잔다… 샹뜨리 마시며 춤추고 노래해   (청춘계급, 1938)

㉕의 예에서는 희망과 사랑이 가득한 청춘을 노래한다. 새로운 문화와 문물을 누리는 희망찬 미래는 유토피아이고 파라다이스다. 인생의 즐거움은 술과 함께 노래하고, 술이 있는 세상은 '파라다이스'가 된다. 즐겁게 사랑하고 행복하게 살아가는 청춘은 유토피아, 파라다이스를 꿈꾼다. 이것은 신문화 및 외래문화에 대한 동경을 반영한 것이다. 새로운 것에 대한 동경이 낭만적으로 표현된 것이라 할 수 있다.

노랫말에는 전통적인 가치관에 의한 옛 문화의 잔재도, 근대적 가치관에 의한 새 문화의 표현도 자유롭다. 두 문화의 충돌을 의식하기보다는 필요에 따라 신구의 문화를 따른다. 노랫말에서는 상황에 따라 다른 가치관을 전제하는데, 전통적인 가치관과 근대적 가치관이 혼재한 모습을 보여준다. 오랜 세월 내재된 남성 중심의 가치관이 전통적인 언어

의식으로 표현되고, 새로운 문화에 의한 이상 추구는 근대적인 언어 의식으로 표현된다. 언중은 신문물을 동경하거나 추종하기도 하지만, 내재된 전통적 가치관을 버리지도 못했다. 그러한 혼재된 의식이 노랫말의 어휘로 나타났다. 이것은 당시의 혼란스러웠던 언어 문화 현상을 대중가요 노랫말이 수렴한 것이라 하겠다.

5. 나오기

이 글에서는 1930년대 노랫말에 나타나는 어휘 사용의 특징을 이해하기 위하여 김해송 노래의 어휘를 살펴보았다. 김해송은 1930년대를 대표하는 가수이면서 작사가·작곡가·연주자였다. 그는 음악의 장르를 가리지 않고 다양한 분야에서 작사하였기 때문에 그의 노랫말에 쓰인 어휘를 통해 1930년대 언어 문화 현상을 파악할 수 있었다. 이제 앞에서 다룬 내용을 요약하여 결론을 삼고자 한다.

첫째, 김해송 노래의 어휘 활용 양상을 살펴보았다. 김해송 노랫말은 1930년대의 언어 문화 현상이 반영되어 활용된 어휘가 다양하다. 이 시대는 전통적으로 상층어에 가까운 한자어와 기층어에 해당하는 고유어가 혼재되었을 뿐만 아니라 일제 강점기라서 일본어가 자의 반 타의 반으로 강요되기도 했다. 그런가 하면 서구 문화의 유입으로 영어를 비롯한 서구어가 물밀듯이 들어왔다. 김해송의 노랫말 어휘에서도 그러한 시대 상황이 반영되어 복잡성을 띠고 있다. 이를 효과적으로 살피기 위하여 김해송 노랫말 어휘를 고유어·한자어· 외래어로 구분하여 활용 양상을 살폈다. 고유어는 지금도 여전히 즐겨 사용하는 것도 있지만 이미 사어가 된 것도 없지 않다. 이러한 고유어는 대중가요의 정서를 살리는 데 효과적이었음은 물론이다. 한자어는 조어력이 뛰어나 음절 수를 가리지 않고 아주 다양하게 쓰였다. 뛰어난 조어력으로 한자어와 한자어는 물론이고, 고유어와 한자어, 외래어와 한자어로 조어되어 그 활용 범주가 아주 넓음을 알 수 있었다. 외래어는 신문화를 효과적으로 부각할 수 있다는 점에서, 반대로 외래문화를 맹목적으로 추종하는 것을 비판하기 위해서도 자주 활용되었다.

둘째, 김해송 노래의 어휘 표현 양상을 살펴보았다. 김해송의 노랫말은 시대의 언어 문화가 반영되어 다양성을 확보하고 있었다. 그러한 어휘를 선택하여 대상을 설득력 있게 표현할 필요가 있었기 때문이다. 그러한 필요에 따라 김해송은 대상에 대한 표현을 다양화했다. 그것을 인물에 대한 묘사적 표현, 사랑에 대한 비유적 표현, 대상에 대한 유희적 표현으로 나누어 살폈다. 인물에 대한 묘사적 표현은 마치 서사문학에서처럼 신구 문화를 지향하는 인물을 묘사하듯이 표현하였다. 그렇게 함으로써 해당 인물의 이미지가 선명하게 드러나도록 했다. 사랑에 대한 비유적 표현에서는 애정 표현을 직설적으로 다루지 않고, 사물에 빗대어 사랑의 감정이 시청각의 이미지로 부각되도록 했다. 표현의 효율성을 제고하기 위하여 비유적 표현을 선호한 것으로 보인다. 대상에 대한 유희적 표현에서는 민요와 같은 전통 장르의 특성을 반영한 것으로 신민요 투의 노랫말에서 일반적이다. 해학과 골계의 방법으로 노랫말에 재미를 더한 것이다. 노래가 대중의 오락물이기에 유희성을 가미할 필요가 있었던 것이다.

셋째, 김해송 노래의 어휘가 갖는 언어 문화적 현상을 조망해 보았다. 김해송의 노랫말은 1930년대에 발표된 것이다. 그래서 당시의 언어 문화 현상이 김해송의 노랫말 어휘에 담길 수 있었다. 그에 해당하는 것으로 일상 언어에 대한 인식의 확장, 부정적 표현의 보편적 구사

(驅使), 신구 문화에 대한 양가적(兩價的) 태도를 들 수 있다. 일상 언어에 대한 인식의 확장은 당시의 언중이 새로운 언어를 접하면서 확립된 것이라 할 수 있다. 그러한 현상이 김해송의 노랫말 어휘로 수렴된 것으로 볼 수 있다. 고유어와 한자어 중심의 언어생활에서 일본어와 서구의 각 언어가 유입되어 빚어진 언어 현상이라 할 수 있다. 부정적 표현의 보편적 구사에서는 신구 문화가 혼재되던 당시의 사회에서 전통을 중시하는 사람은 서구 문화를 동경하는 것을 못마땅하게 여기고, 서구 문화를 추구하는 사람은 전통문화를 고수하는 사람을 비판할 수 있었다. 그러면서 부정적인 표현이 보편적으로 쓰이게 되었고 그것이 김해송의 노랫말 어휘로 수렴된 것으로 이해할 수 있다. 대상에 대한 양가적 태도는 신구 문화를 접하는 언중의 태도가 긍·부정으로 나뉘어 표현된다는 점이다. 전통에 대해서는 대체로 부정적으로 다루되 그것이 여성에 집중되어 나타나고, 서구 문화에 대해서는 긍정적인 경우가 많은데 그러한 경우 남성을 긍정적으로 평가하는 것이 일반적이다. 신구 문화를 양가적으로 평가하되 여성에게는 부정적으로 남성에게는 긍정적으로 표현하는 현상을 볼 수 있다.

참고문헌

권연진, 2014, 「한국어와 영어의 대중가요에 나타난 '사랑' 은유의 양상」, 『언어과학』 21-4, 한국언어과학회, 1~20쪽.

길진숙, 2009, 「일제 강점기 대중가요 속의 '서울, 모던, 여성'의 풍경」, 『한국고전여성문학연구』 18, 한국고전여성문학회, 57~97쪽.

김영희, 2015, 「이야기와 노래에 나타난 언어유희」, 『새국어생활』 25-3, 국립국어원, 139~148쪽.

김익두, 2012, 「한국 대중가요 연구사 검토」, 『공연문화연구』 24, 한국공연문화학회, 5~45쪽.

박상진, 2011, 「1920-30년대 대중잡지의 어휘소개에 대하여」, 『한국학연구』 38, 고려대학교 한국학연구소, 129~173쪽.

박애경, 2009, 「환락과 환멸」, 『구비문학연구』 29, 한국구비문학회, 139~165쪽.

박예나·한경훈, 2019, 「1930년대 한국 재즈송 가사에 나타난 모던세대의 양가감정 표출방식에 관한 연구」, 『대중음악』 24, 한국대중음악학회, 123~153쪽.

박혜원, 2011, 「한국 근대 문화 소비 주체로서 모던 신세대의 가치관, 소비문화, 의복 태도 특성」, 『International Journal of Human Ecology』 49, 대한가정학회, 99~109쪽.

배샛별·이승연, 2016, 「일제 강점기 사랑과 이별 소재 대중가요 가사 속 여성 지칭 명사의 특징」, 『대중서사연구』 22-3, 대중서사학회, 279~306쪽.

서지영, 2008, 「카페, 근대 유흥공간과 문학」, 『여성문학연구』 14, 한국여성문학학회, 65~88쪽.

성기철, 2019, 「언어문화의 개념과 적용」, 『국제한국언어문화학회 27차 국제학술대회』, 23~32쪽.

안의정, 2015, 「계량적 접근에 의한 1930-40년대 대중가요 어휘 연구」, 『어문론총』 63, 한국문학언어학회, 41~62쪽.

양명희, 2007, 「한국인의 언어 의식의 변화」, 『사회언어학』 15-1, 사회언어학회,

107~128쪽.

이성범, 2015, 『소통의 화용론』, 한국문화사.

이유기, 2007, 「1930년대 대중가요의 문법과 어휘」, 『한국사상과 문화』 38, 한국사
　　　상문화학회, 331~336쪽.

_____, 2007, 「유성기 음반 대중가요의 음운 현상」, 『한민족문화연구』 23, 한민족
　　　문화학회, 183~207쪽.

임지룡, 2005, 「'사랑'의 개념화 양상」, 『어문학』 87, 한국어문학회, 201~233쪽.

장소원, 2015, 「한국 대중가요 가사의 문체 분석」, 『텍스트언어학』 39, 한국텍스트
　　　언어학회, 283~311쪽.

장유정, 2005, 「20세기 전반기 기생 소재 대중가요의 노랫말 분석」, 『한국문화』 35,
　　　서울대학교 규장각한국학연구원, 89~117쪽.

_____, 2006, 「1930년대 한국 도시문화와 대중음악」, 『한국문학논총』 42, 한국문
　　　학회, 137~157쪽.

조규일, 2001, 「1930년대 유행가 가사 고찰」, 『인문과학』 31, 성균관대학교 인문과
　　　학연구소, 265~275쪽.

주경희, 2007, 「언어 유희적 기능의 개념 정립의 필요성」, 『텍스트언어학』 23, 한국
　　　텍스트언어학회, 129~153쪽.

최상진·조윤동·박정열, 2001, 「대중가요 가사분석을 통한 한국인의 정서 탐색」, 『한
　　　국심리학회지』 20, 한국심리학회, 41~66쪽.

최은숙, 2006, 「1930년대 대중가요에 나타난 여성과 당대의 시선」, 『열상고전연구』
　　　24, 열상고전연구회, 171~197쪽.

제2부

국어 말글의 교육

- 토의 수업을 통한 말하기 교육
- 체험 수업을 활용한 말하기 교육
- 말하기의 쟁점과 공적 말하기 교육
- 비교과 프로그램을 활용한 말하기 교육
- 교과–비교과를 활용한 글쓰기 교육

토의 수업을 통한 말하기 교육

1. 들어가기

　이 글은 대학생들의 말하기 능력을 함양하기 위한 토의 수업 전략을 세우고, 그에 맞는 수업 모형을 설계하여 효과적인 수업 운영 방안을 모색하는 데 목적이 있다. 소통의 부재로 여러 가지 문제가 대두되면서 대학에서는 말하기 교육 프로그램을 다양하게 운영하고 있다. 교양국어 수업을 말하기 능력 향상에 초점을 두고, 여러 교육 프로그램을 운영하는 것이 그에 해당된다. 여기에 그치지 않고 말하기와 관련된 각종 경진 대회 및 비교과 활동을 전개하기도 한다.[1]

　말하기는 의사소통의 가장 기본적인 영역이라서 개인의 능력을 증명하는 일차적인 기제이다. 사회에서는 다른 사람의 생각을 잘 이해하고, 이를 바탕으로 나의 생각을 명확하게 표현하는 능력을 요구한다. 대학에서 말하기 중심의 수업을 다양하게 운영하는 이유도 여기에 있다. 근본적으로 대학에서의 말하기 또는 글쓰기 교육이 지향하는 바가

---

[1]　여러 대학에서 말하기, 글쓰기 관련 비교과 프로그램을 운영하고 있다. 관련 클리닉 기관을 설치·운영하고, 각종 경진 대회(예: 토론 대회, 글쓰기 대회, 프레젠테이션 대회, 백일장, 자기소개서 경진 대회 등)를 개최한다.

말과 글로 자신의 역량을 표현하는 능력의 함양, 원활한 의사소통을
통한 조화로운 인간 관계 형성이라고 한다면,[2] 찬반을 가르는 토론보
다 의견을 조율하는 토의 활동이 유용할 것으로 본다.[3] 유연한 사고를
통해 합리적으로 결론을 도출하는 토의가 조직 내에서 조화로운 의사
소통 능력을 발현하는 데 도움이 될 수 있기 때문이다.[4]

이 글에서는 대학에서의 토의 수업 방안을 모색하고, 수업 모형을
구축하여 토의 활동을 진행해 보고자 한다. 이를 바탕으로 토의 수업의
효과를 다양한 관점에서 검토한 다음 효율적인 토의 수업의 교육 방안
을 강구하고자 한다. 이와 같은 논의가 효과적으로 진행되면 그간 진행
해오던 토론 수업의 단점이 보완되는 한편, 유연한 사고에 기반을 둔
의사소통 교육의 중요성이 부각될 것으로 본다.

2. 토의 수업을 위한 대비와 전략

토의는 제시된 문제에 대한 여러 사람들의 의견을 수렴하여 가장

---

2   학생들의 수요 조사와 관련해서는 한국고용정보원의 「2016 대졸자 직업이동경로조
    사 기초분석보고서」를 살펴볼 필요가 있다. 이 보고서에 의하면 "대졸자에게 '대학
    때 배웠으면 현재 업무에 도움이 되었을 능력'"에 대한 질문에 의사소통능력(19.1%),
    문제해결능력(16.2%), 기술이해활용(16.1%)의 순으로 응답했다(「대졸자 "대학 때
    의사소통능력 배워야 업무에 도움"」, 『한국대학신문』, 2018. 4. 23. 인용).
3   토론 학습에서는 주장에 대한 찬반을 통해 결론을 도출하기 때문에 자칫 사고의
    획일화를 초래하는 문제가 생길 수 있다. 사실 우리가 접하는 많은 문제들은 '옳은가,
    그른가?'를 규명하는 것보다는 '어떤 선택이 최선인가?'를 추구하는 경우가 많다.
4   김성희(2007:33)에서 제시하는 바에 의하면, 토의 교육에서는 학습자의 타협과 조절
    을 위한 대화 능력과 태도가 필요하며, 이것은 협동적 사고력과 민주 의식 함양 등에
    도움이 된다고 설명한다.

최선이라고 생각되는 의견을 공동으로 모색하는 의사소통 활동이다.[5] 최영인(2007:33)에서 토의 능력은 문제를 분석하고 해결안을 도출하고 평가하는 사고력 및 논증 능력, 이를 바탕으로 자신의 생각과 의견을 분명하게 말할 수 있는 표현 능력, 다른 사람의 생각과 의견을 비판적으로 들을 수 있는 이해 능력과 함께 참여자 간의 의견 차이를 통합하여 공동의 해결안으로 수렴하는 통합 능력 등을 포괄하는 종합적인 의사소통 능력이라고 설명한다. 김성희(2007:38)에서는 토의자가 협동적 사고력을 바탕으로 하여, 토의 주제를 이해·분석·판단하고 열린 태도로 말하기와 듣기의 전략을 구사하며 합리적이고 비판적이며 균형 잡힌 의사소통을 수행할 수 있는 능력이라고 설명한다. 이처럼 토의는 여러 사람들과 소통하는 방법을 습득하여 원만한 인간 관계를 형성하는 데 유용한 말하기이다. 나의 생각과 다른 사람의 생각을 아우르면서 가장 합리적인 결론을 도출하는 과정에서 협업의 중요성을 체득할 수 있기 때문이다. 그러는 과정에서 공동체에 대한 소속감과 결속력도 강화할 수 있다.

토의 수업의 긍정적인 면에도 불구하고 현실적으로 대학에서는 토의 수업의 진행을 부담스러워하고 있다.[6] 학습자들의 적극적인 토의

---

5 정문성(2019:19)에서 토의는 '어떤 주제에 대해서 여러 사람들이 정보와 의견을 교환하여 학습하거나 문제를 해결하려는 말하기 듣기 활동'이라고 소개한다. 황순희(2011:89)에서는 '토의'는 팀원 간의 협동 학습을 통해 의사소통 능력과 동시에 팀워크를 자연스럽게 향상시킬 수 있는 대표적인 공적 말하기 유형 중 하나로 무엇보다 학술 활동 및 직업 활동에서 그 활용도가 높다고 설명한다. 장혜영(2012:76)에서 '토의는 어떤 문제에 대한 해결 방안을 찾는 것이므로 다수의 의견만이 반드시 중요한 것은 아니고 소수의 의견도 존중되어야 한다. 토의는 궁극적으로 의견의 일치를 통해 문제를 해결해 나가는 것'이라고 설명한다.
6 수업에서 토의 활동을 부담스러워하는 이유는 여러 가지가 있을 수 있다. 학생 수가 너무 많거나 학생들의 수업 참여율이 낮거나, 또는 학생들의 소극적인 수업 태도,

188 제2부 국어 말글의 교육

참여를 유도하고, 토의 과정과 결과를 체크해야 하며, 학습자들의 말하기 활동에 대한 관찰과 피드백이 제공되어야 하는 번거로움이 따르기 때문이다. 또한 토의 수업에 참여하는 학습자들과의 원활한 커뮤니케이션 환경을 조성해야 하는 선결 과제가 있기도 하다. 이러한 점 때문에 토의 수업을 진행하는 것이 결코 수월할 수만은 없다.

모든 말하기가 그러하듯이, 토의 수업에서도 급작스럽게 논제를 주고 말하기 활동을 진행하는 것은 쉽지 않다. 토의는 토의 주제와 관련된 배경 정보를 알아야 하며, 토의 목적 및 필요성 등에 대한 이해가 전제되어야 한다. 토의 구성원 간의 공동체의식 및 유대감 형성도 중요하다. 이러한 모든 조건이 갖추어져야 효율적인 토의 수업이 진행될 수 있다. 게다가 교수자에게 요구되는 것도 다수이다. 교수자는 토의 수업의 성격과 목적을 이해하고 있어야 하고, 학습자들의 상황을 나름대로 파악해야 하며, 수업의 진행과 활동에 대한 방법론도 충분히 숙지하고 있어야 한다. 이를 감안하면 다음과 같은 관점에서 토의 수업에 대한 대비와 전략을 세워야 하리라 본다. 즉 학습자, 교수자, 학습 내용, 토의 주제의 측면에서 수업에 대한 대비와 전략을 강구해야 하겠다.

2.1. 학습자의 대비와 전략

대부분의 대학 강의는 전공을 제외하고는 다양한 학과의 학습자들이 자유롭게 수강한다. 그래서 교수자의 학습자들에 대한 이해와 파악

학습에 대한 낮은 동기 부여 등은 토의 활동에 걸림돌이 될 수 있다. 토의 평가의 어려움, 토의 활동 여건 부족 등도 생각해볼 문제이다.

이 쉽지 않다. 대형 강의의 경우는 이런 현상이 더 심각하다. 토의 수업과 같은 실습 교과에서는 교수자와 학습자의 원활한 소통이 필수적인데 이는 수업을 소규모 인원으로 구성해야 하는 이유이기도 하다.[7] 적은 인원일수록 교수자는 학습자들에 대해 파악하기가 쉽고, 학습자들끼리도 서로에 대한 파악이 용이하기 때문이다.

　토의 수업은 토의에 참여하는 학습자들의 전공, 학년 등을 고려하여 토의 활동을 진행하는 것이 효율적이다. 토의에 참여하는 구성원들끼리의 라포와 공감대 형성은 토의 활동을 진행하는 데 큰 도움이 된다. 토의에서는 구성원들이 자신의 생각을 솔직하게 이야기하지 않으면 유효한 결과를 도출하기가 어렵다. 토의 구성원에 대한 기본적인 이해를 위해 토의 수업의 초반에 자유로운 말하기 활동이나 간단한 조별 활동을 병행하는 것이 좋다. 학습자들끼리 공감대를 형성할 수 있고, 말하기 활동에 참여하는 학생들의 생각 및 태도 등을 교수자가 파악할 수 있기 때문이다. 이처럼 간단한 활동을 통해 토의에 참여하는 학습자들끼리 유대감이나 공동체의식을 형성할 수 있고, 교수자는 학습자 개개인의 성격을 파악할 수 있다. 학습자 스스로 토의에 임하는 자세를 견지할 수 있도록 교수자가 적극적으로 대비시켜야 한다. 수업에 참여하는 학습자는 스스로 학습의 객체가 아니라 주체로 활동해야 함을 인지하는 것이 중요하다.[8] 그것이 학습자가 수업에 임하는 마음가짐이

7　교수자가 제어할 수 있는 토의 수업의 규모는 30명 이내 정도가 적당할 것이다. 물론 이 부분은 대학의 행정적 도움이 필요하다. 근래에는 대학에서 소규모 강의를 활발하게 개설하고 운영하는 점을 고려하여, 토의 수업은 소규모로 운영하는 것이 효과적일 수 있다.

8　토의 수업에 참여하는 학생들은 개개인의 의견은 모두 중요하고, 존중받아야 한다는 점을 인식하게 된다. 토의 활동을 통해 학생들은 자신의 의견도 중요한 의견 중 하나라는 것을 경험하게 되고, 적극적으로 토의 활동에 참여하게 되었다고 설명한다.

고, 어떠한 전략으로 수업에 참여할지도 결정할 수 있어야 한다.

2.2. 교수자의 대비와 전략

토의 수업을 진행하는 교수자의 수업 운영 방법도 중요하다. 모든 수업이 그렇지만, 토의 수업은 교수자가 어떤 방식으로 수업을 운영하느냐에 따라 학습자의 수업 참여율이 달라질 수 있다. 토의 수업과 같이 학습자의 활동이 주가 되는 수업에서는 학습자의 적극적인 수업 활동이 무엇보다 중요하다. 그를 위해서는 교수자가 다양한 수업 운영 방법을 알고 그것을 수월하게 수업에 적용할 수 있어야 한다.

토의 수업에서 교수자는 학습자에 대한 조력자(Facilitator)[9]가 되어야 한다. 토의 수업의 주된 활동은 교수자가 아니라 학습자가 수행해야 한다. 교수자는 학습자의 조력자가 되어 학습자의 수업 활동을 관찰하며 적절한 시점에 도움을 제공해야 한다. 교수자는 학습자에게 관련 지식을 제공하며, 학습자들이 적극적으로 수업에 참여하여 자신의 생각을 표현하면서 의견을 조정해 나갈 수 있도록 도와주어야 한다. 따라서 교수자는 학습자의 참여를 유도하기 위한 다양한 교수법을 강구해야 한다. 학습자가 수업의 구경꾼이 아니라 수업에 참여하는 구성원이 될 수 있도록 다양한 활동을 구상하고 운영해야 한다. 예를 들어 원활한 토의를 위한 조별 활동 활성화 방안, 조원끼리의 긍정적 유대감 제고 방안, 조별 특징 및 유형 파악, 토의 활동에 대한 인센티브, 토의

---

9   퍼실리테이터(Facilitator)는 개인이나 집단의 문제 해결 능력을 키워주고 조절함으로써 조직체의 문제와 비전에 대한 자신의 해결책을 개인이나 집단으로 하여금 개발하도록 자극하고 돕거나, 교육훈련 프로그램의 실행 과정에서 중재 및 조정 역할을 담당하는 사람을 의미한다((사)한국기업교육학회:2010 인용).

주제 관련 학습 활동지, 토의 주제 관련 아이디어 확장 및 산출 유도[10] 등의 다양한 책략을 준비해서 적절히 제공·전개해야 한다. 그렇게 해야만 학습자가 동기를 갖고 토의에 집중할 수 있기 때문이다. 따라서 교수자는 관찰자이면서 후견인으로 기능하되, 전반적으로 토의 수업을 통어(統御)하는 위치에 있어야 한다.

2.3. 학습 내용의 대비와 전략

효과적인 토의 활동을 위해서 말하기 관련 기초적인 이론 학습이 진행되어야 한다. 일반적으로 학습자들은 수업 시간의 발표나 프레젠테이션 등과 같은 활동을 부담스러워한다. 여러 사람 앞에서 의견을 개진했을 때 자신에게 쏠리는 사람들의 시선, 질문과 답변에 대한 부담감 때문이라 하겠다. 이러한 현상이 가중되면 말하기 울렁증이 나타날 수도 있고, 시간이 지나면서 말하기에 대한 부정적인 인식이 생길 수도 있다. 본격적인 토의 수업에 앞서 그러한 문제를 먼저 해결하는 것이 좋을 수 있다. 말하기에 대한 자신감을 갖도록 한 후에 토의 수업을 진행해야 소기의 목적을 달성할 수 있기 때문이다. 그래서 본격적인 토의 활동에 앞서 말하기에 대한 기본적인 이론 학습 및 간단한 말하기 활동을 병행하여, 말하기에 대한 의식의 전환을 꾀할 필요가 있다.[11]

말하기와 관련된 기초적인 이론 학습은 토의 활동을 위한 준비 단계

10 이러한 방법은 토의 수업의 교수법으로도 연결될 수 있다. 따라서 토의가 원활하게 진행될 수 있도록 수업 시간에는 다양한 활동을 제공해야 한다.
11 몇 번의 이론 수업으로 말하기에 대한 부담이 사라지는 것은 아니다. 그렇더라도 말하기에 대한 부담이 자연스러운 현상임을 이해하고 변화를 모색하는 것만으로도 큰 성과라 할 수 있다.

로 이해해도 좋다. 다양한 방법을 통해 말하기에 대한 부담이 개인의 현상이 아니라 누구나 갖는 보편적인 현상임을 인지시킬 필요가 있다. small talk나 대화와 같은 말하기 활동을 진행하는 것도 도움이 될 수 있다. 처음에는 논점이 없는 가벼운 사적 대화로 시작하여 말하는 것에 대한 두려움을 덜어 주고, 이어서 공적인 대화로 넘어가는 것이 좋다. 그러는 중에 자연스럽게 여러 사람과의 의사소통 방법을 체득할 수 있도록 유도한다.

공적인 말하기에 해당하는 토의를 위해 필요한 방법론을 간단하게 익히는 것도 도움이 된다. 즉 토의·발표·프레젠테이션 등의 방법과 태도, 주의할 점에 대해 학습하는 것도 도움이 될 수 있다. 그렇게 하면 공적 말하기의 방법과 주의할 점 등을 숙지하여 다른 사람을 배려하면서 자신의 생각을 효율적으로 표출할 수 있기 때문이다. 전체적으로 토의의 공동 담론을 진행하기에 앞서 말하기 환경, 말하는 방법과 태도를 점검할 수 있는 교육이 진행되어야 하겠다. 그렇게 할 때 학습자가 열린 마음으로, 그리고 올바로 말하는 태도를 견지하면서 토의 수업에 임할 수 있기 때문이다. 이는 토의 수업을 위한 대비이면서 본격적인 토의 활동을 전개하기 위한 전략이기도 하다.

2.4. 토의 주제의 대비와 전략

토의 활동을 진행하기에 앞서 주제 관련 배경 정보를 제공하여 학습자들이 관련 정보를 공유하면서 토의를 준비할 수 있게 해야 한다. 토의 주제 관련 배경 지식, 최근의 동향, 이슈가 되는 쟁점 등에 대한 기초 자료를 수업 시간에 공유한 후 토의 활동을 전개하도록 해야 한다. 박진우·임칠일(2018:777)에서는 토의식 수업의 교수전략(Welty:1989)

중 수업 전 준비로 '부여된 학습자료 사전 학습, 학습 내용의 개념 및
개요 선정'을 언급한다.[12] 그러나 교실에서의 원활한 토의 활동을 위해
서는 토의 주제와 관련된 내용을 학습자들이 공유하며 함께 생각하는
과정이 필요하다. 특히 수업에 소극적인 학습자나 학습 동기가 낮은
학습자, 말하기에 부담을 갖는 학습자를 위해서는 이러한 과정이 더
필요할 수 있다.[13] 학습자들은 제시되는 정보를 바탕으로 토의 주제를
이해하고 토의의 방향을 설정할 수 있다.[14] 수업 시간에 제시된 기본적
인 자료로 조별 활동이나 기타 수업 활동을 진행하여 토의 주제와 관련
한 브레인스토밍을 전개하는 것도 도움이 된다. 그러한 과정을 통해
다른 사람의 생각을 듣거나 나의 생각을 다양하게 펼치면서 사전 조율
이 가능하기 때문이다. 토의 활동이 진행되기 전에 토의 주제와 관련된
문제를 함께 생각하고 이야기를 전개하면, 학습자가 토의 주제에 대한
이해와 토의의 필요성, 토의의 방향성 등을 설정하는 데 도움을 줄
수 있다. 전체적으로 토의 주제에 대한 배경 지식이나 정보를 사전에
인지하고 다른 사람들의 의견을 반영하면서 토의를 진행하면 수업의
수월성이 보장될 수 있다. 따라서 주제에 대한 사전 정보를 제공하고,
해당 주제에 대해 개인이나 전체가 대비하면서 전략을 세우는 것은
효율적인 토의 수업을 위해 필요한 조치라 할 수 있다. 이상에서 살핀

---

12 '플립드 러닝' 역시 이와 비슷하다. 다만 사전 학습의 유용성은 학습자군에 따른 편차
   가 크기 때문에 이를 보완할 수 있는 방안이 병행되어야 할 것이라고 생각된다.
13 토의 사전 학습은 문성채(2016:304)에서 제기한 문제(무임승차, 봉효과, 빈익빈 부익
   부 같은 부작용)를 해소하는 데에도 도움이 된다. 수업 시간의 정보 공유와 다양한
   말하기 활동의 선행으로 수업에 소극적인 학생들을 자연스럽게 수업 안으로 끌어들
   이는 효과를 거두기 때문이다.
14 학습자들은 수업 시간에 제시된 정보만을 갖고 토의를 진행하지는 않는다. 그러나
   수업 시간에 제시된 정보는 토의 주제와 관련한 다양한 정보 수합에 길잡이 역할을
   할 수 있다.

<표1> 토의 수업을 위한 대비와 전략

분야	내용
학습자의 대비와 전략	- 학습자의 성향과 말하기 능력 파악 - 학습자 간의 공감대, 유대감 형성
교수자의 대비와 전략	- 토의 수업의 목적 이해 - 토의 수업의 운영 방법 숙지
교육 내용의 대비와 전략	- 말하기 기초 이론 학습 - 토의를 위한 말하기 훈련
토의 주제의 대비와 전략	- 토의 주제 관련 배경 정보 습득 - 토의 주제와 관련된 사전 학습

것을 간략하게 표로 보이면 〈표 1〉과 같다.

〈표 1〉에서 보는 바와 같이 토의 수업을 진행하기 위해서는 사전에 대비해야 할 것이 많은 편이다. 토의 수업에서는 교수 학습의 주체인 교수자와 학습자 모두 토의 수업에 대해 숙지하고, 토의 내용 및 방법에 대해 다양하게 대비해야 한다. 그러한 대비가 충족될수록 학습 전략을 심도 있게 모색할 수 있기 때문이다. 말하기 관련 기초 이론은 물론 토의 방법에 대해서도 충실히 대비해야 한다. 그렇게 할 때 토의 활동이 안정적으로, 심도 있게 전개될 수 있다.

3. 토의 수업의 모형과 수업 활동

앞에서는 토의 수업을 진행할 때 고려해야 할 사항을 대비와 전략의 측면에서 간략히 살펴보았다. 학습자에 대한 파악, 교수자의 자세, 말하기 관련 이론 학습, 토의 주제에 대한 배경 학습을 통해 수업 분위기를 조성한 다음에 본격적인 토의 활동이 진행되어야 함을 살핀 것이다.

〈표 2〉 토의 수업의 단계 및 활동 내용

토의 수업은 크게 '도입 → 전개 → 발전 → 마무리'의 네 단계로 구성할 수 있다.[15] 도입에서는 말하기에 대한 기초적인 내용 확인 및 학습자들의 말하기에 대한 실태를 파악한다. 전개에서는 한 학기 동안 진행할 토의 주제 소개와 관련 내용에 대한 배경 정보를 공유한다.[16] 발전에서는 조별 토의 활동을 단계별로 진행하고, 토의 결과를 공유하며 최종적으로 토의 결과를 정리하고 프레젠테이션을 진행한다. 그리고 마무리 단계에서는 한 학기 동안 진행했던 토의 프로젝트에 대한 총평 및 자기 평가, 정리를 진행한다. 이상의 내용을 표로 보이면 〈표 2〉와 같다.

〈표 2〉에서처럼 토의 수업은 크게 네 단계로 구성하는 것이 적절하다. 토의도 말하기의 일종이기 때문에 말하기 방법에 대해 학습하는

---

15 이 글에서 제시하는 토의 수업은 대학의 15주 강의를 기준으로 설계한 것이다. 15주 수업 중 1주 오리엔테이션과 15주 기말고사 기간을 제외한 13주의 수업을 기준으로 한다. 네 단계로 진행되는 15주 토의 수업은 도입 4주, 전개 3주, 발전 4주, 마무리 2주로 구성하여 진행한다.

16 본 토의 수업 설계에서는 매번 토의 주제를 바꾸는 것이 아니라, 주어진 토의 주제를 갖고 한 학기 동안 단계적으로 진행한다. 토의 주제에 대한 이해와 정보 수집, 기초적인 의견 교환이 이루어지고, 이를 바탕으로 문제 해결을 위한 방향으로 전개한다.

것이 도입에 해당되고, 주제에 대한 정보를 습득하여 공유하면서 토의
를 준비하는 것이 전개라 하겠고, 주제에 대해 집중적으로 토의 활동을
전개하거나 토의를 통해 도출된 결과를 발표하는 것이 발전이라 하겠
다. 그리고 토의를 진행하면서 이룬 성과와 의의, 토의를 통한 의사소
통의 효율성 등을 환기하는 부분이 마무리라 할 수 있다. 이를 각 단계
별로 좀 더 구체적으로 살피도록 하겠다.[17]

3.1. 도입

토의 수업의 도입은 말하기의 문을 여는 과정이다. 발표나 토의에
대한 그간의 부담을 내려놓고, 자연스럽게 자신의 생각을 표현할 수
있도록 안내하는 과정이라 하겠다. 학습자들이 토의나 프레젠테이션
등 말하기에 대한 부담을 내려놓을 수 있도록 유도하고, 수업 활동에
적극적으로 참여할 수 있도록 수업 콘텐츠를 안배한다.

토의 수업은 말하기에 대한 개괄적인 내용을 확인하고 각 학습자들
의 말하기에 대한 태도 및 생각을 파악하는 데서 출발한다. 학습자들
대부분은 수업에서의 발표나 토의에 대해 매우 부담스러워한다. 학습
자들은 여러 사람 앞에서 나의 생각을 논리적으로 표현하는 것을 어렵
게 여기고, 그것이 평가의 일부가 된다는 것에 대해 부담을 느끼는
경향이 크다.[18] 따라서 토의 수업의 시작 단계에서는 학습자들의 말하

---

17 2019년 2학기 실제 토의 수업을 '도입, 전개, 발전, 마무리 단계'로 구성, 진행하였고,
제시한 예시 자료(대학생의 쇼핑 문화)를 실제 수업에 활용하였다. 수업 전 설문과
수업 후 설문을 통해 토의 수업에 대한 학생들의 생각과 도출된 학습 결과를 참고하
였다(〈표 2〉 참고).
18 2019년 2학기 토의 수업에서 진행했던 학생들의 학기 초 설문 결과에 따르면, 수업
시간의 발표에 대한 본인의 참여도 질문에 '보통+보통 이하' 응답자가 68% 정도로

기에 대한 생각과 입장을 파악하고, 학습자들의 말하기 실태 등을 확인할 필요가 있다.

학습자들은 사람들 모두가 보편적으로 경험하는 말하기 울렁증을 자신만 갖는 현상이라고 생각한다. 따라서 말하기 울렁증에 대한 이해와 이를 완화할 수 있는 방법 등에 대해 설명하면서 자연스럽게 말하기 무대로 이끌어야 한다. 이러한 과정을 통해 여러 사람 앞에서 말하는 것에 대한 부담을 내려놓게 유도할 수 있다. 말하기 울렁증 테스트로 자신의 상태를 점검하고 말하기 관련 이론 학습으로 말하기에 대한 기왕의 생각을 긍정적인 방향으로 전환할 수 있도록 유도한다.[19]

수업 초반에 이야깃거리를 제시하고 '내 생각 말해보기', '동료와 의견 나누기', '퀴즈 풀고 설명하기', '말놀이 게임' 등 간단한 말하기 활동으로 여러 사람 앞에서 내 생각을 말하는 연습을 진행한다. 그리고 '나의 말하기 실태'에 대한 탐색도 함께 진행하면 좋다. 예를 들어 그간의 말하기 경험 교환, 실태 분석, 말하기 태도, 말하기와 관련하여 학습하고 싶은 내용 등을 설문이나 자유로운 의견 개진을 통해 파악한다.[20] 이러한 과정을 통해 각자의 생각을 자유롭게 표현할 수 있는 수업 분위기가 형성된다. 학습 초반의 재미있고 간단한 말하기 활동은 수업 구성원 간의 신뢰감을 형성하고 긍정적인 수업 분위기를 조성하는 데에도 도움을 준다. 수업 구성원 간의 신뢰는 말하기 활동에 긍정적인 영향을 주고, 긍정적 관계는 조별 활동에서 협업의 상승효과를 거둘 수 있다.

나타났다. 수업 시간의 발표에 대해 부정적인 의사를 표현한 학생들도 다수이다.

19 실제로 수업 시간에 학생들에게 '발표'라는 타이틀을 부과하지 않고 자신의 생각을 편안하게 말할 수 있도록 수업 분위기를 조성해 주면, 대부분의 학생들은 자신의 생각을 자유롭게 이야기한다.

20 이 부분은 첫 시간 강의 시작 설문을 통해 진행하는 방법도 있다. 교과 수강 동기 및 강의 내용 관련 희망사항, 말하기에 대한 자신의 평가 등을 살필 수 있다.

토의 수업의 도입 단계에서는 말하기 관련 이론 학습을 함께 진행한다. 토의 관련 기초적인 내용을 다시 한번 점검하고, 토의 활동을 위해 알아야 할 점, 주의할 점 등에 대해 이론 학습을 진행한다. 수업의 마지막에 있을 프레젠테이션을 위해 발표 방법, 프레젠테이션 노하우 등에 대한 학습도 진행할 수 있다.

3.2. 전개

토의 수업 전개에서는 토의 관련 이론을 바탕으로 미니 토의 활동을 연습한다. 가벼운 조별 활동을 진행하면서, 여러 사람 앞에서 내 생각을 말하는 방법이나 의견을 조율하는 방법 등에 대해 숙지한다. 학습자들은 이 과정을 거치면서 조원들과의 소통이나 의견을 조율하는 방법 등을 경험하게 된다. 그리고 본격적으로 진행할 토의 주제를 선정하고, 토의 주제와 관련된 배경 정보를 공유한다.

토의 주제와 관련하여 다양하게 접근할 수 있도록 수업에서는 여러 각도에서 관련된 정보를 제공한다. 토의를 원활하게 진행하기 위한 전제 조건 중 하나는 토의 주제와 관련하여 다양한 정보를 습득하고 여러 각도에서 문제 해결을 위해 접근을 시도하는 것이다. 토의 주제와 관련된 읽기 자료와 텍스트 등을 간략하게 제공하여 학습자들이 토의 논제와 관련해 다양한 관점에서 생각해볼 수 있도록 안내한다. 예를 들어 토의 주제를 '대학생의 올바른 쇼핑 문화와 방법'으로 설정한다면 우선 현대인에게 나타나는 쇼핑의 특징, 소비문화, 대학생들의 쇼핑에 대한 관점과 쇼핑 방법 등을 읽을거리나 영상자료로 수업 시간에 제시하고, 쇼핑에 대한 다양한 생각을 이끌어내도록 학습 활동을 진행해야 한다. 학습자들이 자신들의 쇼핑에 대한 생각이나 쇼핑 방법, 쇼핑 목

〈그림 1〉 '대학생 쇼핑' 관련 학습 활동지 예시

현대인은 광고에 절대적 영향을 받는 소비패턴을 가지고 있다. 현대인은 광고를 통해 상품에 대한 정보만을 전달받는 것이 아니라 현대 사회를 살아가려면 어떤 식의 소비를 해야 하는지에 대한 기준까지 전달받고 이것을 알게 모르게 주입받는다. 따라서 현대인의 소비는 자신의 필요에 의해 제품을 구매하는 주체적 소비가 아니라, 광고가 은연중 강요하는 이미지에 자신을 맞추기 때문에 맹목적으로 소비하는 비주체성의 모습을 보일 때가 많다.[21]
1. 나는 이런 품목도 사 본 적이 있다. 쇼핑 아이템 소개
2. 나는 쇼핑을 주로 '……'에서 한다. 왜냐하면…
3. 내가 알고 있는 쇼핑 노하우 공개
4. 나의 쇼핑 스타일?

록, 경험 등을 조별 활동으로 진행하는 것도 유용하다. 기존에 발표된 쇼핑에 대한 보도 자료를 활용하는 것도 도움이 될 수 있다.[22] 주어진 관련 자료를 검토하고 수업 활동지를 제공하여 쇼핑에 대한 다양한 의견을 나누어본다. 그리고 쇼핑에 대한 각자의 생각을 정리할 수 있도록 안내한다. 수업 활동지 예시는 〈그림 1〉과 같다.

쇼핑이라는 키워드를 중심으로 학습자들은 각자의 경험을 공유하면서 쇼핑의 특징과 트렌드 등에 대한 생각을 공유할 수 있다. 토의 주제와 관련된 사전 학습이 어느 정도 진행되어야만 토의 활동을 진행할 때 자신의 생각을 적절히 표현할 수 있다. 따라서 학습자들에게 토의

---

21 「올바른 소비생활을 하자」, 『경상매일신문』, 2019. 10. 29 인용.
22 『대학내일』 20대연구소에서 발표한 「2019년 1,534세대의 라이프 스타일」(2019. 7. 19)을 활용하는 것도 유용할 수 있다.

주제와 관련된 기본적인 정보 제공과 함께 주제와 관련된 수업 활동 등을 진행하여, 토의 주제에 대해 관심을 갖고 각자 토의할 내용을 준비하도록 안내한다.

3.3. 발전

앞서의 단계를 거치면서 토의 주제 관련 배경 정보를 습득하고 각자 자료를 정리, 내용을 준비한 다음에는 본격적으로 조별 토의를 진행한다. 〈그림 2〉는 조별 토의 활동지의 일부이다.

조별 토의에서는 대학생들의 소비 패턴과 특징에 대해 의견을 정리한다. 그리고 올바른 소비문화를 만들기 위해 대학생들이 선택할 수 있는 방안에 대한 의견을 모아 정리한다. 다양한 의견 중 가장 합리적이라고 생각하는 의견을 수렴하여 최선의 방안을 선택한다. 그리고 이를 실천할 수 있는 구체적인 방법을 모색해 본다.

수업 시간에 토의 활동을 진행하다 보면 학습자들은 다양한 태도를 보인다.[23] 어떤 학습자는 논제에 맞는 이야기를 잘 언급하지만 어떤 학습자들은 논제에서 멀어지는 이야기를 전개하는 경우도 있다. 또 의견의 충돌이 일어나기도 한다. 조별 토의 활동이 진행되는 동안 교수자는 학습자들의 활동을 지켜보며 적절한 도움을 주어야 한다. 토의 방향을 안내하고, 의견 정리가 잘 안 되거나 조원들끼리 의사소통에 어려움이 있을 때 조력자가 되어야 한다.[24] 교수자는 학습자들이 토의

---

[23] 토의 활동에서 조원들이 적극적으로 의견을 개진하고 다양한 의견을 조율하는 활동이 잘 진행되기 위해서는 수업 활동의 선행이 필요하다. 토의 수업의 도입과 전개 과정을 통해 조원들의 신뢰감, 수업 시간 의견 표현의 자유로움, 의사소통의 원활함 등이 자리 잡고 있어야 한다.

〈그림 2〉 대학생 쇼핑 관련 조별 활동지 예시

토의 주제	대학생들의 소비 패턴을 고려하여, 바람직한 소비문화를 만들기 위한 방안을 논의해 봅시다.
대학생의 소비 패턴과 특징	
소비활동에서 우선 고려할 사항과 이유	
올바른 소비문화를 만들기 위한 방법	
제시된 방안 중 최선의 방안 선택	
선택한 방안을 위한 구체적인 실천 방법	

활동에 적극적으로 참여할 수 있도록 수업 분위기를 유도해야 한다.[25]
조별 활동에서 일부 적극적인 학습자에 의해 토의가 일방적으로 끌려
가지 않도록 해야 하고, 다소 소극적인 학습자들도 토의 활동에 참여할
수 있도록 관찰하며 유도해야 한다. 또한 토의 활동 진행 시간을 사전
에 명확히 고지하여, 제한된 시간 안에 활동이 마무리될 수 있도록
안내해야 한다.[26]

　　조별 토의를 통해 모인 의견을 정리하여 조별로 간단히 발표하며
서로의 의견을 비교하는 것도 좋다. 조별 토의 결과를 발표하는 과정에서
학습자들은 다른 조에서 나온 토의 결과에 대해 질문하거나 첨언하면서
다양한 의사소통 활동을 진행하게 된다. 토의 활동을 통해 함께 의견을

24　교수자는 토의 내용 전개에 직접적으로 개입하는 것보다는 토의 활동 자체에 대한
　　조력자가 되어야 한다.
25　특히 수업에서 소극적인 학생들의 경우는 이러한 사전 활동이 더욱 중요하다. 교수자
　　는 수업 시간에 자신감이 없거나 수업 참여에 소극적인 학생들도 동참할 수 있도록
　　유도해야 한다.
26　토의 활동뿐만 아니라 실습 수업의 경우 매 활동에 대한 진행 시간을 정확히 고지할 필
　　요가 있다. 시간 고지는 활동에 대한 집중력을 높이고, 전체 진행을 원활하게 하는 방법
　　이다. 따라서 수업 중 실습 활동에서는 매번 진행 시간을 알려주는 것이 효과적이다.

모으고 정리하면서, 그리고 조별 토의 결과를 공유하는 발표를 통해 학습자들은 협업의 중요성과 소통의 기능과 의미를 경험하게 된다.

토의 결과는 일목요연하게 정리하여 프레젠테이션으로 마무리한다. 프레젠테이션의 경우도 대부분 조별로 대표자 혼자 나와서 진행하는 경우가 많은데, 조원 모두 앞으로 나와 프레젠테이션 활동에 동참하는 것도 좋다. 프레젠테이션은 한 명이 진행하지만, 이후 Q&A 시간을 활용하여 조원들이 돌아가면서 답변하는 것도 하나의 방법이다. 학습자들은 프레젠테이션을 함께 준비하며 발표 자세 및 방법을 배울 수 있고, 질문에 대한 답변에서도 역할 분담으로 발표에 대한 책임의식과 공동체의식을 체득할 수 있다.

3.4. 마무리

토의 활동과 프레젠테이션까지 마친 다음 마무리 단계에서는 토의 활동에 대한 각자의 총평과 자기평가를 진행한다. 다른 학습자들의 활동에 대한 나의 분석 및 평가도 중요하지만 자기 활동에 대한 자기 정리 활동 및 평가도 중요하다. 한 학기 동안 진행한 토의 활동에 대한 자기평가를 통해 부족했던 점, 발전적인 점, 그리고 변화된 점 등 자기 활동에 대한 종합적 정리는 앞으로의 말하기에 큰 도움이 될 수 있다.[27] 교수자는 한 학기 동안 진행된 토의 활동에 대한 피드백 및 총평을 제시하고 토의의 의의와 중요성을 상기시킨다. 강의의 마지막 단계이기에 강의 종료설문을 진행하여 수업을 개선하는 데도 도움을 받도록

---

27 수업 여건이 가능하면 학생들의 토의 활동에 대한 교수자의 총평도 함께 제시되면 좋다.

한다. 학습자들은 종료설문을 진행하면서 토의 활동을 집중적으로 진행하는 수업에 대한 생각과 효과적인 의사소통의 방법 등을 다시 한번 상기할 수 있다.[28] 이 과정은 토의 수업을 마무리하는 의미도 있고, 학습자들에게 한 학기 동안 진행했던 토의에 대해 종합적으로 판단하는 계기를 제공하는 것이기도 하다.

4. 토의 수업을 통한 말하기 학습의 효과와 제언

토의 수업은 학습자들이 토의 논제와 관련된 배경 지식의 습득과 이론적인 학습 등 준비 단계의 활동을 진행한 후, 본격적으로 토의 활동을 진행한다. 이후 토의 결과를 정리하여 프레젠테이션을 실시한다. 토의 수업은 토의 활동을 위한 사전 학습, 토의 활동, 사후 학습의 세 과정으로 구성된다. 이러한 과정의 토의 수업을 통해 말하기 학습의 효율성을 제고할 수 있다.

---

28 토의 수업의 마무리에서 진행했던 강의 종료설문에서 학생들은 토의 수업에 대한 다양한 의견을 제시했다. 학생들이 제시한 의견의 일부를 소개하면 다음과 같다.

서로의 의견을 들어볼 수 있다.
나와 다른 생각을 가진 여러 사람들과 이야기를 나눠볼 수 있다.
발표나 토의에서 어떤 부분이 잘 안 되는지 알게 되었고 다른 사람과의 협업을 통해 발전하는 내 모습을 볼 수 있었다.
협동심을 기를 수 있었다.
다른 사람의 이야기를 귀 기울여 들을 수 있었다.
내 생각을 이야기하고 내 생각과는 다른 의견을 들으니 같은 주제에 대해 여러 시각으로 접근할 수 있어서 신기했다.
소수의 의견이 무시되지 않고 존중되는 것이 좋았다.
사람들과 어떻게 이야기하고 의견을 나눠야 하는지 알게 되었다.
발표울렁증이 있었는데 조별 활동을 통해 발표하니 자신감을 갖고 할 수 있었다.

첫째, 토의 활동으로 학습자들의 학습에 대한 동기 부여와 성취감을 고취시킬 수 있다. 학습자들은 한 학기 동안 토의 주제에 대해 단계적으로 접근하며 다각적으로 고민하는 과정을 경험한다. 그리고 최종적으로 구성원의 의견을 조율한 종합적 결론을 도출한다. 그러한 과정을 통해 여러 사람과의 협업의 중요성과 의견 조율을 통한 집단 의사소통의 중요성을 인식하게 된다. 토의 주제와 관련해 혼자 고민할 때의 결론과 조원 및 여러 사람들과 생각을 공유하며 고민할 때의 결론이 달라지는 것을 보고 집단 사고의 중요성을 인식하기도 한다.[29] 토의 활동은 일차적으로는 제시된 토의 주제와 관련하여 최선의 결과를 도출하는 것이지만, 문제를 해결하는 각 과정에 동참함으로써 학업에 대한 동기 부여가 제고될 수 있고 그에 따른 성취감도 남다를 수 있다.

둘째, 토의 활동으로 자기 주도적 학습 태도를 기를 수 있다. 토의 활동을 진행하기에 앞서 제시되는 다양한 학습 활동을 통해 학습자들은 단순히 교수자의 지식을 전달받는 것이 아니라 자신의 입장에서 문제에 대해 생각하고 다양한 각도로 접근하게 된다. 관련 과제를 해결하며 자연스럽게 자기 주도적 학습 활동이 가능해져 학습에 대한 자세를 교정해 나갈 수 있다. 수동적으로 받아들이는 것보다 능동적으로 생각하고, 의견을 표현하며 자신의 생각을 다듬어 가는 경험을 통해 자기 주도적 학습 태도를 갖게 되는 것이다.[30] 제시된 주제와 관련해 의문을 갖는 것은 능동적으로 사고하고 있음을 의미한다. 학습자들은

29 김성희(2007:38)에서 토의 능력은 토의자가 협동적 사고력을 바탕으로 토의 주제를 이해, 분석, 판단하고 열린 태도로 말하기와 듣기의 전략을 구사하며 합리적이고 비판적이며 균형 잡힌 의사소통을 전개할 수 있는 능력이라고 설명한다.
30 학습자들은 토의 활동이 진행되면서 처음에는 설명해 주는 지식에 의존하지만, 점차 토의 주제와 관련해 의문을 갖고 생각한 내용을 질문하면서 사고 영역을 확장하였다.

의문을 제시하고 서로 질문하며, 생각의 깊이를 더해가는 활동을 진행하면서 학습 전반에 걸쳐 능동적인 학습 태도를 갖게 된다. 이러한 학습 태도의 함양은 다른 교과의 학습에도 긍정적인 영향을 미치기 마련이다.

셋째, 토의 활동을 통해 의사소통 능력을 함양할 수 있다. 토의 활동을 진행하면서 학습자들에게는 여러 사람 앞에서 자신의 생각을 말하는 기회가 주어진다. 학습자들은 처음에는 다소 어색해 하지만 강의가 진행될수록 말하기를 부담스러워하지 않는다. 점진적으로 의견 교환의 영역이 확산되고, 나중에는 조원 전체 앞에서 정리된 의견을 발표하게 된다. 이는 공적 말하기에 대한 자신감으로 이어지며, 궁극적으로는 발표 및 프레젠테이션에 대한 긍정적 수용 및 적극적 자세를 갖게 한다. 실제로 학습자들은 처음에는 조별 말하기나 간단한 발표조차 어려워했으나, 토의 활동과 관련된 다양한 학습 활동에 참여하면서 점차 말하기에 대한 흥미뿐만 아니라 자신감 있는 태도를 보이기도 했다.[31] 같은 주제를 갖고 한 학기에 걸쳐 배경 정보부터 시작해서 다양한 관점의 문제, 해결 방안 등을 여러 학습자들과 공유함으로써 타인과의 의견 교환 및 조율 능력을 함양하게 된다. 나의 주장만 고집하지 않고, 타인의 의견에 편승하지도 않으며 객관적인 의견을 존중하는 자세를 습득하게 된다.[32] 토의는 타인을 존중하는 자세 등을 통해 공동체의 일원으로서 자신에 대한 자존감이나 정체성을 형성하는 데에도 긍정적인 영

---

31 이는 학생들이 토의나 토론, 또는 발표 등과 같은 공적 말하기 환경에 많이 노출되지 못했기 때문이기도 하다. 입시 위주의 교육 과정이 학생들의 의견 표현이나 발표의 기회를 박탈하면서, 학생들은 점점 공적 말하기에 대한 부담과 불편을 갖게 된 것이다.
32 실제로 학습자들에게 설문한 결과, 토의 활동을 해보지 않아서 낯설고 어색했지만 토의의 본질과 특징을 이해하며 실습하면서 함께 만드는 의견이 성취동기를 높이고 학습만족도도 올라간다고 응답했다.

향을 미친다.

넷째, 토의 활동을 통해 융합적 사고력과 종합적 판단력을 함양할 수 있다.[33] 학습자들은 토의 주제와 관련해 자신의 생각과 타인의 생각을 공유하면서 좀 더 합리적인 해결책, 기발한 아이디어 등을 찾으려 노력한다. 그러는 과정에서 융합적인 사고도 가능할 수 있다. 다양한 전공의 학습자들이 모여 토의를 진행하다 보면 사고 과정이나 방법 등의 차이를 경험하게 된다. 이 과정에서 서로의 생각을 조율하고 이들을 어떻게 결합하면 더 좋은 결론을 도출할 수 있을지 고민한다. 이처럼 토의 활동은 학습자들의 융합적 사고력을 함양하는 데 시너지 효과를 줄 수 있다.

효과적인 토의 수업을 위해 고민해야 할 점도 있다. 먼저 토의 수업의 적정한 인원을 고려해야 한다. 대다수 대학의 수업은 30~50명 정도의 인원으로 진행된다. 효과적인 토의를 위해서는 참여 인원이 적을수록 좋을 수 있다. 토의 활동을 진행하기에 적절한 수강생의 수를 정할 필요가 있다. 다음으로 토의 수업을 위한 학습 환경도 고려해야 한다. 조별 활동이 가능한 공간이 있어야 하고, 자유롭게 의견을 개진할 수 있는 강의실 환경이 필요하다. 이것은 학교 당국의 행정적 지원이 수반되어야 하겠다. 그리고 평가 방식에 대해서도 고려가 필요할 것이다. 관례화된 상대평가는 토의 수업과 같은 활동 중심의 수업에서는 효과적이지 않다. 수업을 통해 학습자들의 말하기 능력의 변화를 이끌어내

---

33 김민성 외(2019:259)에서는 '효과적인 토의는 토의 과정에서 이루어지는 질문, 이에 대한 설명의 상호작용을 통해 학습자들의 생각의 명료화와 정교화를 도우며, 서로의 의견을 교환하면서 자신의 생각에 대해 깊이 성찰하게 함으로써 비판적 사고나 통합적 사고를 수행하도록 이끈다'(Koschmann et al:1996; Levin:1995; Retnawati, Djidu, Apino & Anazifa:2018)고 설명한다.

고 이것이 평가에 반영될 수 있어야 한다. 말하기를 정량적으로 평가하는 것도 쉽지 않기에 상대평가보다는 절대평가가 합리적일 수 있다. 평가에 대한 심도 있는 고민과 효율적인 방안이 필요한 이유이다. 토의 수업을 위한 교수자의 노력도 필요하다. 교수자는 토의 수업을 위한 교수법을 숙지해야 한다. 토의 수업을 담당하는 교수자 간의 정보 교류 및 협동 연구도 수반되어야 한다. 토의 수업 사례 분석을 통해 수업에 대한 객관적인 분석 및 수업 운영 방식에 대한 논의도 활성화되어야 하겠다.

5. 나오기

이 글에서는 의사소통 능력 향상을 위한 토의 수업에 대하여 살펴보았다. 먼저 토의 수업을 위한 대비와 전략을 검토한 다음에 토의 수업의 구성과 수업 활동 방안을 모색하였다. 이를 바탕으로 토의 수업을 통한 말하기 학습의 효과를 살펴보았고, 이어서 효과적인 토의 수업을 위해 필요한 사항을 제언하였다. 이상의 논의를 요약하면 다음과 같다.

첫째, 토의 수업을 위한 대비와 전략을 검토하였다. 토의 수업은 학습자들이 능동적으로 참여해야 가능하다. 더욱이 여러 사람들 앞에서 자신의 의견을 말로 표현해야 하기에 말하기 관련 사전 학습이 수반되어야 한다. 말하기와 관련된 기초적인 이론을 학습하고, 부담 없이 말할 수 있는 분위기 조성을 위한 사전 활동도 진행해야 한다. 그리고 주제와 관련된 정보를 획득함으로써 본격적인 토의가 진행될 수 있도록 준비해야 한다. 이러한 제반 사항을 일일이 확인하는 것은 토의 수업에 대한 대비이면서 전략이라고 할 수 있다.

둘째, 토의 수업의 구성과 수업 활동을 살펴보았다. 이것은 실제 진행한 수업 사례를 모형으로 하여 살핀 것이기도 하다. 토의 수업을 도입·전개·발전·마무리 단계로 구성하고 각각의 단계별로 진행한 학습 내용을 명시하였다. 도입에서는 본격적인 토의 활동이 진행되기 전에 학습자를 파악하고, 말하기에 대한 인식 변환, 말하기와 관련된 기초지식을 학습한다. 전개에서는 토의 주제와 관련된 정보를 공유하고 조별 말하기나 미니 토크를 진행하여 토의 분위기를 고취한다. 발전에서는 주제에 대해 집중적으로 토의하면서 결과를 도출하고, 도출된 결과에 대해 조별로 문답을 진행한다. 이어서 토의 내용을 정리하여 발표하고 전체 동료의 질의와 응답은 물론 평가를 받기도 한다. 마무리에서는 토의 활동에 대한 총평과 함께 토의 활동의 의의를 확인한다.

셋째, 토의 수업을 통한 말하기 학습의 효과를 검토하였다. 토의 수업은 집단 말하기의 일환이다. 그러한 특성 때문에 토의 수업을 진행하면 다양한 효과를 거둘 수 있다. 학습자 누구든 참여해야 하기 때문에 학습에 대한 동기 부여와 성취감이 고취될 수 있다. 모두가 의견을 개진하고 좋은 방안을 모색하는 과정에서 자기 주도적인 학습 태도를 기를 수 있을 뿐만 아니라 여러 사람과 의견을 조율하며 의사소통 능력도 키울 수 있다. 게다가 다양한 학과의 학습자들이 모여 의견을 나누기 때문에 집단 지성의 중요성을 인식할 수 있고, 이를 토대로 융합적 사고력과 종합적인 판단력도 제고할 수 있다.

넷째, 토의 수업이 목표한 대로 진행되기 위해서는 선결되어야 할 문제도 없지 않다. 토의 수업의 교육적인 효과를 높이기 위해서는 수강 학생의 정원을 줄여야 하고, 조별 토의를 진행할 공간이 확보되어야 한다. 뿐만 아니라 토의 수업의 평가 방법에 대한 숙고도 필요하다.

토의 수업은 교수자와 학습자가 함께 만들어가는 소통 교육이라고 할 수 있다. 교수자의 토의 수업에 대한 준비, 학습자의 토의 수업에 임하는 자세, 교육 콘텐츠 및 환경 등의 조화가 좋은 토의 수업을 만드는 자양이 될 것이다.

참고문헌

김민성 외, 2019, 「플립드러닝형 대학 수업에서 사전학습과 수업참여와의 관계: 소집
    단 토의 발화 분석을 중심으로」, 『교육심리연구』 33-2, 한국교육심리학회,
    257~288쪽.

김백희·김병홍, 2014, 「플립드 러닝을 기반으로 한 역할 교체식 토의수업 방안 연구」,
    『우리말연구』 37, 우리말연구학회, 141~166쪽.

김성희, 2007, 「토의 능력 신장을 위한 토의 교육의 내용 연구」, 『사회언어학』 15-2,
    사회언어학회, 31~55쪽.

김윤정·장옥선·김현영, 2020, 「토의(disscussion) 기반 수업에 대한 대학 내 인식
    연구」, 『학습자중심교과교육연구』 20-4, 학습자중심교과교육학회, 579~605쪽.

나은미, 2011, 「대학 토론 교육의 비판적 검토 및 개선 방안」, 『화법연구』 19, 화법학
    회, 241~269쪽.

문성채, 2016, 「대학교양에서 토의식 수업이 대학생의 의사소통능력, 문제해결력,
    지도력에 미치는 영향」, 『수산해양교육연구』 28-1, 한국수산해양교육학회,
    300~314쪽.

_____, 2019, 「대학생의 합리적 의사결정 교육을 위한 패널 토의수업 모형 개발」,
    『수산해양교육연구』 31-2, 한국수산해양교육학회, 562~573쪽.

박진우·임철일, 2016, 「육군 학교교육의 플립러닝 기반 상황위주 토의식 수업을 위한
    교수 전략 개발 연구」, 『교육공학연구』 32-4, 한국교육공학회, 771~808쪽.

(사)한국기업교육학회, 2010, 『HRD 용어사전』, 중앙경제사.

이정민, 2012, 「대학 수업에서 토의법 적용 질적 다중 사례 분석」, 『교육방법연구』
    24-2, 한국교육방법학회, 447~475쪽.

장경원, 2020, 「대학수업에서 하크니스 토의 활용 사례 연구」, 『학습자중심교과교육
    연구』 20-9, 학습자중심교과교육희회, 595~620쪽.

장선영·김혜진, 2019, 「대학 인문학 토의·토론 단계별 주요 요인 우선순위 분석」,
    『학습자중심교과교육연구』 19-2, 학습자중심교과교육학회, 337~354쪽.

장혜영, 2012, 『발표와 토의』, 커뮤니케이션북스.

정문성, 2019, 『토의·토론 수업방법 84』, 교육과학사.

최영인, 2007, 「토의 능력 신장을 위한 교육 내용 연구」, 서울대학교 국어교육과 석
　　　사학위논문.

황순희, 2011, 「PBL 기반 〈토의〉 수업 모형의 구현과 평가: 부산대학교 수업개발
　　　사례를 중심으로」, 『공학교육연구』 14-4, 한국공학교육학회, 88~96쪽.

체험 수업을 활용한 말하기 교육

1. 들어가기

이 글은 대학에서 말하기 교육의 필요성을 전제로 체험 중심 말하기 수업 모델을 개발함으로써 학생들의 말하기 능력을 제고하는 데 목적이 있다.

말 잘하는 사람이 주목받는 시대가 되었다. 말하기 능력을 십분 보여줘야 하는 시대이다. 현대 사회는 다양한 정보를 주고받으며 이에 대한 자신의 생각과 느낌을 표현하고, 타인의 생각과 느낌을 수용할 수 있는 소통 능력을 요구한다. 소통하지 않고 살아갈 수 있는 사람은 없기 때문이다. 따라서 제대로 이해하고 제대로 표현할 줄 아는 소통 능력이야말로 현대 사회에서 요구되는 가장 기본적인 사항이다.[1]

---

[1] 경제협력개발기구 국가 중 미국·핀란드·노르웨이 등 9개국 대학생들을 대상으로 한 세계대학교육의 질을 평가하는 AHELO(Assessment of Higher Education Learning Outcomes), 대학생의 역량강화 및 진로개발 지원, 대학의 교육역량강화를 위해 교육과학기술부와 한국직업능력개발원의 주도하에 개발된 대학생 핵심역량 진단 시스템(K-CESA, Korea Collegiate Essential Skills Assessment), 미국의 대학 학습평가인 CLA(Collegiate Learning Assessment)와 대학성취정도를 나타내는 MAPP(Measure of Academic Proficiency and Progress) 등에서 의사소통역량에 대한 평가는 필수이다(「운명처럼 말하고 글쓰는 대학생」, 『경북매일』, 2015. 3. 19).

'직장생활을 하는 데 있어 기술자에게도 기술 자체와 관련된 능력보다 의사소통 능력이 더 필요하다'[2]는 임재춘(2003:26)의 언급처럼 의사소통 능력의 사각지대는 존재하지 않는다. 그리고 이러한 의사소통 능력을 위한 가장 기초적인 방법이 말하기와 글쓰기이다. 특히 대학생들은 대학에서 발표나 프레젠테이션을 진행할 때 자신의 생각을 제대로 표현할 줄 아는 능력을 요구받는다. 나아가 취업이라는 현실적인 문제와 부딪힐 때는 자신의 생각을 더 명확하고 논리적으로 말해야 한다. 그러기에 대학생은 말하기 강좌 또는 말하기 교육을 통해 자신의 말하기에 나타나는 문제점을 찾아 보완해야 한다.[3]

이 글에서는 대학생들이 말하기 능력을 함양할 수 있도록 말하기 체험 수업 모델을 구축하고자 한다. 수업은 말하기 관련 이론을 먼저

---

2 임재춘(2003:26~27)쪽 인용.

미국에서 성공한 기술자 4천 명을 대상으로 "직장에서 가장 필요한 학과목은?"			
순위	학과목	순위	학과목
1	경영학	11	컴퓨터
2	Technical Writing	12	열전달
3	확률과 통계	13	기기 사용 및 측정
4	발표	14	데이터 처리
5	창의	15	시스템 프로그래밍
6	개인 간 인화	16	경제학
7	그룹 간 인화	17	미분학
8	속독	18	논리학
9	대화	19	경제 분석
10	영업	20	응용 프로그래밍

3 사회 환경이 이러하기 때문에 대학생들은 자신의 생각을 타인 앞에서 자신 있게 말하는 능력을 희망한다. 말하기 강좌의 필요성에 대해 대학생 60명을 대상으로 조사한 결과 '매우 필요하다'가 53.3%, '필요하다'가 40%로 나타났다. 말하기 교육이 필요하다고 생각하는 이유에 대해서는 '원활한 의사소통을 위해서'가 41.67%, '자신의 말하기에 나타나는 문제점을 해결하기 위해서'가 40%였다.

학습하고, 말하기 체험 활동으로 구성한다.[4] 구체적으로 '말하기 이론 학습 → 말하기 내용 준비(대본 준비) → 말하기 체험 활동 → 피드백을 통한 수정·보완'으로 설계·진행한다. 이를 위해서는 말하기 활동에 대한 부정적 인식과 수동적인 수업 태도의 시정이 필수적이다. 말하기 수업과 실습 활동에 대한 인식 전환이 선행되어야 한다.

체험 활동 중심의 말하기 수업 설계의 거시적 목적은 말하기를 통한 자기 표현력 함양과 이를 통한 원만한 인간 관계의 형성이라 할 수 있다. 체험 활동 중심 말하기 수업의 시작은 자신의 생각을 정확하게 표현하는 데 있다. 하지만 실제 의사소통 현장에서는 자신의 생각을 제대로 표현하지 못하는 화자가 아주 많다. 수업 시간에 자신의 생각을 조리 있게 표현하지 못하는 대학생도 상당수이다. 학생들에게 효과적이면서도 실질적인 도움이 되는 말하기 강의가 절실하다. 따라서 이 글에서는 말하기 수업의 필요성을 인식하고, 말하기 체험 활동을 중심으로 수업 모델을 구축하고자 한다.[5] 진부할 수 있지만 소통 능력을 함양하기 위해서는 직접 말해보고 문제점을 수정하는 것이 첩경일 수 있다. 이에 말하기 체험 활동 수업을 통해 타인과의 의사소통 및 정보

---

4 학생들의 설문 조사 결과, 희망하는 수업 유형으로는 이론과 실습 병행이 71.66%, 실습 위주의 수업이 25%, 이론 중심의 수업이 3.33%로 조사되었다. 학생들은 말하기 수업에서 실제적인 말하기 능력 향상을 희망하고 있다.

5 이광우 외(2004:141~142)에서는 '체험 학습은 학습자의 흥미와 관심, 욕구를 바탕으로 대상물에 대해 학습자가 자발적으로 혹은 적극적으로 참여하는 형태의 교육 활동으로, 대상물과의 직접적인 경험이나 접촉을 전제로 모든 감각을 통하여 느끼며 수행해보는 모든 유형의 교육 활동'이라고 정의한다. 김순임 외(2012:33~54)에서는 대학생 체험 학습으로 '봉사학습, 경험학습, 협력학습'을 하위유형으로 제시한다. '체험'은 '자기가 몸소 겪음. 또는 그런 경험'을 의미한다(《표준국어대사전》 참조). 따라서 '체험 학습'은 교실에서 배운 이론을 현장의 경험을 통해 내용을 체득하는 것이라 할 수 있다. '체험'의 [+경험]에 의거해 이 글에서의 체험 학습은 이론으로 배운 말하기 원리와 기술을 실제로 경험하여 익히는 것으로 정의한다.

교환의 수월성을 제고하고, 나아가 자아와 세계의 소통을 강화하여 올바른 세계관 정립에 도움을 주고자 한다. 이것이 말하기 체험 활동 수업이 지향하는 궁극적인 목표이다.

2. 말하기 수업의 개설 현황

사회에서 요구하는 말하기 능력의 필요에 대해 대학에서도 깊이 인식하고, 이를 위해 다양한 교육 콘텐츠를 준비·운영하고 있다.[6] 각 대학에서는 학생들이 말하기 능력을 기를 수 있도록 다양한 강좌를 필수 이수, 선택이수, 혹은 자유이수 등의 영역으로 분류하여 운영하고 있다. 말하기 강좌의 유형은 이론 중심 강좌, 실습 중심 강좌, 이론 실습 병행 강좌 등으로 나누어볼 수 있다. 교과목 유형으로는 교양 필수로의 '교양국어', 교양 선택으로의 '말하기'나 '소통', 국어국문학과나 국어교육학과의 전공 선택인 '화법' 또는 '의사소통' 등이 있다. 김현정(2013)에서 제시하는 말하기 관련 강좌 개설 현황의 일부를 인용하여 소개하면 〈표 1〉과 같다.[7]

이처럼 여러 대학에서 말하기 관련 강좌를 개설·운영하고 있는데 시간이 갈수록 확대되는 추세이다. 전공과목으로 말하기 관련 강좌를 개설하는 대학도 상당수이다.[8] 이 외에도 비정규 교과로 말하기 관련

---

6   전은진(2011:172~177)과 전은주(2014:25~28)에 의하면, 외국에서 말하기 강좌를 운영하는 대학으로 하버드대학에서는 대중적 말하기 강좌를 운영하고, MIT는 1년에 한 번은 의사소통 집중과목을 이수해야 하며, 스탠포드대학의 경우는 말하기 관련 과목을 워크숍의 형태로 세 번 이상 이수해야 한다.

7   김현정(2013:605~606) 인용.

8   충남대, 한남대, 공주대, 대전대의 '의사소통 교육론', 목원대의 '화법과 언어예절',

<표1> 국내 대학 '말하기' 관련 개설 교과목 현황 예시

	대학	교과목명	교양영역		대학	교과목명	교양영역
1	경북대	실용 화법	핵심교양	10	전남대	화술의 이론	일반교양
2	경희대	창의적 소통	자유 이수	11	전북대	현대인의 리더십과 토론	일반교양
3	고려대	국어예절과 화법	자유 이수			토론과 면접실기	특성교양
		프레젠테이션	자유 이수			스피치와 프레젠테이션	특성교양
4	부산대	열린 생각과 말하기	교양필수			커뮤니케이션 기법	일반교양
5	서강대	리더십과 의사소통	중핵 자유선택	12	중앙대	독서와 토론	공통교양
		의사소통의 기법	중핵 자유선택			언어와 의사소통	핵심교양
		발표와 토론	중핵 자유선택			인터뷰와 프레젠테이션	선택교양
6	서울대	말하기	학문의 기초	13	카이스트	커뮤니케이션	교양필수
		국어화법	일반교양	14	포스텍	설득의 전략과 태도 변화	교양선택
7	성균관대	스피치와 토론	성균 중점교양			발표와 토론	자유선택
		말하기	일반교양	15	한양대	세상을 움직이는 커뮤니케이션	핵심교양
8	숙명여대	발표와 토론	교양필수			말과 현대생활	일반교양
9	연세대	말하기와 토론	필수교양				

교육 프로그램을 운영하는 대학도 많아지고 있다. 즉 부설교육기관을 통해 학생들의 말하기 능력 신장을 위한 다양한 교육 콘텐츠를 제공하고 있다.[9]

'의사소통 교육론', 배재대의 '화법과 의사소통' 등이 전공 교과로 운영되는 말하기 관련 강좌들이다.

9 예를 들어 경희대 호모커뮤니쿠스, 목원대 말하기클리닉 등에서 의사소통 관련 비교과 교육 프로그램을 운영하고 있다.

대학에서 말하기 교육의 중요성을 인식하였을지라도 현실적으로 이를 운영하는 데 따른 여러 가지 문제 때문에 쉽게 개설하지 못하는 경우도 있다. 수강 정원 문제, 강좌 개설 문제, 효율적인 교육을 위한 교육 인프라 구축 문제, 말하기 수업을 탄력적으로 운영할 수 있는 공간 문제, 말하기 실습 및 피드백 제공 관련 인력과 기자재 문제 등으로 인해 강좌 개설이 쉽지 않다. 실제 대학에서 설강되는 대다수 강좌의 수강생이 너무 많아 발생하는 문제도 상당하다. 특히 말하기 관련 강좌의 경우 일 대 일 피드백을 제공해야 하는 교육 활동 때문에 부담감이 상당할 수 있다.

사회에서 요구하는 말하기 능력 함양에 대한 교육을 대학에서는 더 이상 외면할 수 없는 상황이다. 특히 사회 진출을 위한 단계에서 접하는 면접이나 프레젠테이션 등이 강화되면서 말하기 교육의 필요성은 더욱 커지고 있다.[10] 이를 감안하면 말하기 강좌의 구축 및 개설은 필수적인 사항이라 할 수 있다.

3. 체험 중심 수업의 이론적 배경

효과적인 교육을 위한 교수 방법은 아주 다양하다. 그중에서 말하기 능력 함양을 위해 선택한 교수법은 체험 활동 수업이다. 7차 교육과정에서는 체험과 토론을 통한 학생 중심의 체험 학습을 강조하고 있다.[11]

---

10 또한 각 기업에서 대학생을 대상으로 하는 각종 체험 활동 프로그램의 경우에도 간단한 말하기로 인터뷰하고 합격 여부를 판단하는 경우가 많아져 대학생들에게 말하기 능력이 필수로 요구되고 있다.

11 7차 교육과정에서 강조하는 교과 학습에서의 체험 활동의 내용은 다음과 같다.

말하기 능력 함양을 위해서는 학생 스스로 경험하고 오류를 수정하는 방법이 효과적일 수 있다. 자신의 말하기 활동에 나타나는 문제를 하나씩 확인하고 수정하는 노력을 통해서 말하기 능력이 신장될 수 있기 때문이다.

체험 중심 말하기 수업은 존 듀이(John Dewey)와 쿠르트 레빈(Kurt Lewin)의 경험이론의 장점을 활용한다. 이광우(2004:9)에서는 듀이의 교육적 경험은 시작, 과정, 끝이 있는 계속성을 갖는 완결된 경험이라고 제시한다. 정윤경(2011)에서는 듀이의 체험 학습은 경험을 통해 얻은 지식을 문제에 적용, 해결하여 의미를 인식한다고 요약한다.[12] 한편 김영진 외(2007:5)에서는 레빈의 장이론을 토대로, 집단적 체험 활동을 통해 공동의 목표를 달성하는 것이 체험 교육이라고 언급한다.

경험이론의 공통점은 학생이 '경험을 통해 체득하는 교육 내용이 학생의 내면에 잘 스며든다'는 것이다. 곧 교육 활동의 처음부터 끝까지 학생이 직접 참여하여 문제를 찾고 이를 수정하면서 최종 목적지에 도착하기에 교육의 수월성이 뛰어나다. '무엇이든 직접 경험을 통해

> (14) 각 교과 활동에서는 학습의 개별화가 이루어지도록 하고, 발표·토의 활동과 실험, 관찰, 조사, 실측, 수집, 노작, 견학 등의 직접 체험 활동이 충분히 이루어지도록 유의한다.

(…) 우리나라의 학급당 학생 수가 대도시와 개발 지역을 제외한 전국에서 급격히 감소하고 있는 현실을 고려할 때, 교실 내 강의식 수업에서 과감히 탈피하여 발표·토의 학습을 통해 자율적으로 문제를 탐색하고 해결 방안을 모색하는 과정에 익숙해지도록 학습 방법을 개선해 나가야 하며 실험·관찰, 조사, 수집, 노작, 토론, 견학 등 직접적 체험 활동 중심의 학습과 함께 학습의 개별화가 이루어지도록 노력해야 한다. 이제는 지식 쌓기보다는 '학습하는 방법의 학습', '자율적인 학습', '창의성을 길러 줄 수 있는 학습'이 필요한 시대이다(교육과학기술부, 「7차 중학교 교육과정해설서」참조 인용).

12 그는 또한 체험 활동은 교과에 부수되는 것이 아니라 온전한 인간을 기르기 위한 교육본질을 추구하는 방안으로 이해되어야 한다고 주장한다(정윤경:2011:91).

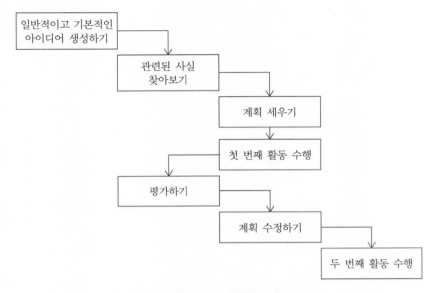

〈그림 1〉 레빈의 역동적 체험 학습 모형

얻은 지식은 쉽게 잊히지 않음'을 전제하고 교육 활동에 적용한 것이
다. 이에 학생이 학습 내용을 직접 경험하고 활동하는 것을 '체험 활동'
이라 규정하고, 체험 활동 중심의 수업 모형을 설계하고자 한다.

이 글에서는 김영진 외(2007)에서 소개한 Lewin(1970)의 역동적 체
험 학습 이론을 체험 중심 말하기 활동 수업에 적용하여 수업 모델을
구축하고자 한다. 김영진 외(2007)에서 제시한 레빈의 역동적 체험 단
계의 모형은 〈그림 1〉과 같다.[13]

〈그림 1〉에서처럼 체험 활동을 중심으로 한 교육 과정은 학생 스스
로 계획을 수립하고 체험 활동을 전개한다. 여기에 피드백을 통해 다시
한번 학습하도록 기회를 부여한다. 이 과정에서 학생들은 문제점을

---

13 김영진·김영환·정지언(2007:5) 인용.

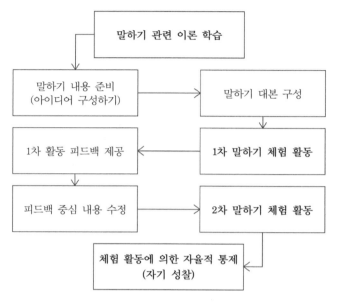

〈그림 2〉 체험 활동 중심의 말하기 수업 모형

찾아 적극적으로 개선하려 노력한다. 이것이 레빈의 체험 학습 활동 모형이라고 할 수 있다.

체험 중심 말하기 수업 역시 이를 기반으로 진행한다. 학생 스스로 자신의 말하기 활동 전반에 대해 계획하고, 이를 실행한 후 제공받은 피드백을 바탕으로 다시 한번 말하기 활동을 전개하여 말하기 능력을 함양한다. 따라서 앞서 제시한 레빈의 역동적 체험 학습 모델을 바탕으로 구축한 체험 중심 말하기 수업 모델을 제시하면 〈그림 2〉와 같다.

말하기 활동을 두 번의 체험 활동으로 구성하고. 그 앞뒤에 관련 이론 수업과 자기 성찰 활동을 배치한다. 먼저 이론으로 체험 중심 말하기 활동의 준비사항과 주의해야 할 점을 확인하고, 이어서 체험 중심 말하기 활동이 전개된다. 체험 활동 이후에는 자기 성찰지를 통해 자신의 말하기 활동을 정리·평가함으로써 다시 한번 학습한다. 그렇게 하여 체험 중심 말하기 활동의 기-서-결이 완결된다.[14]

4. 체험 중심 말하기 수업 모델 구축 방안

말하기가 기본적인 언어 활동이라는 점, 모국어 사회라는 점 때문에 그동안 대학에서의 말하기 교육이 구체적으로 진행되지 못했다.[15] 그러나 근래 들어와 글쓰기와 말하기에 대한 기초교육이 강화되면서 대학에서도 그 필요성이 대두되는 실정이다. 사회에서 대학생에게 요구하는 의사소통 능력은 자신의 생각을 말과 글로 효과적으로 피력하는 것이다.[16] 따라서 이제는 대학에서도 원활한 의사소통을 위한 말하기 교육이 진행되어야 한다. 특히 교육의 효과를 높이기 위하여 직접 말하고 수정하는 교육 방법을 모색해야 한다. 그것이 말하기의 본질에 근접한 교육 방법이기 때문이다.

이 글에서 구축·제시하려는 말하기 수업은 이론과 실습의 병행 수업이다. 말하기 관련 이론 학습, 말하기 체험 활동 진행, 말하기 활동 피드백과 평가, 자기 성찰적 정리를 통해서 말하기 능력을 배양한다. 말하기 체험 활동은 '말하기 준비 → 말하기 체험 → 말하기 발전'의 단계로 진행된다. 말하기 준비 단계에서는 말하기 활동에 필요한 이론

---

14 위의 활동 프로그램 중 1차 피드백 제공과 함께 동료 간 상호 평가 활동이 병행될 수 있다. 2차 체험 활동 이후 이에 대한 피드백 역시 추가로 제공될 수 있다.
15 말하기 활동이 모국어 언어 습득과 동시에 진행되기 때문에 이를 대학이라는 고등교육 기관에서 교육한다는 것이 유용하지 않다는 인식이 있었던 탓일 수 있다.
16 기업에서 운영하는 대학생 참여 프로그램의 경우 기업 업무 능력과 관련하여 역량 기반 사고력에 의존한 자신의 생각을 글이나 말로 작성해서 제출하기도 한다.

학습을 진행한다. 관련 이론을 통해 말하기 활동에서의 주안점이 무엇
인지를 습득하는 것이다. 말하기 체험 단계에서는 말하기 활동을 위한
내용 준비를 바탕으로 구체적인 체험 활동이 전개된다. 두 번의 체험
활동이 진행되며 이에 대한 피드백도 함께 주어진다. 그리고 마지막
말하기 발전 단계에서는 진행된 체험 활동을 바탕으로 자신의 말하기
활동에 대해 평가하고, 장단점을 정리한 후 개선점을 찾아 보완한다.

4.1. 말하기 준비 활동

말하기 준비 활동에서는 말하기 관련 이론을 학습한다. 말하기는
성격에 따라 간단한 자기소개, 대화 등의 사적 말하기와 발표, 토론,
프레젠테이션 등의 공적 말하기로 양분할 수 있다. 주어진 말하기 활동
과 관련된 이론을 학습하면서 말하기의 성격과 목적, 주의할 점 등을
학습한다. 이론 학습에서는 교수자의 강의와 관련 영상 시청을 병행하
며 현장감을 익힐 수 있다. 영상 시청에 의한 학습은 학습에 대한 흥미
유발과 함께 유사한 담화 상황에서 나타나는 장·단점을 비교·분석함
으로써 능동적으로 학습에 참여하도록 하는 장점이 있기도 하다.[17]

이론 수업에서는 말하기에 수반되는 기초 지식과 함께 언어적, 비언
어적 말하기의 특징 및 기능도 함께 익힌다. 의사소통에서의 언어적
기능과 비언어적 기능의 중요성을 감안하여 이들을 효과적으로 운용할
수 있는 방법을 학습한다. 또한 말하기에 수반되는 불안증을 이해하고
그것을 극복할 수 있는 방안을 모색해보기도 한다. 말하기 불안 증세에

---

17 이론 관련 동영상은 말하기 이론과 관련된 다양한 교육 콘텐츠를 활용할 수 있다.
   관련 이론을 교재로 학습하는 것과 영상으로 학습하는 것은 큰 차이가 있다. 따라서
   교수 학습 자료 구축의 면에서 이에 대한 체계적인 준비가 필요하다.

대한 이해와 이를 약화시키려는 노력이 말하기 수업의 시작일 수 있기 때문이다.[18] 말하기 불안을 약화하기 위한 방안의 하나로 small talk를 활용할 수도 있다.[19]

4.2. 말하기 체험 활동

말하기 이론 학습 후 학생들은 각기 자신의 말하기 체험 활동을 위한 대본을 작성한다.[20] 김진영(2012:130)에서도 제시하고 있듯이, 말하기 활동을 위한 대본 작성은 중요한 과정이다. 이를 위해 학습자는 개요 짜기 활동(mind mapping)을 수행해야 한다. 글쓰기에서 개요 작성이 주제의 명확성과 구조의 안정성을 담보하듯이 말하기에서도 개요 작성이 중요하다. 말하기를 위한 사전 글쓰기는 화자의 머릿속 생각을 체계적으로 정리하면서 말할 내용에 대해 검토할 수 있게 하는 효과가 있다.[21] 따라서 화자는 주제 관련 마인드맵을 미리 구상하면서 말하기

---

18 박재현(2013:30~33)에 의하면 말하기 부담은 상황적 불안과 성향적 불안으로 나눌 수 있다. 상황적 불안이 단순히 말해야 하는 상황의 불편함에서 기인한다면, 성향적 불안은 상황적 불안의 고착화에 의해 형성된 것이다.

19 small talk는 형식이나 내용과 상관없이 자유로운 말하기 활동으로, 일종의 잡담 또는 수다와 비슷하다. 모둠별로 자유롭게 이야기하는 과정을 거치면서 타인과의 이야기가 재미있는 활동임을 자각하게 한다. 그러는 과정에서 자연스럽게 부담감을 떨칠 수 있게 된다. 학생들은 small talk 활동을 통해 수업에 적극적으로 참여하는 태도를 습득하게 된다.

20 말하기의 대본 작성은 교실에서 이루어지는 것이 아니라 과제로 작성하여 사이버에 업로드하거나 교수자에게 제출한다. 따라서 말하기 실습이 진행되기 전에 교수자에게는 학생의 말하기 대본이 제출된다. 그래야 교수자가 학생의 말하기 실습에 대한 내용 평가를 수월하게 진행할 수 있기 때문이다.

21 물론 미리 작성한 글을 똑같이 외워서 말하지는 않는다. 그러나 이러한 작업의 선행 여부에 따라 화자의 말하기에 임하는 태도 및 자신감 등이 크게 달라진다.

대본을 작성한다. 말하기 대본 작성의 의의는 말하기 활동에 대한 능동적 준비라는 점과, 말하기 활동 후 자기평가(말하기 활동 자가 체크, 자기 성찰 평가)에서 자신의 문제점을 찾는 데 도움을 준다는 점이다.[22]

작성한 말하기 대본을 바탕으로 학습자는 말하기 체험 활동을 진행한다. 준비한 내용을 여러 사람 앞에서 말하기도 하고, 모둠별 활동으로 말하기도 한다. 학생들은 말하기 체험 활동을 진행하면서 자신의 말하기에 대한 전반적인 과정을 체크할 수 있다. 교수자의 평가는 말하기 실습을 수행한 학생에게 피드백으로 제공된다. 말하기 활동에서 나타나는 긍정적인 요소와 부정적인 사항 등을 정리해 알려주어야 한다. 학생들의 말하기에 보이는 문제점을 알려주는 동시에 고쳐나갈 수 있는 방안도 제시한다.

4.3. 말하기 발전 활동

말하기 체험 활동 후에 자기 점검을 바탕으로 한 말하기 발전 활동이 필요하다. 학생들은 말하기 체험 활동 후 자가 평가지를 작성하면서 자신의 말하기 준비도, 말하기 체험 활동 점검, 느낀 점과 수정할 점 등을 정리하는 활동을 전개한다.[23] 체험 활동 후 말하기 활동에 대한 정리는 수업 활동을 객관적으로 돌아봄으로써 바람직한 수업 태도를 갖게 한다. 또한 다음 말하기 체험 활동을 준비하는 데에도 큰 도움이

---

22 말하기 실습 후 자신의 말하기 활동에 대해 스스로 평가하는 단계가 자기평가, 혹은 자기 성찰표 작성이라고 할 수 있다. 교수자에 의한 첨삭 내용의 제공도 중요하지만, 말하기 활동에 대한 자기평가는 다음 말하기 활동을 준비하는 데 도움이 된다.
23 '자기 체크표' 또는 '자기 성찰표' 예시는 다음처럼 구성할 수 있다. 일부 항목은 말하기 장르 및 상황에 기준해 융통성 있게 추가 혹은 삭제가 가능하다.

〈표 2〉 체험 중심 말하기 수업 과정 요약

1) 말하기 준비	교수자	- 학습 목표 제시 - 관련 이론 수업 - 말하기 불안증에 대한 설명과 이해 - 언어적, 비언어적 말하기 특징 제시 - 말하기에 대한 학생들의 선입견 수정 - small talk 진행		이론 수업 (말하기 관련 이론 수업)
	학습자	- 말하기 불안증의 원인과 해결 방안 모색 - 자유로운 말하기를 통해 말하기에 대한 선입 견 수정 - 말하기의 특징과 기능에 대한 이해 - 말하기의 중요성에 대해 인식		

2)
말하기
체험
	교수자	- 각 단계별 말하기 체험 활동 진행
		- 학습자들의 말하기 체험 활동에 대한 지속적
		  관심과 지도
		- 체험 활동 후 학생 개별 피드백 제공
		- 공통으로 나타나는 말하기 문제점 제시 및 해
		  결안 모색
			구체적
			수업
			활동
				체험 활동
				수업
				(말하기
				실습 활동,
				교수자
				피드백
				제공)

	학습자	- 말하기를 위한 개요 작성, 내용 준비 - 말하기 체험 활동 진행 - 다른 학생의 말하기 활동에 대한 객관적 평가 및 자기와의 비교 - 제공된 피드백 수용 및 말하기 체험 활동 수정 - 1·2차 말하기 체험 활동 수행		

3)
말하기
발전
	교수자	- 말하기 체험 활동에 대한 총평
		- 학습자들의 말하기 체험 활동에 나타난 문제
		  점에 대한 해결안 모색 및 구안
		- 학습자들의 말하기 체험 활동에 대한 자체 평
		  가 진행
				수업 내용
				정리 및
				자체 평가
				(자기
				성찰표,
				자기 체크)

	학습자	- 말하기 체험 활동에 대한 자기평가지 작성 - 자신의 말하기 체험 활동에 대한 객관적 분석 - 말하기에서 나타나는 문제점에 대한 대안 제시		

된다.[24]

학생들은 말하기 체험 활동을 정리하면서 자신의 말하기에 나타나는 장단점을 분석하고 수정하려 노력한다. 말하기 체험 활동의 반복으로 말하기에서 나타났던 문제점이 하나씩 수정되면서 학습에 대한 성취감과 말하기에 대한 자신감을 갖게 된다.

제시한 체험 중심 말하기 수업의 전 과정을 요약하면 〈표 2〉와 같다.

5. 체험 활동 중심 말하기 수업의 기대 효과

체험 중심 말하기 수업을 진행하면 다양한 효과를 거둘 수 있다. 수업에 임하는 학생들의 태도 변화는 물론이거니와 듣기, 상대방 배려하기, 소통하기 등의 능력까지 배양할 수 있기 때문이다. 주요한 것을

질문	스스로 체크
말하기 내용 구성에 소요된 시간은 얼마인가요?	
말하기 내용 준비를 성실히 했나요?	
말하기 내용 준비를 위한 개요 작성을 진행했나요?	
말하기 내용을 준비하고 수업에 참여할 때 기분이 어땠나요?	
말하기 체험 활동을 진행하면서 아쉬웠거나 부족했다고 생각되는 점은 무엇인가요?	
1차 피드백을 제공받은 후 2차 체험 활동에서 이를 수정하려고 노력했나요? 만약 그랬다면 결과는 어떻게 되었나요?	
자신의 말하기에 나타나는 장단점이 무엇이었나요?	
말하기 체험 활동을 하면서 말하기에 대한 태도 변화가 있었나요?	
다음 말하기 체험 활동을 위해서 내가 보완해야 할 점은 무엇이라고 생각하나요?	

24 이는 글쓰기 첨삭 교육이 제공된 후 다시 자신의 글을 써보는 과정과 비슷하다. 첨삭만 제공받은 경우와 이를 바탕으로 다시 한번 글을 작성하는 것은 큰 차이가 있다. 그것처럼 자신의 말하기에 대한 객관적 분석 및 반성, 첨삭 제공은 다음 말하기에 도움을 주는 교육 활동이다.

들어 그 효과를 살피면 다음과 같다.

첫째, 학생들이 능동적인 학습 태도를 함양할 수 있다. 앞서 말한 것처럼 우리나라의 교육 여건상 수업 시간에 자유롭게 자신의 의견을 개진하거나 질문하기가 쉽지 않다. 즉 능동적인 수업 참여가 거의 이루어지지 않는다. 고등학교까지의 이러한 학습 태도는 대학에 와서도 크게 달라지지 않는다. 이러한 수동적인 태도가 비단 어제오늘의 문제는 아니다. 체험 활동 중심의 말하기 수업은 이러한 수동적인 학습 태도를 수정·개선하는 데 효과적이다. 학생 모두가 말하기 활동에 참여해야 하며, 개인별 활동 또는 모둠 활동을 통해서 자연스럽게 소통 활동에 임해야 하기 때문이다.[25] 말하기 활동 수업에서 학생들이 느끼는 가장 큰 부담은 적극적인 수업 참여, 곧 다른 학생들 앞에서의 실습 활동이라고 말한다. 그러나 학생들이 느끼는 말하기 활동에 대한 부담은 강좌의 초반부인 말하기 준비 단계에서 상당 부분 해소된다. 근본 문제를 해결하고 말하기 체험 활동이 진행되기 때문에 수업의 효과가 그만큼 커질 수 있다. 이렇게 지속되는 말하기 활동과 각 활동에 대한 구체적인 피드백으로 학생들은 수업에 임하는 자세를 능동적으로 바꾸게 된다. 더불어 능동적 학습 참여로 성취감이 고취되기 때문에 학습 동기를 부여하는 계기도 된다.[26]

둘째, 듣기 능력을 바탕으로 한 의사 표현력의 함양을 들 수 있다.

25 설문 조사 결과 학생들은 개별 활동도 좋지만 모둠별 학습 활동에 대한 기대와 흥미도가 높았다. 특히 모둠끼리의 말하기인 대화·토론·토의에서는 협동심을 전제한 활동에 더 많은 관심을 보였다. 물론 그러기 위해서는 적절한 과제 제시가 전제되어야 한다.
26 실제로 학생들은 수동적으로 듣는 이론 수업보다 자신이 직접 수행하는 실습 중심의 수업에서 더 많은 성취감을 느낀다고 한다. 그리고 이러한 경험은 학습에 대한 성취 동기로 이어진다.

말을 잘하는 것은 말을 잘 들어야 함을 전제한다. 실제로 체험 중심 말하기 활동 후 진행한 설문에서 학생들은 '듣기 능력의 향상'을 언급한다. 학생들은 말하기 능력의 향상을 위해 말하기 수업을 수강했는데, 결과적으로는 말을 잘하기 위한 전제 조건으로 잘 들어야 함을 알게 된다. 듣기에 집중하는 태도는 적극적인 의사 표현을 수행하는 원동력이라고 할 수 있다. 상대의 말에 집중하는 자세는 말에 나타난 메시지를 파악하는 데 도움을 주고, 또한 자신의 말하기에 자신감을 주기도 한다.[27] 잘 말하고 잘 듣는 활동은 원활한 의사소통을 담보하는 핵심이다.

셋째, 통합적 활동에 의한 주제 파악 능력의 향상을 들 수 있다. 말하기 수업은 단순히 말하기 활동에 집중하는 것이 아니다. 말하기 능력 향상을 위한 제반 활동이 잘 듣고, 관련 내용을 잘 읽으며, 유관 내용을 깊이 생각하는 통합적 사고 과정이기 때문이다. 실제로 말하기는 정보 수집 능력을 바탕으로, 이에 대한 이해력과 통찰력, 그리고 판단력 등 전천후 사고 과정을 요구한다. 따라서 말하기 능력 향상을 위한 제반 학습은 통합적 활동을 수반하게 된다. 그리고 이러한 통합적 활동은 의사소통 상황에서 화자가 의도하는 전달 메시지가 무엇인지 제대로 파악할 수 있도록 하며, 이를 통해 원활한 의사소통이 가능해진다.

넷째, 화자와 청자의 상호작용을 바탕으로 원만한 대인 관계를 형성할 수 있다. 의사소통은 나와 세상을, 자아와 세계를 연결하는 수단과 방법이다. 나와 세상은 의사소통을 통해 좋은 관계가 될 수도 있고 그렇지 않을 수도 있다. 원활한 의사소통 능력의 배양은 세상에 대해

---

27 대다수의 화자가 말하기에 자신이 없는 이유는 잘 모르는 것을 말해야 하기 때문이다. 듣기에 집중하면 화자의 발화 메시지를 수월하게 파악하여 자신이 무엇을 말해야 하는지도 잘 알 수 있다.

긍정적인 태도를 갖게 하고 원만한 인간 관계를 형성할 수 있게 도와준다. 말하기 수업에서는 말하기에 관련된 다양한 이론과 실습을 병행함으로써, 기본적인 의사소통 능력을 고양할 수 있다. 의사소통 능력은 곧 세상과의 올바른 소통으로 이어지고, 이를 통해서 바람직한 인간 관계가 가능할 수 있다.

6. 나오기

언어 활동의 기본인 말하기를 고등교육기관에서 교육해야 하는지에 대해서는 견해가 다양할 수 있다. 그러나 중요한 것은 교육에 대한 찬반이 아니라 교육의 부재에서 오는 문제점을 인식하고 그것을 개선하기 위해 노력해야 한다는 점이다. 다시 말해 현상적으로 나타나는 문제를 시정하는 것이 우선적인 교육 목표가 되어야 하겠다. 그중의 하나가 바로 말하기의 필요성에 대한 인식과 그에 대한 교육이다. 대학생에게 말하기를 교육하는 것은 원만한 사회인을 양성한다는 점에서 필수적이라 할 수 있다. 이 글에서는 그러한 말하기 교육의 효과를 높이기 위하여 체험 중심 말하기 수업 모델을 구안해 보았다. 지금까지의 논의를 요약하는 것으로 결론을 대신하고자 한다.

첫째, 말하기 능력의 신장을 위해 각 대학에서는 다양한 말하기 강좌를 개설·운영하고 있다. '말하기' 관련 교과목을 필수이수, 선택이수, 혹은 자유이수 등의 영역으로 분류·운영하고, 각기 이론 중심, 실습 중심, 이론 실습 병행으로 강의를 진행하고 있다.

둘째, 체험 중심 말하기 수업을 위한 수업 모델을 구축하였다. 레빈의 역동적 수업 모델을 기준으로 '말하기 이론 학습'에서 '1차 말하기

→ 2차 말하기' 활동을 거쳐 '체험에 의한 자율적 통제(자기 성찰)'로 이어질 수 있도록 구성하였다.

셋째, '말하기 준비 활동' 단계에서는 small talk를 통해 말하기 불안 증세를 완화시키고, 말하기 활동과 관련된 이론 수업을 진행한다. 말하기에 수반되는 언어적, 비언어적 요소의 특징과 기능에 대해서도 학습한다.

넷째, '말하기 체험 활동'에서는 말하기 활동을 위한 대본을 준비한다. 그리고 준비한 대본에 맞춰 말하기 활동을 전개하고, 이에 대한 피드백을 제공받는다. 피드백은 전체 피드백과 개인 피드백으로 세분화하여 제시하고, 학생은 제시된 피드백 내용을 바탕으로 다시 한번 말하기 체험 활동을 진행한다.

다섯째, '말하기 발전 활동'은 말하기 체험 활동과 이에 대한 피드백을 바탕으로 자신의 말하기 활동에 대해 객관적으로 분석하고, 장단점에 대해 정리·보완하는 단계이다.

여섯째, 활동 중심 말하기 수업의 기대 효과는 다음의 네 가지로 요약할 수 있다. 첫째 능동적인 학습 태도를 함양할 수 있다. 둘째 듣기 능력을 바탕으로 의사 표현력을 배양할 수 있다. 셋째 통합적 활동에 의한 주제 파악 능력을 제고할 수 있다. 넷째 화자와 청자의 상호작용을 바탕으로 원만한 대인 관계가 가능할 수 있다.

교육과학기술부, 2015, 「7차 교육과정해설서」.

구현정, 2004, 「바람직한 화법교육의 방향」, 『한말연구』 14, 한말연구학회.

구현정·전영옥, 2005, 『의사소통의 기법』, 박이정.

김갑년, 2007, 「말하기 교육과 커뮤니케이션 트레이닝」, 『텍스트언어학』 23, 한국텍스트언어학회.

김대행, 2007, 「국어교육의 위계화」, 『국어교육연구』 19, 서울대학교 국어교육연구소.

김수아, 2013, 「이공계 글쓰기, 말하기 교육의 성과와 발전 방향」, 『한국소통학회 학술대회』, 한국소통학회.

김순임·민춘기, 2012, 「대학생 학습방식에 대한 고찰-체험학습을 중심으로」, 『용봉인문논총』 41, 전남대학교 인문학연구소.

김영진·김영환·정지언, 2007, 「체험학습의 이론적 탐색에 대한 고찰」, 『교사교육연구』 46-1, 부산대학교 과학교육연구소.

김윤희, 2014, 「사고와 표현 수업에 적용해 본 '3분 스피치' 교육의 효용성과 피드백의 실제」, 『인문과학연구』 40, 강원대학교 인문과학연구소.

김종영, 2012, 「말하기 교육, 무엇을 어떻게 할 것인가?」, 『수사학』 16, 한국수사학회.

김지연, 2007, 「대학생의 말하기 불안 양상에 대한 연구」, 『화법연구』 10, 화법학회.

김진영, 2012, 「스피치 강좌에 대한 학습자들의 인지유형 연구」, 『스피치와 커뮤니케이션』 19, 한국소통학회.

김태경·이필영, 2007, 「유창성 요인으로 본 말하기 능력」, 『한국언어문화』 34, 한국언어문화학회.

김현정, 2013, 「대학 '말하기' 교과 운영 현황과 개선방안」, 『교양교육연구』 7-3, 한국교양교육학회.

김혜경, 2014, 「이공계 의사소통 능력 신장을 위한 '말하기'교육 방안 연구」, 『비평문학』 54, 한국비평문학회.

노은희, 2007, 「국어과 선택과목 화법 교육과정 개선을 위한 논의」, 『국어교육학연구』 28, 국어교육학회.

민현식, 2002, 「국어지식의 위계화방안 연구」, 『국어교육』 108, 한국어교육학회.

박미영, 2007, 「대학 화법 교육을 위한 발표중심의 내용구성 방안 연구」, 『어문연구』 35-4, 한국어문교육연구회.

박재현, 2005, 「화법 내용조직 교육에 대한 비판적 고찰」, 『어문연구』 33-3, 한국어문교육연구회.

_____, 2013, 『국어교육을 위한 의사소통 이론』, 사회평론.

서미경, 2010, 「스피치 교육 프로그램이 의사소통 능력과 리더십에 미치는 효과」, 『화법연구』 17, 한국화법학회.

서승아, 2011, 「토론기반 말하기 학습에 대한 연구」, 『화법연구』 19, 한국화법학회.

신희선, 2006, 「의사소통능력 향상을 위한 여대생스피치 교육의 사례연구」, 『스피치와 커뮤니케이션』 6, 한국스피치커뮤니케이션학회.

엘리자베스 그루건 저, 박창균·이정우·이정희 역, 2007, 『말하기, 듣기교육의 이론과 실제』, 박이정.

오세정, 2009, 「대학 스피치 교육에 대한 비판적 검토와 대안적 시각」, 『서강인문논총』 25, 서강대학교 인문과학연구소.

왕문용, 2008, 『국어와 의사소통』, 한국문화사.

유혜원, 2010, 「말하기 교육을 위한 격식 표현 연구」, 『교양교육연구』 4-1, 한국교양교육학회.

_____, 2012, 「말하기 학습자의 자기 평가 결과 분석을 통한 말하기 교육 연구」, 『사회언어학』 20-1, 한국사회언어학회.

유혜원·김유미·김정녀, 2011, 「여성 리더 발화 분석을 통한 말하기 교육 방법론 연구」, 『사회언어학』 19-1, 한국사회언어학회.

EBS 〈왜 우리는 대학에 가는가〉 제작팀, 2015, 『왜 우리는 대학에 가는가』, 도서출판 해냄.

이광우·김수동, 2004, 「학습자 중심 교육과정 운영을 위한 체험학습의 활성화 조건 탐색」, 『교육방법연구』 16-1, 한국교육방법학회.

이도영, 2010, 「말하기 평가 목표와 평가 기준 설정 방안」, 『교육논총』 30-2, 경인교육대학교.

이상민, 2013, 「대학생의 말하기 능력 향상을 위한 스토리텔링 방법론 연구」, 『교양 교육연구』 7-5, 한국교양교육학회.

이창덕 외, 2004, 『삶과 화법』, 박이정.

_____, 2010, 『화법교육론』, 역락.

이창덕·전은주, 2007, 「새로운 화법교육 연구의 방향과 과제」, 『한국어교육학회 학술 발표회』, 한국어교육학회.

임선애, 2012, 「글쓰기와 말하기 교육의 현황과 전망」, 『교양교육연구』 6-4, 한국교 양교육학회.

임재춘, 2003, 『한국의 이공계는 글쓰기가 두렵다』, 마이넌.

전영옥, 2013, 「대학생 대상 말하기 교육의 목표와 방향」, 『한말연구』 33, 한말연구 학회.

전은주, 2014, 「대학 교양 화법 교육의 발전 방안」, 『화법연구』 24, 한국화법학회.

전은진, 2012, 「대학생 말하기 교육의 현황과 개선 방안」, 『인문과학연구』 32, 강원 대학교 인문과학연구소.

정윤경, 2011, 「창의적 체험활동에 관한 이론적 고찰」, 『한국교육학연구』 17-2, 안 암교육학회.

정현숙, 2011, 「교양기초교육으로서의 의사소통교육 방향과 방안에 대한 제언」, 『교 양교육연구』 6-1, 한국교양교육학회.

조재윤, 2011, 「대학 '사고와 표현' 교육에 대한 대학생들의 요구조사 연구」, 『새국 어교육』 87, 한국국어교육학회.

최정임, 2007, 「대학수업에서의 문제중심학습 적용 사례연구」, 『교육공학연구』 23-2, 한국교육공학회.

황성근, 2009, 「말하기 교육에서 글쓰기의 효과와 연계방안」, 『작문연구』 8, 한국작 문학회.

말하기의 쟁점과
공적 말하기 교육

1. 들어가기

이 글은 대학생들의 발표나 프레젠테이션, 면접 등에서 나타나는 말하기의 문제점을 바탕으로, 공적 말하기 교육의 필요성과 교육의 쟁점 및 내용을 살피고, 나아가 공적 말하기 교육 방안을 모색하는 데 목적이 있다. 공적 말하기는 공적인 자리에서 청중에 대한 언어 예절을 중심으로 진행되는 말하기이다.[1] 대부분의 대학에서 진행하고 있는 말하기 교육은 일정 부분 공적 말하기를 전제하고 있다. 발표나 토의, 토론, 프레젠테이션 등의 말하기 활동을 중심으로 교육이 진행되는 것도 그 때문이다. 특히 지금처럼 사회에서 의사소통 능력을 강력히 요구하는 상황에서 말하기 교육의 중요성은 강조되어 마땅하다. 여러 대학에서 이와 궤를 맞춰 말하기 교과를 다양하게 개설·운영하는 것도 바로 그 때문이다.[2] 말하기의 중요성에 대한 사회적 인식이 확산되

---

1 공적 말하기에 대한 정의는 다음과 같다. ① 황순희(2011:128~129), 사적 영역에 국한된 사소하고 소소한 말하기와 구별된 공적 상황에 노출되어 사용되는 화법으로 프레젠테이션과 토론이 해당된다. ② 오세정(2009:96~97), 공적 말하기는 발표와 프레젠테이션, 토론과 토의 등으로, 학교 교육에서 담당하는 말하기의 영역이다.

면서 대학에서의 국어 교육의 방향도 공적 말하기 능력의 향상으로 집약되는 경향을 보이고 있다.[3]

　문제는 말하기 교육의 수혜자인 대학생들은 공적 말하기에 대한 이해가 여전히 미흡하다는 점이다. 솔직하게 이야기하자는 교수자의 말에 학생들은 비속어를 여과 없이 구사한다. 그것이 솔직한 표현이라고 오해한 것이다. '사회적으로 비난받을 수 있는 행위에는 무엇이 있을까요?'라는 질문에 아주 자연스럽게 '찐따 같은 행동이요', '개쓰레기 같은 행동이요'와 같은 대답을 하는 것도 그 때문이다. '찐따', '개쓰레기' 등의 어휘가 공적인 말하기 상황에서 적정한지에 대한 고민을 전혀

2　김현정(2013:605~606)에서 제시하고 있는 국내 대학의 말하기 관련 개설 교과목을 살펴보면 '프레젠테이션(고려대), 발표와 토론(서강대), 말하기(서울대), 스피치와 토론(성균관대), 발표와 토론(숙명여대), 말하기와 토론(연세대), 인터뷰와 프레젠테이션(중앙대)' 등으로 대부분 공적 말하기에 집중되어 있다. 곧 공적 말하기의 중요성에 맞추어 대학에서는 그에 준하는 교육에 집중하고 있다.

3　한국대학신문 기사에 의하면, 대졸 취업자에게 대학 재학 때 배웠어야 할 능력을 물어본 결과 '의사소통 능력'이라 응답한 수가 가장 많은 것으로 나타났다. 한국고용정보원이 대졸자의 직업이동경로를 조사한 「2016 대졸자 직업이동경로조사 기초분석보고서」(2018. 4. 23. 발간)에 의하면, '대학 때 배웠으면 현재 업무에 도움이 됐을 능력'에 대한 질문에서도 '의사소통능력(19.1%), 문제해결능력(16.2%), 기술이해활용(16.1%)' 등의 순으로 나타났다(「대졸자 "대학 때 의사소통능력 배워야 업무에 도움"」, 『한국대학신문』, 2018. 4. 23. 참조). 대학의 수업 시간에 앞서 제시한 설문을 동일하게 실시한 결과, 기사에서 제시한 것과 같은 결과가 도출되었다. 학생들도 말하기 수업 시간을 통해 개선되기를 바라는 여러 능력 가운데 의사소통 능력을 가장 많이 선택하였다.

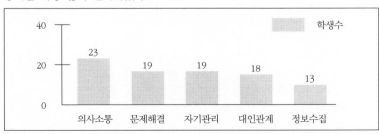

하지 않는다.[4] 이런 현상은 교수자의 '솔직하게 이야기하자'의 의미를 왜곡 수용했기 때문이다. 이는 공적 말하기에 대한 기저 의식이 전무함을 보인 것이라 하겠다.[5] 또한 요즘 공인들의 어휘 구사가 사회적인 파문을 야기하기도 한다. 공인으로서 어휘 구사의 사회적 파장을 고려해야 함에도 불구하고, 감정에 치우친 거친 표현으로 구설에 오른 것이다. 모두 발화 상황이나 발화 장소, 화·청자의 관계, 발화 맥락 등을 고려하지 않아 발생한 문제이다.

공적 말하기에서 나타나는 대표적인 문제는 담화 상황에 적합한 어휘를 선택하지 않고 일상에서 흔히 쓰는 어휘를 여과 없이 발화하는 것이라 하겠다. 공적 말하기에서 적합한 어휘 선택의 기준이 무엇인지 교육해야 하는 이유도 여기에 있다. 그리고 비문이나 중복 표현, 잘못된 발음, 간투사, 말하기 자세 등도 짚어야 할 문제이다.[6]

이 글에서는 공적 말하기 교육의 필요성을 제기하고, 공적 말하기의 쟁점과 교육 내용을 대학생의 발표 수업 사례를 중심으로 살피고자 한다. 마지막으로 공적 말하기의 교육 방안을 모색해 보고자 한다. 이러한 논의가 공적 말하기 교육을 설계하는 데 도움이 될 뿐만 아니라 효과적인 의사소통에도 일조할 수 있으리라 본다.

---

4 이러한 어휘 구사는 특정 학생의 개인적 인품이나 지식 정도에 의한 대답이라기보다는 학생들의 보편적인 어휘 발화의 예시로 해석할 수 있다. 또래집단에서 공유하는 어휘를 장소나 상대에 대한 고려 없이 발화하는 것이라 하겠다.

5 '솔직하게 이야기하자'와 '솔직한 표현을 하자'는 다르다. 어디에 초점을 두고 의미를 수용했느냐의 차이일 수 있지만, 발화 상황이나 발화 장소, 화·청자의 관계 등 발화의 배경에 대한 고려가 이루어지지 않아 발생한 문제라 할 수 있다.

6 더불어 학생들이 무의식적으로 활용하는 은어, 무차별적 줄임말 등도 공적 언어 교육에서 다루어야 할 내용이다.

2. 공적 말하기의 개념과 특성

공적 말하기와 사적 말하기를 명확하게 구분하기는 쉽지 않다. 말하기의 상황과 참여 대상, 메시지의 성격과 전달 방법 등 여러 요소가 복합적으로 적용되기 때문이다. 일반적으로 공적 말하기와 사적 말하기의 구분 기준은 발화 상황에 의한 유형이다. 이에 대해 오세정(2009:96~97)에서는 주제와 의사소통의 상황을 기준으로 공적 말하기와 사적 말하기를 구분한다. 그리고 공적 말하기는 발표와 프레젠테이션, 토론과 토의 등으로 학교 교육에서 담당하는 말하기 영역 대부분이 이에 해당된다고 했다. 정순현(2006:104)에서는 공적 영역에서의 표현 양식에 대한 교육적 가치와 필요성을 언급(Habermas:2006 인용)하면서 공적 말하기 교육은 공동체 내에서의 다양한 이해관계를 조정하고, 서로 조화롭게 살아갈 수 있도록 돕는 것이라고 제시한다.

문제는 이러한 공적 말하기의 교육 수혜자라 할 수 있는 대학생들의 경우 공적 말하기와 사적 말하기를 분명하게 구분하지 못한다는 점이다. 말하기 상황이 달라지는 것에 대한 인식이 그리 크지 않기 때문이다.[7] 그러다 보니 친구들과의 사적인 자리에서 오고갔을 법한 어휘를 공적인 상황에서 스스럼없이 발화한다. 특히 젊은 계층에서 익숙한 신조어나 유행어를 거리낌 없이 구사한다. 수업 시간의 발표 혹은 프레젠테이션을 진행하면서도 신조어 혹은 유행어를 남발한다.[8] 대학의 말

---

7   대학생들의 의사소통이 SNS 등에서 이루어지는 것의 영향도 있을 것이다. 사적 공간을 공적 공간으로 활용하는 경우가 빈발하고 있다. 의사소통에서 공적 공간이 갖는 의미와 중요성에 대해 인식할 필요가 있고, 이에 대한 교육이 필요하다.

8   물론 신조어나 유행어의 발화가 청자의 호기심과 집중력을 높이는 장점이 될 수 있다. 그러나 지나친 비격식적 표현으로 일관된 공적 말하기는 우려할 일이라 하겠다. 그중에서도 특히 발화 어휘의 선택에 대한 고민이 있어야 하겠다.

하기 교육에서 신조어나 유행어의 구사가 왜 문제가 되는지 짚어야
할 당위성이 여기에 있다.

공적인 상황에서의 말하기와 사적인 상황에서의 말하기는 엄연히
다르다.[9] 그래서 말하기 교육에서 이에 대한 명확한 이해와 교육이 요
구된다. 사적인 의사소통 상황에서 발화할 수 있는 어휘가 때로는 공적
인 의사소통 상황에서 발화하기 어색하거나 조심스러운 경우도 있
다.[10] 발화의 목적이나 화·청자의 관계 등에서 변인이 생겨 어휘의
선택에서 제약을 받기 때문이다.[11] 의사소통의 궁극적인 목적이 정보
전달과 함께 조화로운 인간 관계의 형성이라고 하면, 발화 상황에 따른
목적과 관계의 인식은 매우 중요할 수 있다. 어휘 구사 및 표현의 범주
가 달라지는 이유도 여기에서 찾을 수 있다. 공적 말하기에 대해 그간
살핀 성과를 제시하면 다음과 같다.

임지룡(1992:338)에 의하면 화·청자가 놓인 장면에 따라 공적 말하
기와 사적 말하기로 구분할 수 있다. 공적인 장면에서는 품위 있고
정중한 격식체가, 사적인 장면에서는 친근하고 부담 없는 비격식체가
사용된다.[12] 오세정(2009:96~97)에서는 공적 말하기와 사적 말하기는

---

9   예를 들어 직장인들의 경우에 사적인 메시지를 교환할 때는 카톡을 이용하지만, 공적
    인 메시지를 교환할 때는 기존의 문자 메시지를 활용하는 것과 유사하다고 볼 수
    있다. 곧 화자와 청자의 관계, 발화 상황, 메시지의 종류 등을 감안하여 사적인 소통
    창구와 공적인 소통 창구를 구분하여 활용하는 것이다. 따라서 사적 말하기와 공적
    말하기의 구분 역시 필요하다 하겠다.

10 요즘 학생들이 많이 발화하는 신조어가 대표적인 예라 할 수 있다. 사적인 발화에서
    '오늘 날씨 오지네~'라는 표현은 가능하지만, 이를 공적인 발화로 끌고 와 프레젠테
    이션에서 '오늘 날씨 오지네요~'라고 발화하는 것은 적절하지 못하다.

11 특히 화자가 구사하는 어휘에 따라 화자를 평가하는 성향이 강한 우리나라의 경우는
    더욱이 이런 부분에 대해 조심해야 한다. 이에 대한 설명으로 이창덕 외(2004:144)에
    서는 화자가 발화하는 어휘는 말하는 내용과도 직결되지만 화자의 지식과 교양 정도
    를 드러내주는 직접적인 척도가 된다는 점에서 주의를 요한다고 제시한다.

스피치의 내용과 주제의 성격, 발화 상황에 따라 나눌 수 있고, 학교 교육에서 수행하는 발표나 프레젠테이션, 혹은 토의나 토론을 대표적인 공적 말하기로 소개한다.[13] 전은진(2012:181)에서는 공적 말하기를 발표, 토론, 토의, 인터뷰 등과 같이 대개 공적인 목적을 가지고 정해진 형식과 과정에 따라 진행되는 말하기로 정의하고, 다양한 말하기 상황을 이해하고, 각각의 상황에 맞는 표현과 전략을 구사할 줄 알아야 한다고 설명한다. 김보경(2013:36)에서는 화자의 상황에 따라서 사적인 말하기와 공적인 말하기로 나누고, 일상생활에서 가족, 또래집단, 직장 동료와 사교 목적의 대화를 사적인 말하기로, 공적인 말하기는 1:다(多)로 둘 이상의 사람들 앞에서 정해진 형식과 과정에 맞게 혼자 이야기하는 연설이나 토론, 강연이라고 설명한다. 복주환(2016:184)에서는 공적 말하기를 말의 책임이 높고 시공간이 한정되어 있으며, 따라서 반드시 미리 준비해야 하는 것으로 언급한다. 따라서 격식체를 사용하고, 비언어적 자질을 의도적으로 조절해야 하며, 내용을 미리 준비해야 한다고 본다.

기존 연구의 내용을 감안하면, 공적 말하기는 말하는 대상과 상황, 그리고 말하기의 과정과 장르 등에서 사적 말하기와 변별됨을 알 수 있다. 그것은 공적 말하기가 내·외부적인 조건에 따라 제약되는 반면에 사적 말하기는 어느 경우든 자유로운 소통이 전제되어 나타난 현상

12 나아가 공적인 장면과 사적인 장면에 영향을 끼치는 것으로 화·청자의 지위, 친밀도, 성별 등을 제시하였는데, 이들과 상관없이 객관적인 관계 유지가 공적인 말하기라고 한다면, 이들에 의해 화계가 선택되는 것이 사적인 장면에서의 말하기라고 소개한다 (임지룡:1992:338 인용).
13 공적 말하기에 치우쳐 사적 말하기를 가볍게 여겨서는 안 된다. 사적 말하기인 대화, 잡담, Ice-breaking 등이 선행될 때 공적 말하기의 교육적 효과도 배가될 수 있기 때문이다. 또한 공적 말하기와 사적 말하기가 정확하게 양분되는 것이 아니기에 공적 말하기에 대한 교육이 사적 말하기에도 많은 도움을 줄 수 있다.

〈표1〉 공적 말하기와 사적 말하기의 비교

말하기 방식 비교	공적 말하기	사적 말하기
대상과 거리	특정 소수 및 불특정 다수와의 객관적 거리	특정 소수 및 불특정 다수와의 주관적 거리
상황과 시간	공식적인 한정된 시간	비공식적인 자유로운 시간
과정과 형식	과정과 준비를 거친 형식적인 발화	과정과 준비가 없는 현장의 즉흥적인 발화
장르와 목적	발표, 프레젠테이션, 토론, 토의, 인터뷰, 연설, 강연 등으로 공동의 관심사	가족, 또래 및 동료 집단의 일상적 대화로 사적인 관심사

이기 때문이다. 공적 말하기의 개념과 특성을 더 분명하게 이해하기 위해 주요 항목을 사적 말하기와 견주어 보면 〈표 1〉과 같다.

이처럼 공적 말하기와 사적 말하기는 많은 부분에서 차이가 있다. 따라서 말하기 교육은 공적 말하기를 대상으로 진행되어야 한다. 공적 말하기의 개념과 특징, 실제적인 방법에 대한 교육을 진행해야 한다. 말하기 상황과 말하기의 목적, 참여자들의 관계에 대한 명확한 인식에서 공적 말하기가 시작되며, 이후 말하기의 장르별로 구체적인 교육 활동이 전개되어야 하겠다.

3. 공적 말하기의 쟁점과 교육 내용

공적 말하기에 대한 개념을 이해한 다음으로 고려할 것은 '어떻게 말할 것인가'이다. 말하기에서는 무엇을 말하느냐도 중요하지만, 어떻게 말하느냐에 대해서도 깊이 생각해야 한다. 내용이 좋아도 방법이 좋지 못하면 의미 전달에 실패할 수 있기 때문이다. '의사소통은 자기 자신을 보여주는 것으로, 메시지를 포장하는 표현이 중요하다'[14]는 어빙 고프먼(Erving Goffman)의 주장처럼, 어떻게 표현하느냐에 따라 화자의 진정성이 달라질 수 있다. 이를 감안하면 공적 말하기에서 고려해야 할 핵심 요소로 들 수 있는 것이 바로 표현 방법이다. 내용도 중요하지만 말의 장르와 목적에 따라 접근 방식이 판이하기에 우선은 표현 방법을 들어 공적 말하기를 진단하고 해결책을 모색할 필요가 있다. 이 글에서는 그러한 표현 방법을 언어적 관점과 비언어적 관점으로 나누어 살피기로 한다. 언어적 관점에서는 어휘 활용의 측면, 문장 표현의 측면으로, 비언어적 관점에서는[15] 자세와 태도, 발화 습관 및 표정의 측면에서 살피기로 한다.[16]

3.1. 언어적 관점에서의 쟁점과 교육

언어적 관점에서의 쟁점은 어휘에서부터 문장 구성에 이르기까지 다양하다. 어휘 활용에서의 문제점으로는 저속한 표현이나 비표준어,

---

14 이성범(2015:4) 인용.
15 이도영(2002:34)에 의하면 말하기의 구성 요소를 언어적 요소, 준언어적 요소, 비언어적 요소로 나누고 있다. 언어적 요소는 어휘, 발화, 메시지의 구성을, 준언어적 요소란 발음, 어조, 억양, 강세, 말의 속도, 목소리 크기 등을, 비언어적 요소는 몸짓, 표정, 시선, 자세, 신체접촉 등을 의미한다.
16 민병곤·박재현(2014:294)에서는 '2013 국민의 국어능력 평가'의 말하기 영역에 관한 평가기준으로 내용 구성과 표현 및 전달, 두 항목을 소개한다. 그중 '표현 및 전달'에서 '표현' 항목은 적절한 어휘 사용, 어법에 맞게 말하기를, '전달' 항목은 발음, 속도, 어조의 적절성과 적절한 발화 시간을 제시한다. 이 평가에서도 알 수 있듯이 말하기 표현은 어휘 선택과 문장 표현에 대한 적절성을 살피는 것이 유용하다. 이 글에서도 이와 맥을 같이 하여 어휘 선택에 대한 것과 문장 표현을 말하기 교육의 쟁점으로 제시한다.

그리고 불필요한 간투사 등을 들 수 있다. 문장에서는 호응되지 않는 문장성분이나 사동과 피동의 오용 등을 대표적으로 들 수 있다. 이러한 점을 시정해야 공적 말하기에서 신뢰가 담보되고 소통 능력도 배가될 수 있다. 이는 쟁점이면서 동시에 교육을 통해 시정해야 할 대상이라 하겠다. 이를 감안하여 어휘 구사의 문제점과 교육 내용, 문장 구성의 문제와 교육 대상으로 나누어 살펴보도록 한다.

첫째, 어휘 구사에서의 문제이다. 정체불명의 어휘, 비표준어의 활용, 불필요한 간투사 남발이 이에 해당된다. 이제 이들을 차례대로 검토해 보도록 한다. 인용문은 실제 말하기 수업에서 제기된 사례를 중심으로 제시했음을 밝힌다.

먼저 공적 말하기에 부적절한 어휘, 즉 정체가 모호한 어휘의 활용이다. 대학의 수업 시간에 학생들의 발화를 유심히 들어보면, 공적 말하기에 적합하지 않은 어휘가 많음을 알 수 있다. 특별한 발화 의도가 내재되지 않았음에도 불구하고, 사적인 자리에서 발화할 법한 어휘를 불쑥불쑥 구사한다.[17] 다음의 예를 보자.[18]

① a: 다음 주 주제발표를 위한 몇 가지 자료를 사이버캠퍼스에 올렸습니다. 각자 확인하고, 이를 바탕으로 발표준비를 하면 됩니다.
　 b: 개꿀~. 자료수집 시간 벌었네요.

② 이곳은 제가 가 본 곳 중에서 제일 맛있는 곳입니다. 적극 강추합니

---

17 흔히 상황에 맞지 않는 어휘를 구사하는 경우 화자의 발화 의도가 내재된 경우가 많다. 상황과 어울리지 않는 어휘의 발화는 화자의 발화 의도를 간접적으로 드러내는 장치로 기능할 수 있기 때문이다.

18 이 글에서 분석 대상으로 삼은 예는 대학의 '말하기' 교양 수업에서 진행된 학생들의 발표 및 프레젠테이션 자료(2017~2018년 1학기)이다.

다. 학교에서 멀지도 않으니 한 번 가보세요. 절대 후회하지 않으실
겁니다. 특히 여기 마카롱은 진짜진짜 맛있어요. 레알~

③ 안녕하세요? 저는 여러분의 일상에 잔소리를 하고 싶은 참견러 ○○입
니다. 여러분, 가끔 우리는 우리의 삶에 대해 이렇게 말합니다. '이생
망'. 자, 이제부터 다같이 '엄근진'이 되어 제 발표를 들어주시기 바랍
니다.

　①의 예는 수업 시간에 진행된 응답 발화임에도 자연스럽게 '개꿀'
로 시작한다. 접두사 '개-'를 활용한 신조어의 양상과 용례가 많아서
수업 시간의 공적 발화에서도 큰 고민 없이 구사한 것이다. 나아가
학생들도 이 발화에 강한 공감을 표시하는 것으로 보아, 이 어휘의
발화가 공적 상황에서 문제가 된다고 생각하지 않는 듯하다. ②의 '강
추', '레알' 역시 일상 대화에서 흔히 들을 수 있지만, 공적인 상황에서
의 발화로는 적절하지 못하다. 나아가 ③의 '참견러'나 '이생망', '엄근
진'의 경우는 그것이 무슨 의미인지 이해하는 청자가 많지 않을 정도로
어색하다.[19] 물론 청자와의 공감대를 형성하거나 재미를 위해 이러한
어휘를 활용할 수는 있지만, 이에 대한 신중한 선택이 요구된다.
　다음으로 발화 의미에 적합하지 않은 비표준어이거나 문맥에 맞지
않은 어휘 구사이다. 이는 공사를 막론하고 모두 문제라 할 수 있지만,
공적 말하기에서는 문제가 더 심각할 수 있다. 그것은 어휘 구사의

19　① 참견러: 매사에 참견하는 사람을 지칭하는 신조어로, 영어에서 '~하는 사람'의
의미인 '~er'을 '참견하다'의 어근과 결합하여 만든 어휘이다. ② 이생망: 이번 생은
망했어. ③ 엄근진: 엄격, 근엄, 진지. 이렇게 첫 글자만으로 조합하여 만든 어휘가
다수이다. 학생들은 스스럼없이 이러한 어휘를 발표에서도 사용하고 있다.

문제를 넘어 발화자의 진정성이나 신뢰도와 관련될 수 있기 때문이다.

④ a. 그냥 사랑 받을 줄만 아는 아이들이 아니라 사랑을 줄 줄도 아는
     아이가 되고 싶습니다.
   b. 어떻게 사용하는지에 따라 그 역할이 틀려집니다.
   c. 저는 외성적인 성격으로, 대인 관계가 완만하고 주변에 친구가
     많습니다.
   d. 상업 면에서 활보할 수 있는 ○○○을 선택했습니다.

④의 a에서 '그냥'은 문맥상으로 볼 때, '단지' 정도의 부사가 적절할
수 있다. 맥락상 '단지 사랑을 받기만 하지 말고, 줄 줄도 알아야 한다'
의 의미 발화이기 때문이다. b에서는 '틀리다'와 '다르다'의 명확한 구
분이 필요하다. c는 '외성적인'이 아니라 '외향적인'으로, '완만'이 아니
라 '원만'으로 수정해야 한다. d의 '활보' 역시 '원활하게 활용할 수
있는' 정도로 수정을 요한다. 모두 유사한 의미 범주라고 이해할 수
있지만 내용상 적합한 어휘 선택이라고 볼 수는 없다. 이러한 어휘
선택의 문제는 그만큼 어휘 의미에 대한 이해가 부족하고 발화 맥락에
적합한지의 판단이 결여되어 나타난 현상이라 하겠다.

끝으로 발화 습관에 의한 간투사의 남발이다. 간투사는 말의 사이사
이에 들어가서 다양한 기능을 담당한다. 잠깐의 시간적 여유를 갖게
하기도 하고, 생각을 정리할 시간을 확보하기도 한다. 그래서 말하는
사람이 자신의 생각을 정리하여 나타내는 데 도움을 줄 수 있다. 그런
데 이러한 간투사를 마구잡이로 발화하면 자칫 메시지 전달이나 발화
에 대한 집중도를 떨어뜨릴 수 있다. 다음은 학생들의 발표에서 나타난
간투사의 예이다.

⑤ a. 우리나라 사람들이 막 자기를 소개할 때 막 자기 자신의 얘기는
뒤로 넘어가고 막 그냥 그런 얘기만 하는 것 같습니다.

b. 저는 그림 그리기를 진짜 좋아합니다. 이제 이걸로 대학에서 더
열심히 배워서 이제 미술관에서 일을 하고 싶습니다. 이제 좋아하
는 그림을 그리면서 이제 그림에 대한 생각이 많아졌습니다.

c. 말이 길어지기도 하고, 뭔가 순박한 이미지이기도 하고, 뭔가 순
박한 이미지 때문에 생긴 별명인 것 같습니다. 지금 ○○동아리를
하는데, 거기에서도 뭔가 일을 할 때 뭔가 뭐지 그런 이미지가
뭔가 시골 농사꾼 같은 이미지를 연상시키는 것 같습니다.

⑤의 예문 모두에서 간투사가 너무 자주 발화된다. 학생들은 '막',
'이제'와 같은 간투사를 가장 많이 사용하는데[20] c의 학생처럼 '뭔가'를
간투사로 활용하는 경우도 있었다. 나은미(2010:201)에 의하면 정보전
달 말하기에서 간투사의 빈번한 사용은 긍정적인 평가를 받기 어렵다
고 언급한다. 긴장하면 더 잦아지는 간투사는 자칫 발화자가 말하고자
하는 내용 전달에 부정적으로 기능할 수 있고 쉽게 고치기 어렵기 때문
에, 연습 과정의 반복을 통해 점차적으로 고쳐나가야 한다고 언급한다.
유혜원(2010:90)에서도 격식적 발화를 위한 어휘 선택에서 반복적인
간투사의 사용을 자제해야 한다고 언급하고 있다.[21] 발표하기나 프레
젠테이션과 같은 상황에서 간투사를 빈발하는 경우 전달 내용에 대해
자신 없어 보이고, 발표를 불성실하게 준비한 것처럼 보일 수 있다.

---

20 수업 시간의 발표 활동에서 '이제'라는 간투사가 가장 많이 사용됨을 알 수 있었다.
21 물론 구어적 특성을 겸비한 공적 말하기에서 격식체만을 발화해야 한다고 주장하
는 것은 아니다. 이 부분에 대해서는 다소 모호한 기준이 적용될 수 있지만, 본문에
서 제시하는 ⑤의 예처럼 지나치게 자주 발화하는 간투사는 메시지 전달이나 공적
상황의 말하기에서 긍정적으로 기능한다고 보기는 어렵다.

둘째, 문장 구성에서 발생하는 쟁점이다. 기초적인 문장 호응에서부터 번역투의 피동 표현이 문제가 될 수 있다. 공적 말하기에서의 효율적 소통을 위해 이러한 표현은 수정이 필요하다. 다음과 같은 점은 특히 문제가 심각하다 하겠다.

먼저 문장의 주술이나 수식의 오용이다. 발표자가 자신의 전공을 소개하는 부분을 들어본다.

⑥ a. 안녕하세요? 지식재산학과를 전공하고 있는 ○○○이라고 합니다.
   b. 저에게 역사학과라는 전공을 가져다 주었습니다.

⑥의 예문은 학생들이 수업 시간의 발표 활동에서 발화한 문장을 전사한 것이다. ⑥-a의 '지식재산학과를 전공하고 있는'의 표현은 '지식재산학을 전공하는' 정도로 표현해야 한다. ⑥-b의 경우도 '저에게 역사학과라는 전공을 가져다 주었습니다'가 아니라 '제가 역사학을 전공하게 되었습니다' 정도로 수정해야 할 것이다. 두 문장 모두 '전공하다'라는 어휘가 문장에서 실현될 때 어떤 의미의 단어와 결합할 수 있고, 어떤 문형을 구현할 수 있는지에 대해 알아야 적법한 문장을 구사할 수 있음을 보여준다. 또한 '전공을 가져다 주었고'의 표현은 '전공하게 되었고'가 적법하다고 할 수 있다.

다음으로 경어법의 오류이다. 공적 말하기는 사전에 치밀하게 준비함에도 불구하고 오류를 범하는 경우가 많다. 특히 공적 말하기의 상대가 특정 혹은 불특정 다수의 집단이거나 특정 소수의 영향력 있는 집단일 경우 지나치게 상대를 높이다가 오류를 범하기도 한다.

⑦ a. 조금은 이해가 가시지 않나요?

　　b. 부모님께서도 집에서 술을 드시면서 20년 동안 두 분의 추억을
　　　 앨범으로 만들어 놓고 안주 삼아 수다를 떠시는 모습이 너무 행복
　　　 해 보이셔서…

　⑦-a는 청자를 예우하는 표현으로 발화한 것이다. 그러나 높임을
표현하는 문법적 표지는 마지막 서술어인 '않나요?'와 호응되어야 하
며, 따라서 '이해가 가지 않으시나요?' 정도가 맞는 표현이다. 실제 발
화에서도 청자와의 관계를 고려한 높임 표현의 오류가 자주 나타난다.
⑦-b에서도 높임 표현을 사용하기는 했지만 부모님에 대한 언급으로
'수다를 떨다'는 표현이 적합하지 않다. 문장 호응을 감안하여 높임의
대상이 누구인지 명확하게 파악하고 발화해야 하겠다.
　마지막으로 사동과 피동의 혼동이다. 번역투의 말하기가 되지 않도
록 유의해야 한다. 사동이나 피동이 잘못 쓰인 예를 들어본다.

　⑧ a. 이번 자기소개에서는 저도 저 자신을 소개시켜 드리려고 합니다.
　　 b. 저는 교사의 길을 선택한 것이 후회되지 않습니다.
　　 c. 회사를 견학해 보는 시간이 있었습니다.
　　 d. 아직 저에겐 제 자신을 개발하고 성장시킬 수 있는 많은 시간이
　　　 있다고 생각합니다.

　⑧의 예문 역시 학생들이 수업 시간 발표 활동에서 발화한 문장이다.
a의 '소개시켜 드리다'는 흔히 나타나는 문장 오류로 '소개해 드리다'
로 수정되어야 한다. b에서는 '-이 후회되지 않는다'의 표현보다 '-을
후회하지 않는다'가 적합하다. 한편 c와 d의 문장 표현도 어색하다.
c의 '견학해 보는 시간이 있다'는 '견학하게 되었습니다' 혹은 '견학했

습니다'의 표현으로 수정해야 한다. d의 경우도 '많은 시간이 있다'보다는 '시간이 많다'로 수정하는 것이 더 적절하다.

이와 같은 문장 표현의 오류는 외국 문화와의 빈번한 교류, 외국어 번역의 영향으로 해석할 수도 있다. 나아가 외국어와 국어의 문법적 혼용 현상까지 가세하여 새로 등장하는 문장 표현이 문제를 야기하곤 한다. 따라서 국어 문법에 맞는 문장 표현에 대한 적절한 조정과 수용이 필요하다. 국어 문법에 기반을 둔 정문 표현은 공적 말하기의 격식체 표현과 이어지고, 이것이 청자와의 신뢰에 영향을 주기 때문에 주의할 필요가 있다.

3.2. 비언어적 관점에서의 쟁점과 교육

공적 말하기에서 고려할 비언어적 요소로 주목되는 것은 자세 및 태도, 몸짓과 표정, 시선과 목소리의 억양 등이다. 이러한 것은 화자에 대한 신뢰는 물론 발화 내용에 대한 이해에도 영향을 끼친다. 공적 말하기에서 이러한 요소에 유의해야 하는 이유도 여기에 있다. 이들이 궁극적으로는 의사소통을 결정하는 소통 기재로 기능하기에 중시해야 마땅하다. 하지만 학생들은 실제로 이와 같은 분야의 교육을 받아본 경험이 많지 않다. 그래서 비언어적 의사소통과 관련된 교육 활동에 대해 어색함을 느끼곤 한다.[22] 공적 말하기를 진행할 때를 대비하여

---

22 관련된 내용을 설문한 결과, 학생들은 비언어적 의사소통에 대해 교육받은 경험이 거의 없었으며, 이 분야에 대한 교육이 필요하다는 의견을 보였다. 그 이유를 개개인에게 피드백을 제공할 수 있는 교육 여건에서 찾을 수 있다. 수업 시간에 발표 및 프레젠테이션 활동을 개별적으로 진행해 본 결과 반듯한 자세로 말하기를 진행하는 학생이 많지 않았고, 시선이나 표정 관리, 목소리, 억양 등의 비언어적 요소들에 대한 처리가 부드럽지 못했다. 따라서 말하기의 자세 및 표정, 시선 처리, 목소리, 억양

바른 자세, 청중과의 눈맞춤, 얼굴 표정, 손동작 등에 대한 소통 능력을
길러야 한다.

학생들은 수업 시간에 발표하기 활동을 경험하고 비언어적 요소에
대해 전반적인 교육 및 개인 피드백을 받는다. 그러한 과정에서 학생들
스스로 그러한 교육의 필요성을 자각한다.[23] 수업 시간에 발표할 때
학생들은 반듯한 자세로 서 있는 것이 익숙하지 않아 몸을 흔들거나
꼬기, 다리를 흔드는 모습을 보이고, 얼굴 표정이 경직되면서 목소리가
작아지고 억양이 부자연스러워지거나 한숨을 쉬는 등의 현상을 보이
기도 한다. 일부 학생의 경우는 문장이 끝날 때마다 침을 그러모으는
습관을 보이기도 했다. 개인적인 차이는 있지만, 공통적으로 몸을 흔들
거나 머리를 만지는 등의 몸짓과 자세, 불명확한 시선 처리를 보였고,
발음의 부정확성과 부자연스러운 억양 등의 문제를 드러냈다.

의사소통의 상황에서 청자가 화자를 판단하는 데 말의 역할은 7%,
말소리는 38%, 그리고 몸짓언어의 역할은 55%가 된다는 머레이비언
의 규칙(The Law of Mehrabian)에 의하면,[24] 발화에 수반되는 비언어적
요소에 의해 의사소통의 상당 부분이 결정됨을 알 수 있다. 그러므로
이 부분의 중요성을 특히 중시해야 마땅하다. 말하기에서 비언어적
의사소통이 행사하는 영향력을 감안하면 이 분야에 대한 체계적인 교
육이 절실히 요구된다.[25] 수업 시간의 발표를 사진으로 찍고, 영상으로

등에 대한 구체적인 교육과 개별 피드백의 제공이 필요하다.
23 이 부분은 사회에서 대학생들에게 요구하는 요소이기도 하다. 특히 직장에서의 대인
    관계에 영향력을 행사하는 비언어적 요소들에 대한 교육이 필요하다는 점을 인지하
    고, 이러한 내용이 반영된 교과를 선택하는 학생들이 많아지고 있다. 사회에서의
    요구에 부응한 결과라 할 수 있다.
24 이성범(2015:5) 인용.
25 이 글에서 말하는 비언어적 요소는 몸짓, 표정, 시선, 자세에 속하는 비언어적 요소와

도 제작하여 발표자 본인이 확인하고 분석하는 작업을 통해서 말하기
에서 나타나는 비언어적 요소의 부족한 점을 교정할 수 있도록 해야
한다. 또한 동료 학생의 말하기 활동을 함께 관찰하고 분석하면서 공적
말하기에서 주의할 점이나 고려해야 할 비언어적 요소를 함께 익히도
록 해야 한다.

4. 공적 말하기의 교육 방안 모색

앞에서의 논의를 바탕으로 여기에서는 공적 말하기의 교육 방안을
모색해 보고자 한다. 앞에서 살핀 것 중에서 언어적 관점에서의 문제를
어휘와 문장의 측면에서, 비언어적 관점에서의 문제를 말하기에 수반
되는 각종 행위로 나누어 살펴보았다. 그런데 이들에 대한 교육이 결코
쉽지 않다는 데 문제의 심각성이 있다.

어휘와 문장 교육의 기본 방향을 교육할 수는 있어도 수정한 어휘
체계나 문장 구조를 일일이 교육하는 것은 불가능에 가깝다. 그것은
스스로 다양한 글을 접하면서 문맥에 맞는 어휘를 습득하는 훈련이
필요하고, 다양한 글을 읽고 요약하는 과정에서 문장 구조에 대해 이해
하는 과정이 필요하기 때문이다. 실제로 학생들이 공적 말하기에 어울
리지 않는 어휘를 구사하고 비문을 작성하는 것은 공적 말하기와 관련
된 상황을 체험하지 못했기 때문이기도 하다. 그래서 읽기와 쓰기의
반복적인 훈련을 통해 어휘와 문장에 대한 이해와 체득이 선결되어야

발음, 어조, 억양, 강세, 말의 속도, 목소리 크기 등을 관장하는 준언어적 요소 모두를
아우르는 개념이다.

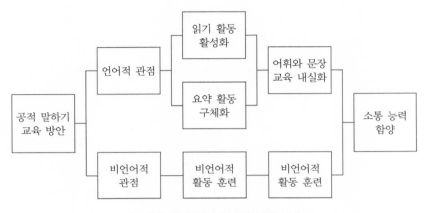

〈그림 1〉 공적 말하기 교육 내용 구축

한다. 이와 같은 점을 고려하여 이 글에서는 어휘 구사와 문장 작성의 문제 해결을 위해 읽기의 활성화, 요약의 구체화를 제시하고자 한다. 그리고 공적 상황에서 필요한 비언어적 요소의 이해를 통해 소통 능력을 함양해야 하는 필요성도 제기한다. 문제의식을 선명하게 제시하고, 이 분야에 대한 교육의 필요성을 고려한 공적 말하기 교육 방안을 도식화하면 〈그림 1〉과 같다.

첫째, 언어적 요소에 대한 교육 방안의 모색이다. 이곳에서는 앞에서 살핀 어휘와 문장의 쟁점을 교육하는 방안을 모색하는 것이다. 전자인 어휘 교육을 위해서는 읽기 활동의 활성화를 통해, 후자인 문장을 위해서는 요약 활동의 구체화를 통해 교육 방안을 모색할 수 있다.

먼저 읽기 활동을 통한 어휘 교육이다. 학생들은 자신의 생각을 구체적으로 표현하지 못하는 경우가 많은데, 기왕의 교육이 단순 암기와 취사선택으로 치우친 결과일 수 있다. 이제 학생들에게 읽을 수 있는 시간적 여유를 주고, 읽은 내용에 대해 생각할 수 있도록 교육해야 한다. 자신의 생각을 자유롭게 표현하고 타인의 생각을 익히면서 다양

한 어휘를, 그리고 문맥에 맞는 어휘를 학습하게 된다. 많이 읽고, 많이
생각하는 과정 모두가 어휘를 통해 이루어지기 때문에 읽는 것 자체가
곧 어휘 습득의 방편일 수 있다. 실제로 어휘 교육의 내실화는 문맥이
나 상황에 맞는 어휘를 적절히 구사하는 능력을 배양하는 것이라 하겠
다. 학생들은 어휘의 정확한 의미를 모르거나 맥락에 비추어 적절한지
에 대한 판단 없이 말하는 경우가 많다. 같은 어휘라도 발화 맥락에
비추어 의미가 달라지는 경우가 있으므로, 이에 대한 교육이 필요하다.
그 교육의 핵심이 다양한 글을 읽으면서 맥락에 맞는 어휘를 체득하는
것이라 하겠다. 사실 어휘 교육의 필요성이 대두되는 것은 읽기가 부실
한 결과일 수 있다. 다양한 읽기를 통해 자연스럽게 어휘 의미를 습득
해야 하는데, 우리 교육의 사정은 그러하지 못했다. 따라서 구체적인
예문 제시와 읽기 활동을 제공하고, 이를 통해 적확한 어휘 구사는
물론 상황에 맞는 적절한 어휘를 선별하여 발화할 수 있도록 지도해야
하겠다.[26]

　다음으로 요약하기 활동을 통한 문장 교육이다. 요약 활동의 구체화
를 통해 읽거나 들은 자료에 나타나는 중심 내용을 파악할 수 있어야
한다. 학생들은 대부분 글 읽기에 대해 부담스러워하며, 다 읽은 글의
내용을 간단하게 요약하는 활동을 힘들어 한다. 이는 말하기로 견주면
듣기 능력이 부족한 것과 상통한다. 청자의 말을 잘 듣고 전달하고자
하는 핵심 내용이 무엇인지 제대로 파악해야 적절한 말하기를 수행할
수 있듯이, 읽은 내용에 대해 요약할 수 있는 능력을 배양해야 쓰기

---

[26] 구어와 문어의 차이를 고려한 읽기 지문의 선택도 중요하다. 공적 말하기를 반영할
수 있는 의식문 혹은 대표적인 연설문 등을 교육 자료로 활용하여 읽기의 문어적
특성을 보완할 수 있을 것이다. 또는 바른 언어를 사용하는 방송 등을 표본화하여
말하기와 듣기 교육 자료로 활용하는 것도 좋을 것이다.

능력도 신장될 수 있다. 그것이 소통 능력의 기초이기에 중시해야 마땅하다. 읽거나 들은 내용을 자신의 말로 요약할 수 있어야 그것을 전달할 수 있다. 실제 수업 시간에 읽기나 듣기를 진행하면서 요약 활동을 전개하면 학생들은 읽거나 들은 내용의 핵심을 추려내지 못하거나 엉뚱한 부분을 요약하기도 한다. 요약 능력의 부족으로 내용에 대한 확신이 서지 않고, 그러는 중에 문장의 구성도 비문을 양산하게 된다. 따라서 말하기를 수행할 때도 엉뚱한 내용에다 엉뚱한 문장 구성을 보이는 것이다. 많이 읽고, 많이 생각하는 것 못지않게, 읽거나 들은 내용에 대한 요약 활동을 체계적으로 전개해야 한다. 이러한 요약 활동을 통해 문맥이나 내용에 맞는 문장 구성 능력도 함양될 수 있기 때문이다.

둘째, 비언어적 요소의 훈련을 통한 전달 능력의 제고이다. 공적 상황에 대한 인식을 바탕으로 비언어적 관점에서의 의사소통 교육이 진행되어야 한다. 모국어가 한국어이고, 한국에서 자랐으므로 한국어의 말하기 예절은 당연히 알고 있을 것이라는 전제부터 시정해야 한다. 적절한 의사소통을 위해서는 모국어나 외국어를 막론하고 적절한 교육이 수반되어야 한다. 그러한 교육의 미비로 대학의 수업 시간에서조차 적절하지 못한 말하기 태도를 드러낼 수밖에 없다. 공적 말하기에서 비언어적 요소에 대한 교육이 필요한 이유는 사적 상황의 말하기와 상당 부분 다르기 때문이다. 공적 상황에 대한 명확한 인지는 화자와 청자의 관계를 규정짓게 하고, 의사소통에서 고려해야 하는 말하기 태도를 결정짓기 때문이다. 사적인 상황에서는 크게 문제되지 않을 자세와 태도도 공적인 상황에서는 부적절할 수 있다. 의사소통에서 비언어적 요소에 대한 의존도가 높은 상황을 고려하면 이에 대한 교육이 치밀하게 진행되어야 하겠다. 즉 공적 상황에서는 어떤 자세와 태도를 견지해야 하는지 설명하고, 목소리의 크기와 높낮이 조절, 발음의 정확성, 시선 처리, 발화 습관 등에 대해 구체적으로 교육해야 한다. 사소한 말하기 자세와 태도가 화자에 대한 신뢰도와 메시지의 수용 여부에 영향을 미칠 수 있음을 감안하면, 비언어적 의사소통에 대한 교육이 더 절실하다.[27]

5. 나오기

이 글에서는 공적 말하기에서 나타나는 문제점을 살펴보고, 공적 말하기 교육의 개념과 특징, 구체적인 교육 방안을 모색해 보았다. 말하기 능력에 대한 사회의 요구를 감안하면 학생들에 대한 공적 말하기 교육이 절실하다. 대학에서 배워야 할 능력으로 가장 많이 응답한 것이 '의사소통 능력'임을 상기하면 원활한 의사소통이야말로 현대 사회를 사는 데 반드시 필요한 요소라 하겠다. 이상의 논의를 요약 제시함으로써 결론을 대신하고자 한다.

첫째, 공적 말하기의 개념과 특성을 살펴보았다. 공적 말하기는 발화 장면(혹은 상황)에 대한 인식과 발화에 참여하는 사람들의 공식적인 관계, 그리고 발화의 목적에 의해 규정될 수 있다. 곧 대중을 상대로 하는 발화 장면, 객관적인 화·청자의 관계, 공익을 우선하는 발화 목적에 의한 말하기를 공적 말하기라고 할 수 있을 것이다. 이에 대한 개념을 정확하게 이해시키고, 이를 바탕으로 구체적인 장르(발표하기, 토의

---

27 더불어 공적 말하기를 연습할 수 있는 기회의 제공도 시급한 문제다. 현실적으로 수업 시간에 말하기 연습의 기회를 충분히 제공하기는 여의치 않은 면이 많다. 공적 말하기 대본 작성 및 제공, 연습, 피드백이 필요하고, 말하기 활동을 수행할 수 있는 교수법이 구축되어야 할 것이다.

토론하기, 프레젠테이션, 인터뷰 등)에서의 말하기 활동에 대해 교육해야
할 것이다.

둘째, 공적 말하기에서 나타나는 문제를 언어적 관점에서 어휘 선택
적 측면, 문장 표현적 측면으로, 그리고 비언어적 관점에서 말하기의
자세와 태도, 목소리의 높낮이와 크기 등으로 분류하고, 각각의 분야에
서 나타나는 문제점을 학생들의 발표를 중심으로 분석해 보았다. 어휘
선택의 경우는 공적인 상황에서 발화하기 곤란한 어휘도 스스럼없이
발화하거나 의미가 적절하지 않은 어휘를 잘못 발화하는 경우가 많았
다. 뿐만 아니라 습관적인 간투사를 남발하는 문제도 있었다. 문장 표
현의 경우는 국어 문법에 맞지 않는 비문으로 발화하는 경우가 많았다.
문장성분이 호응되지 않거나 번역투의 문장, 그리고 사동과 피동의
오용 등이 문제였다. 비언어적 의사소통에서는 말하기의 자세와 시선
처리, 목소리의 크기와 억양 등의 문제를 살펴보았다. 부자연스러운
표현은 원활한 의사소통을 방해하고, 발화자의 의도를 청자에게 전달
하는 데 걸림돌로 작용할 수 있다. 따라서 이에 대한 적극적인 대처와
교육이 필요해 보인다.

셋째, 공적 말하기의 교육 방안을 언어적 측면에서 읽기의 활성화,
요약의 구체화를 들어 제시하고, 비언어적 측면에서는 구체적인 언어
사용 훈련의 필요성을 강조하였다. 읽기 활동을 통해 문맥에 맞는 적절
한 어휘를 습득할 수 있으며, 요약 활동을 통해 상황에 맞는 문장 구성
능력을 배양할 수 있다. 어휘 구사와 문장 구성의 오류를 바로잡는
것은 단순한 교육으로 해결될 문제가 아니다. 그래서 읽는 과정을 통해
공적인 말하기에 어울리는 어휘의 선택과 구사를 익히도록 하고, 읽거
나 들은 내용을 요약하는 과정을 통해 정문을 작성하는 능력을 기르도
록 해야 한다. 비언어적 요소의 교육 방안은 반복적인 훈련이 중요하

다. 즉 공적인 말하기를 수행하는 데 적합한 자세와 태도, 목소리의
크기와 높낮이, 발화 습관 등을 숙지하도록 훈련해야 한다. 그렇게 할
때 언어적 요소와의 조화로 원활한 의사소통이 가능하기 때문이다.

참고문헌

김보경, 2013, 「취업목적 말하기의 특성과 교육방안」, 『화법연구』 22, 한국화법학회, 33~65쪽.

김윤희, 2014, 「〈사고와 표현〉 수업에 적용해 본 '3분 스피치' 교육의 효용성과 피드백의 실제」, 『인문과학연구』 40, 강원대학교 인문과학연구소, 529~549쪽.

김현정, 2013, 「대학 '말하기' 교과 운영 현황과 개선 방안」, 『교양교육연구』 7-3, 한국교양교육학회, 597~625쪽.

나은미, 2010, 「정보전달 발표에 대한 평가 분석」, 『한국어학』 49, 한국어학회, 181~208쪽.

_____, 2017, 「대학생의 정체성을 고려한 교양교육으로서 화법 교육의 설계」, 『화법연구』 36, 한국화법학회, 35~56쪽.

도원영, 2008, 「말하기에서의 동작 언어에 대한 고찰」, 『한국어학』 39, 한국어학회, 203~215쪽.

민병곤, 2014, 「국어 교육에서 표현 교육의 확장과 통합 방안」, 『새국어교육』 99, 한국국어교육학회, 7~26쪽.

민병곤·박재현, 2015, 「고등학생과 성인의 말하기 능력 비교 연구」, 『국어교육연구』 35, 서울대학교 국어교육연구소, 283~320쪽.

박종훈, 2014, 「발표 능력 신장을 위한 대하 교양 화법 과목 개선 방향」, 『어문학교육』 49, 한국어문교육학회, 5~22쪽.

신희선, 2013, 「여대생의 사고와 표현 능력 함양을 위한 교육」, 『아시아여성연구』 52-1, 숙명여자대학교 아시아여성연구소, 87~132쪽.

오세정, 2009, 「대학 스피치 교육에 대한 비판적 검토와 대안적 시각」, 『서강인문논총』 25, 서강대학교 인문과학연구소, 87~114쪽.

유혜원, 2010, 「말하기 교육을 위한 격식 표현 연구」, 『교양교육연구』 4~1, 한국교양교육학회, 73~93쪽.

이도영, 2002, 「음성 언어교육과 문화창조」, 『한국초등국어교육』 20, 한국초등국어

교육학회, 25~45쪽.

이성범, 2015, 『소통의 화용론』, 한국문화사, 4~5쪽.

임지룡, 1992, 『국어의미론』, 탑출판사, 338쪽.

전은주, 2010, 「말하기 불안 해소의 교수 학습 방법」, 『화법연구』 16, 한국화법학회, 95~124쪽.

_____, 2014, 「대학 교양 화법 교육의 발전 방안」, 『화법연구』 24, 한국화법학회, 9~39쪽.

_____, 2014, 「스마트 교육 시대의 화법 교육」, 『국어교육학연구』 49-2, 국어교육학회, 6~34쪽.

전은진, 2012, 「대학생 말하기 교육의 현황과 개선 방안」, 『인문과학연구』 32, 강원대학교 인문과학연구소, 167~191쪽.

정순현, 2006, 「다원주의 사회에서 공적말하기」, 『한국소통학보』 5, 한국스피치커뮤니케이션학회, 103~127쪽.

최웅환, 2004, 「대학 교양교육으로서 〈대학화법〉의 방향성 모색」, 『국어교육연구』 36, 국어교육학회, 289~308쪽.

황순희, 2011, 「공학인 대상 '공적 말하기' 강의 내용 개발 연구(1)」, 『수사학』 14, 한국수사학회, 127~165쪽.

비교과 프로그램을 활용한 말하기 교육

1. 들어가기

소통 능력의 중요성이 대두되면서 대학 교육에도 전면적인 변화의 바람이 불고 있다. 의사소통 능력 향상을 위해 글쓰기와 말하기 교육의 내용이나 방법에 변화를 모색하고, 교과 연계 교육 활성화 방안을 강구하고 있다. 이 글은 이러한 흐름을 배경으로, 교양국어의 말하기 교육과 연계한 비교과 프로그램 운영 현황과 특징을 검토하고, 향후 효과적인 말하기 교육 방안을 강구하는 데 도움을 주고자 한다.

현대 사회는 대학생들에게 '소통 능력'을 요구하고 있다.[1] 교육 과정에서 '논리', '창의', '공감', '소통' 등이 교육의 키워드로 등장하기도 하였다. 사회에서 논리적 판단과 창의적 사고를 기반으로 한 공감적 소통 능력을 요구하기 때문이다.[2] 대학에서 말하기와 글쓰기 관련 교

---

1   국가직무능력표준(NCS)에 의하면, 직업기초능력의 구성 요소로 의사소통능력과 문제해결능력을 제시하고 있다. 의사소통능력은 '업무를 수행함에 있어 글과 말을 읽고 들음으로써 다른 사람이 뜻한 바를 파악하고, 자기가 뜻한 바를 글과 말을 통해 정확하게 쓰거나 말하는 능력'이고, 문제해결능력은 '업무를 수행함에 있어 문제 상황이 발생하였을 경우, 창조적이고 논리적인 사고를 통하여 이를 올바르게 인식하고 적절히 해결하는 능력'을 의미한다(《국가직무능력표준》, '직업기초능력' 참조).

과목을 이론 중심에서 실용 중심으로 개설하는 이유이기도 하다.[3]

M대학교에서는 말하기 관련 교양교과로 '표현과 말하기', '말하기와 의사소통'을 운영하고 있다. 교양필수 교과인 '표현과 말하기'는 말하기와 듣기, 읽기와 요약하기를 통합하여 운영한다. 제시된 쟁점 관련 자료를 읽고 요약한 후, 수업 시간에 이에 대해 토론하는 말하기를 진행한다. 시사적인 쟁점에 대해 읽기 자료를 바탕으로 공부하고 다른 학생들과의 토론을 통해서 나름의 결론을 도출한 후 자신의 생각을 최종 정리한다. 이러한 과정을 통해 논리적 사고력과 종합적 판단력을 기르고, 나아가 자아와 세계에 대해 깊이 있는 성찰을 할 수 있다.[4]

교양핵심 교과인 '말하기와 의사소통'은 대화와 발표, 설명과 설득,

---

2 백승무(2014:109)에서는 '어떤 학문이든 언어를 매개하지 않고 성립할 수 없으며, 어떤 학습이든 고도의 말글능력 없이 수행되지 않는다. 대학 교육은 말글능력의 잠재성을 전제로 성립된다'고 주장한다. 백미숙(2009:325)에서도 '말과 글의 명확한 표현은 명확한 사고를 이끌고, 명확한 사고는 말과 글을 명확히 구사할 수 있는 토대가 된다'고 제시하면서 말과 글의 중요성을 강조한다. 이처럼 말과 글은 기본적인 의사소통뿐만 아니라 대학생의 학습 전반, 나아가 인간 사유의 정체성을 형성하는 데 영향력을 행사한다.

3 전은진(2012:170)도 말하기 관련 교과는 점차 확산되는 추세로 각 지역의 여러 대학에서 말하기 능력 함양을 위한 교양교과를 개설·운영한다고 언급한다. 김현정(2013:605~606)에서 소개한 국내 대학 말하기 관련 교과를 보면, 경북대(실용화법), 경희대(창의적 소통), 고려대(국어예절과 화법, 프레젠테이션), 부산대(열린 생각과 말하기), 서강대(리더십과 의사소통, 의사소통의 기법, 발표와 토론), 서울대(말하기, 국어화법), 성균관대(스피치와 토론, 말하기), 숙명여대(발표와 토론), 연세대(말하기와 토론), 전남대(화술의 이론), 전북대(토론과 면접 실기, 스피치와 프레젠테이션, 커뮤니케이션 기법), 중앙대(독서와 토론, 언어와 의사소통, 인터뷰와 프레젠테이션), 카이스트(커뮤니케이션), 한양대(세상을 움직이는 커뮤니케이션, 말과 현대생활) 등이 있다.

4 '표현과 말하기'는 체험 교과로 분류하고, 27명 정원제 수업으로 진행된다. 체험 활동의 중요성을 인지하고, 구체적인 피드백 활동을 병행하기 위하여 인원을 제한하고 있다.

인터뷰와 같은 말하기 장르에서의 주안점과 특징, 주의할 점 등에 대한 기초 학습을 바탕으로 학생 개개인이 말하기 활동을 진행하는 체험 기반 강좌이다. 말하기 활동을 진행하고, 이에 대해 동료 학생들과 합평하며 교수자의 피드백이 함께 제공된다. 말하기 체험 학습을 통해 말하기에 대한 긍정적 인식을 형성하고 자신의 말하기에 나타나는 단점을 개선하려고 노력한다. 다양한 말하기 체험 활동은 일차적으로는 말하기 능력을 향상하는 데 목적이 있지만, 궁극적으로는 자아와 세계의 관계 인식을 바탕으로 공동체의식의 함양, 타인에 대한 배려의식 함양, 그리고 자존감을 구축하도록 유도한다.[5]

아울러 학내의 다양한 경진 대회와 워크숍, 특강과 비교과 활동을 마련하여 학생들이 소통 능력을 함양할 수 있도록 교육 프로그램을 진행한다.[6] 이와 같이 말하기, 글쓰기 관련 교육이 많아지는 이유는 자기 생각을 논리적으로 피력하고 나와 다른 생각을 합리적으로 수용할 수 있는 소통 능력이 사회에서 중시되는 요소이기 때문이다.

대학에서는 학생들의 소통 역량을 기르기 위한 교육 활동을 다양하

---

5 '말하기와 의사소통'은 목적에 따른 말하기 활동(사적 말하기-자기소개, 대화하기/
공적 말하기-정보전달 말하기, 주장하는 말하기, 토의·토론하기, 면접 말하기)을 진
행하고 합평과 일 대 일 피드백을 통해 자신의 말하기 활동에서 나타나는 단점을
보완한다. 30명 정원제 수업으로 진행하고, '표현과 말하기'처럼 체험 교과이다. 교
과목의 전반적인 특징은 다음 그림과 같다.

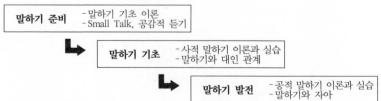

6 학교에서 진행하는 경진 대회로 체험 성장 에세이 대회, 토론 대회, 프레젠테이션
경진 대회, 취업대비 자소서 작성 대회 등이 있다.

게 전개하지만, 다수 집단으로 구성된 강좌의 한계는 여전하다. 현실적
으로 학생들의 개인 편차를 고려한 교육 활동이 강의실에서 제공되기
는 어렵다. 그러다 보니 학습 동기가 부족하거나 학습 능력이 부진한
학생들은 더욱이 교육의 혜택을 받기가 어렵다.[7] 반대로 학습 능력이
좋고 성취동기가 높은 학생도 그 학생만을 위한 적합한 교육 서비스를
제공받기 어렵다. 교실 수업에서 어려운 학생 개개인을 위한 교육 서비
스를 위해 각 대학에서는 교과와 연관된 비교과 프로그램을 운용하고
있다. 하경숙(2013:113~115)에서 소개하는 경희대의 국어클리닉, 건국
대의 KU스마트클리닉, 전남대의 온라인 글쓰기상담실 등이 그것이다.
이와 같은 비교과 프로그램의 활성화는 말하기 교육의 중요성을 인지
하고 더 많은 혜택을 주고자 함인데, 이는 교과 이수만으로는 해결하기
어려운 문제를 보완하는 방편이기도 하다.

　M대학교에서는 말하기 강좌 관련 비교과 활동으로 '말하기클리닉'
을 운영하고 있다. '말하기클리닉'은 학부교육 선진화 선도대학 지원
사업(ACE)의 일환으로 학부생의 말하기 능력 향상과 교양국어 내실화
를 위해 설립·운영되는 비교과 프로그램이다. 이 글에서는 그간의 '말
하기클리닉' 운영 현황과 상담 절차 등을 검토하고 특징을 찾아보고자
한다. 그렇게 하면 여러 대학의 비교과 프로그램 운영에 다소나마 도움
이 되리라 본다.

7　지방 대학의 경우 학습 동기가 부족하거나 소극적 학습 태도를 갖고 있는 학생들이
　많다 보니 실제 교육 현장에서 느끼는 어려움은 더욱 크다고 할 수 있다.

2. '말하기클리닉'의 운영 현황과 상담 절차

2.1. '말하기클리닉' 운영 현황

정규 과목과 연계된 비교과 프로그램의 필요성에 대한 논의는 아주 다양하다. 그중 이 글에서 살펴볼 말하기 관련 비교과 프로그램의 필요성은 무엇보다도 의사소통을 중시하는 사회 분위기에서 찾을 수 있다. 이를 충족하기 위하여 말하기 교육 프로그램의 상설 운영이 필요하다. 목적과 상황에 맞는 말하기 활동과 그에 대한 구체적인 피드백이 제공되도록 교육 프로그램이 운영되어야 한다.[8] 이를 위해 M대학교에서는 말하기 강좌 관련 비교과 프로그램으로 '말하기클리닉'을 개설·운영하고 있다.

M대학교 '말하기클리닉'은 2015년 2학기에 개소, 시범 운영을 거쳐 2016년부터 본격 운영을 시작해서 현재까지 운영되는 비교과 프로그램이다 '말하기클리닉'의 세부 운영 현황은 〈표 1〉과 같다.

2016년에서 2017년 1학기까지 세 학기의 운영 현황을 보면 클리닉을 이용하는 학생 수는 꾸준한 증가세를 보이고 있다. '말하기클리닉'을 이용하는 학생들의 학년 및 교과 연계 여부를 살펴본 결과, 1학년 교양필수인 '표현과 말하기' 수강생이 가장 많았고, '말하기와 의사소통' 수강생 및 기타 개인적인 필요에 의한 학생 순으로 나타났다.[9]

---

8 안병섭(2012:76)에서는 대학의 말하기 교육 문제점으로 고등학교 화법 교육과 차별화되지 못한 점, 단순한 지식 전달이나 형식적인 연습에 그치는 점, 그리고 교수자에 따라 교육 내용 설계에 간극이 크다는 점을 제시하였다. 이를 보완하기 위해서는 학생이 직접 체험하고 피드백을 제공받는 학생 중심의 교육 프로그램이 필요하다.

9 '말하기클리닉'의 성격이 '표현과 말하기' 및 '말하기와 의사소통' 교과와 연계된 비교과 활동이다 보니, 이용 학생의 80% 이상이 교과 수강 학생들이다. 기타 전공 교과의

〈표 1〉 '말하기클리닉' 운영 현황

1. 운영 목적	- 학생들의 말하기 능력을 향상시키기 위한 비교과 프로그램이다. - 말하기 교육 매뉴얼을 구축하고, 이를 바탕으로 체계적인 말하기 교육을 실시한다. - 말하기 활동에 대한 일 대 일 피드백을 제공하여, 다양한 상황에서 능숙하게 말할 수 있는 능력을 함양할 수 있도록 한다.
2. 운영 일정	- 개강 후 3주차부터 시작, 15주차에 마무리 - 월요일~금요일(10~17시) 상담 진행, 홈페이지 예약서비스 제공
3. 운영 방법	- 담당 교수와 일 대 일 코칭(한 시간에 한 명) - 말하기클리닉 방문 목적 및 상담 희망 분야에 대한 설문, 상담 활동 전개, 사후 설문 작성 - 말하기클리닉 설문 결과는 운영 방법에 반영
4. 상담 자료	- 말하기클리닉 표준 매뉴얼 구비 - 담당 교수들의 정기 회의를 통해 상담 관련 정보 공유 - 교과 정기 워크숍과의 연계 활동으로 상담 운영 활성화 유도
5. 담당 교수	- '말하기클리닉' 담당 교수 및 연구원 상주 - '말하기클리닉' 담당 조교 상주
6. 이용 학생	- 2015년 2학기 35명 시범운영 - 2016년 1학기(100명), 2016년 2학기(125명), 2017년 1학기(185명)

클리닉 이용 학생들의 구체적인 상담 내용은 '표현과 말하기' 연계 비교과 활동이라는 성격에 맞게 주로 토론과 관련된 말하기 상담이 많았다. 토론에서 주장을 요약해서 말하는 방법, 사회자의 역할, 상대방의 질문에 답하는 방법, 그리고 토론에서의 입론 말하기 등이 주를 이루었다. 기타로는 말하기 전반에 걸친 상담(예를 들어 말하기 울렁증, 우물쭈물 말하기, 작은 소리로 대답하기 등)이나 올바른 발음법, 설명하는 말하기, 자기소개 말하기, 발표하기, 프레젠테이션 등에 대한 내용이 대부분이었다.[10]

발표 준비 및 면접 대비, 말하기 관련 개인적인 관심 때문에 이용하는 학생이 있다.

또한 '표현과 말하기' 교과가 1학년 교양필수이기에 클리닉을 이용하는 학생들도 대부분 1학년이다. 한편 '말하기와 의사소통'이나 기타 개인적 사유로 클리닉을 이용한 학생들은 대부분 고학년으로 나타났다.[11] 1학년의 경우는 교과 과제 수행 및 수업 시간의 토론 활동에 대한 자세한 지도를 희망하는 경우가 많았고, 고학년의 경우는 전공 수업이나 기타 타 교양 수업에서의 발표하기, 면접 관련 말하기에 대한 상담이 많았으며, 간혹 자신의 말하기에서 나타나는 문제점을 인식하고 이를 교정하기 위해서 클리닉을 이용하는 경우도 있었다. 이렇게 보면 비교과 프로그램인 '말하기클리닉'은 주로 기초교양 교과와 관련된 말하기 교육 활동의 일환으로, 수업 시간에 학생 개개인에게 제공하기 어려운 개인 피드백을 제공하는 '일 대 일 맞춤형 교육 활동'이라고 할 수 있다.

2.2. '말하기클리닉'의 상담 절차

'말하기클리닉'에서 운영되는 상담은 말하기 장르별로 나누어져 있다. 말하기 기초, 자기소개 말하기, 설명하는 말하기, 주장하는 말하기, 면접 말하기, 프레젠테이션의 여섯 분야의 말하기가 그것이다. 발화 목적에 따라 강조할 점이 달라지고 표현에서 주의할 점, 내용 구성의 방법이 다르기 때문에, 이러한 요소들을 고려하여 피드백 프로그램을

---

10 2017년도 1학기 상담 신청 내역을 살펴보면 토론하는 말하기 44.3%(82명), 말하기 기초 38.4%(71명), 설명하는 말하기 8.6%(16명), 프레젠테이션 4.9%(9명), 면접 말하기 3.8%(7명)로 나타났다.

11 개인적인 필요에 의해 이용하는 학생은 주로 고학년인데, 이들은 주로 친구의 소개로 온 경우가 많았다. 클리닉을 경험한 학생이 말하기에 어려움을 호소하는 친구에게 소개하여 이용하는 경우가 많았다.

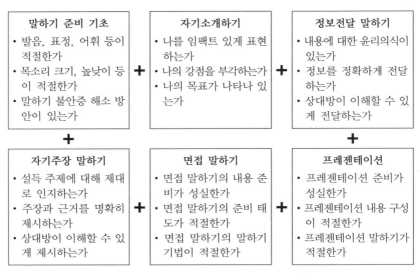

〈그림 1〉 분야별 말하기 피드백 프로그램

운영하고 있다.

'말하기클리닉'에서는 〈그림 1〉에서 보는 것처럼 모두 여섯 장르의
말하기 관련 상담이 진행된다. 학생들은 상담을 신청할 때 자신이 상담
하고 싶은 분야를 구체적으로 제시하고, 교수자는 이에 맞춰 상담을
진행한다. 클리닉의 상담 단계는 다음과 같다.

'말하기클리닉' 상담 순서

1) 학교 홈페이지 종합정보시스템에서 '말하기클리닉'을 클릭하고, 상
   담 희망 날짜와 시간을 예약한다.
2) 예약 시간에 맞춰 '말하기클리닉' 센터를 방문한다.
3) 센터에 준비되어 있는 설문지를 작성하고, 교수자에게 제시한다.[12]

---

12 클리닉 이용 학생의 사전 설문에서 상담 분야와 상담 요청 내용을 조사한다. 상담

4) 교수자는 학생이 제출한 신청서를 바탕으로 기초 설문을 진행한다. 이때 학생이 준비해온 대본이 있다면 상담 목적에 맞게 내용 첨삭을 함께 진행한다.

5) 학생의 말하기 활동을 먼저 시연시키고, 이를 영상으로 녹화, 함께 다시보기를 하면서 1차 상담을 진행한다. 학생은 상담 내용을 바탕으로 반복하여 말하기 활동을 진행하고, 교수자는 말하기 활동 영상을 바탕으로 구체적인 말하기 피드백을 제공한다. 피드백의 내용은 언어적 측면, 비언어적 측면에서 제공한다.

6) 말하기 피드백 활동이 끝난 후 학생에게 클리닉 활용 효과, 교육 기대치 및 만족도 등 클리닉 관련 제반 내용을 설문한다.

먼저 상담을 시작하기 전 학생에게 사전 설문을 실시한다. 학생은 사전 설문에서 상담 희망 분야와 구체적인 사유를 작성하고, 교수자는 이에 맞춰 상담을 시작한다. 기초적인 대면 상담을 통해 학생의 문제점을 확인한 후, 1차 말하기 활동을 진행한다. 이때 학생이 준비해온 말하기 대본을 보고, 먼저 내용 첨삭을 진행한다.

다음에 제시된 예문은 M대학교 학생이 '말하기클리닉' 상담에 가져온 주장하는 말하기의 대본이고, 이를 첨삭한 예시이다.[13]

분야는 ① 말하기 기초(발음, 발성, 어휘, 표정, 목소리, 말하기 자세 등) ② 자기소개하기(3분 자기소개하기, 공적인 자기소개, 사적인 자기소개 등) ③ 설명하기(정보전달 말하기, 수업 시간 발표하기 등) ④ 설득하기(토론하는 말하기, 토론에서 사회보기 등) ⑤ 면접 말하기(면접에서 말하는 자세, 태도, 주의할 점 등) ⑥ 프레젠테이션(프레젠테이션 준비, 프레젠테이션 말하기, 자세, 태도 등)으로 구성되고, 이 중에서 상담 희망 분야를 선택하여 구체적인 상담 요청 내용을 작성한다.

13 예문은 'CCTV의 효용성'에 대해 세 가지 근거를 바탕으로 주장하는 말하기를 위해 학생이 작성한 대본이다. 교수자는 학생이 준비해온 글의 주제와 내용을 감안하여 간략하게 첨삭을 진행했다.

CCTV 설치의 효용성으로는 무엇이 있을까요?

첫째로 강도, 살인, 강간, 성추행, 폭력 등 각종 범죄를 ~~예방합니다~~ 범죄자가 크 *(예방에 효과적입니다.)*

~~자리에 CCTV가 있는 것을 알게 된다면 범죄를 저지르려는 욕구를 억제시키는 효과가~~ *(CCTV의 존재만으로도 범죄가 일어날 확률을 줄일 수 있다고 합니다.)*

~~있습니다.~~ 또 CCTV를 대폭 설치 ~~후에~~ 범죄율이 줄었다는 통계도 있습니다. *(실제로 / 하고)*

둘째로 범죄수사에 도움이 됩니다. 서울 시내 ~~검거실적이~~ 272.3%로 껑충 뛰었으며, *(CCTV 설치 후 / 범인 검거율이)*

CCTV 영상은 범인을 잡는 물적 증거로도 많이 쓰이고 있습니다. 예전 군포에서 ~~발상~~한 *(발생)*

여대생 살인사건 ~~당시~~ 범인 강호순을 검거할 때 CCTV가 범인 검거에 큰 역할을 했습니다. *(의 / 에도)*

셋째로 공공적인 측면뿐만 아니라 일상생활~~에서도~~ 문제 해결에 도움을 줍니다. 교통 *(의 / 도)*

상황을 CCTV로 파악하여 정체구간 등을 알려주기도 하며, 과속카메라는 안전운전을

할 수 있도록 ~~해줍니다.~~ *(도와줍니다.)*

이처럼 CCTV를 설치하면 좋은 점이 많습니다. 치안인력부족현상을 보완 할수 있으

며, 주민체감안전도도 많이 올릴 수 있고, 범죄 예방 및 범죄 검거에 도움이 됩니다.

그러므로 정부는 조금 더 신경 써 오래되거나 고장난 CCTV는 최첨단 CCTV로 바꿔

나가야 하며, 사각지대 미설치 지역이나 치안이 안 좋은 지역은 CCTV를 더 설치해야

한다고 생각합니다.

〈그림 2〉 말하기 대본 첨삭

제시된 예문처럼 학생이 준비해 온 내용을 말하기 장르에 맞춰 간단하게 내용 첨삭을 진행한다.[14] 말하기의 목적에 따라 주제가 정확하게

---

14 말하기 대본의 내용 첨삭은 글쓰기 첨삭과 같은 기준을 적용하지만, 글쓰기 중점의 첨삭처럼 자세하지는 않다. 다음과 같은 요소들이 적절하게 제시되었는지를 간략하게 확인하는 정도이며, 글쓰기 첨삭에서처럼 문장 표현이나 어휘 선택, 맞춤법 등

표현되었는지, 주제에 따른 내용 전개가 타당한지 개략적인 첨삭을 진행하고, 이후 학생은 이를 바탕으로 말하기 활동을 진행한다. 교수자는 학생의 말하기 활동을 동영상으로 녹화한 후, 함께 영상을 보면서 학생의 말하기에서 나타나는 문제점이나 취약한 부분에 대해 상담을 진행한다. 학생들은 처음에는 매우 부끄러워하거나 주저하면서 말하기를 진행한다. 카메라 앞에서 말하는 것이 상당히 긴장되는 일이기 때문에 더 어색해한다.

교수자는 말하기에서 나타나는 문제점을 언어적 관점과 비언어적 관점에서 상담한다. 언어적 관점에서의 상담은 앞서 대본 첨삭에서 제시하고, 비언어적 관점에서는 대본을 바탕으로 한 말하기 활동을 보면서 진행한다.

학생들은 클리닉에서 말하기를 진행할 때 공통적으로 몇 가지 모습을 보인다. 준비해온 대본에서 시선을 떼지 않거나 긴장으로 인해 무표정하거나 화난 것처럼 자세가 경직되기도 한다. 얼굴 표정, 자세, 발음, 목소리의 크기 등 학생의 말하기 활동을 영상과 사진을 보면서 부족한 점에 대해 자세히 설명하고 이를 수정하도록 유도한다.[15]

말할 때 좋은 이미지를 보일 수 있는 머리 모양이나 시선 맞춤, 얼굴

을 세부적으로 검토하여 진행하지는 않는다.
① 주제의 명확성: 글의 주제가 명료하게 나타나 있는가?
② 구조의 적합성: 글의 장르에 따른 내용이 구조적으로 적절한가?
③ 내용의 타당성: 주제를 뒷받침하는 내용이 타당한가?
④ 표현의 적절성: 적절한 단어를 잘 사용하고 있는가?

15 스피치 평가항목은 양소정(2013:414)에 의하면 시각적 요소(눈맞춤, 자세, 얼굴 표정, 제스처, 옷차림), 음성적 요소(속도, 발음, 성량, 목소리의 다양성, 군말 사용, 목소리의 떨림, 잠시 멈추기, 유창함), 내용적 요소(호기심 유발, 중심생각과 스피치 목적 명시, 체계적인 내용 전개, 적절한 증거 사용, 논점 요약, 인상적인 끝맺음)로 구성된다고 소개한다. 클리닉의 상담도 이러한 요소를 중심으로 진행된다.

〈표 2〉 상담 진행 시 교수자가 작성한 평가지 예시

MSC	말하기 피드백을 위한 평가지			
학생	이름	○○○	방문일	2017년 ○월 ○○일
	학과	○○학과	학년	1학년, 2학년, 3학년, 4학년
담당 교수	○○○		개인 신청 여부(O, X)	
평가 요소			비고	

평가 요소			비고
1. 상담 요청 분야	주제 명확성		1. 내 주장을 요약해서 말할 때 내용정리를 어떻게 해야 할지 모르겠어요. 2. 상대방이 질문하면 어떻게 대답해야 할지 떨려서 말이 나오지 않아요. 3. 토론할 때 단어가 잘 생각나지 않아서 말을 더듬을 때가 많아요.
	개요 작성 및 구성	○	
	내용 일관성		
	어휘 구사력	○	
	토론하는 태도	○	
	사회자 역할		
	기타		
2. 피드백 내용	1. 내 생각을 주장할 때는 우선 주장하는 내용과 그것을 뒷받침하는 근거로 무엇이 있는지를 간단히 정리해보는 습관이 중요. 먼저 내 생각을 연습장에 적어보고, 뒷받침하는 근거를 순서대로 정리. 그리고 이것을 PREP기법 또는 서론-본론-결론에 따라 정리해보기. 2. 토론에서 상대방의 질문을 받을 때 연습장에 적어가면서 듣기를 해보기. 그러면 무엇을 물어보는 것인지 훨씬 이해가 잘 됨. 그리고 그에 대한 답을 생각해보고 차분하게 대답. 혹시 답을 잘 모르겠으면 솔직하게 대답해도 괜찮음. 3. 말하기를 할 때 단어가 잘 생각나지 않는 것은 배경 지식이 부족해서 그럴 수도 있고, 긴장해서 그럴 수도 있음. 상대팀과 적대 관계라고 생각하지 않는 습관 들이기, 말하기불안증을 해소하기 위한 나만의 방법 모색(물 마시기, 심호흡하기, 몸을 살짝 움직이기 등), 토론 내용에 대해 충분히 읽고 공부하여 준비하기. 4. '이제'라는 발화가 문장의 시작마다 나타남(간투사). 습관적 발화이므로 고치는 것이 좋음. 5. 기타: 청자와 눈맞춤, 목소리 크기 조절, 정확한 발음을 구사하려고 노력할 것. 얼굴 표정은 밝게. 어깨 펴고 자신 있는 태도로 토론에 임할 것.		

3. 수정 사항	항목		평가 정도		
	언어적 측면	주제 명확성	상	중	하
		구성 체계성	상	중	하
		내용 합리성	상	중	하
		어휘 적절성	상	중	하

비언어적 측면	얼굴 표정	상	중	하
	시선	상	중	하
	자세(태도)	상	중	하
	목소리 크기	상	중	하
	발음	상	중	하
	발화 속도	상	중	하
	간투사	상	중	하
총합	말하기불안증이 토론에서 자신 없는 모습으로 표출, 수정하려고 노력함. 토론 관련 배경 지식 습득 노력, 토론에 적극적으로 참여하려고 노력함.			

표정, 목소리의 크기와 음색 등에 대한 상담을 진행하고, 학생들은 상담을 통해 말하기에 적절한 자세와 태도를 습득하게 된다.[16]

〈표 2〉는 상담을 진행하면서 교수자가 작성한 평가지이다. 학생이 요청한 상담 분야와 문제점을 중심으로 내용에 대한 1차 상담, 동영상 제작과 함께 말하기 활동 관련 2차 상담, 그리고 종합적으로 피드백하는 3차 상담으로 구성된다. '말하기클리닉'의 상담 진행 순서를 요약하면 〈그림 3〉과 같다.

말하기 활동을 진행하고 상담을 받은 후, 학생은 상담 관련 사후 설문지를 작성한다. 사후 설문의 목적은 상담에 대한 학생들의 솔직한 의견을 수렴하기 위함이다. 학생들은 사후 설문에서 교실에서 자세하게 받고 싶었던 개인 첨삭과 피드백을 클리닉에서 받게 되어서 도움이 되었다는 설문 결과를 보였다. 또한 교실에서는 다른 학생들과 함께

---

16 비언어적 요소의 중요성을 제시하는 것 중에 하나로 '머레이비언의 법칙(The Law of Mehranian)'이 있다. 머레이비언의 법칙은 앨버트 머레이비언이 그의 저서 *silent messages*(1971)에서 주장한 것인데, 사람이 대화할 때 호감을 느끼는 정도는 목소리의 톤과 색조 등이 38%, 표정이 35%, 태도나 자세가 20%, 그리고 말의 내용이 7% 순으로 나타난다고 한다. 의사소통에서 비언어적인 요소가 매우 중요함을 설명하는 이론이다(이성범:2015:5~7 참고).

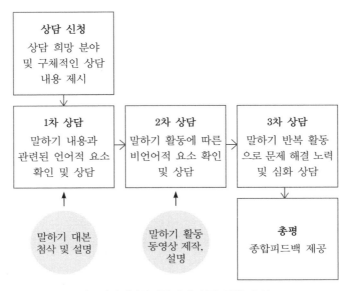

〈그림 3〉 '말하기클리닉' 상담 진행 순서

수업하기 때문에 개인적으로 궁금하거나 부족하다고 생각되는 부분에
대해 교수자에게 질문하거나 도움을 요청하기가 부담스러울 때도 있
었는데, 클리닉과 같은 일 대 일 상담을 통해 도움을 받을 수 있어서
유용하다고 평했다.

3. '말하기클리닉'의 상담 방법과 성과

3.1. 일 대 일 상담을 통한 맞춤 교육

말하기와 같이 개인적 편차가 다양한 수업을 위해서 여러 대학에서
는 수업 정원을 소규모로 제한하여 운영하고 있다. 대개 30명 내외의

수업 규모를 설정하고, 많은 학생들이 각자 말하기 활동에 참여하고 이에 대한 피드백 및 상호작용을 통해 말하기 능력을 함양하려고 노력한다. 그러나 교실에서의 말하기 활동은 모든 학생들에게 골고루 기회를 제공하기가 쉽지 않다. 한정된 수업 시간, 학생 개개인의 성향에 따른 학구열의 차이 등이 변인이 될 수 있기 때문이다.

이를 보완하기 위해 조별 활동으로 말하기 수업의 효과를 모색하기도 한다. 작은 그룹으로 말하기의 장을 재편하면 아무래도 전체 학생들을 대상으로 하는 것보다 학생들이 수월하게 그룹 안에서 말하기 활동에 참여할 수 있기 때문이다.[17] 그러나 대부분의 조별 활동 수업이 효과적이지 못함은 그룹 내에 소극적인 학생들이 여전히 존재하기 때문이다. 특히 말하기처럼 개인 편차가 큰 경우는 학생 개개인에 대한 자세한 관찰과 그에 상응하는 피드백이 제공되어야 하지만, 조별 활동 수업에서 이런 점을 보완하기는 어렵다.[18]

따라서 '말하기클리닉'과 같은 비교과 활동이 이러한 문제를 해결하는 데 유용할 수 있다. 집단 수업에서 제공하기 어려운 학생별 맞춤형 교육 서비스가 가능하기 때문이다. '말하기클리닉'에서는 한 시간에 한 명씩 시간을 배정하여 교수자와의 일 대 일 상담을 진행한다. 따라서 학생들은 교실에서 알지 못했던 자기 자신의 말하기 관련 문제점을

---

17 안병섭(2012:81~84)에서는 소집단 활동의 장점을 다음과 같이 제시한다. 첫째, 소집단 활동을 통해 다양한 사고 활동을 긍정적이고 직접적으로 경험한다. 둘째, 소집단 활동은 학습자의 능동적이고 협동적인 학습 태도를 촉진하고 집단 상호작용을 유도하는 데 유용하다. 셋째, 소집단 활동은 토론이라는 공적인 말하기에 대한 심리적인 부담을 느끼는 학생들의 부담을 덜어줄 수 있다. 넷째, 소집단 활동을 통해 토의의 전반적인 과정을 경험할 수 있다.

18 물론 교실 수업이 무조건 단점이 많은 것은 아니다. 여기서는 개인의 말하기에 대한 자세한 피드백의 제공 및 그에 적절한 교육 활동의 전개가 집단 수업에서는 용이하지 않음을 의미하는 것이다.

포착하고, 이에 대한 피드백을 자세하게 받을 수 있다.[19] 희망하는 말하기 활동을 전개하고 이에 대해 피드백을 자세히 받은 후, 이를 수용하여 다시 말하기 활동을 반복한다. 물론 말하기에서 나타나는 문제점이 단번에 수정되지는 않을 수 있다. 그러나 반복되는 말하기 활동과 자세한 피드백은 학생의 말하기를 향상시킬 수 있는 중요한 교육 활동임에 틀림없다.[20]

요컨대 '말하기클리닉'과 같은 비교과 프로그램은 학생의 요구에 따라 일 대 일 맞춤형 교육 서비스를 제공할 수 있는 유용한 교육 프로그램이라 할 수 있다.

3.2. 스튜디오 시설을 활용한 입체 교육

M대학교 '말하기클리닉'은 클리닉 센터 내에 동영상 녹음이 가능한 스튜디오 시설을 구비하고 있다.[21] 학생들은 클리닉을 방문하고 간단

---

19 흡사 우리가 병원을 이용하는 것과 유사하다고 볼 수 있다. 사후 처방에 해당하는 병원을 통해 각자 갖고 있는 질병을 치료하는 것처럼, 말하기 활동에서 나타나는 자신의 문제에 대해 클리닉에서의 상담을 통해 처방받는 것이다.

20 Kornikau, R & McElroy, F(1975)에서는 직접 말하고 행동한 것은 90% 이상을 기억한다는 통계 결과를 보고하였다. 기억력에 대한 통계 결과를 조사한 것인데, 읽은 것은 10%, 들은 것은 20%, 본 것은 30%, 듣고 본 것은 50%, 말한 것은 70%, 말하고 행동한 것은 90%를 기억한다고 했다(안병섭:2012:78 재인용).

21 말하기클리닉 스튜디오 내부 시설은 다음과 같다.

한 상담 후 바로 스튜디오로 들어가 말하기 활동을 진행한다. 교수자는 스튜디오 안에 있는 장비를 활용해 학생의 말하기 활동을 동영상으로 만들고, 이어서 바로 학생과 함께 화면을 보면서 피드백을 제공한다.

학생들은 자신의 말하기 활동을 영상으로 보면서 처음에는 매우 쑥스러워한다. 그러나 말하기에 대한 피드백을 단순히 설명만 하는 것과 화면을 보면서 하나하나 설명해 주는 것은 큰 차이가 있다. 스튜디오를 활용한 입체 교육이 필요한 이유가 여기에 있다.

학생들은 클리닉의 스튜디오에서 실습을 할 때, 처음에는 말하기 대본을 앞에 놓고 읽으면서 시작한다. 그러나 제공된 피드백을 바탕으로 말하기 활동을 여러 번 반복하면서 점차 대본을 보지 않고 말하기 활동을 전개한다. 자신의 말하기 활동을 영상을 통해 자세히 분석하고 되짚어보면서 문제점을 보완하려고 노력한다. 이것이 말하기 능력 향상을 위한 단초가 될 수 있다.[22]

대부분의 학생들은 클리닉 상담에서 자신이 말하는 모습의 영상을 처음 접하게 된다. 이렇게 직접 말하는 모습을 보면서 피드백을 받으면 어느 부분이 문제인지를 가시적으로 확인할 수 있어 유용하다. 물론 수정할 부분도 정확하게 포착할 수 있어 그에 대한 피드백도 수월해진다. 클리닉 상담을 통해 자신의 말하기에서 나타나는 문제점을 처음 알게 되었다는 학생들도 상당수다.[23] 따라서 클리닉 내의 스튜디오 장

---

22 실제로 학생들은 자신의 말하기 활동 동영상을 통해서 자신이 말하기 중간중간 눈을 깜박이거나 머리를 살짝 살짝 흔드는 모습을 확인하고는 '그런 줄 몰랐다'고 반응하였다. 일반적으로 자신의 말하기에 나타나는 독특한 현상을 알 수 없기에 이러한 동영상 피드백은 말하기의 자세 교정이나 발음 교정, 혹은 표정 관리 등에 매우 유용하다.

23 어떤 학생의 경우, 문장이 끝날 때마다 침을 모아서 큰소리로 삼키는 습관이 동영상을 통해서 확인되었다. 자신의 동영상을 보기 전까지 이런 습관이 있는지 몰라서

비를 활용한 상담 및 피드백의 제공은 더 생생한 교육 서비스를 제공함
은 물론 학생의 학습 동기를 고취시키는 데도 도움을 준다.

3.3. 표준 매뉴얼을 통한 객관적 교육

말하기 교육이 어렵다고 느끼는 이유 중의 하나가 말하기에 대한
피드백이 지극히 주관적이라는 점이다. 학생 개개인은 취향대로 다양
하게 말하기 활동을 전개하고, 피드백 역시 일정 부분 교수자의 성향이
반영될 수 있다. 곧 말하기 활동에서 교수자마다 주안점을 두는 부분이
달라질 수 있고, 이에 따라 각기 다양한 내용과 난이도의 피드백이
제공될 수 있다. 그래서 말하기 교육은 체계적으로 진행되기 어려울
것으로 보기도 한다. 이러한 교육 현실을 감안할 때 말하기 교육 관련
표준화된 피드백 프로그램 및 세부 매뉴얼 구축이 필요하다. 곧 교수자
에 따라 달라질 수 있는 피드백 내용의 격차를 줄이기 위해 체계적인
피드백 프로그램 매뉴얼을 구축함으로써 다양하게 나타날 수 있는 피
드백 교육의 편차를 일정 부분 줄여야 한다.

'말하기클리닉'에서는 상담 관련 표준 매뉴얼을 구비하고, 이것을
학생 상담에 활용하고 있다. '말하기클리닉'의 표준 매뉴얼은 순차적인
상담 프로그램을 구축, 여섯 분야의 말하기 관련 기초 이론 및 주안점,
그리고 학생들의 상담 사례를 소개하고 있다. 앞에서 제시한 것처럼
클리닉 이용 절차에 따라 기본적인 사항을 일관되게 확인한다. 그리고
클리닉을 이용했던 학생들이 제출한 예문을 상담에 활용하여 다양한

매우 놀라는 반응을 보였다. 물론 이 학생은 그 학기에 두 번 클리닉을 내원하여
이 습관을 고치려고 노력했고, 실제로 학기 말에는 상당 부분 교정되었다.

〈표 3〉 여섯 분야의 말하기 관련 기본 내용

말하기 분야	기본적인 내용
말하기 기초	발음이 정확한가? (발음법, 발성법 확인) 구사하는 어휘는 적절한가? (어휘의 기본의미에 따른 적절성 확인) 말하기 불안증을 갖고 있다면 해결 방안은 무엇인가?
자기소개 말하기	공적 말하기인가, 사적 말하기인가? 자기소개의 키워드가 무엇인가? 주제에 맞는 내용으로 구성되어 있는가? 자신의 장점을 부각시키거나 위트 있는 표현이 제시되는가?
설명하는 말하기	무엇을 설명하는 것인지 주제가 명확한가? 주제를 뒷받침하는 내용이 객관적이고 타당한가? 설명하는 말하기에 적절한 어휘를 구사하는가? 전체 말하기의 구조가 도입-전개-마무리로 잘 구성되어 있는가?
주장하는 말하기	주장이 무엇인지 명확하게 제시되었는가? 주장을 뒷받침하는 근거가 논리적이고 타당하게 제시되었는가? 주장하는 말하기에 적절한 어휘가 사용되었는가? 전체 말하기의 구조가 PREP 구성(혹은 서론-본론-결론)을 활용하고 있는가?
면접 말하기	면접 말하기의 목적이 무엇인지 인지하고 있는가? 면접 상황과 관계에 적절한 내용으로 구성되었는가? 자신의 장점을 부각하고, 제한된 시간 안에 말하기를 할 수 있도록 구성되어 있는가? 면접에서 주의해야 할 말하기의 요소를 인지하고 있는가?
프레젠테이션	프레젠테이션의 주제가 잘 제시되었는가? 주제를 구성하는 내용이 논리적이고 체계적으로 잘 구성되었는가? 전체 말하기의 구조가 주제에 맞춰 응집되어 있는가? 제한된 시간 안에 말하기를 할 수 있도록 내용이 간략한가?

사례를 바탕으로 학생들이 자신의 문제점을 수정하도록 유도한다. 말하기 이론 전달에만 그치지 않고 학생들이 제출한 예문을 수정하면서 상담을 진행하고, 상담 내용을 바탕으로 수정된 내용을 반복 연습함으로써 말하기에서 나타나는 문제점을 수정할 수 있도록 유도한다. 〈표 3〉은 표준 매뉴얼에 수록된 여섯 분야의 말하기에서 강조하는 내용의

간략한 소개이다.

〈표 3〉에 제시된 내용[24]은 말하기 교육에서 언급되는 일반적인 것이지만 말하기에서 우선적으로 확인해야 하는 요소들이다. 이에 맞춰 각 말하기 분야별 최소한의 내용 구성 요건이 부합되는지를 검토하고, 이후 언어적·비언어적 활동에 대한 상담이 진행된다.[25]

표준 매뉴얼에 따른 상담은 언어적 측면과 비언어적 측면으로 구성된다. 언어적 측면에서는 말하기의 장르에 따른 주제의 명확성, 구성의 체계성, 내용의 합리성, 어휘 사용의 적절성 등을 점검한다. 그리고 비언어적 측면에서는 얼굴 표정, 발음, 목소리의 크기, 목소리의 높낮이, 자세 등 주제 전달에 영향을 미칠 수 있는 요소에 대해 점검한다. 언어적 측면의 점검은 1차 대본 제시에서 상당 부분 진행되고, 비언어적 측면의 점검은 학생의 말하기 활동을 보면서 진행된다.

〈표 4〉에서 보는 것처럼 상담은 언어적 측면과 비언어적 측면으로 구성된다. 언어적 측면은 학생이 준비해 온 말하기 대본의 내용 첨삭을 바탕으로 이루어지고, 비언어적 측면은 말하기를 진행하면서 이루어지는 상담 활동이다. 학생이 요청한 상담 분야에 집중하여 관찰하고 상담을 진행하는데, 말하기 장르에 따라 구체적인 상담 내용이 다소 달라진다. 예를 들어 주장하는 말하기인 경우에는 앞서 제시한 내용을 기본으로 하되, 주장하는 말하기의 특징을 반영한 말하기 기법이나

---

24 말하기 분야별 기본 내용은 장르별 특징을 바탕으로 최소한의 내용으로 구성되며, 교수자들의 정기 워크숍을 통해 내용을 보완한다. 상담을 신청하는 학생들에게서 자주 나타나는 문제점을 사례별로 모으고, 이를 바탕으로 교육 내용이 가감된다.

25 여섯 분야 중 '말하기 기초'에서는 기본 발음법이나 말하기 불안증, 발성법 등에 대해 확인한 후 상담이 진행되므로 내용 구성의 기준이 조금 다르다. 나머지 분야는 기초적인 내용 확인 후, 학생의 말하기 활동을 바탕으로 언어적, 비언어적 관점에서의 상담이 진행된다.

〈표 4〉 말하기 활동에서 체크하는 상담 내용

피드백 분야	피드백 항목	내용
언어적 측면	주제 명확성	말하기의 장르에 따른 주제를 분명하게 제시하는가?
	구성 체계성	주제에 따른 내용 구성이 체계적인가?
	내용 합리성	내용이 주제를 뒷받침할 수 있도록 논리적으로 연결되는가?
	어휘 적절성	어휘 구사가 정확한가?
비언어적 측면	얼굴 표정	미소를 지으며 밝은 표정을 짓는가? 긍정적 자세가 표정에서 읽히는가?
	시선	청자와 눈맞춤을 잘 하는가? 청자의 시선을 회피하지 않는가?
	자세(태도)	자세가 바른가? 앉아서 말하는 자세, 서서 말하는 자세가 올바른가?
	목소리 크기	목소리 크기가 적절한가? 강조하는 부분에서 강약 조절이 나타나는가?
	발음	발음이 정확한가? 문장의 끝을 흐리며 얼버무리지는 않는가?
	발화 속도	발화 속도가 적절한가? 너무 빠르거나 너무 느리지 않은가?
	간투사	습관적인 간투사가 들어가지는 않는가? 발화하면서 침을 삼키거나 모으는 등의 습관은 없는가?

주의할 점에 초점을 맞춰 상담이 진행된다. 따라서 학생들은 교수자에 관계없이 내용에 따른 1차 상담을 기본적으로 제공받고, 말하기 활동에 대해 장르별 특징을 바탕으로 한 비언어적 관점의 2차 상담을 제공받을 수 있다.[26] 이처럼 말하기클리닉에서는 여섯 분야의 말하기 장르에 맞춘 언어적, 비언어적 관점의 상담과 심화 상담 등이 다양하게 진행된다.[27] 말하기의 목적에 따른 상담 매뉴얼과 상담 순서를 구비함

---

[26] 말하기 분야에 따라 언어적, 비언어적 측면에서의 특징을 반영한 상담이 말하기 피드백 평가지에 구체적으로 명시될 필요도 있다.

[27] 심화 상담은 학생에 따라 혹은 교수자에 따라 융통성 있게 진행할 수 있다. 그러나 앞의 기본적인 요소에 대한 확인은 우선적으로 제공한다. 따라서 클리닉을 이용하는

으로써, 교수자에 따른 상담의 편차를 줄일 수 있다. 교수자는 매뉴얼을 바탕으로 상담의 가이드라인을 정하고, 학생의 특징에 따라 상담 내용의 난이도 및 주안점을 탄력적으로 조정하여 운영할 수 있다. 학생들도 교수자에 상관없이 체계적인 교육 서비스를 제공받을 수 있다. 체계적인 상담 순서의 정립과 일관된 피드백 항목의 확인은 말하기 기초 교육의 활성화에 크게 기여하리라 본다.

3.4. 교과 연계를 통한 상생 교육

'말하기클리닉'은 1학년 교양필수 '표현과 말하기' 교과와 연계된 비교과 활동이다. 따라서 교과와의 연계성을 강화하면서 프로그램을 운영하기 위해 교과 담당 교수 및 상주 전담 선생님을 클리닉에 배치하여 상담하고 있다.

교과 담당 교수가 클리닉 상담을 병행할 때의 효과는 첫째, 연계 교과의 교육 목표와 성격, 수업 내용 등에 대한 제반 정보를 잘 알고 있기 때문에 상담이 수월하고 효과도 커질 수 있다. 교과 담당 교수자는 학생들의 수준 및 성향, 장단점을 교실 수업을 통해 파악하고 있기 때문에 어떤 교육 활동이 이들에게 유용한지 쉽게 판단할 수 있다. 연계 교과의 성격이나 내용에 대해 충분히 숙지하고 있는 교수자는 학생이 필요로 하는 상담 분야의 핵심을 더 잘 파악할 수 있고, 구체적인 예시나 연습 내용을 교과와 연계하여 제공할 수 있다. 학생들 역시 제공받은 피드백과 연습 활동을 수업 시간의 말하기 활동으로 연계할

학생들은 일정 부분은 공통된 순서에 따라 상담 받고, 좀더 심화된 상담은 학생의 요구나 교수자의 판단에 의해 진행될 수 있다.

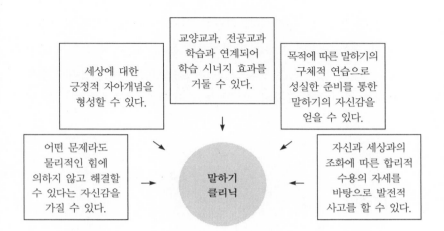

<그림 4> 비교과 프로그램 '말하기클리닉'의 교과 연계 기대 효과

수 있어 도움이 된다.

둘째, 연계 교과의 정기적인 워크숍을 통해 말하기와 관련된 다양한 정보를 공유하면서 상담을 진행할 수 있다. '말하기클리닉'과 같은 비교과 프로그램은 학생 개인차가 크고 사례 또한 다양하기 때문에 정보를 공유하면서 문제 해결 방안을 모색해야 효과적이다. 교수자들이 말하기 교육에 관련된 다양한 사례와 교육 정보를 연계 교과의 워크숍이나 정기회의를 통해 교류하면, 다양한 상담 상황에 유연하게 대처할 수 있어 도움이 된다. 말하기 관련 비교과 프로그램은 학생들이 교실에서 해결하지 못한 문제를 클리닉의 도움으로 해결하고자 하는 것이다. 문제가 해결되면 이것이 교실 수업에서의 자신감으로 이어져 교육 성과가 높아질 수 있다. 수업에 임하는 학생들의 적극적인 자세는 학습동기와도 관련된다. 그렇기 때문에 클리닉에서의 상담은 이후 수업에도 많은 영향을 미친다고 할 수 있다.

비교과 프로그램의 교육 서비스는 학생들의 수업에 대한 성취동기를 높일 수 있으며, 이를 통해 다양한 시너지 효과를 거둘 수 있다.
말하기에 대한 긍정적 자세는 학업에서의 문제 해결력과 긍정적 도전
의식을 기를 수 있으며, 거시적으로는 자신과 세상에 대한 합리적 수용
의 자세를 바탕으로 긍정적 자아개념과 세계관 형성에도 기여할 수
있다.[28]

4. 나오기

이 글에서는 비교과 프로그램 '말하기클리닉'의 운영 현황과 절차,
그리고 교육 방법과 특징에 대해 살펴보았다. 사실 말하기 교육이 한두
강좌의 이수만으로, 혹은 관련 특강 등의 단발성 교육으로 효과를 거둘
수는 없다. 또한 말하기는 개인의 사고와 가치관, 성격, 인성, 환경 등
여러 가지 요인의 영향을 받기 때문에 단면적으로 판단할 성질의 것도
아니다.[29] 그렇기 때문에 말하기 관련 교육 서비스는 어떤 형태이든지
지속성이 담보되어야 한다. 그 좋은 사례가 바로 비교과 프로그램의
활용이라 하겠다.

M대학교의 경우 비교과 프로그램인 '말하기클리닉'을 운영함으로

---

28 클리닉에서 상담한 후 달라진 수업 태도 및 자신감 있는 자세는 학습에 대한 동기
부여의 계기가 되기도 하고, 다른 학생에게 귀감이 되는 시너지 효과를 보이기도
한다. 교과 관련 워크숍에서 담당 교수자들은 클리닉을 방문한 학생들 대부분의 수업
태도가 긍정적으로 달라졌다고 설명했다.

29 실제로 클리닉을 방문한 학생의 상당수는 말하기에서 고민하는 문제가 자신의 이전
의 경험, 집안 분위기, 가족 관계, 선생님이나 교우 관계 등에 의해 영향을 받았다고
대답한다. 말하기는 내면의 반영이기 때문에 이러한 주변적 요소들의 영향을 많이
받는다. 한 학생의 경우 어머니에게 목소리가 크다는 핀잔을 듣고 컸는데, 대학에
와서는 강의실에서 목소리가 작다는 지적을 받았다면서 상담을 신청했다.

써 학생들이 말하기 교육에서 긍정적인 효과를 거두고 있다. 적어도 일 대 일로 상담하면서 학생들의 개인차를 극복한 교육이 가능하였고, 스튜디오에서 영상 촬영을 통한 입체 교육으로 상담의 수월성도 담보되었다. 그런가 하면 공통된 매뉴얼을 바탕으로 교수자의 교육 편차를 줄였을 뿐만 아니라 교과 교육과 연계한 상담으로 시너지 효과를 거두기도 하였다. 다만 이러한 효과가 지속되기 위해서는 다음과 같은 문제가 선결되어야 하겠다.

첫째, 비교과 프로그램의 상시 운영의 필요성이다. 현재 대학에서 시행하는 말하기 관련 교육에서 나타나는 문제는 무엇보다도 단기 교육에 치우치고 있다는 점이다. 말하기 관련 교과 이수가 대부분 한두 학기에 그치다 보니, 말하기 관련 교육이 지속될 수가 없다.[30] 이러한 문제를 보완하기 위해서는 말하기 관련 교과목이 다양하게 개설되어야 할 뿐만 아니라 과목과 연계된 비교과 프로그램의 구축과 운영이 필요하다. 더욱이 말하기는 특정 학문 분야에서만 요구되는 활동이 아니기에, 대학에서는 지속적인 교육 서비스를 제공할 필요가 있다. 학생들이 말하기에 나타나는 자신의 문제점을 언제든 교정받을 수 있도록 상담교육이 상시로 이루어져야 한다.[31]

둘째, 비교과 프로그램의 합리적 운영 방안과 표준화된 교육 내용의

---

30 임선애(2012:163)에서는 '글쓰기와 말하기 교과목의 교육이 한 학기에 그치고 있어서, 학생들이 글쓰기와 말하기에 익숙해지려는 단계에서 강의가 끝나버리'는 문제를 제기한다. 또한 전은진(2012:175~177)에서는 미국 대학의 말하기 교육을 예로 들면서, 하버드대학은 4년 동안 말하기와 글쓰기를 통합한 Expos 5단계 교육을, MIT는 1년에 한 번씩 의사소통 집중과목(CI)을, 스탠포드대학은 PWR(Program in Writing and Rhetoric)을 4년 동안 수강한다고 했다. 우리의 사례와 비교하면 미국 대학은 말하기와 글쓰기 교육을 지속적으로 시행하고 있음을 알 수 있다.

31 전은진(2012)에서는 말하기 교육을 위한 개선 방안으로 단계화된 통합 교육, 수업 내용의 다양화, 그리고 교육 방법의 표준화를 들었다.

구축이다. 비교과 프로그램의 운영에서 나타나는 문제의 해결책을 모색하고, 상담 과정에서 나타나는 문제 또한 지속적으로 보완해야 한다. 운영에서 나타나는 문제는 학교의 상황에 따라 변수가 다양할 수 있지만, 주기적으로 점검하고 논의하면서 합리적이고 효과적인 운영 방안을 강구해야 한다. 특히 비교과 프로그램이기 때문에 그 필요성을 강조하면서 안정적인 운영을 모색해야 한다. 교육 내용에 대한 보완 역시 지속적으로 이루어져야 한다. 교수자들은 개별적으로 만나는 여러 학생들의 상담 사례와 여기서 나타나는 다양한 문제를 공유하고, 관련 내용에 대한 깊이 있는 논의와 연구를 통해 상담 프로그램을 체계화 및 다양화해야 한다. 상담에서 겪었던 난제에 대해 의견을 교환하면서 보다 나은 해결책을 찾을 수 있기 때문에 교수자들의 정보 교류와 협업도 비교과 프로그램에서는 매우 중요하다.[32] 특히 말하기 교육의 경우는 말하기에서 나타나는 문제점이 개인에 따라 다양하거나 말하기 평가가 주관적일 수 있기에 표준화된 교육 프로그램을 구비해야 한다. 그러기 위해서는 개별적 사례에 대한 피드백 내용을 수집하고, 객관화된 평가 기준을 정립해야 한다.

---

[32] M대 '말하기클리닉'은 이러한 문제를 개선하기 위해 학기마다 정기적인 워크숍과 간담회를 진행하며, 교과목과 연계한 워크숍을 통해 문제 해결을 위한 의견을 교환하고 교육 방법의 내실화를 위한 논의를 지속적으로 강구하고 있다. 앞으로도 이러한 활동에 대한 적극적인 지원과 노력이 필요하다.

국가직무능력 표준(ncs.go.kr)

강연임, 2015, 「체험 중심 말하기 수업의 구축 방안과 기대 효과」, 『인문학연구』 101,
충남대학교 인문과학연구소, 31~54쪽.

김성숙, 2014, 「한양대학교 비교과 의사소통 활동 중 렌즈에세이 쓰기 대회 운영 사
례 보고」, 『문화와 융합』 36, 한국문화융합학회, 9~30쪽.

김승현, 2013, 「의사소통능력 향상을 위한 교육과정 요소 고찰」, 『국어교육연구』 53,
국어교육학회, 181~206쪽.

김종영, 2012, 「말하기 교육, 무엇을 어떻게 할 것인가?」, 『수사학』 16, 한국수사학회,
65~95쪽.

김현정, 2013, 「대학 '말하기' 교과 운영 현황과 개선 방안」, 『교양교육연구』 7-3,
한국교양교육학회, 597~625쪽.

김현정·정나래, 2010, 「수요자 중심의 대학 글쓰기 비정규 교육 프로그램 활성화
방안」, 『작문연구』 11, 한국작문학회, 325~352쪽.

김현주·양승목, 2004, 「국내외 대학 스피치커뮤니케이션 교육현황」, 『한국스피치커
뮤니케이션학회 학술대회 자료집』, 한국스피치커뮤니케이션학회, 83~124쪽.

백미숙, 2009, 「교양교육으로서의 말하기 교육의 현황과 방향」, 『수사학』 10, 한국수
사학회, 323~348쪽.

백승무, 2014, 「대학 말글교육의 교육목적 설정에 대한 제언」, 『우리말글』 63, 우리말
글학회, 103~125쪽.

서미경, 2010, 「스피치 교육 프로그램이 의사소통 능력과 리더십에 미치는 효과」,
『화법연구』 17, 한국화법학회, 137~167쪽.

신정숙, 2014, 「발표·토론 동영상을 활용한 '거꾸로' 교수법의 교육 효과 사례 분석」,
『교양교육연구』 8-3, 한국교양교육학회, 133~163쪽.

신희선, 2006, 「의사소통능력 향상을 위한 여대생 스피치 교육의 사례연구」, 『스피치

와 커뮤니케이션』 6, 70~102쪽.

안병섭, 2012, 「반복적 학습 경험을 중시한 대학 말하기 교육」, 『언어학연구』 23, 한국중원언어학회, 75~98쪽.

양소정·이주헌, 2013, 「대학생의 스피치 능력 향상을 위한 교육요구도 분석」, 『교양 교육연구』 7-4, 한국교양교육학회, 407~448쪽.

엄성원, 2014, 「서강대학교 글쓰기 센터의 운영 성과와 발전 과제」, 『리터러시연구』 9, 한국리터러시학회, 143~164쪽.

유정아, 2009, 『말하기 강의』, 문학동네.

유혜원, 2010, 「말하기 교육을 위한 격식 표현 연구」, 『교양교육연구』 4-1, 한국교양교육학회, 73~93쪽.

이성범, 2015, 『소통의 화용론』, 한국문화사, 4~12쪽.

이승윤, 2014, 「연세대 〈글쓰기교실〉 운영의 성과와 과제」, 『리터러시연구』 8, 한국리터러시학회, 9~34쪽.

이진희·김형규·홍성연, 2014, 「교육과정 개선을 위한 의사소통 역량평가 개발」, 『교양교육연구』 8-2, 한국교양교육학회, 299~332쪽.

임선애, 2012, 「글쓰기와 말하기 교육의 현황화 전망」, 『교양교육연구』 6-4, 한국교양교육학회, 139~168쪽.

전은경 외, 2014, 「경북대학교 글쓰기 비교과 프로그램의 운영 실태와 성과」, 『교양교육연구』 8-6, 한국교양교육학회, 233~269쪽.

전은진, 2012, 「대학생 말하기 교육의 현황과 개선 방안」, 『인문과학연구』 32, 강원대학교 인문과학연구소, 167~191쪽.

조아라·이윤선·황지영, 2015, 「동국대 경주캠퍼스 비교과 교육과정 프로그램 '독서멘토링'의 운영 사례 연구」, 『리터러시연구』 10, 한국리터러시학회, 53~98쪽.

존 피스크 지음, 강태완·김선남 옮김, 2001, 『커뮤니케이션학이란 무엇인가』, 커뮤니케이션북스.

하경숙, 2013, 「선문대학교 교양과목 〈말하기와 글쓰기〉의 현황」, 『리터러시연구』 6, 한국리터러시학회, 103~130쪽.

교과-비교과를 활용한
글쓰기 교육

---

1. 들어가기

이 글은 코로나로 인한 팬데믹 이후 달라진 대학의 교육 현실과 글쓰기 교육의 필요성을 재확인하고, 교과-비교과 활동을 연계한 글쓰기 수업 설계와 운영 사례를 통해 대학생 글쓰기 교육의 효과를 검토하는 데 목적이 있다.

코로나는 우리 사회의 모습을 급격히 변화시켰다. 사회 활동에 강한 제약이 생기면서 집단 의사소통의 장이 급격히 줄어들었고, 그나마도 대면 의사소통보다는 화상이나 SNS를 활용한 온라인 의사소통이 주가 되기도 했다. 코로나는 대학 교육에도 큰 변화를 초래했다. 대면 수업은 온라인 수업으로, 수업 시간의 개인·조별 발표와 토의·토론 등의 수업 활동은 개인 과제로, 실습은 이론 수업으로 대체되기도 했다. 말하기나 글쓰기와 같은 소통 역량 강화를 위한 수업도 여러 가지 변화를 겪었다. 교수자의 구체적인 설명과 다양한 예시, 자유로운 의견 교환, 실습과 피드백 활동이 주가 되는 말하기나 글쓰기 수업은 비대면이라는 제약으로 활동이 축소·생략된 채 운영되기도 했다.

비대면 수업에서 대면 수업으로 전환되었던 2022년 1학기는 학생과

학교 당국 모두 소란스러웠던 시간이기도 했다. 학생들은 학교에 가는 것에 일차적인 에너지를 쏟아야 하는 새로운 경험을 했다. 개인 공간에서 비교적 여유롭게 들었던 수업을 공공장소에서 여러 사람과 함께 긴장하며 듣는 경험을 몇 년 만에 다시 겪으면서, 대면 수업 본연의 의미와 기능을 새롭게 익히는 어려움도 있었다. 교수자들은 대면과 비대면 수업의 병행에 따른 효과적인 교수법을 탐색·적용하는 데 노력을 기울여야 했다. 학교 당국 역시 대면·비대면 수업 요구에 대해 합리적인 조율을 제시하고 보조해야 하는 어려움을 겪었다.[1] 코로나로 인해 학생들은 불가피하게 SNS에 편중될 수밖에 없었고, 이러한 디지털 문화의 확산은 문해력의 부족을 초래했으며, 이는 말하기나 글쓰기 능력의 함양에도 부정적인 영향을 끼치게 되었다.[2]

대학생들이 학교를 졸업하고 사회의 문턱을 넘기 위해 필요한 기초 역량 중 하나가 소통 능력이다.[3] 소통 능력을 통해 자신의 역량을 표출하기도 하고 평가받기도 한다. 어렸을 때부터 자연스럽게 익혀온 말하기와 글쓰기를 대학에 와서 다시 체계적으로 배우는 이유는 공적 상황에서의 소통 능력의 필요성 때문이다. 공적 소통 능력의 함양을 위해

---

1   2022년 1학기 수업은 대면 수업이 대부분이었지만, 일부 대학에서는 대면과 비대면을 혼합하여 강의가 진행되었다. 강의 방식의 유동성은 실제로 교수자가 수업을 진행하거나, 학생들이 능동적으로 수업에 참여하는 데 어려움을 야기하기도 했다.

2   교육부와 한국교육과정평가원이 발표한 '2021학년도 국가수준 학업 성취도 평가'(중3, 고2를 대상으로 실시) 결과에 따르면, 고등학생의 '보통 학력 이상'은 계속 감소하고 기초 학력 미달은 계속 증가하고 있다('코로나19로 기초 학력까지 저하 "국어 최저 수준"', KBS, 2022. 6. 13 인용).

3   국가직무능력표준(NCS)에서 제시하는 '직업기초능력'의 구성 요소로 의사소통능력이 있다. 이 중 의사소통능력의 하위 구성으로 문서 이해, 문서 작성, 경청, 의사 표현, 기초 외국어가 포함되며, 이러한 활동의 기본이 말하기와 글쓰기다(《국가직무능력표준》, '직업기초능력' 인용).

각 대학에서는 말하기와 글쓰기 수업을 필수로 진행하고, 이를 확장한 비교과 프로그램을 다양하게 구축하여 운영하고 있다.[4] 학생들의 소통 능력 함양을 위한 다양한 교육 콘텐츠를 구축하여 나름의 결실을 거둔 것도 사실이다. 그러나 코로나로 인한 교육 공백과 달라진 학습 환경은 이전과 같은 교육 효과를 유지하기 어렵게 만들었다. 특히 수업 이외의 교내외 활동에 대한 저조한 참여는 그간 축적한 교육 콘텐츠를 유용하게 활용하는 데 걸림돌이 되기도 한다.[5] 급격하게 달라진 사회 문화를 고려하여, 소통 능력 향상을 위한 교육 콘텐츠와 교수법에 대한 재탐색이 절실히 요구된다.

이 글에서는 앞서 언급한 사회 변화에 따른 대학의 글쓰기 교육 현실과 글쓰기 수업의 효능을 재탐색하고, 교과–비교과 활동을 연계한 글쓰기 수업 설계와 운영의 실제를 M대학교 교과인 '생각과 글쓰기' 강의를 중심으로 검토하고자 한다. 이러한 논의를 통해 대학 글쓰기 수업의 효과를 제고하거나 새로운 교육 방안을 모색하는 데 다소나마 도움이 되기를 바란다.

---

4 말하기나 글쓰기 교육과 관련된 비교과 활동으로 말하기·글쓰기 센터 운영, 각종 경진 대회 개최, 관련 분야 전문가 특강 및 단기 교육 캠프 운영 등이 있다. 대학에서는 이와 같은 교육 활동을 통해 학생들의 소통 능력 함양을 위한 프로그램을 운영해 왔다.
5 학생들은 수업 이외의 활동 참여에 소극적 태도를 보였고, 이는 그간 진행해 오던 다양한 교육 프로그램의 위축을 가져오기도 했다. 다양한 경진 대회가 축소 운영되거나, 비교과 프로그램이 활성화되지 못하기도 했다.

2. 교과–비교과 활동을 연계한 글쓰기 수업의 설계

2.1. 변화하는 교육 현실과 글쓰기 수업의 역할

디지털 문화의 발전은 대학의 교육 현실에도 영향을 미쳤다. 학생들
은 텍스트에 의존한 학습보다는 영상 자료나 시각 자료를 활용한 수업
을 더 선호한다. 긴 글을 읽는 것보다는 압축·요약된 텍스트를 좋아하
고, 그림과 영상이 있으면 이해가 빠르고 쉽게 몰입한다.[6] 수업에서도
교재보다는 각자의 태블릿이나 노트북을 활용하여 수업 활동에 참여
하는 학생이 많아지고 있다.[7] 자연스럽게 종이 텍스트의 의존도가 낮
아지고, 압축된 ppt나 동영상의 활용도가 높아지고 있다. 자신의 생각
을 표현하는 경우에도 말보다는 채팅창이나 문자 메시지를 활용하는
것을 선호하기도 한다.[8] '디지털 문해력', '디지털 글쓰기'에 대한 관심
과 연구가 활발해진 것도 대학의 교육 현실이 빠르게 변하고 있음을
방증하고 있다.[9]

---

6   이러한 현상은 원 텍스트와 웹툰 텍스트의 선택에서도 나타난다. 긴 글 원 텍스트가
     웹툰으로 제작된 경우, 학생들은 원 텍스트보다는 웹툰을 선호한다. 문자의 분량이
     적다 보니 쉽고 빠르게 읽을 수 있고, 그림이 있어 더 재미있고 생동감 있게 볼 수
     있기 때문이다.

7   3년간의 팬데믹은 이러한 문화를 더욱 촉진시키기도 한 것 같다. 각자의 기자재(데스
     크탑, 노트북, 태블릿, 스마트폰 등)로 각자의 공간에서 수업을 듣다 보니, 다양한
     학습 활동이 각자의 노트북 안에서 진행되었다. 학생들은 종이 텍스트를 읽고 요약하
     거나 기록하는 것보다는, 화면에 체크하고 메모나 과제창을 활용하는 활동에 익숙해
     졌다.

8   비대면 수업의 조별 활동에서 학생들은 마이크를 켜고 자신의 생각을 말로 전달하는
     것보다는 채팅창을 활용하며 각자의 의견을 개진하는 경우가 많음이 이를 보여주는
     사례라 할 수 있다.

9   디지털 글쓰기 관련 연구는 민춘기(2017), 임보연 외(2020), 박호관(2022) 등 각

학령 인구의 감소로 대학에 진학하는 학생 비율이 높아지고 있다. 입시 위주의 고등학교 교육으로 학업에 필요한 기초 학습 능력이라 할 문해력, 논리력과 수리력 등을 습득하지 못한 상태에서 대학에 진학하는 학생들도 생겨났다. 여기에 코로나로 인한 장기간의 비대면 교육은 학생들의 학력 격차를 가중시키기도 했다.[10] 대학에서는 기초 학습 능력을 습득하지 못한 학생들을 위한 교육 과정 운영, 선수 학습을 위한 교과 개설, 방학 특강 등 대안 모색을 고심하고 있다.[11]

학습의 기초 능력은 이해력과 표현력이다. 타인의 생각을 이해할 수 있어야 하고, 자신의 생각을 명확하게 표현할 수 있어야 한다. 특히 다른 사람의 글을 읽고 내용을 이해하고, 이를 바탕으로 자신의 생각을 글로 표현하는 능력은 대학의 교육 과정을 이수하기 위한 가장 기초적인 역량이다. 의사소통으로 일괄할 수 있는 이해와 표현 능력의 함양을 위해 각 대학에서는 글쓰기 강좌를 개설, 운영하고 있다. 글쓰기의 목적과 의의를 필두로, 글쓰기의 단계별 학습을 통해 학생들의 쓰기 능력 함양을 위한 교육을 진행한다. 그러나 교육 현장에서 마주하는 학생들은 정작 글쓰기에 대한 관심이나 집중도가 낮다 보니, 글쓰기 수업에

분야에서 다양하게 이루어지고 있다. 달라진 교육 환경, 학습 환경의 변화에 따라 글쓰기 교육의 관점이나 방법의 변화가 필요함을 언급한다.

10 "코로나19 팬데믹으로 장기간의 비대면 수업이 이어지면서 글을 읽고 뜻을 파악하는 학생들의 능력이 전반적으로 낮아졌다는 문제 제기도 곳곳에서 나온 바 있다. (…) 문해력 수준이 낮은 이유로는 '유튜브와 같은 영상 매체에 익숙해서(73%)', '독서를 소홀히 해서(54.3%)'를 꼽았다"(「문해력의 위기? 문제는 양극화야」, 『경향신문』. 2022. 4. 10. 인용).

11 각 대학에서 운영하는 기초 학력 증진 방안으로는 예비 신입생을 대상으로 하는 특별교육과정 운영(국어, 수학, 물리학 등), 비교과 센터(글쓰기 센터, 교수 학습 센터, 의사소통 센터, 커리어 개발 센터) 등을 통해 국어, 영어(외국어), 말하기·글쓰기 및 각종 학업 준비 프로그램 지원 등이 있다.

대한 몰입도가 높지 않은 편이다. 자연적으로 글쓰기에 대한 부담이 커지고, 글쓰기를 점점 어렵게 느끼는 것이 사실이다.

달라진 교육 현실을 감안할 때 글쓰기 교육에서 우선 고민해야 하는 것은 글을 잘 쓰게 하는 것보다는 글쓰기가 일상생활과 동떨어진 것이 아니라는 인식을 심어주는 것이다. 글쓰기 수업을 통해서 글쓰기가 일상적인 일임을 인지할 수 있도록 유도하는 것이 필요하다. 글쓰기에 대한 관심과 쉽게 접근할 수 있는 통로를 열어주고 수시로 들락거릴 수 있도록 해준 다음에 고민해야 하는 것이 쓰기 능력의 함양을 위한 전략이다.[12] 글쓰기가 일상적인 활동이라는 인식을 위한 수업 설계가 필요한 이유도 여기에 있다. 나아가 글쓰기 활동을 통한 성취감을 경험할 수 있는 장치가 추가되면, 교육 과정이 끝나고도 능동적인 글쓰기가 가능할 것으로 본다.

2.2. 교과-비교과 활동을 연계한 글쓰기 수업 설계

여러 대학의 글쓰기 교육 목적은 대동소이하다. 의사소통 능력 함양, 논리적 사고력 함양, 창의적 사고력과 문제 해결 능력 제고를 위해 다양한 방법으로 글쓰기 교육을 진행한다. 대학 글쓰기의 근간이라고

---

12 윤호경 외(2019:174)에서는 '하버드대 서머스 교수의 실험으로 알려진 것처럼 글쓰기를 억지로, 좋은 점수를 받기 위한 과업으로 행하지 않는 것이 중요하다. 자신의 글에 대해 흥미를 느끼고 문제를 해결하면서 새로운 것을 발견하기 위해 노력하는 과정으로 수행한 경우가 결과적으로는 좋은 글로 이어지고 학교 생활 전반에 걸쳐 우수한 성취를 이룬다'고 설명한다. 글쓰기 교육에서 일차적으로 접근해야 하는 것이 이 부분이다. 따라서 이 글에서 지향하는 글쓰기 교육은 글쓰기 접근 교육(글쓰기에 대한 관심과 인식의 변화 유도, 일상화)→글쓰기 기초·발전 교육(계열별, 장르별, 분야별 글쓰기 집중교육)이다.

할 수 있는 학술적 글쓰기를 필두로 사실에 입각한 설명적 글쓰기, 그리고 자기소개를 위한 자기소개 글쓰기 등이 이루어지고 있다. 이제는 어떤 장르의 글쓰기 교육이 더 유용한지를 논하기보다는, 어떤 글을 쓰든지 관심을 갖고 접근할 수 있도록 유도하는 것이 우선시되어야 한다. 이 글에서 주목하는 글쓰기 수업의 역할은 학생들의 글쓰기에 대한 인식의 변화를 꾀하고, 글쓰기를 지속할 수 있도록 유도하는 것이다.

M대학교 교양필수 교과인 '생각과 글쓰기'는 글쓰기에 대한 관심 유발과 쉬운 접근, 정보 이해와 요약, 그리고 비교과 프로그램과 연계한 글쓰기 활동을 특징으로 한다.

강의는 '도입-전개-마무리'의 세 단계로 진행된다. 도입 단계는 글쓰기에 대한 관심 유도 및 생각 표현과 내용 요약 연습, 전개 단계는 다양한 자료를 바탕으로 글쓰기 이론 학습과 실습 활동, 마무리 단계는 교과와 연계한 비교과 프로그램의 참여다.

도입 단계의 주안점은 자유롭게 생각하고 표현하는 활동을 통한 글쓰기의 인식 전환이다. 주어진 정보를 바탕으로 '나는 어떻게 생각하지?'의 사고 활동이 가능하도록 유도하고, 그 생각을 그림으로, 그리고 말과 글로 표현할 수 있도록 연습한다. 학생들의 흥미 유발을 위해 문자 텍스트, 노래, 짧은 영상(유튜브, 쇼츠, 웹툰 등)을 활용해 다양하게 정보를 제공한다.[13] 간단한 조별 활동, 댓글 달기, 마인드맵, 그림 그리기, 요약 등을 통해 생각하고 표현하는 활동이 어려운 것이 아니라는

---

13 김민옥(2018:380)에서는 '매체 환경의 변화와 학생들의 수용 방식을 고려한 글쓰기 수업을 진행하고, 학생들이 텍스트 읽기를 넘어서 다양한 매체를 통해 사고력을 확장할 수 있도록 해야 한다'고 설명한다. 달라진 학습 환경, 학생의 학습 선호도에 대한 적극적 고려가 필요함을 의미한다.

〈표 1〉 '생각과 글쓰기' 강의계획서

단계	주차	주제		수업 내용		
도입	1	오리엔테이션				
	2	생활 속의 글	글과 생활	일상생활과 관계된 글 메모, 문자, 카톡, 영상, 광고 등 온라인 글쓰기 VS 오프라인 글쓰기		
	3	생각과 표현	생각하고 표현하기	문자, 그림, 영상, 음악 등을 보고 들으며, 생각을 자유롭게 표현하기		
	4	이해와 요약	이해하고 요약하기	텍스트, 영상 등의 내용을 이해하고 요약하기, 자유롭게 의견 나누기		
전개	5	글의 주제	주제 찾기 연습	내용 이해 주제 찾기	나-표현하기: 정서적인 글 읽고, 주제 찾기 '나'에 대한 에세이 쓰기	
	6	글쓰기 활동 1	주제 정하고, 짧은 글쓰기	합평, 교수 첨삭		
	7	글의 개요	개요 분석 연습	내용 이해 개요 분석	남-소통하기: 설명하는 글 읽고, 개요 분석 '내가 잘 아는 것'에 대해 개요 작성, 설명하는 글쓰기	
	8	글쓰기 활동 2	개요 작성하고, 글쓰기	합평, 교수 첨삭		
	9	중간고사				
	10	글의 단락	단락 분석 연습	내용 이해 단락 분석	우리-함께하기: 시사적인 글 읽고, 단락분석 사회 문제에 대해 개요 작성, 주장하는 글쓰기	
	11	글쓰기 활동 3	4단락 글쓰기	합평, 교수 첨삭		
	12	문장 표현	어휘, 문장 한글맞춤법	어휘, 문장 표현 연습	어휘, 문장 표현 연습, 맞춤법 확인	
마무리	13	비교과 활동	백일장	백일장 글쓰기	백일장 참여, 작품 제출	
	14	글쓰기 총정리	글쓰기의 의의	글쓰기의 효능과 역할		
	15	기말고사				

인식을 심어주어 심적 부담을 덜 수 있도록 학습한다. 그리고 자료에 대한 이해를 바탕으로 요약 연습을 진행한다.

전개 단계의 주안점은 글쓰기 이론 학습과 실습 활동의 병행이다.

글쓰기 이론 설명에서는 다양한 읽기 자료를 활용한다. 내용에 대한 이해와 요약 활동을 적용하고, 조별 활동을 통해 서로의 생각을 자유롭게 소통할 수 있도록 진행한다.[14] 그리고 정리된 생각을 글로 표현할 수 있도록 유도한다.

마무리 단계에서는 비교과 프로그램인 백일장을 수업 시간 안에 배치하여, 수강생 전원이 비교과 프로그램에 참여할 수 있도록 기회를 제공한다. 비교과 활동을 수업과 연계한 것은 다수의 학생들이 참여할 수 있도록 하기 위함이다.[15] 학생들은 수업에서 배운 내용을 바탕으로 비교과 프로그램에 참여하여 그동안 학습했던 내용을 총괄적으로 실습하는 효과를 거둔다. 이를 통해 스스로 완성된 글을 쓸 수 있다는 자기 효능감을 고취시킬 수도 있다.

'생각과 글쓰기' 강의에서 집중적으로 안배한 것은 내용 이해와 주기적인 쓰기 활동이다. 다양한 정보에 대한 이해를 통해 사고력과 집중력을 함양하고, 이해한 내용에 대한 나의 생각을 글로 표현함으로써 글쓰기가 생활과 동떨어진 거창한 작업이 아님을 알 수 있도록 한다. 학생들은 한 학기 동안 총 세 편의 글을 완성하여 제출하고, 마지막에는 비교과 프로그램인 백일장에 참여하여 완결된 글을 검증받는다. 비교과 프로그램인 백일장은 13주차 수업 시간에 진행되며, 우수작은 담당 교수가 선정한다.[16]

---

14 내용 이해와 요약 활동은 수업의 도입 단계에서 다루지만, 글쓰기의 단계마다 병행하여 진행된다. 이해와 표현은 글쓰기의 가장 기초 능력이기 때문에 강의 단계마다 거의 함께 이루어진다.

15 비교과 프로그램 참여 관련 설문에서 나타난 '프로그램에 참여하고 싶었지만 시간이 맞지 않아서, 프로그램에 대한 안내를 받지 못해서, 참여에 자신이 없어서, 정보를 몰라서' 등의 학생 의견을 수렴하여, 교과와 비교과 활동을 연계하여 수업을 설계, 운영해 보았다.

3. 교과–비교과 활동을 연계한 글쓰기 수업의 실제

3.1. 글쓰기 수업의 주안점

글쓰기는 누구에게나 어렵게 생각된다. 무엇인가를 생각하고, 그 생각의 결과를 글로 표현하는 것은 고도의 사고 작용을 요하기 때문이다. 생각하고 표현하는 능력이 곧 글쓰기의 기초 역량이다. 이를 위한 글쓰기 수업은 〈그림 1〉로 요약할 수 있다.

글쓰기 수업에서는 생각거리로 다양한 정보를 제공한다. 그림이나 영상, 노래나 글 등 다양한 장르의 정보를 활용하여 생각거리를 제공하여 학생들의 관심과 흥미를 유발한다. 대학생들이 관심 가질 만한 내용, 사회적인 이슈에 관한 자료를 공유하며 각자가 자유롭게 생각할 수 있도록 수업을 구성한다. 조별 활동이나 문제 풀이, 정보 찾기 등 다양한 학습 활동을 통해 정보 이해 능력과 생각하는 능력을 함양하도록 유도한다. 이러한 과정을 통해 이해력과 사고력의 함양을 꾀하며, 글쓰기에 대한 관심을 촉발할 수 있다.

다음으로는 이해한 내용을 바탕으로 자신의 생각을 글로 표현할 수 있도록 글쓰기 이론과 실습 활동을 순차적으로 제공한다. 이것은 비교과 프로그램에 참여하여 자신의 생각을 종합적으로 표현하기 위한 단계적 접근 수업이기도 하다. 학기 말에 진행되는 비교과 프로그램은 학습 내용의 확장 및 학습 과정을 총합하는 효과가 있다. 교과 운용의

---

16 백일장에 출품된 작품으로 작품집을 만들고, 우수작을 제출한 학생들에게는 소정의 장학금이 지급된다. M대학교 백일장 운영의 특징은 등수를 매기지 않고, 우수작으로 선정된 학생 전원에게 동일한 상금을 지급하는 점이다. 경쟁에 따른 서열화에서 비껴나, 다수의 학생들에게 백일장에 참여한 경험과 자신의 글이 어떤 의미가 있는지를 경험하도록 하여 자기 자존감을 향상할 수 있는 계기를 마련하기 위함이다.

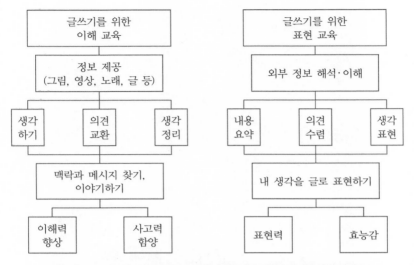

〈그림1〉 글쓰기를 위한 정보의 이해 과정(좌) 및 생각의 표현 과정(우)

목표이기도 한 자기 효능감이나 성취감을 얻는 것도 이 비교과 프로그램의 참여이기도 하다.

3.2. 글쓰기 수업 운영 사례

M대학교 글쓰기 수업은 도입·전개·마무리의 3단계로 운영된다. 도입 단계는 1~4주로 정보를 이해하는 데 역점을 두되 쉬운 접근을 중시한다. 전개 단계는 5~12주로 글쓰기의 이론 학습과 실습 활동을 단계별로 진행한다. 그리고 마지막 마무리 단계는 13~15주로 비교과 프로그램의 참여를 통해 한 학기의 학습을 총괄한다. 이를 단계별로 살피면 다음과 같다.

첫째, 1~4주차의 도입 단계에서는 생각하는 연습과 글쓰기에 대한 부담을 줄이는 활동이 주가 된다. 다양하게 정보를 제공하고 이를 토대

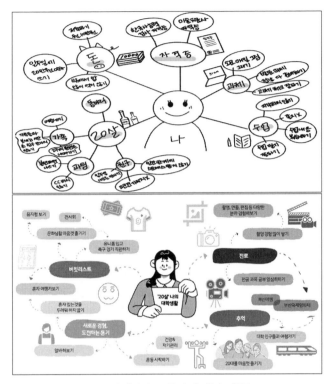

〈그림 2〉 '생각 표현하기' 학습 활동

로 학생들이 글이나 그림, 마인드맵, 문자 메시지, 댓글 등으로 표현하는 활동을 진행한다. 학생들은 익숙한 매체인 휴대전화, 노트북이나 태블릿 등에 생각을 자유롭게 표현해 보면서 글쓰기가 꼭 연필로 종이에 적어야 하는 것은 아님을 경험한다. 수업 시간에 정답을 말해야 하는 부담에서 벗어나, 다양하게 생각하고 그 생각을 표현하는 것에 자신감을 갖도록 유도한다.[17]

---

17 학생들은 각자의 생각을 그림이나 마인드맵 등 다양한 방법으로 표현하는 것에 매우 적극적이다. 본격적인 글을 쓰기 전에 이러한 활동을 통해 생각하는 연습과 표현에

[읽기 자료]

성장과 분배

　분배 중심의 경제구조를 추구할 때 조심할 것은 '성장 과잉'과 '빈곤 확산'이다. 풍요롭게 나누기 위해서 우선은 파이가 커져야 한다. 지속적 성장을 통해 파이를 극대화하고, 이후에 나눌 방안을 모색해야 한다. (후략)

경쟁

　경쟁은 한국 사회 전체를 지배해온 이데올로기이다. 한국은 경쟁을 당연시한다. 공정한 경쟁은 당연한 사회 원리로 받아들인다. 그러나 교육은 경쟁에 의해서 이루어지는 것은 아니다. 경쟁으로 인한 열등감은 어떻게 해결할 것인가. (후략)

[내 생각]

　성장중심 경제구조에 대해 긍정적으로 생각한다. 한국경제는 절대빈곤 극복을 위해 성장중심 경제정책을 써왔고, 외환위기, 금융위기를 겪으며 분배 불평등 문제가 심각해졌다. 잘 나누기 위해서는 우선은 나눌 것을 만들어야 한다. 따라서 성장중심 경제구제에 따른 발전을 모색해야 한다고 생각한다. 분배는 다음 문제이다. 여전히 우리나라는 어려운 경제 상황에 놓여있음을 상기하자.

　진정한 교육은 공정하고 정당한 경쟁에서 벗어나게 해주는 것이 아니라 그런 경쟁에 익숙해지도록 해줘야 한다는 문장이 마음에 와 닿았다. 유아교육을 전공하는 입장에서 교육에 대해 다시 생각해보는 계기가 되었다. 지금의 학생들은 무조건 앞만 보고 달려간다. 구조적인 문제를 해결하지 않는다면 아무리 좋은 교육정책도 빛을 보기 어렵다고 생각한다.

〈그림 3〉'내용 요약하기' 학습 활동

　내용 요약 연습에서는 짧은 글을 중심으로 메시지를 찾는 연습을 진행한다. 키워드를 찾아보기도 하고, 핵심 문장을 찾아 밑줄을 그어본 후, 글쓴이가 말하고자 하는 메시지가 무엇인지를 생각한다. 그리고 제시된 정보를 읽고 내용을 정리하는 연습을 진행하는데, 이는 학생들의 문해력 향상을 위한 방법이기도 하다. 수업 시간에 제시하는 정보는 교재에 수록된 읽기 자료나 그림, 영상, 시의적인 내용을 다룬 글 등을 다양하게 제공한다. 제공된 정보에 대한 요약은 교재의 연습 문제나 학습 활동지, 유관 문제 등 다양하게 준비하여 주기적으로 진행한다.

───
　대한 부담을 덜어내는 경험을 한다.

갑자기 배가 너무 고파서 냉장고를 열어보았지만 먹을 만한 것이 하나도 없었다. 나는 밖으로 나가 밥을 무엇을 먹을지 고민하며 한참을 돌아다녔다. 그러다 한 식당으로 이끌리듯 들어갔다. 너무 배고파서 아무거나 달라고 했고, 얼마 안 되어서 사장님께서 진수성찬으로 상을 차려주셨다. 너무 배가 고파 보여 걱정되었다면서 맛있게 먹으라고 하셨다. 나는 너무 감동한 나머지 눈물을 흘리면서 맛있게 밥을 먹었다. 그 맛을 잊을 수가 없다. (학생 1의 글)

밥을 먹고 집으로 가는 길, 나는 이어폰을 귀에 꽂고 음악을 느끼며 걷고 있었다. 포근한 음악을 들으며 풀 냄새가 가득한 이 길을 걷다 보니 마음이 편안해지고 괜시리 웃음이 났다. 마치 지금 내가 여행이라도 온 것처럼 매일 걷던 이 길이 다른 길처럼 느껴지고 매일 보는 건물들도 마치 유럽의 한 장면 같았다. (학생 2의 글)

매일 집으로 오는 건 같지만 오늘은 뭔가 특별한 느낌이 들었다. 그러다 문득 새로운 곳을 가고 싶다는 생각이 들었다. 지금 당장 기차표를 끊고 여행을 가고 싶은 마음이 굴뚝같지만, 그럴 수 없는 현실이 매우 슬프다. 여행 생각을 마음 한 곳에 넣어두고 종강을 기다려 본다. (학생 3의 글)

〈그림 4〉 '단락 모아 짧은 글 완성' 학습 활동

내용에 대한 이해가 생각의 전제이고, 이를 바탕으로 표현 능력을 기를 수 있기 때문이다.

둘째, 5~12주까지의 전개 단계는 두 가지 학습 활동이 중심이다. 하나는 글쓰기의 단계를 간략화해서 주제, 개요, 단락에 대한 이론 학습을 진행하는 것이다. 이론 설명에 활용하는 예시는 다양한 장르의 읽기 자료나 영상 자료를 활용한다. 이론 학습에 맞춰 글쓰기 실습 활동을 진행하는데, 여기서는 단계별로 배운 내용을 활용해서 글쓰기에 적용하도록 유도한다. 글쓰기 실습 활동 중 각자가 작성한 단락을 모아서 한 편의 글로 만들어보는 '단락 모아 짧은 글 완성' 활동을 조별로 진행하는데, 이 활동을 통해 학생들은 글의 주제 파악과 내용 표현, 단락 구성에 대해 종합적으로 학습할 수 있다.

〈그림 4〉는 수업 시간에 3명의 학생들이 각자 작성한 단락을 모아서 짧은 글로 완성해보는 활동의 예시이다. 키워드만 주고 각자 작성한

단락을 모아 어떤 순서로 배치하고, 이어지는 부분은 어떻게 수정할지를 조별로 상의해서 한 편의 짧은 글을 만든다.[18] 글쓴이가 제각각이라 다소 엉성할 수는 있지만, 배운 내용을 적극적으로 활용하며 자신들의 글에 적용하는 연습을 통해 능동적인 학습 태도와 완성에 따른 성취감을 경험하게 된다. 12주차까지 학생들은 세 번 정도의 글쓰기 활동을 진행하고, 완성글을 제출하여 담당 교수의 첨삭 지도를 받는다. 글

〈그림 5〉 M대학 백일장 수상 작품집

쓰기에서는 분량에 대한 부담을 주지 않고, 자유롭게 작성하도록 한다. 각자가 작성한 글은 조별 활동을 통해 합평을 진행하기도 한다.

　셋째, 13~15주는 마무리 단계로 교과와 연계된 비교과 프로그램으로 백일장을 진행하는데, 글쓰기 수업을 수강하는 학생들이 모두 참여할 수 있도록 13주차 수업 시간에 진행한다. 백일장은 글쓰기 교과 담당 교수에게 12주차에 글제와 답지를 제공하고, 해당 주차의 수업 시간에 반별로 진행한다.[19] 학생들은 수업 시간에 백일장에 참여하기 때문에 별도의 시간을 할애하지 않아도 되며, 일상적인 수업처럼 진행되어 부담도 적다. 우수작으로 선정된 학생에게는 소액 장학금을 일괄

18　이 부분에서 담당 교수는 조별로 단락을 합쳐 글로 완성하는 과정을 확인하며, 한 편의 글로 완성될 수 있도록 피드백을 제공한다.

19　백일장 참여 작품 중 우수작은 담당 교수가 평가하고, 반별로 한 편씩 선발·제출한다.

내가 사랑하는 작은 것들에 관해
(부제: 나는 목 디스크 걸린 해바라기다)

윤** (광고홍보커뮤니케이션학부)

어렸을 때부터 어떤 것이든 작은 것보다 큰 것을 더 좋아했다. 커다란 옷, 커다란 인형, 커다란 집.... 이것은 또래에 비해 키가 너무 커서 의아한 시선을 받는 '나'에 대한 사랑이며, 좁은 집에서 껑겨 사는 '나'를 위한 변호이고, 커다란 사람이 되고 싶은 속 좁은 '나'의 소망이다. 그러나 어느 순간부터 커다란 무언가를 올려다보는 것에 싫증이 나기 시작했다. 닿을 수 없는 해를 바라보는 해바라기는 필연적으로 목이 꺾이고 만다. 남들이 보기엔 웃길지 몰라도 내겐 너무 어려웠던 20살 인생, 웃기게도 목 디스크에 걸렸다.

아무리 생각해도 우리는 '시간'이라는 것을 너무 과대평가하는 것 같다. 시간은 그저 흘러가는 것뿐이다. 그런데 사람들은 그것을 좇아가려고 애쓴다. 심지어 시간보다 더 빨라지려고 노력한다. 노력하지 않는 사람들은 뒤처진다. 이것은 모순이다. 노력은 하고 싶은 사람만 하는 것이 아닌가? 이것의 가장 큰 피해자는 '어른'이다. 나도 한때 20살 성인이 되면 '뿅!'하고 멋진 어른이 되는 줄 알았던 시절이 있었다. 그러나 내가 겪은 20살은 방구석에서 작은 모니터 화면으로 보는 세상이 전부였다. 우물 안에서 본 하늘이 작은 것처럼 작은 모니터 너머로 본 세상은 무척이나 작았다. 뭐하나 상상과 맞는 게 없었다. 일단 어릴 적 내 상상 속에는 코로나가 없었다. 그래서 지쳤다. 어차피 볼 수 있는 게 작은 세상뿐이라서. 그런데 웃기게도 큰 걸 포기하고 지쳐 쓰러져 누우니까 보이더라, 작지만 재미난 것들이! 해를 오래 쳐다보다가 주변을 둘러보면 잔상이 생겨 잘 보이지 않는다. 해를 올려다보는 걸 포기한 비로소 주변의 것들이 보이기 시작했다.

가면

선** (서비스경영학부)

우리는 모두들 자신만의 가면을 가지고 살아간다. 누군가에게는 그 가면이 웃는 모습일 수도, 또는 우는 모습일 수도, 화내는 모습일 수도 있다. 다들 각자 다른 가면을 가지고 우리의 얼굴을 가리고 표정을 숨기는 것은 익숙해져 버렸고, 나 또한 나의 감정을 숨기는 데 능숙해졌다. 내가 나의 감정을 주체하지 못하고 화내고 싶을 때 화내고 울고 싶을 때 울면 어린아이와 같다고 생각했고, 또 남들에게 이상한 시선을 받을까봐 두려웠다. 이러한 이유로 항상 가면 뒤에서 나의 감정과 모습을 숨긴 채 살아왔던 나는, 어느 사소한 계기를 통해 이러한 생각을 바꾸게 되었다.

약 2년 전, 내가 아직 고등학생이었을 시절이었다. 입학한 지 꽤 시간이 지나 서로가 서로에게 익숙해지고 새 학기의 걱정과 달리 나는 무척이나 학교생활에 잘 적응하고 있었다. 그러던 중, 학교 내에서 나에 대한 이상한 소문이 퍼지게 되었다. 당연히 말도 안 되는 소문이라 나와 친하게 지냈던 친구들은 소문을 거들떠도 보지 않았지만, 나와 친하지 않은 친구들은 그 소문에 대해 어느 정도 믿고 있는 눈치였고 사람들의 입에 오르내리며 점점 헛소문은 과장되어 갔다. 나는 점점 내 귀에 들려오는 헛소문들이 버티기 힘들어졌고 심리적으로 많이 불안정해져 사람들의 눈을 쳐다보는 것조차 힘들었다. 나와 눈이 마주치면 그 소문이 진짜라고 생각하는 아이들의 눈빛을 마주치게 될까봐 무서웠다. 하지만 힘들어도 힘든 내색을 하면 안 된다 생각하고 괜찮은 척 학교생활을 이어가던 때, 평소 나와 친했던 친구가 말했다. "네가 아무렇지 않은 척하니까 애들이 더 그러는 거야"라고. 정말 짧은 말 한마디였다.

〈그림 6〉 M대학 백일장 수상 작품집 '전염병의 시대를 건너며' 수록 작품 예시

지급하는데, 이는 등수를 매기지 않음으로써 경쟁에 대한 부담을 덜고 자신의 활동에 대한 만족감과 성취감을 얻도록 하기 위함이다. 나아가 강의가 끝난 이후에도 지속적인 글쓰기 활동을 유도하기 위함이기도 하다. 비교과 프로그램은 현재 3회까지 진행되었고, 우수작을 모아서 e-book과 모음집으로 출간하여 교내에 배포·열람하고 있다. 교과 내에서 배운 내용을 비교과 활동과 연계하여 운영함으로써, 여러 학생들이 수업 시간에 배운 것을 종합적으로 반추하며 글쓰기를 진행하고 그에 따른 성취감을 얻는 데 도움이 될 수 있다.

4. 교과-비교과 활동 연계 글쓰기 수업의 교육 효과

M대학 글쓰기 수업은 교과와 비교과 활동을 연계하여 운영함으로써, 글쓰기가 무조건 잘 써야 하는 것도 아니고, 타인의 글과 비교하여 평가 대상이 되는 것도 아님을 경험할 수 있도록 교육한다. 학생들의 글쓰기에 대한 관심을 유발하고 자신감 및 성취감을 경험할 수 있도록 하는 데 의미를 두고 있다. 비교과 프로그램인 백일장을 수업 시간에 진행함으로써 수강생 모두 백일장에 참여하게 된다. 비교과 프로그램을 수업 안에 배치한 이유는 많은 학생들에게 글쓰기에 대한 색다른 경험을 유도하기 위함이다.[20]

대학에서 운영하는 글쓰기 관련 비교과 프로그램은 글쓰기 센터 첨

---

20 교과-비교과 활동 연계 수업을 준비하는 과정에서 일부 실시한 설문에 따르면, 고등학교까지의 교육 과정 중 백일장 참여 여부에 대한 설문에서 '참여한 적이 없다'는 응답이 2020년 2학기 42%(187명 대상), 2021년 2학기 49%(210명 대상)로 나타났다.

삭 및 글쓰기 특강, 워크숍이 대부분이다. 이들 비교과 프로그램의 필
요성 및 효과도 기대할 수 있지만, 많은 학생의 참여를 유도하는 데에
는 한계가 있을 수밖에 없다. 이러한 점을 보완하기 위한 대안으로
백일장 활동을 수업과 연계하여 교육 효과를 제고하고자 했다. 수업
시간에 진행되는 비교과 프로그램은 참여에 따른 시간적 부담도 없고,
지원서 접수 등의 준비도 필요하지 않다. 또한 여느 경진 대회와 달리
등수를 매기지 않고 운영함으로써, 타인과의 경쟁을 배제하고 글쓰기
에 대한 스스로의 경험에 의미를 두고자 하였다. 교과-비교과 활동을
연계한 글쓰기 교육의 효과는 다음과 같이 정리할 수 있다.

첫째, 글쓰기에 대한 긍정적인 인식을 갖는 계기가 될 수 있다. 이
글에서 지향하는 글쓰기 수업의 강조점 중 하나가 글쓰기에 대한 인식
의 전환인데, 비교과 프로그램에 참여하는 것이 그 대답이 될 수 있다.
비교과 프로그램인 '백일장' 참여는 자신의 글에 대한 책임감과 자부심
을 느낄 수 있게 해준다. 여러 사람과 자신의 글을 공유하는 경험을
통해 글쓰기의 가치도 이해할 수 있다. 김현정(2021:36~37)에서도 학생
들이 자신의 글을 타인과 공유, 출판하는 경험은 책임감을 높이고, 공
식적인 글이 지니는 가치를 깨닫는 기회가 될 수 있다고 설명한다.[21]
백일장에서 우수작으로 선정된 글은 e-book이나 책으로 출판되어 교
내 도서관 및 유관 기관에 배포된다. 학생들은 언제든지 백일장 작품집
을 검색하여 확인할 수 있다. 자신의 글이 출판되어 책으로 나오는
경험은 쉽게 할 수 없는 경험이다. 책으로 출판된 자신의 글을 통해
글쓰기에 대한 선입견이나 그간의 인식을 바꿀 수 있다. 비교과 프로그

---

21 김현정(2021:35~36)에 의하면, 듀크대학에서는 글쓰기 공모전을 통해 우수작을 선
    발하고 *Deliberations*라는 저널로 매년 출판하는데, 이는 글쓰기의 가치 인식 확산
    을 위한 프로그램 운영의 일환이라고 소개한다.

램의 참여를 통해 학생들은 글쓰기가 갖는 의미를 이해하고, 자신의
글에 대한 자부심을 가질 수 있다.

둘째, 백일장에서 제시되는 글감에 대해 자신만의 독창적이고 자유
로운 한 편의 글을 완성하여 자기 효능감을 고취할 수 있다. 수업에서
부과되는 정해진 범주의 글이 아니기 때문에 그야말로 자유롭게 자신
의 생각을, 자신만의 방법으로 표현할 수 있다. 자신만의 생각을 자유
롭게 표현하고 완성된 작품을 보면서, 일에 대한 성취감을 느끼게 되고
나아가 스스로에 대한 믿음과 신뢰를 가질 수 있다. 백일장에 참여한
학생 설문에서 백일장 참여를 긍정적으로 평가한 것이 70% 이상에
달하는 것이 이를 방증한다 하겠다.[22]

셋째, 교과-비교과 연계 활동을 통해 자기 주도적 학습 효과를 기대
할 수 있다. M대학 백일장 운영 방식의 특징은 여타의 경진 대회처럼
등수를 부여하지 않는다는 점이다. 담당 교수가 우수작을 선정해 제출
하면, 상장과 상금을 일괄적으로 지급한다. 학생과 교수 모두 이러한
운영 방식에 대해 매우 긍정적인 평가를 내렸다. 굳이 등수를 매기지
않고도 좋은 글을 쓴 학생에게는 만족감을 줄 수 있고, 학생들에게
타인과의 경쟁 없이 자기 발전을 위한 글쓰기가 가능함을 알게 해주는
긍정적인 효과를 가져왔다.[23]

넷째, 수업 내용을 바탕으로 글쓰기의 외연을 확장하고 학생의 학업

---

22 학생들의 백일장 참여에 대한 만족도 조사 결과 '매우 만족', '만족'으로 응답한 비
    율이 각각 77.1%(210명 대상), 76.5%(187명 대상)로 높게 나타났다. 자신의 작품이
    우수작이 되지 않더라도, 자신의 생각을 한 편의 작품으로 완성해본 경험 자체에
    많은 의미를 부여함을 알 수 있었다.
23 우수작으로 뽑힌 학생들만이 성취감이나 자신감을 갖는다는 선입견을 가질 수 있
    겠으나, 우수작이 되어야만 의미가 있다고 생각하지 않음을 백일장 참여 소감에 대
    한 학생 설문 응답에서 다음과 같이 알 수 있다.

성취도를 높일 수 있다. 학생들은 글쓰기 대회에서 그간 배웠던 내용을 다양하게 활용하며 자신의 글을 완성한다. 배운 내용을 자신의 필요에 따라 응용하는 경험을 통해 글쓰기 교육의 실질적 효과를 거둘 수 있다. 학습 내용의 응용을 경험하며 수업 내용에 대한 호감도가 상승하고, 글쓰기에 대한 자신감도 제고할 수 있다. 백일장 참여에 대한 소감에서 학생들의 호감을 표하는 주관적인 글이 이를 확인해 주고 있다.

　학생들의 글쓰기에 대한 부정적인 생각과 기피 현상을 단편적 경험으로 바꿀 수는 없을 것이다. 그러나 글쓰기에 대한 인식의 전환과 자신감을 가질 수 있는 교육 활동을 다양하게 제공한다면, 글쓰기에 대한 그간의 선입견을 시정하는 데 도움이 될 것으로 본다.

오랜만에 글을 써본 시간이어서 너무 재밌었습니다. ㅎㅎ 학창 시절의 추억이 다시금 생각났어요.~
글쓰기 수업에서 배운 내용을 펼칠 수 있었던 좋은 기회였습니다.
예전에는 글 쓰는 것이 부담스러워서 짧은 글을 일주일 내내 적은 적이 있었는데, 이제 짧은 시간에도 글을 쓸 수 있다는 것을 제대로 확인할 수 있어서 좋았다.
처음해본 백일장. 백일장을 경험할 수 있게 되어서 좋은 경험을 얻은 것 같습니다.
내 생각을 토대로 대학에서 새롭게 글쓰기를 해보는 것이 좋은 경험이었던 것 같다.
잘 적은 글이 아니더라도 큰 틀을 잡아준 수업 내용 덕분에 글을 바라보는 관점이 조금 넓어진 것 같아 새롭습니다. 배운 내용을 토대로 적어본 백일장은 학창시절과는 다르게 도움이 많이 되어서 제가 하고 싶은 말을 보다 큰 어려움 없이 싶게 전할 수 있었던 것 같습니다.
혼자였으면 시도도 못 했을 것을 참여해서 뿌듯했다
글쓰기 수업을 통해 백일장에 참여하니 글에 대한 밑바탕이 깔려 있어 전보다 더 수월하게 글을 쓸 수 있어 좋았다.
처음으로 백일장 글쓰기에 참여해 봤는데 내 글쓰기 능력을 펼칠 수 있는 좋은 경험이었다.
항상 글은 쓰고 있었지만 공식적으로 내 글이 어떤지 알 수 있는 기회여서 매우 뜻깊은 기회라고 생각한다.

5. 나오기

글쓰기의 중요성에 대한 인식은 충분히 확산되었지만, 글쓰기 교육이 외면받는 현실에 대한 고민은 여전하다. 글쓰기가 한두 번의 교육 활동으로 마무리되지 않기 때문에 더욱 그러하다. 이러한 문제점을 보완하기 위한 대안이 필요한 때다. 그 일환으로 운영한 것이 바로 교과-비교과 활동을 연계한 글쓰기 교육이다. 교과-비교과 활동을 연계한 글쓰기 수업을 통해 학생들의 글쓰기에 대한 인식의 전환 및 자기 효능감 체득을 유도할 수 있기 때문이다. 지금까지 논의한 내용을 요약하는 것으로 결론을 대신한다.

첫째, 교과-비교과 활동을 연계한 글쓰기 수업 설계를 확인하였다. 글쓰기 교과와 비교과 활동을 연계하여 운영해야 하는 교육 환경과 그에 따른 수업 설계의 효용성을 제시하였다. 현재의 교육 환경이 크게 변화하여 학생들은 글보다는 매체를 통한 동영상, 그림 등에 익숙하다. 쓰는 행위에서 멀어지다 보니 문해력이 떨어지는 경우도 없지 않다. 이를 감안하여 글쓰기 교과와 비교과 활동을 연계하여, 글쓰기에 자연스럽게 동화되도록 수업을 설계했다. 수업에서 주안점을 두는 것이 글쓰기가 재미있으면서도 필요한 것이라고 학생들의 인식을 전환하는 것이거니와 그를 위해 글쓰기 강의도 도입에서는 친화적인 글쓰기에 역점을 두었고, 전개부에서는 글쓰기에서 필수적인 내용을 단계적으로 익히도록 구안했으며, 마무리 단계에서는 비교과 프로그램을 통해 자신의 생각을 한 편의 글로 완성하고 공유함으로써 글을 쓰는 행위의 효용성을 인지하도록 했다.

둘째, 교과-비교과 활동을 연계한 글쓰기 수업의 실제를 고찰하였다. 글쓰기 수업은 정보를 이해하고, 이해를 통해 가공된 새로운 생각을 표현하는 것이 핵심이다. 이에 맞추어 글쓰기에 쉽게 접근할 수 있도록 유도한 다음 정보를 이해하는 것과 생각을 표현하는 데 역점을 두었다. 글쓰기 수업의 운영은 크게 3단계로 나누어 진행하였다. 제 1단계인 도입의 1~4주차에서는 정보의 이해와 표현에 역점을 두었다. 정보를 얻는 방법을 다각화해서 메모, 문자, 카톡, 댓글, 그림, 영상, 음악 등을 제시·활용하였다. 그리고 습득된 정보를 이해하고 이를 자신의 언어로 요약하고 표현하는 방법을 학습하도록 했다. 제2단계인 전개의 5~12주에서는 글쓰기의 기초적인 이론 학습과 실습 활동을 단계별로 병행하여 진행하였다. 마지막 마무리의 13~15주에는 비교과 프로그램을 운영하여 학생들이 그동안 익혔던 것을 총괄하여 한 편의 글을 완결하도록 했다. 학생이 작성한 글은 모아서 공유하고, 우수작은 소정의 장학금으로 시상, e-book과 책으로 간행하여 모든 학생이 열람하면서 한 학기 학습에 대한 성취감을 얻도록 했다.

셋째, 교과-비교과 활동을 연계한 글쓰기 수업의 교육적 효과를 검토하였다. 코로나로 인한 비대면 수업의 영향을 고려하여 글보다는 영상에 익숙한 학생들의 글쓰기에 대한 인식 변화와 글쓰기 능력 함양을 위해 비교과 프로그램을 교과와 연계하여 운영하였다. 그 결과 글쓰기가 특별한 일이라기보다는 일상적인 것이라는 인식의 전환이 가능했거니와 한 편의 글을 완성하고 그것을 평가받음으로써 자기 효능감을 높일 수 있었다. 뿐만 아니라 글쓰기에 대한 쉬운 접근으로 자기 주도적인 학습이 가능했음은 물론 글쓰기 수업의 외연을 확장하면서 학업 성취도를 높이는 데도 유용했다.

참고문헌

고혜원, 2018, 「대학 교양교육으로서 글쓰기와 말하기 비교과 프로그램 운영과 과제」, 『어문론집』 75, 중앙어문학회, 321~352쪽.

김남미, 2020, 「실시간 원격강의 환경에서의 대학글쓰기 교육」, 『사고와 표현』 13-3, 한국사고와표현학회, 77~104쪽.

김민옥, 2018, 「수용자 중심의 글쓰기 교육 방향과 실제」, 『한국문학논총』 78, 한국문학회, 1~38쪽.

김현정, 2020, 「국내 주요 대학 글쓰기 교육의 전개 양상과 발전 방향」, 『교양교육연구』 14-5, 한국교양교육학회, 11~23쪽.

_____, 2021, 「미국 대학의 글쓰기 비교과 교육 프로그램 운영 현황과 시사점」, 『작문연구』 49, 작문연구학회, 7~49쪽.

김화경, 2021, 「대학 글쓰기 교육과 비교과 글쓰기 프로그램의 운영방안 연구」, 『리터러시연구』 12-1, 한국리터러시학회, 13~40쪽.

나은미, 2015, 「한성대학교 글쓰기 대회 현황 및 대학생 글쓰기 대회를 위한 제언」, 『한성어문학』 34, 한성대학교 한성어문학회, 271~293쪽.

_____, 2020, 「동료 피드백을 활용한 소통과 협력을 위한 글쓰기 교육 방안 연구」, 『리터러시연구』 11-6, 한국리터러시학회, 373~403쪽.

남진숙, 2019, 「'렌즈에세이(Lens Essay)' 글쓰기 특징과 의미-비교과를 중심으로」, 『사고와 표현』 12-3, 한국사고와표현학회, 7~38쪽.

민춘기, 2017, 「디지털 글쓰기의 수업 계획 시안 및 대학생의 인식 분석」, 『교양교육연구』 11-1, 한국교양교육학회, 131~172쪽.

박병철, 2020, 「미국 대학의 글쓰기 교육 현황과 그 시사점」, 『교양교육연구』 14-6, 한국교양교육학회, 211~221쪽.

박정희, 2019, 「대학 글쓰기 교육과 WAC 운영 체계」, 『사고와 표현』 12-1, 한국사고와표현학회, 7~38쪽.

박호관, 2022, 「디지털 매체를 활용한 대학 글쓰기의 수업 내용 구성과 실습 사례

연구」,『교양교육연구』 16-2, 한국교양교육학회, 141~156쪽.

손민달, 2019,「대학 글쓰기센터 비교과 프로그램의 현황과 과제」,『리터러시연구』 10-5, 한국리터러시학회, 147~175쪽.

윤현진, 2020,「담화공동체로서의 글쓰기 교육 효과 연구」,『교육혁신연구』 30-3, 부산대학교 교육발전연구소, 73~97쪽.

윤호경 외, 2022,「비교과 프로그램의 고쳐쓰기 활동을 통한 대학생 글쓰기 능력 신장 연구」,『인문학연구』 127, 충남대학교 인문과학연구소, 171~210쪽.

임보연·권기연, 2020,「디지털 글쓰기 공간으로서 페이스북 소재 '〈대나무숲〉'의 의미와 가능성」,『리터러시연구』 11-5, 한국리터러시학회, 415~445쪽.

임선애, 2017,「대학 글쓰기센터 운영의 현황과 과제」,『리터러시연구』 21, 한국리터러시학회, 133~156쪽.

장덕현, 2020,「글쓰기에 대한 교과 영역과 비교과 영역 학습자의 교육 요구도 비교 연구」,『문화와 융합』 42-8, 한국문화융합학회, 415~442쪽.

조헌국, 2017,「4차 산업혁명에 따른 대학교육의 변화와 교양교육의 과제」,『교양교육연구』 11, 한국교양교육학회, 53~89쪽.

ㄱ

가치 지향성 31, 36
간투사 244, 245
감성 표현 136, 138
결합 64
경어법 246
경험이론 218
고유어 152, 153, 177
공적 말하기 192, 234, 236~240
과잉 지향성 33, 36
관찰 예능 68, 73
근대 문화 149
기호화 126, 127

ㄷ

대중가요 149, 150, 160, 168
동어반복 85
두자어 44, 46
듣기 능력 227

ㄹ

리얼 예능 68, 73

ㅁ

말하기 울렁증 191, 197
머레이비언의 규칙 249
머레이비언의 법칙 271
묘사적 표현 160
문장 교육 252

ㅂ

비교과 프로그램 295, 296, 301, 303,
    304
비교과 활동 261, 262, 273, 289
비유적 표현 162, 163

ㅅ

사적 말하기 237, 238, 240
생략 118, 119, 145
서브 콘텐츠 103, 105, 106, 108, 109,
    111, 112
서사 텍스트 73, 88
소극적 체면 131
소통 능력 259
심리적 거리 131
쌍방 소통 100, 102, 107, 111, 112

ㅇ

어문규범 144
어휘 교육 61~63, 251
어휘 구사 242, 243
어휘 능력 60
언어 문화 62, 151, 167, 175
언어 문화적 지향 31, 34
언어유희 24~26, 165
언택트 프로그램 92
역동적 체험 학습 모형 219
외래문화 152
외래어 158, 169, 170, 177
우리말샘 42

유행어 14, 21, 35, 42, 60, 61
유희적 표현 165
의미 강화 20, 21
의미 전이 18, 20
의미 합성 15
의미의 강조 35
의미의 전이 35
의미의 합성 35
의사소통 능력 60, 61
의사소통 능력 모형 60
의사소통 언어 능력 모형 61
이모티콘 123, 124, 137, 145
인접쌍 142, 143

ㅈ
자기 주도적 학습 204
자기 지향성 32, 33, 36
자기 효능감 305
자기중심적 언어 32, 33
자기평가 202
자막 70, 80, 82, 87
자아 이미지 138, 146
재생산성 28
적극적 체면 131
전통문화 152
조력자 190
짤방 124, 125, 145

ㅊ
첨가 121, 123, 145
체험 수업 213
체험 학습 220, 261
체험 활동 219, 220, 223
축약 22, 44, 47, 48, 64, 133

ㅋ
카카오톡 115, 117

ㅌ
토의 185, 186
토의 수업 188~190, 193~195, 203
토의 활동 204
통신언어 118

ㅍ
파생 48, 49, 51
퍼실리테이터 190
표준 매뉴얼 276~278

ㅎ
한자어 155, 156, 177
합성 48, 50, 51
해석 자막 96, 98, 103, 110
호응 자막 95, 98, 99, 110
혼성어 45, 46
혼합 64
혼합형 52, 53

강연임姜連任

대전에서 태어나고 자랐다. 대전여자고등학교를 졸업하고 충남대학교에서 국어
국문학을 전공하였다. 같은 대학 대학원에서 문학 석사와 박사 학위를 취득하였
다. 충남대학교, 한남대학교, 공주대학교 등에 출강하였으며, 2016년부터 목원
대학교에 재직 중이다.

국어의미론과 사회언어학에 관심을 기울이며 연구를 지속하고 있다. 국어학의
응용 분야에도 관심을 기울여 국어를 효과적으로 교육하는 방안을 말하기와 글
쓰기 중심으로 연구하고 있다. 한국언어문학회, 어문연구학회 등 여러 학회의
임원을 역임하거나 재임하고 있다.

개인 저서로『한국어 담화와 생략』(이회문화사, 2005),『매체와 텍스트』(한국
문화사, 2013),『한국어의 활용과 화용론』(인문과교양, 2017),『국어 말글의 쓰
임과 교육』(보고사, 2024) 등이, 공동 저서로는『개화기가사 자료집』1~6(보고
사, 2011),『개화기가사 용언 용례집』(보고사, 2012),『개화기가사 내용연구』
(지성인, 2014),『비판적 읽기 논리적 소통』1~2(인문과교양, 2016),『생각하
고 표현하는 말하기』(인문과교양, 2020),『생각하고 표현하는 글쓰기』(인문과
교양, 2020) 등이 있다. 그 외 학술논문 다수가 있다.

국어 말글의 쓰임과 교육

2024년 7월 10일 초판 1쇄 펴냄

지은이 강연임
펴낸이 김흥국
펴낸곳 보고사

책임편집 김태희
표지디자인 오동준

등록 1990년 12월 13일 제6-0429호
주소 경기도 파주시 회동길 337-15 보고사
전화 031-955-9797
팩스 02-922-6990
메일 bogosabooks@naver.com
홈페이지 http://www.bogosabooks.co.kr

ISBN 979-11-6587-737-8 93810
ⓒ 강연임, 2024

정가 20,000원